[illegible]在
[illegible]湖
西复西

徐惠林 著

江西高校出版社
JIANGXI UNIVERSITIES AND COLLEGES PRESS
南昌

图书在版编目(CIP)数据

家在太湖西复西 / 徐惠林著. -- 南昌 : 江西高校出版社, 2025.5

ISBN 978 - 7 - 5762 - 4461 - 8

Ⅰ. ①家… Ⅱ. ①徐… Ⅲ. ①散文集 - 中国 - 当代 Ⅳ. ①I267

中国国家版本馆 CIP 数据核字(2024)第 010297 号

策划编辑 陈永林 责任编辑 杨良琼
装帧设计 辉汉文化

出版发行 江西高校出版社
社　　址 江西省南昌市洪都北大道 96 号
邮政编码 330046
总编室电话 0791 - 88504319
销售电话 0791 - 88511423
网　　址 www.juacp.com
印　　刷 永清县晔盛亚胶印有限公司
经　　销 全国新华书店
开　　本 880 mm × 1230 mm 1/32
印　　张 11
字　　数 256 千字
版　　次 2025 年 5 月第 1 版
印　　次 2025 年 5 月第 1 次印刷
书　　号 ISBN 978 - 7 - 5762 - 4461 - 8
定　　价 69.00 元

赣版权登字 - 07 - 2024 - 30

自 序

人生识字忧患始，喜怒哀乐尽随之。

初二时因稚嫩习作在校征文比赛中获奖，讶异中遂萌发对文学之最初兴趣。中考后，我没能考入中专或县重点中学，但当时语文老师在课堂上说的一句话——“如喜欢文学，杭州大学中文系很有名”，还是被我记挂于心。后来，无论是在区完中读高一，还是转学至南部山区续读高中文科班，我对文学之情都未断。特别是在和平中学读高三时，我还任着学校城山文学社社长，与社员一起刻蜡纸，油印《竹林》社刊；在辅导老师的引导、鼓励下，偷偷向外投稿。终于在入读杭大中文系的第二年，我在《浙江教育报》以笔名“木木”发表了处女作：诗歌《那一年，她十八岁》。

我很幸运，在一个很小的场域，目睹、见证甚至感受到了二十世纪八十年代文学的“黄金时代”，虽然我更多的是一个旁观者，连一个稍微像样的“配角”都称不上。

无论当下文学是否呼应四十年前的所谓“再复兴”，还是被作家自嘲“边缘化”，作为一个坚持不懈的练习者、优秀作品的阅读者，我想自己还是够格的。毕竟一俟空暇，我便会躲在苕溪畔那间“苕隐阁”里，手捧纸质书，不时摘录，间作笔记，也对着窗外的竹林、时隐时现的起伏的苕水与远山的淡影，陷入遐思……多年的工作，是编着一份报纸的副刊，与作者交流、改稿，因而，我怕是要与文字纠缠一生了。

唐·李贺《送沈亚子之歌·并序》中，首现“家住钱塘东复东”之句。作者同情沈氏“不中第”，作一文以送之。明·孙蕡在《朝云集句诗七言律诗》中，借句“家住钱塘东复东”，感叹自己的身世，“江外寄行踪”。他在半壁残灯中，“分明记得还家梦，一路寒山万木中”。我今套用上句作“家在太湖西复西”之句，将“乡村”作为一个宏观整体进行凸显、审视。文学中的这片风景，或回望、亦缅怀，可审视、需记述。至于所谓的吾土吾民、故园家山、乡愁乡愿……有待知者会心之尔。

此为自序。

2023 年 11 月 25 日

稼 穑

一

长夏，伏案于城里六楼的空调房中，抬头，向西窗外望去，穿越绿黄相间的广袤郊野，心便也倏然离开高楼飞入远方的乡村：烈日下农民或踏上田埂，或在水田里“双抢”，或扔掉烟蒂，走出歇脚的树荫，担挑车拉着新粮，再次向粮库行进……隔着岁月的浓淡烟雾，似有一架全景影像机，记录二十世纪八九十年代江南乡村农民的生产、生活。在风雨中，一种生命之重起伏着：负荷、抗争、奋进、达观，交织于村野的草木青黄，环围的池塘荷香，自酿土酒的甘醇、柔劲与绵长之间。它们被那曾深陷情愫泥淖的少年——我，细细体悟。

太湖久远陪伴，浩渺无垠，逸兴遄飞，也遥吟俯唱，喧哗日夜……

老家，是一个叫东城的地方。东城非城，只是一个芝麻粒大的村庄，普通得就像我在人群中的面孔。东城散落于浙北数千个自然村里，如一颗小星湮没在群星中，或者一滴水消融在一条河中。

现实中的东城，只属于它自己，其次，属于生活于其中的六七十户农户，三四百村人。土地和头顶那片小小的天空，是村人的全部。这片由水田、桑地、村落构成的小小天地，在村民的认知、情感和梦中，占据了全部，是《马桥词典》中马桥一般的“独立王国”。外来的信息，或多或少、或缓或急地吹过这个小村，但最初也只是吹到脸、皮肤上，不可能很快吹进它的骨头里、心里。

从我记事起，这个主要居住着河南移民后裔的村庄，就有着自己的语言、待人接物的方式、对事物的认识，一代代人在自我坚守。岁月循环往复。

“靠山吃山，靠水吃水”，东城经济来源的全部，村民生活的根本，是种植的水稻、油菜、小麦，养殖的生猪及鸡、鸭、鹅。官方出版的地图册里，找不到东城的名字。它曾隶属于原港口公社，后来是观音桥乡，现在是浙北的虹星桥镇。

作为一个村落，东城的历史有多长？“东城”无籍可查，无更早的实物可证。我所知道的是，它最早也就追溯到我曾祖父从河南罗山迁来时，即清光绪初年，距今近 150 年。其时，“长毛造反”的兵燹，以及频繁发生的蝗灾、饥馑和瘟疫，使本地遭受了巨大灾难，“弥望荆榛，赤地千里，各处屋宇人民不过十留一二”（清·吴煦《吴煦致窦蔗泉函》）。同治六年（1867）至十年（1871），全县人口只剩 1 万余户，2. 2 万人左右，为汉朝以来最低点。为此，清政府布告开垦，免三年完粮纳税，使人口膨胀的河南汝宁府罗山县、光山县及少数信阳人，大规模迁移到苏、浙、皖三省，尤以“鸡鸣三省”的浙北长兴为盛。

一个自然村，为何起这个奇怪的名字？我询问过村里许多老人，有几个老人说：村中的大港中央，先前有座塔；村东附近曾有一商榷之地，是浙北小有名气的米市，如此便有了“城”。有一天，河中央的塔因故飞到了太湖南岸的湖州，成了现在依然著名的“塔里塔”——飞英塔。村民们由此一直认为浙江湖州飞英塔的得名，是因它从东城“飞”去的缘故。好像是为了佐证一般，多年前，村里的年轻人潜入村中大港的三角荡子深处摸鱼，鱼窝盘踞的淤泥上，有一排排石条，大伙都说那是曾经的塔基。另一个证据是，与东城共拥大港的相邻自然村，叫麦塔。村名中的这个“塔”字，又如何得来？中国的每一个村名的得来，应是有缘由的。

东城村往南两里许，就是港口小街，依傍着发源于西天目山的自然与人文景观丰富的苕溪。作为江南平原地带的一个小村，东城让我遗憾的是，今日已没保留下一幢老建筑。我童年时，村里还存有几幢晚清、民国时期的老木楼。

东城，也属于我的全部，童年和少年的时光都消失在那里。因自小体弱，“读书厉害，是个聪明娃”，加上家里姊妹多，我相较于同村伙伴更晚干农活。当然，在植物、动物繁盛的乡村，成长的日子里没有空闲。放学路上，贪吃的我，跟小伙伴一起，扑在田埂边挖茅草根，在院墙篱笆上掐牙巴蕻，或者到后湾的那片野地，上树摘酸涩无比的野糖梨，抑或扒拉周边的藤蔓，采一种俗名叫“羊奶子”的野果。那时候也贪玩，我常常跟几名同村同学，一路沿河打水漂，或从书包里掏出一把水枪灌水乱射，在村东人家的老屋墙边“打洋片”，每每天黑才意犹未尽地回家。

最早（小学三年级）下田，是为拾东西，非稻穗，也非麦穗。小学东面的南泉小队把黄豆收上来后，要我们一帮学生娃入田再“捡漏”一次。记得完工的第三天，一次上课前，讲台上摆了好几小捆铅笔，是屁股后带小橡皮的那种。一位伯伯很快走进了我们教室，老师说这是南泉小队的生产队队长，他来给同学们发学习用品。这没文化的队长可能平素在生产队社员面前常发号施令，说话铿锵，但在“识文断字”的学生娃面前，他此下的声音却有些发颤：“感谢同、同、同学们！你们辛、辛、辛苦了！”我们眼盯着铅笔，耳中听着他激动的慰问——大人当面感谢我们，是从未有过的。没想到，我们不用上课去田里捡豆子，还能得到这么多好处，开心啊。可惜此后读书一路下来，再也碰不到这等惬意之事。

以后下水田，是抓黄鳝、捉泥鳅，有时也在暴雨后抓从沟渠窜入水田的鲫鱼、鳑鲏、麦穗鱼、翘嘴鲌。

作为农业小村，东城压在我身上最沉重的，当是繁忙苦累的农事，尤以“双抢”为最——这几乎是与我一般年纪、生活在水稻“二熟”“三熟”间的江南水乡人在集体主义时代的共同记忆。

二

十三岁开始，我下田拾穗。其时，稻田还属于生产队。初三那年，联产承包责任制在全省大规模推广，我们村里也实行了，俗称“单干”。我家八口人，分得水田十三亩多。因为负担太重，初中没毕业的大姐和二姐就辍学和爸妈一道劳作。我呢，初中毕业没能考上理想的中专，只上了一所普高。在那个炎热的夏天，“双抢”来了，我只得赤脚下田。

稼穑之苦，彼时爬上腿，压在心。

“双抢”是江南地区实施的一种轮作方式，在早稻成熟的时候抢收，旋即栽晚稻，前后二十二天左右，农人是真正的“两头黑”。

一把稻镰弯如月，却跟月的温柔全然不搭界，它的嘴上长有锋利的锯齿，看着让人心里发怵。大姐教我，人要弯下腰，眼睛要朝前面的一簇簇稻秆头看。左手正握稻秆头上端，右手持镰刀深入稻秆的前端，斜斜地放在稻秆之下，使劲一拉，一簇稻就倒下了，左手再顺势将其放在稻田里。第一簇到第五簇，是一趟稻的一行，从左割到右。熟练的、手大的，可以割两行拢放一次，能手从左割一行后可顺前面一行的第五簇开始由右向左割，双腿同时有节奏地移动前行。稻镰欺生，不是吃素的。第一次割稻，我小心翼翼，双臂还是被稻叶割出血痕。只是割的速度太慢，姐姐们割两趟了，我一趟还没到头。晚上腰酸背痛，母亲说："小孩子没什么腰疼的，睡一个晚上就好了。"两三天后，我自恃已初步掌握了割稻技法，就加快了速度，但一个不留神，锋利的稻镰割破了左食指，鲜血直流。母亲叹道："算了，你不要割了。"我不服输，撕了布条包扎好继续割稻。姐姐们安慰我："每个人开始割稻割麦，都可能伤到手的。"的确，犹如学骑自行车，谁不摔几跤才学会？割稻还会出现意外。有一天，我割稻时，被眼前一盘黑东西——水蛇吓了一跳。那时的江南水乡，水蛇真是多呵，河沟、水塘、水田，常见水波徐徐漾动，上面就摇摆着一条水蛇。这些卵形头水蛇，几乎无毒。我当时穿着一双旧解放鞋，虽一惊，却也不怕。用稻镰将其挑起，抛出老远，它便东奔西窜，逃走了。看着百米长的稻行，我弯腰低头，热汗涔涔，感觉老割不到头，时间真是漫长啊。

让我害怕的，是打稻。一片水稻割倒后，打稻机抬至田里。打稻机后面拖着个四方的木斗，下面两边各伸出一根微翘的枕木，以使它在田里能被粗绳拉动。打稻机的主体是圆形滚筒。电闸拉上，滚筒飞转。打稻者从田里一次抱起两堆或几堆堆拢的稻子，用一条草绳将其扎牢，捧到打稻机前。踩上前面的阶板，将稻捆的末梢放入飞转的滚筒，吡吡吡吡吡，啦啦啦啦，滚筒上凸起的三角铁丝把谷子从稻秆上端打下。随着双臂按动稻捆，炸油条似的翻动，谷粒便像飞瀑一样奔进了稻桶，那种激越与畅快，非金斯堡的诗句不足以形容。打稻要比割稻速度快得多。一片稻打好，电闸拉下，别人在前面拖打稻机前行时，我则在机旁探看那钉满三角铁丝的滚筒，它就像一个怪物。电闸拉上，滚筒又飞转起来，我又害怕起来。听说附近村有新手打稻时手掌被绞进去，断了多根手指，还有断臂的。尽管他人说这只是很小概率的事故，但我绝不打稻，只顾帮扎脱了粒的稻草，堆草垛，像是不知疲倦。我不如两位姐姐，她们一开始干农活就学会了庄稼的种、护、收整个过程。我问大姐："为什么不怕打稻。"大姐笑道："怕也没用啊！生在农村，这些基本的农活必须会做，总不可能全让爸妈来做，更不可能请人。"

很多农人喜欢打稻，毕竟它无须弯腰劳作，脸上洋溢着一种"使用电器"的享受。二十世纪八十年代的江南水乡，在油灯作为主要照明灯具的岁月，农业生产电气化是很少有的。村东的东城机埠是电力集中地，轧谷糠属第二位，主要还是打水，即用高炮一样的水泵从大港汲水。转弯后，汩汩的水流源源不断地输入不同的田里。庄稼脱粒的方式各不相同：油菜籽基本靠揉，抱起一捆小心翼翼地置于竹匾中揉搓，使裂开的长荚中的黑菜籽纷纷落下；麦子是摔打，田里置放一只大掼桶，沿敞开的口字形板上，一捧捧摔打，使麦粒落下；唯有稻谷脱粒，用电气化的打稻机。伴随着稻谷翻飞入桶，一季的收成落地，喜滋滋中农人的心也落地了。

始终害怕打稻机的我，在父母与姐姐的保护下，始终没上过它的斗台。为此，拔苗、插秧，我铆足了劲儿地干。

拔秧苗要起早。凌晨四点多，泥墙上的塑料薄膜窗泛白，农人就要起床了。二姐是个急性子，“双抢”时，有时不到四点就起床。随后，在哈欠声中，屋子里的姊妹们也陆续起床，胡乱扒碗稀饭，拎一只秧马，打着赤脚就出发了。秧马外形似小船，头尾翘起，背面像瓦，供我们骑坐。拔秧时，两手同时将秧苗拔起，捆成扎，置于“船舱”之后，远观定成一道浓郁的绿波。是的，它就是小舟，驮着种子的梦，在水田落地、生根、生长；它又是马，载着农人的丰收之念。在接下来的几个月里，家家户户炊烟袅袅，每天升腾着丰收的热望。这种期待以霞光的方式，穿过遮蔽的云层和苦日子，在阡陌上一道道翻越，在田垄上一次次覆盖，直到颗粒归仓、新米飘香的那一刻。如今，秧马快成文物了。前年回老家，我在厨间发现了一对。想起三十年前，家里秧马起码有半打。父亲见我看着它们的目光有点儿痴，说其中一只下面的板有些损了，完好的一只你就带到城里去吧，晚上洗脚可当坐凳用。

拔苗起早，主要是为了抢时间。因为“双抢”正值一年中最热的时节，最好在上午十点之前或下午两点后把秧插下去，以避免太阳对秧苗的暴晒，保证成活率，同时也能“保护”插秧人——不致在太阳底下中暑。拔秧前，要大致推算一下，家里有几个人下田，准备插多少面积的秧，然后计算大约需要多少个秧把。这是一种倒推算法。一般情况下，太阳落山之前，要把早间所拔秧苗全部插完。若估摸秧把不够，尽早安排插秧成员，到隔壁苗板上去拔。如果某块田插秧结束，秧把还多出很多，就将其运到下一日要插秧的田边，放在田边的沟渠或田角养起来。秧苗最多养两天，不然大热天其根系发得很快，发多了就不适合栽种。

一位出身乡村的作家曾多次说起，他外婆给他最大的“遗产”，是教他割麦子，“她老人家的经验是，‘可不敢直腰，一直腰就再也弯不下去了’”。我认为割稻也是这样，插秧更是如此。

割稻也要弯腰，还要遭受稻叶的划刮，好在稻田已被烤干，可穿着旧解放鞋劳作。而下田插秧，双脚就必须赤裸着下烫脚的水里。田已被牛或拖拉机犁过，被耘耥耥平。下午一两点，田里的水已滚烫滚烫的，试过几次才敢下去。面朝温水，被熏得汗流浃背，但你不能放弃。你想卷起裤脚透透气，小腿肚会被晒得灼热；放下裤脚呢，很快又会汗湿，裤管里闷热得不行。此外，还要小心蚂蟥，它们会不知不觉地爬上你的小腿肚，甚至吸附到大腿根。等你感到痒痛时，它已吸血多时。使劲拍击，它才滚落，血在你腿上蚯蚓一般淌下来。插秧时两手要一起配合，左手握秧把，拇指、食指不停捻秧苗，右手的食指和中指夹着秧苗插进田里。这时，手指被稻茬或杂物戳破属平常，手指也会因为长时间浸泡而泛白、起皮。空中，不时有飞虫袭扰，尤其黄昏时，牛虻和蚊子会频频攻击你。身上的汗不去管它，像我，还要顾及鼻梁上架着的眼镜。为不使眼镜在低头插秧时掉入水田，我用布条将其两腿缚住，绕耳套一圈。插秧带出的泥水，很快将镜片弄脏，故不时得将眼镜取下清洗一番。再戴之前，伸臂用两只不干净的袖口将耳朵和脸颊擦一遍，算是清洁汗水和泥渍。

插秧还不同于割稻，必须“倒退”着完成。这种哲理正是五代契此和尚在《插秧诗》里所写的：“手把青秧插满田，低头便见水中天。六根清净方为道，退步原来是向前。”如果有人站在田埂上对我念叨这首诗，我定二话不说，让他先帮我插上几行秧再说。事实上，插秧的日子一开始，就已经过了长时间弓背割稻的阶段，大家都已腰酸背痛数日，此时再加大马力，没有毅力是不行的，首先是少不了体力。而盛夏之时，人胃口普遍不好，湿热，口苦，不时拉稀。我因为体弱，又“四体不勤”，每每插秧都十分吃力。父母姊妹一直照顾我，我恨自己体力不支，却依然坚持。眼看着他们已插完一趟又开始下一趟，我还在前一趟的中间手忙脚乱。那一刻，我想着，大地是辽阔的，壮观的，生机勃勃的，但也是残忍的：像铁针纳鞋底，一根根细密地纳出来。秧苗在你手上，你必须一棵一棵地插下去，还须时时注意前后左右对齐。在天空与大地之间，铺展的无边无垠的青绿意味着什么？那一刻我想，它意味着大地上密密麻麻的指纹，全是庄稼人的。

——退吧，退吧，如果插秧的这种倒退，一直将我推到最早的神农氏时代，让我成为学会采摘、狩猎的人类，为“活着”“生计”而第一次发现并选择了“种植”“农耕”，那便是大欢喜，因为我告别了茹毛饮血，参与了刀耕火种的历史更替，我的心绪会像铺满田野的阳光那样透明、酣畅，焕发一种原生的活力。而此时的我，一个瘦弱、敏感、自卑、倔强的农村男孩，一心想脱离稼穑之苦，脱下草鞋，穿上皮鞋，在城里谋得一份差事，过上体面人的生活。我青春期的茫然，源于不知命运是否将我像牛一般永远束缚于田地里，终年劳碌，娶个农家女，盘桓在平淡的婚姻里，还是终有一天会有突破和改变。这种猜测与不定，以及我的体力不济，让我感觉农事像大山一样压迫着我。劳动压榨着我的肉身，成了心中难以排解的郁积之气，成了少年生命中的黑暗。孤寂的我，只能独自在另一种精神旷野上奔走、呼号、沉沦，最终被迫成为最不愿见的乡村之暗的组成部分。那时，农村青年走出阡陌进城镇，仅有两条路，“要么读书，要么当兵”。我会不会永远“文不像个秀才，武不像个兵”——手中的秧苗，无法种植霞光，无法点化田园春秋。春天，是否永远离开了我？

大姐或是二姐完成了当日的秧插任务，看我还在田里磨叽，就会从另一头开始，助我插完。水田里，背对着背，我们相向而行。水光漾动，姐弟的背影越来越近，最后几乎连在一起，直到胜利会师。——那简直是一种悲壮！

“双抢”那些日子，劳苦的大人最容易发脾气，所以做小孩的，平时再顽劣，这时也会很识相：不贪玩，在村里闲逛，更不敢惹事，并尽力在家里协助做好家务。有能耐的孩子，则要下田帮干农活。有几个暑假，我因为身体不好，在插秧的后阶段撑不下去，便向父母提出干稍轻的活：晒谷。晒谷是必需的。“双抢”之抢收，不仅要把稻子从田里抢也似的收上来，也要在湿稻收上来后，抢也似的将其晒干，用风车吹净后再晒，如此几个来回，而且这些程序与拔秧插秧的“抢种”几乎同时进行。夏天空气对流强烈，下午常常会出现雷阵雨。湿热的天气，谷不及时晒，就会发芽；晒的过程中，没避开雷阵雨，也易被“浇透”。

如果稻谷遭雨淋，接下来几天又不放晴，发芽了怎么办？有一年，我家邻居罗老伯，因忙于插秧耽搁了晒谷，结果一连几天阴雨，谷子发芽了。他们后来架火笼蒸谷子。谷子蒸过，芽被烧死。再架火堆，一锅锅烘干。最后到机埠碾米，出来的米粒呈黄褐色，已有饭香。那时即便是馊饭，也非一倒了之。节俭的主妇，会将其再煮一番，晴日里，摊在竹匾上晾晒，干后储存起来。农闲时放锅上一炒，成了一种爆米花般的零食。

串门时小伙伴曾多次让我品尝，别有风味。

田里多少会遗落一些谷粒，它们如省略号注解于动人的诗句——它们成了鸟儿们的美餐。在贫困的那些年岁，拾穗后我觉着很是遗憾，现在从另一个角度想来，是“积德”，也是大自然的一种平衡术。天地间有大美，也蕴含着一种大德，恰如日光月辉，悄然洒向大地。因为雷阵雨，一些到手的粮食霉变了——它们因此成了菌类的美食，腐烂、分解，以另一种方式重返大自然。特别是“双抢”末期，因为劳力等原因，有些人家紧赶慢赶，还是误了时令。遭遇了“秋风”，稻谷产量会降低，造成损失。农人们常说，“季节不饶人”，关键时候，上午和下午都有很大差别。遭遇“秋风”会成为一个庄稼人的耻辱，成为比具体损失多少粮食还让他们难受的痛。

可能是因为身体瘦弱，我在“双抢”时才感觉特别累，累到厌烦、害怕，甚至有些绝望。但一些强劳力、庄稼老把式，未必这样看。一个月的“双抢”快结束时，农人在田头一角或树荫底下，一两人抽烟，三五人闲谈。闲谈时，他们为那曾经隆重的“双抢”仪式的消失而惋惜。彼时，每家每户可以从生产队支十元钱改善伙食。各行各业支援“双抢”，场面十分热闹，供销社会将油条、麻球、冰棒等送到田头。西瓜是稀罕的水果，这个时候农人也舍得买了，有些人家还买几支“双宝素”给体力不足者应急。公社干部和企业职工，进村“支农”，会利用休息时间，与农民群众一起拔秧种田，打成一片。那时的我，还在读小学，暑假里主要忙的不是下河洗澡、摸鱼抓虾，就是抓黄鳝、捉田鸡。也想起，曾经的放学路上，我在郑家村那条大田埂上，看到过两个小组在进行“双抢”最后阶段的插秧比赛。小田埂上，他们的生产队队长，陪着一个戴眼镜的中年男子说话。不一会儿，男子从背包里拿出一个黑乎乎的东西，对着几组插秧者按动、比画。晚饭时父亲说，那是省城报社来拍照做报道的——这是我们这个小地方第一次迎来记者。在村里任小学老师的父亲说，我们这里是江南“粮仓”，远近有名。那几年，我享受过几次“双抢”的“福利”，是看电影，露天电影。这是公社对“双抢”最早完成的优胜者的奖励。我们村有六个生产队，每年有一个优胜名额。哪个队先完成，就在哪个村放电影，这也是我们最关心的。早早就有意无意地问父母，或同学间相互打听，等终于水落石出的那晚，我们早早完成作业，胡乱扒几口饭，便赶往那个生产队的大操场。我父母不知是因为劳累还是其他原因，一般不去看，但不制止我和弟弟去。我现在还记得，自己最早看的电影《海霞》《车轮滚滚》，分别是在郑家村和西村看的。

三

作为完整的“双抢”，在田里“抢收”“抢种”完成后，产粮区的家家户户得向东部的陈村粮库或西部的蠡塘粮库售公粮，上交“自愿交”的余粮，才算完成整个稼穑工程。

我必须叙述一番那比体力劳动更头痛、让农人无限压抑的售粮过程吗？必需的。因为这既是贫家少年——我在那些年岁的夏秋感受到的一个人、一个家庭的苦楚，也是一颗敏感、体恤与悲悯之心所感受到的一个村庄甚至整个农民阶层的苦痛。整个农业社会，在“交皇粮”的过程中，交织着农人身体上的劳碌与精神上的屈辱，而我，不过是一个“代言人”。我懂得大义——国计民生，上层建筑是建立在经济基础上的，但我同时也痛恨某些小人，以“公事公办”的名义行私利。他们如同毒藤，在生产力落后、不完备的体制机制中，见缝插针，结出畸形之果。事实上，孤独的我在难眠之夜睁大双眼，蓄积无望与悲伤只是一方面，我同样也常听到那些售粮的大人们发牢骚与感慨：自己的稻谷收获了，“关门独享”就得了，为何还要“交出”？土地是集体的、国家的，你用了，耕耘收获了，是得交出一部分，但为何在交粮时总是被人找碴儿？比如那个陈村粮库的验谷员阿计，他依赖着农人提供的粮食才能活着，“主宰”着农人的粮食能否被纳入的“命运”。多少次，为了争取尽早让合格的稻谷过秤、入库，农人们提心吊胆，讨好、赔笑脸、套近乎……对于心机，农人常因使用“不到位”，而招致阿计们的“训斥”“刁难”。

谁说劳了力的农人，不因此劳了心？

鲜活生动的记忆画面，再次滚过长长的电影胶片。

“筛！”腆着肥肚的粮管所验谷员阿计，只说出这个字，就转身去抽验其他农民上交的谷子。熙熙攘攘的陈村粮库大稻场上，尘土飞扬，我的父亲母亲尴尬地站在那里，头顶着火烧火燎的骄阳，脸上、臂上的汗水，黏着秕谷与混迹空气中的禾末。东西两头的手摇鼓风机，在轰轰作响，许多筛稻谷的农民在不停地忙乎或焦急地等待，身边的箩筐已排成一长溜。父亲猛吸着烟，沉默不语。一旁的我，摩挲着脸上的红疙瘩，口干舌燥，朝阿计远去的身影骂了一声“呸”，接着又骂了一句。母亲赶忙过来捂我的嘴，“骂不得，要让阿计听到了，到明个天亮我们还回不去”。没办法，在母亲的央求下，父亲——这个半农半工的小学教师，只得再把稻谷挑到大稻场南边，加入筛稻的队伍。“你这稻风了几遍了？”高高的风车旁，一个麦塔村的老汉问。“两遍了。”母亲作答。“哎，我的已筛了三遍，还叫我筛两遍。你瞧瞧，这哪还有一点儿秕谷和石粒，不明摆着磨人吗?”“这个阿计，比去年那个‘王疙瘩’还狠!”老汉一边忙碌一边不停抱怨，母亲只能一脸苦笑。

筛啊筛，汗珠子在不停滚落，稻谷在筛带上欢快地流动。九大麻袋谷子终于筛得干净无比。一家八口吃穿，六个孩子念书，来年的化肥农药款子，眼下就靠这些谷子。但要把这些谷子卖钱——过磅之后倒至那粮库内的高高谷山上谈何容易?过稻谷化验员这一关，难于上青天。

总算筛好了，母亲又怕事情被父亲难看的脸给搅黄了，就自个儿再去请化验员来验收，但绕来绕去——大概化验员也是划片的，还得找阿计。在远处，一个少年就这样看着母亲去央求正被他人请到码头餐馆吃中饭的阿计。“我们的稻筛好了，能不能再验一下?”母亲小心翼翼地问。阿计来了，抓起一把谷子，放进小捻臼里哗啦哗啦捻了几下，揭开盖，大嘴一吹，谷壳纷飞，现出雪白的米粒。“白倒挺白。”他嘴里嘀咕着，两个手指捡起白米往嘴里扔，边扔边咬，嘎嘣嘎嘣响。父亲以为这下能进库了，不慎多了一句嘴：“计师傅，其实我这稻早够国家标准了。”不想此话惹恼了阿计，他肥头斜转，说道：“谁说够标准了，我说还不行——”眼一白，他回头狠狠扔下一个字“晒”，阿计喝酒去了。可怜我的母亲，这个曾经的乡绅的小女儿，为了这雪白的米，只能蹲在高耸的粮库墙边抽泣。被阿计抛出的白米，聚集在父亲脚边，父亲的黑胡茬，更浓密了。母亲拭去泪，到粮库大门后的小摊给我买了个油团子，父亲的中餐是两个饼，她自己却什么也没买，说“吃不下”。已在家里的稻场上晒过多遍的稻谷，又一次晒在粮库的大稻场上。翻板翻过去一遍，又翻过来一遍。太阳下脚底板一碾，米粒倏地爆出来。那一刻，烈日下的稻谷们如果会说话，我想它们肯定会哇哇叫苦，也会跳到阿计面前唾骂他。母亲又请阿计验了两遍，阿计回："还是不行!"黄昏，天色猛然阴沉下来，不一会儿，风也盘旋而来——雷雨要下的前兆。此刻的大稻场上，缴粮的农民大呼小叫，收粮用的耙子、畚箕，你争我抢。母亲抢来一把扫帚，我和父亲赶紧用扁担将稻谷刮拢。在这忙碌的当口，粮库验谷员的手也松了些，能进的都给进，不过，价格却压得很低。也顾不了那么多了，我们的六袋谷几乎以最低价给进了，但老天爷仍将三大袋来不及收的谷子淋湿——农民"靠天吃饭"，也同样在此体现出来。在屋檐下躲雨的父母眼看着自家谷子被雨水践踏，无语凝噎。就在那一刻，少年的我心中积压的怒火被点燃了。母亲看到我浑身发抖，要父亲脱件衣服给我穿上。她哪里知道，沉默的我已怒不可遏。我在心底说，我要把验谷的阿计，还有那叼着烟的过磅男子与嗑瓜子的女记账员们，以及给他们敬烟、送芝麻的软骨头们，统统赶到门前奔腾的苕溪里去喂王八！但我终究未能喊出声来。

那天我们很晚才回家。雨停了，三袋湿谷躺在双轮车上，尸体一样沉重。我和父亲，一人一把手，上圩埂，过陡坡，一段段往回拉。这些湿谷，若赶不上好天，就会发芽、发霉，最后被煮成一锅锅熟稻，碾成熟米，直到变成我们口粮的一部分。一只快瘪气的后轮使双轮车开始摇晃，吱呀作响。父亲让我靠边，紧握双把往前面拉，母亲在后面推，我拎着衣物，在转弯时给予协助。三只大草帽下，弓着父母和一个少年清瘦的身躯。雨后的泥路，行走起来艰难无比。母亲给一边的我扔话："娃，你这么瘦弱，性子又这么烈，将来在农村，该怎么过?""我要考中专，一定要考上中专!"我回答母亲。那时学校里，在我的前面，已有一批批人上了中专。“有出息！考上了中专，你想干什么？”在越过一个陡坡后，母亲又问。“当一个稻谷化验员！”话传到后面，弓身推车的母亲却没了回音。“我们中学很多高年级的学生考上中专后，都去读了粮校。”我来了激情，“妈，你别担心，我不会像那些没良心的农家娃一样，进粮管所后再欺压苦命的农民。到那时，我要像小人书里的包拯下陈州放粮一般，打开粮库，让所有农民的粮食，统统进库，给他们最好的价格。”

天边，像是升起了一缕红光，很快又淹灭。母亲在车后笑出声来，父亲沉默不语。在这疲惫的生存之路上，母亲发笑，是觉得儿子就这么一点儿出息？还是对儿子这理想深感满意？或者什么都不是？我听不出来。在以后的岁月里，我又多次跟父母一起缴粮，圆梦之念越来越强烈。梦破灭在初三毕业后，我中专考试败北，后不情愿地上了一所普高。多年以后，待我上了大学，粮管所的“天下”在改变，我的少年之梦开始烟消云散。我后来未进入任何粮校学习，大学毕业后从事的工作，和粮食有点儿关系，是生产“精神食粮”。

这些年，回望过去时，我也在检讨、思考，更客观地梳理当年的情形。当然，像阿计、王疙瘩那样不公正的验谷员，总体上还是少数。从某个客观角度来说，他们越严，越能为国家储备更好的稻谷。但也必须看到，他们同时也因“私”而将品质相对差的稻谷收入，与好稻谷混合在一起，且价格与高品质不匹配，打击了一方农民种粮的积极性。在当时，我确是憋着一股怨气。进入二十一世纪后，农业税免交了，“皇粮”不用再交了，农人们由衷地感受到了一种国家予以的温暖和福祉。但我少年时代憎恶的类似阿计的家伙，仍时时碰到，他们是张阿计、李阿计、王阿计……“潜伏”在我们的工作和生活中，毒害着国家的肌体，动摇着人们对幸福感的认同。

几年前，我跟着一个朋友，去他老家和平镇走走，发现他父亲住在当地几近废弃的粮库的旧楼上。他父亲热情地接待了我。朋友到镇上买菜的当口，老人家与我闲谈起来。他说老伴和他一样，原来也在粮管所上班。前几年老伴去世后，他一个人住。整幢破旧的老楼少有人来，每天看着自己当年服务的粮库，他说自己并不觉得多么孤单。聊起国家免农业税、农业“三线”布局的变化，他用“大大出乎意料”来形容。这些年，在有精耕细作传统的长三角地区，包括水乡地区，粮管所式微，粮库“空荡”，很多当年给国家管粮食的人员有些“落寞”。简单的晚饭，就着一杯加饭酒，老人家的话匣子进一步打开，他娓娓而谈。他们当时为着国家的粮食安全、储备做着十二分的努力，那份使命感与责任心让我动容。黄昏，我走出居室，看到三楼所在的走廊，竟没有一根护栏；再返回居室，发现几张印有“粮管所”字样的简陋桌椅，心里五味杂陈。

去年初，我与几位同龄乡友聚会，大家不住地感慨与怀旧，最后几个人起身，竟按图索骥，驱车重访了当年我们随父母一起售粮的苕溪边的陈村粮库。在陈村村口询问时，我们碰到了一位陈姓老人，他说自己曾在粮库帮过忙。如今，库房已被他与其他三位村民联手接盘，成了一座工厂，放置着杂物。他身上正好带有库房的钥匙，我们跟着他进粮管所大院参观。他应要求打开了院中坐北朝南的四号库房，当年我们大多将过磅后的水稻、小麦或油菜籽，倒进了铁梁架下这个空旷的库房。

我们在当年售粮的大场院内盘桓，左顾右看，将眼前所见的景象与记忆中的画面进行比对，搜寻着时光流逝时沉淀或掩盖的细节。大场院杂草丛生，整片房屋、稻场，经一次次雨水冲刷后异样清洁，空气中飘散着荒凉的气息。

走出陈村粮库，来到苕溪边，春水平缓，微波无言。

今年春节，因探访亲戚，我再次来到西部的蠡塘——这个因范蠡携西施归隐的传说而得名的浙北诗意之地。站在路过的桥上，我瞥见那西欧古城堡般的两排粮库，伫立无语。事实上，近年有几次我从它身边的小径经过，但只在外围远观、打量，像看一件不能轻易触摸的艺术品。我不愿轻率地走进去，是因为我的心绪还没有准备好，就如我无法倏然面对一位有太多情感纠葛的故人。我记起自己曾写过一篇散文——《少年时代的梦想》，那时我有两个梦想：做粮库验谷员和做乡村电影放映员。也许直到今天，这些念想虽早因现实的改变而破碎，但我并不认为它们是荒唐的。我想着自己一生，都应如嘉兴乌镇那位离世不久的艺术家木心一样，践行自己年少时的梦想而不改变。

第二天，我终于坦然地带着孩子走进粮库。孩子已长成少年，清瘦如我当年的模样。我们像游览古迹一般游览着这一座又一座墙面刷白、穹顶高耸的粮库。场院里曾经的喧闹声、拉谷而入的吱吱呀呀声、操场上翻晒稻谷的木板声、过磅的议价声和吵嘴声……有一刻，如旧磁带咿咿呀呀地倒放，那些情景踏云而来，但很快一闪而过。我的孩子当然听不到我幻觉般感受到的心灵回响，他只听到粮库边几棵矮树上叽叽喳喳的鸟叫声，清脆、悠扬，充满着朝霞的光感和质地，一如他此时的年华。随后，他看到了一小片沿土埂拉网圈出的禁区，里面种植着一些蔬菜，还养着几只唧唧叫的小鸡，这景致在城里看不到。

之后，他和我一样，看到了一个乡村工业的生产车间——

里面有泥坯、各种器材的模型，还有一条头尾和中间可开合的长龙——火门。随着工人将一锹锹黑煤奋力投入，里面通红通红的火，在疯狂喷吐、燃烧，那架势简直就像一个手持利器、酒气熏天的狂徒在人群中奔跑，吓得人连连退却。

我告诉孩子，这是利用废弃粮库盖起的一家耐火厂，这些东西出炉后将被运往上海宝山钢铁厂等地。孩子很是好奇和惊叹。这是自上次在虹星桥镇看古法酿酒后，他看到的另一个工业生产流程。

孩子对许多事情是无法理解的：昔日的苏式农业根基——粮库，转变成工业生产车间，意味着什么？曾经精耕细作的江南水乡，已被工业铁钳紧扣，哪怕是蠡塘这样一个充满诗意和田园气息的角落也难以幸免，为什么？工业污水、废弃残料……直到不久以前，它们还毫无惧色地注入当年西施浣纱的蠡塘之中，鱼虾等水族之命被戕害，代价太大了。

四

我曾经非常憎恨农事。多年后，因为读书进城，找得一份案牍劳形的斯文工作，两脚不用再插进烂泥里，我会不时以另一种心境去回首、描摹“田园风光”“田园诗”。我知道记忆与想象二者之间仍在相互再造，因此，年少岁月不再是一次性的，它们成为纸上不断更新的自我陌生感。我重新在这种陌生感中打量、追踪着岁月深处的那个少年：他仍在崎岖的乡村泥路上行走，抱怨着上天的不公——让瘦弱多病的他投胎于无工作安排、无生活保障的农村，在社会的最底层像水牛一般劳作，干着与自己体力不对等的农活。那是什么样的田园、大地？它们分明是压迫自己、让自己喘不过气来的诅咒，是西绪福斯永远推不完的巨石。每次“双抢”结束后，疲惫地躺在床上，我感觉到苦，感觉到累，感觉到无助与绝望，噩梦一般的第二、第三次“双抢”仿佛就要到来，没完没了。

大人们呢，在“双抢”完工后的那些天，踱步于田野，点着烟，望着青青的秧苗，在田头相遇时会乐呵呵地谈此季的收成，并据眼下的长势，预测今秋的收获。这时，似乎所有的劳累已瞬间消散。也许，他们早已在劳动中认定了自己的命运。劳作是他们生活的一种方式，也是他们的整个人生和世界。他们是天底下不幸的一个群体，无法言说自己的不幸，无法像文人那样用“诉苦”的文字来述说，或像现实主义油画家一样用画笔来描述，或许他们觉得这样做是莫大的羞耻。他们已把自己的不幸咽下，沉默不语。也许，多少年后，“咽下”的不幸会逐渐生出一种乐趣来。秋日里，他们欣赏着田里的庄稼，像欣赏着自己身材颀长的儿子、院子里欢叫的鸡鸭、圈栏里哼哼的猪崽。他们熟悉、习惯并喜欢上了秋天田野里的声音，泥土开裂的声音，庄稼抽穗的声音，流水浇灌土地的声音，水稻叶对叶、芒对芒、秆对秆摩擦的声音。“不冷不热，五谷不结”，这是他们对“双抢”炙热的回答；“只有懒人，没有懒田”，这是他们对耕耘的认识；“种田万万年”，这是他们对稼穑这一“职业”的高超预判。也许，这些认知与理解，是另一种天籁之声，也是如稻穗般赤诚的农人，寄托丰收的希望、安身立命的心灵低语。而那时的我，却不甘心，没像大人那样认命。我想着他们每日每月每年披星戴月，风吹日晒，重复着超负荷的劳动，最终收获的，可能依旧是空空的粮仓。

春夏秋冬，田野没有闲着，展示着季节的繁花盛开，结穗挂实。然而，这些诗意，也只有远道而来的城市观光者才能发现，劳动者感知美的触须已被压制、割去，他们越来越麻木，有时只剩下无奈和绝望。

在田里干活，农人只能“实打实”，必须谦卑、虚心、讷言、敏行，必须随时观察阳光、雨水、风霜的动向，观察虫豸对庄稼的袭扰。我常常异想天开，是否可以将此生几十载所有农事一次性全部做完，这样就剩下吃喝玩乐了——这才是人生下来，在世界走一趟的真正意义。当然，我如果这样说给大人们听，他们定会笑我是个“懒汉”，是个“痴心妄想”的傻孩子。但我认定，他们当初年少时，也肯定这样想过，甚至比我想得更离奇。只是后来，沉重的现实负荷、盘根错节的血缘与人世伦理，逐渐让他们“闭了嘴”，向宿命妥协。“人往高处走”，越往高处走，人越少。当一切客观条件让一位农人觉得没法“往高处走”时，他就因此更热爱他能看得见、摸得着、不欺人的田地。田地不会飘走，一年四季，只要辛勤付出、老天照应，就会有收获、有保障。土地上的辛劳，与责任、担当相连，也与亲情、爱相伴。我目睹过，那些年，有些村妇怀孕了还在田里劳作，直到临产——我同学的母亲因在田埂上劳作时生了她，就给她取名叫“秀禾”。更多的娃崽，像我，很小的时候，就被母亲带到田边，母亲一边劳动一边照看孩子。几个年龄相近的孩子，在紫云英铺满的田里嬉戏。田野辽阔，草香四溢，田畴成了孩子们的摇篮。鼻涕流得老长，躺在田里仰望白云堆垛的天空，大家乐呵呵地乱叫。那伸向田里的手，能抓到的是草茎和泥巴，但如今想来也抓住了另一种童年时光，与城里孩子“荡起双桨，小船儿推开波浪”的童年，有着同样的价值与光芒。但随着年龄的增长，我们的祖辈、父亲们也认命了。久而久之，他们麻木了，释然了，有时演化成另一个自己，有意无意地敲打、压制这片土地上冒出的试图改变命运的异类。一代代农人，如一茬茬庄稼，被命运和时间的锋利镰刀收割，好像没有血泪，没有叹息。

漠漠水田那时确实飞着白鹭，月光下那时的确听取蛙声一片，但我想那些白鹭在水田上空飞舞时一定感觉到了一个兀立少年内心的茫然，那些蛙歌唱着它们对水田的热爱，也一定吐露着乡村少年月光下的无限寂寞。我有时幻想，自己能像白鹭那样长出翅膀，从田地起飞，彻底摆脱沉重的农事和乏味的生活，自由地滑翔，飞到水田的上空，看着我的父母、我的姐姐，还有更多注定把一生浸在水田里的不知姓名的平凡乡亲，并以叫声表达对他们的问候，对他们的同情和感恩。在水田上低飞，在村庄的上空滑翔，穿越低层的乌云，飞至树巅、河畔，飞向远处的和平、吴山的山丘里，野岭间……想飞到哪里就飞到哪里，想停在哪里就停在哪里，一切自由自在。但有时静下来细想，白鹭也有麻烦。它整天东飞西飞，可能不只是享受飞翔的快乐，更多的是为了生存而在田野间寻找果腹的食物。青蛙歌唱，也许不只是因为快乐，还有可能是因为饥饿以及对食物和异性的渴望，还可能是因为寂寞。群体歌唱是为了彼此呼应、集体壮胆，因为它们常常被水田里的水蛇咬住——你常常能听到青蛙被蛇咬的惨叫声。而我也时不时地在心底想着自己将来的“后路”：如果读书读不出来，我也只能认命，待在农村。体力太差，死磕田头肯定不行。我在灶间烧火时向炒菜的母亲透露心声，为生计打算，将来落榜后，我是否可跟后湾的小龚学做木匠，或者跟港口街头的蒋伯伯学做篾匠？母亲则鼓励我，四乡八邻那么多没考上中专或大学的孩子，照样在农村过活。你有些文化，只要不服输，三百六十行，总有一条出路。“广阔天地大有可为”，而眼下，得好好学习！

长大后，我读过作家描绘“双抢”的文字：太阳下山，袅袅炊烟笼罩村庄的上空，家家户户饭菜飘香。晚归的乡亲，挽着裤脚，荷锄披晖，边欣赏着金灿灿的稻田，边看着沉甸甸的稻穗等待收割，内心里“喜看稻菽千重浪，遍地英雄下夕烟”的豪情油然而生。夜晚，约上三五乡邻，就着热腾腾的小菜，喝几口自酿的酒，惬意极了！——我不能说这种感受是虚假的，或是对沉重现实的逃避，但“身在其中”的我做不到。即便今日“身在其外”，一直喜欢陶渊明田园诗的我，许是历史语境不一，内心的俗念阻隔，仍做不到像他那样与自然田园有融合之欢。唐·冯贽《云仙杂记》写道，“渊明尝闻田水声，倚杖久听，叹曰：‘秫稻已秀，翠色染人，时剖胸襟，一洗荆棘，此水过吾师丈人矣。’”。一个隐于乡野的白发老者，倚杖俯首谛听，与清风田禾倾心低语，耳鬓厮磨，这是多么圆融与通达的境界。——但我要说，我不知陶渊明是否参加过江南水乡的“双抢”，如没有家仆或佃农干苦力，和我们一样高强度地劳作，他是否还能欣赏清风明月，谛听虫鸣蛙曲，写出那么多田园诗。

无法逃离，我就想着田野如何有朝一日全部实现机械化。不只是打稻，从选种、育秧，到播种、锄草、施肥、除虫，再到收割、脱粒、插秧……全部机械化。

命运让人无法逃脱，人却试图在其上翻云覆雨。但《周易》的精义，就在一个“变”字。

谁能想到三十年后的今天，“机械化”在历来精耕细作的江南水乡，果然实现了！——真高兴呵，我相信无数农人在心底里、睡梦中也会笑出声。

但很快，笑声消失于田垄的深处。在为农业生产方式改进倍感欣慰之时，我逐渐发现，乡村的“内涵”，也随着时间之流逝发生了新的变化，使我在怅惘、失落中，也生出新的忧虑。两年前，春节回故里，我在博客日志里写出这样的“回村见闻”：

“父亲说，村里种庄稼的方式有了大变化：直播代替了插秧，除草剂代替了耥田，收割机代替了弯镰。秧马、犁、锄、耙、簸箕、风车、石臼……渐次退役，田间的耕作几乎皆是老人的活计。因村里绝大部分年轻人出去打工，很多农田干脆一年只种一季。田头地角，荒草遍布。年初四晨起，窗外鸟声啁啾，圆润、清灵如露。母亲说：‘近些年麻雀在村里成群结队，还有布谷鸟、斑鸠、喜鹊、白头翁。’父亲补充道：‘还有画眉、百灵鸟、翠鸟以及大量的白鹭。这些生态恢复后的景象让人欣喜，但遗憾的是，村里的鸭鹅等家禽、猪羊等家畜大幅减少。而且，田野和水沟里的黄鳝、泥鳅锐减，河蚌、螺蛳日减，野生乌龟、甲鱼几乎绝迹。’‘乡村自然生态在变化，人文生态也在变化。’父亲说，‘村里人与人之间，没有以前那么客气了，更多的是讲求金钱关系。像以前，村里谁家盖房子、办红白喜事，大家都会来义务帮忙，现在一方面请不到人，人家外出挣钱去了；另一方面，能请到人，也必须付工钱，一天一百元打底。’‘村里偷盗现象越来越常见，舅母采茶叶一季辛苦挣的三千元钱，被同村人偷去，人家死不认账，她在门口哭了一整天。’我在外求学、刚开始工作的那些日子，每次回村里歇上一二日，便精气神倍增，我更多的是将它视为情感的慰藉所、心理的调节器。近年回乡，我观之，查之，感之，更多的是将东城视为全球化、互联网时代杭嘉湖平原上小村的一个缩影。

它在时代的律动、变迁中，牵动着我——一个媒体从业者的神经。乡村的沦陷和衰败，不仅仅表现在生态被严重破坏，故土风物被严重侵蚀，而且表现在乡村文明秩序、伦理规范和价值体系，已开始被改写甚至被颠覆。而这是否因为稼穑方式变了，也即所谓‘生产力决定生产关系’?”

无论如何，那些“双抢”的苦累，以及更多农事带给人的“播种与收获”的体悟消失了，我们的孩子，已将进农村视为“观光游”。喜耶？忧耶？

一位乡村建设者说：“多年所走的工业化、城市化的发展道路，使中国经济高速发展，却也饱尝苦果。”学者钱理群曾说：“当人们，特别是年轻的一代，对生养、培育自己的这块土地一无所知，对其所蕴含的深厚的文化，厮守在其上的人民，在认识、情感，以至心理上产生疏离感、陌生感时，就在实际上失落了不只是物质的，更是精神的‘家园’。”我不能说，现在的农业生产方式必须倒回去，回到过去清贫的生活和劳累的生产中，但至少如今“低品质”的生活，让我的幸福感大幅降低。食物、空气、水比不上从前，人与人之间应具有的起码的尊重、温情少了。城里是这样，农村也如是。但愿这只是社会整体进步中出现的一个必要而短暂的过程。因为我们可喜地看到，国家层面已提出了乡村振兴战略，地方上，以“五水共治”为引擎，对环境进行了刚性治理。我相信它会逐渐好转，不仅仅是自然环境，也包括人文环境。

“稼穑之苦”，我以为仍必须存在着。年轻一代，应经常下乡去体味一番，从大处来说，是不忘“耕读”之耕，不忘中国是农业古国，文明之根在乡村；从小处来说，只有经历过稼穑之苦，才能体悟稻米等食物的来之不易，人生获取果实的艰难，使自己的心智更健全，性灵始终根系于大地。在当前城市化、诸多劳力从农田“解放”的语境下，我想，这种“老生常谈”并未过时，反而应越谈越新。

我理解这世间的变化，也固执地相信，越是在迅猛的奔流与变化中，越是该有一些不变的东西握在手里，铭记在心中，如我们对土地的那种牵挂，对稻浪起伏、麦穗低垂的无限欣喜。我们应快乐着耕者端起饭碗的快乐，痛苦着农人损失庄稼的痛苦。

一百年后，我们今天所能见到的人、与人类相伴共存的动物，几乎全都消失，变成不同的元素，分解、组合，重返大地，成为以后人类、动植物的营养的一部分。如此休戚与共，如此周而复始。由此，我想，在江南，今日你可以不再“双抢”，但却不能没有类似“双抢”的劳作和体会，就像你用上了手机、电脑，也不应舍弃手写字。

在文字的一角，我呵护着当年的“稼穑”——生而为人，我尊重城里空调房内每一次繁难的案牍耕耘，更珍惜每一次粗放而卑微的体力劳作，因为它们是获取食物所必需的，也是亲近大地、感悟心智所必需的。

是的，田园在那里，稼穑在那里，一直在那里，永远在那里。这是让人泪流满面的事实。

渔在江南

中国江南，视域之内，皆密布水网。我居住的浙北湖州，以浩渺的太湖得名，“州以湖名听已凉”（袁枚）。湖州是典型的水乡，四大家鱼的发祥地之一。正如鱼离不开水，这片土地上生活的子民也离不开鱼。靠水吃水，离不开水产。记忆中，每年暑热天，我们都爱与河缠绵，下河时不忘带只木水桶或大脚盆，几个小时里，边嬉戏边摸螺蛳、河蚌，直到太阳西斜，桶盆已满，才离河上岸。螺蛳清养一夜，做荤菜——“肉罐头”。河蚌大都剖了喂鸭子。那时农家喜养鸭，勤下蛋的麻鸭叫蛋鸭，全身白毛、长速快的肉鸭叫洋鸭。上学没菜，饭盒里放个鸭蛋。来客人了，杀只洋鸭。有几年我们抢着摸三角蚌，村里有人收，说是本省的诸暨还是江苏何地，有人购三角蚌养珍珠。

事实上，渔樵耕读的古代生活中，“渔”放在了第一位。“天地不仁，以万物为刍狗”，地球上，人要生存、繁衍、发展，万物就成了手段。我那些乡亲不知道哲学家康德，他们说得更直接：“天上飞的，地上爬的，水里游的，凡是后背朝天的，都是老天爷造给我们人吃的。”农人平素很少吃荤菜。肉猪养到年终杀掉，大半出售，自家留下少部分，正月还要待客。其他时节想吃，则以腥代荤，它们主要来自河塘、沟渠。河塘是生产队的，但小孩子摸点儿螺蛳河蚌、钓点儿小虾小“荡婆”（书面语乌鳢）是没事的。一些灌溉的河沟、田渠，是小鱼小虾、黄鳝泥鳅的乐土，也是改善我们生活的荤腥的来源。在二十世纪七八十年代，虽然集体为上，渔业守矩，但不成文的规则也常被人打破：除了生产队车塘“竭泽”、丝网挂鱼，其他的抓鱼方式，在那时的乡村，也在悄然采用。

在爱幻想的年少时期，我常发问。比如，既然人这么聪明，为什么没能像鸟一样长出翅膀，在村落间满天飞？或者，变成鱼，扎入水里无须浮出水面吸气？如果变成鱼，我们就能在水中自由自在，想游到哪就游到哪。我们寻找着水中的秘密，寻找那些未见过的奇怪生物，还有祖辈掉落在河埠头的戒指、铜钱。它们眼下都躺在哪里？如果可能，我定会顺着一条一条连接的水路，游到苕溪去，游到太湖去。

鱼在水里无法无天。当人类来到了河边，他们很少带着“万物静观皆自得”、水阔随鱼游、互不袭扰的闲趣，而更多的是想着如何掠取这水中优游自如、光滑刺溜的家伙。人类在河边久久思索，平静而灵动之水给了他们智慧，他们很快就掌握了如南非老人捕鲨般的不同的抓鱼方法——利用鱼的本能、习性和弱点。

世间所有生物，要生存就必须获取食物，生成能量。鸟为食亡，鱼莫能外，也为食忙。如果这食是它喜欢的，且突然从水面上落入，那么，它怎会忸怩拒绝呢？它当然是欢天喜地，飞驰而取，因此往往落入人类的圈套。我记起每次母亲在河埠头洗菜，特别是鸡鸭开膛，血水散开时，那些巡游水面的穿条鱼就疯了一样赶来，黑压压地铺在河边，似乎伸手可及，但即便你长有魔术师的快手，也难抓到它们。它们逃离时迅疾如夏日闪电，怎么办？人的智慧恰在此时被激发。你将大脚盆的一侧，从支承河埠的磨盘口沿切下，再借水的浮力将盆往上一翘，很多穿条鱼来不及逃脱，便落入大脚盆里。在母亲剖好鸡鸭，让我帮洗涮脚盆里的污血的时候，我通常尝试这种抓捕方式，且把它当作一种娱乐。看着那些贪食的小东西在脚盆里惊惶的样子，我极开心。玩够了，我再将盆沉入水中，放小东西们一条生路，它们逃得比谁都快。但为了食物，它们仍不吸取教训，因为我很快发现这些家伙一个转身又挤在河埠口抢夺食物。

被木脚盆一舀而获的穿条鱼，其实多半是小鱼，因初出茅庐，不知斤两。其成年者，因为味道鲜美，常被人钓或捕。我小时候将饭粒或拍死的苍蝇，钩入小号鱼钩作饵，鱼竿一抛，钓饵落水，它们就马上扑食。一般是午后，太阳明晃晃的，我在岸上走，身影在水面上晃动，它们看到了也不怕——这类家伙就是这么奇怪。一收钓竿，它们苗条的身子被抛至岸上。那些上钩的家伙，大多是成年穿条鱼中个大健硕者。河面上的饵料，它们抢先得口，也因此更早被俘获。这些细瘦的家伙一旦浮出水，很快就会毙命——这使我想起某类人。

钓得一二十条，收工回家，掐肠去腮。油熬热，一条条下锅，母亲用铲子娴熟地翻煎。从锅底盘桓而上，它们煞是有型。文火中翻几次身，起锅。色泽焦黄，食时撒点儿盐，加蒜或小葱，用筷尖插入头颅后脊，左右一拉，两绺肉就整个下来了。吃得讲究者，能在桌上留下骨架，再扔桌下喂给猫狗。农村汉子喝酒，几条鱼即可，吃时不吐刺。

人类利用它们的生存本能——求食，发明了垂钓之钩；而利用它们听到响动易受惊吓、恐惧而奔逃的特性，就发明了网。

钓鱼，总让我充盈着快乐。年少之时，每至夏日午后，我总是喜欢找寻不被生产队队长发现的河边隐蔽之处，盘腿而钓。钓鱼之钩是自制的。以油灯之火烧一根母亲缝衣的细针，趁热取出，一手用废布条垫捏着针尾，另一端用母亲纳鞋底抽线的镊子，用力一压，弯曲成钩。此鱼钩闪亮、锋利，缺点是钩尖没倒齿。再寻来一根尼龙丝，配一细长的竹竿，鱼竿就成了。鱼饵也有讲究，若钓鲫鱼、汪丁鱼就用蚯蚓，如钓贪吃的鳊鱼，就将一盅麦粉加菜油和匀，抟成圆疙瘩，每钓一次就取一粒裹在钩上即可。那年年初，生产队在池塘里投入一批鳊鱼苗。暑假的一天午后，我蹲在大舅屋后竹林靠河的一棵杨树下，扔下鱼钩。微风徐来，荼蘼飘落，不一会儿就有鳊鱼上钩。拉上来，再裹个油疙瘩，扔下去，又拉上来……循环往复，我一口气竟钓到三十多条，大概碰到鱼窝子了。鳊鱼皆清一色的近半斤，这些家伙口小，但贪吃，咬住了钩就难逃脱了。怪的是一条被钓起，其他鱼并不逃跑，依然等着我来收拾。之后，每日午后，我都陆续将这些家伙从河里请起，以致年终河塘被抽干后，社员们都惊问鳊鱼怎么都没了，猜测“要么从哪条过水道逃了，要么都给黑鱼吃了”，绝对想不到，是我这个四条腿的、被晒得黝黑的“人鱼”，将它们悉数干掉了。年少时垂钓，每次总有收获。乘兴而来，尽兴而归。那时风行钓鱼前先撒把豆饼，我从不采纳，舍不得是个原因，但主要是认为没那个必要：没发现撒饼者比我这个不撒饼的垂钓成果多。

茹毛饮血的人类，为了生存，很早就开始在大自然猎获鱼族。地龙状的筌，是最早的发明之一。今日，尽管现代文明如天边乌云随时迫近，非洲原始部落、澳大利亚和拉丁美洲的土著人，依然沉浸在人类童年的情境里，他们用简单有效的自制工具，在森林深处、大河边、海边狩猎，捕捉动物。毒箭射猴，滩涂寻蚌，循迹追蛇、抓鱼。在赞比西河边，土著人用长芦苇编制一种地笼。傍晚时分，几个身材匀称、胸肌饱满的黑人，肩扛着地笼，在一河道的湍急处，挨个放置。然后从石罅间寻找韧性极强的枝条，将地笼两端缚住，并拔出一些水草盖在地笼上。第二天一早，在他们取出地笼的瞬间，电视纪录片中你能惊见地笼中翻滚着无数鱼儿。健壮的黑人扛着地笼欣然回寨。远远瞧去，你会发现长长的地笼与竖直的黑人身体形成一个运动的“十”字，很具美感。笼中之鱼在曙色中闪动银光，与捕者肌肤的黑色、树叶的绿色及沙土的黄色，交相辉映。自然与人，智慧、劳作与获取，就这样在广阔的大地上和谐共存。

竹筌，不仅赞比西河边的土著人在用，在中国的江南水乡也一直沿用到三十年前，至少我小时候看到过几回。在村口南港的一个入渠口，夏天下暴雨，许多鱼喜欢逆流而上，有人便将扁担长的竹筌置放于渠口，第二天取出，野鲫、穿条、乌鳢均有。

使用更广泛的网具是谁发明的？据说是三皇五帝中的伏羲氏，远古时期的外国网具是谁发明的就不好解释了。不过很早就发明了是肯定的，小学课本上就写着两千年前“临渊羡鱼不如退而结网”之古训。还有古语“授人以鱼不如授人以渔”，这“渔”字在古代也大有网捕之意。看地方史料，战国时期，越相范蠡助勾践灭吴后，与西施“泛舟五湖”，也即太湖流域。至今被乡民供奉的陶朱公、文财神范蠡，传说是养鱼的祖师爷，在我们这里著有《养鱼经》，教先民养鱼，还发明了鱼簖。我老家东城隔壁的蠡塘，即是他的归隐之所。

网具能抓鱼的原因在于，它大小不同的网格能让河水通过，却能卡着鱼的身体。网的材质一般是尼龙，在水中几乎“无色”，能障鱼眼；它织成的网四围很细，却很坚韧，而鱼的肉身具弹性，且中间宽而厚，如此穿越网眼，符合尺寸者就易被卡住，而且越逃脱勒得越紧。诡异的是，本来能帮助鱼伸展和平衡的下腹两鳍，过网眼时，反倒成了两个倒刺。因此，两鳍让鱼成了“自身的俘虏”。

穿条鱼如何用网抓捕？我少时所见，就是“搭网”。那时，常有本村人或外村人，扛着搭网，赶到河塘边，在一个个河埠头撒下去。河埠头所在，一般塘面开阔，多洗涮物什，为穿条鱼觅食首选之地。搭网抓捕穿条鱼，行动以秒计。此网是个比例异常的长方形，长三四米，宽几十厘米，两条宽边之间梭织时放了匀称的兜裆。搭网的两侧，由两根等长的竹竿串扎起来。捕鱼者悄然来到河埠头，借竹竿之力，迅疾将网如一幅书画长卷向两边展开。等下端长边被铅缀拉入水中，被上端沿线的塑料浮漂给拖住，捕鱼者便用胳膊夹着两侧竹竿在水中赶打、包抄，最后两竿逐渐合拢，形成一道吻线，遂起网。网起，被捕获的穿条鱼在里面扑腾，偶尔有一些鳑鲏或小鲫鱼、虾，甚至一些路过的冒失鬼如螃蟹、“刀雀”（一种我至今叫不出书面语的泥鳅状水生物）也不时落网。

另一种抓小鱼小虾之“赶网”，顾名思义，是一种将河边的小鱼小虾驱赶后归拢而得的渔具。这种网整体如埃及金字塔形，其长方体的一面外撇，是吸纳被驱赶之鱼的“大嘴”，其他三面都用网围起，四根弯曲的短竹竿在四角围着。赶鱼者一般下到湖边，左手握在四根弯曲竹竿交织的赶网上端中心，对着河浜，一次次放下，一次次用一个竹制的三角形耙子或给灶洞掏灰的耙子，在河沿下的边界内驱赶。闻声的小鱼小虾们敢情见了阎王，抱头鼠窜，东奔西跑。因赶网下水时，前端已顶在河浜，后端斜切开一端，正是赶鱼者双脚所在之处。由此，华山一条道，小东西们只能向中间逃，这恰是赶网之如来佛手掌。事实上，赶网自入水中驱赶再到拎起，整个过程用时比我叙述这个过程耗时要少得多，不到一分钟时间，落网者已在赶网中跳跃，夸张一点儿说，像在举行蹦床比赛——奥运会上的一项新运动，但鱼虾们的结局无涉奖牌，而是被赶鱼者拣豆子一般投入背上黑暗的竹篓里。看人赶鱼时，我们像跟屁虫一样在岸上吆喝着。赶鱼者在水中行进，像踩地雷般始终小心翼翼，保持着一种动态平衡。水上提着赶网而行，赶鱼者一怕响动太大，惊走前面的鱼虾，二怕一步不慎，打个趔趄，歪倒在河里。记忆中赶鱼者大都在秋冬而来，身上穿一条肥大的黑皮裤。此裤从脚底一直连到肩头，上端由一圈银色的亮环串着，缩扎在脖颈上。若上岸步行，像极了脱帽后的宇航员。这装扮让那时还是娃崽的我们无限羡慕——黑皮裤何处定制？穿在身上何种感觉？我们不奢求家里也能给订一件，但总寄希望于那陌生的赶鱼人，在我们河塘取得丰厚的收获之时，发发善心，让我等试穿一下。我可以去水中扒拉几块大冰块，或者找一找上次落入河埠的那个大碗。但这些来自外村的家伙只顾自己赶得欢，正眼都不瞧我们一下，而生产队队长也不来驱赶，大人见了，哪怕几条大鲫鱼被赶走了，也不吱声——唉，难以理解这些大人们的想法。因此，我们就由怨生恨，巴不得这赶鱼的家伙歪倒在河里，皮裤进水，即使冻死、淹死，我们也不会喊人来救。但多少年里，总见着这些赶鱼人把一篓篓鱼虾掠走，却从不见他们歪倒在河里。

还有一种专门抓虾的“兜网”，远远看去就是一只巨型的乒乓球拍，但这板面却是由细密的网格织成的，且中间凹下去，像个锅。它们一般也只在冬日，更多是隆冬，由外村人扛来我们村的河塘里，在一片片“革命草”下使用。革命草这种草，不知何时引进，问过大人，说是在新中国成立后为了养猪而种的。此草不论在地上还是在水中，都有旺盛的生命力。今天一小块，十天半月后你路过再看，生出一大片，真有生物入侵的味道。水中的革命草没心没肺，抹布大小的一块，不知何时在鱼塘的一角已长成竹匾那么大的一片。冬天的虾子，就爱钻进这种繁密的草里。一个冰冻的午间，隔壁村那个瘸着一条腿又瞎了一只眼的塞子来了。他一瘸一拐却很精神地扛着大兜网，从我们家水塘水浅的西南湾下去了。这个坏家伙站在塘中央，稳稳地将大兜网斜插入水中，向“竹匾”底部推进，然后，两手抓着网柄轻轻上托。笃定之后，他一手托着兜网，另一手从后背竹篓边抽出一个“丫”字形木杆，托着兜网网柄，然后腾出手一小片一小片地来回抖洗革命草，将在革命草内觅食或猫冬的大小河虾赶出来。它们往水下退，但未必能逃过此劫：它们其实已经落入下端的大兜网里。一个抖洗结束，塞子抽掉“丫”字形木杆，双手擒柄，将大兜网从“竹匾”底部平行抽出，同时快速将兜网托出水面，那兜网里便是塞子的收获。我们这些小孩子之所以说塞子是个“坏家伙”，是因为他瘸腿瞎眼，样子难看，还因为他非常狠。他一个下午在我们水塘掠走大半篓虾，临上岸，我们跟他讨几尾虾子作“钓饵”，这龇着黑牙的家伙嘴上说“好好好，你们过来自己挑”。孰料一旦你靠近，他会一把揪着你，接着手就往你裆里伸，拽着你的小弟弟使劲捏，让你哇哇叫着喊松手。他得意地问：“要不要抓两只虾子喂你‘小弟弟’？”待他松手，你已痛苦得只能像他一样瘸着走开。我们也不服输，走到院墙埂的安全地带破口大骂：“死瞎子，你捞这么多虾子，还不是给你相好美娥吃！”这下蛇打着七寸了，塞子先是一顿，继而嘴角一咧，悻悻地一瘸一拐地快速走开了。我们很过瘾，因为我们这样骂是有根据的。村人常说，别看塞子又瘸又瞎，人聪明着呢。随便从哪个河塘边走过，他都能看出哪个地方有甲鱼躲藏。不信？他多次现场用小铲子，三下五除二地在他说的地方自上往下掘，硬是挖出了甲鱼。村人眼皮底下显本事，他人只能干瞪眼。但大家都说，他这么冷的天还下河抓虾，都是为了向那个美娥献殷勤。美娥又白又嫩，她那个在砖瓦厂做搬运工的男人是个“肉头”（方言，无能之意），塞子用一瓶酒、两包烟就把她男人摆平了，两人称兄道弟的。塞子带着甲鱼或鱼虾让美娥烧了，两个男人有时还对着喝，美娥忙进忙出，乐得像个新妇。“一朵鲜花插在牛粪堆里。”很多男人气鼓鼓的。据说有次塞子在某个村捞虾，口角中有人拿美娥说事，讽刺塞子是癞蛤蟆吃上了天鹅肉。塞子先是不吭声，上岸后一个猛扑，将粗壮的网柄向对方砸过去，幸亏那人逃得快，捡回一命。塞子脱口而出：“美娥是跟老子好，这是老子的本事!”愤怒中透出一种男人的骄傲。是的，美娥就是那河中带刺的桂花鱼，只有他塞子有本事“手到擒来”。

读初中那会儿，有一阵子我们乐于自己动手织网。放学后，同村几个“网友”先饶有兴趣地观察隔壁村几个同龄的织网能手织网，回村后心里便蠢蠢欲动。我们每日加快速度打猪草以挤出时间，好找一个相对安静的角落学织网。织的网就一种，叫“扳网”，网的大小由自己决定。记得我偷偷潜入大舅家的竹园，把一棵死竹削片，用削笔刀小心且耐心地一点点划、削、挖、切、雕。做废一个又一个，我终于制出了一把小竹梭，之后又利用余下的竹材，顺势又制出大小不同的几把备用。上学时，我利用午间休息时间，从观音桥街上买来一团尼龙丝，将尼龙丝来回绕在梭芯上。扳网几乎是正方形，四边必须由粗线做纲。我截取一长段母亲纳鞋底用的粗线，又溜到大舅屋后一角织起来。将粗线对折，再对折。中间的对角打结，套在一棵竹子下端的根上，然后开始运梭。先从左至右织，到了右边下一格，再由右织到左。织得顺手，心里也畅快，这是我们从未体验过的劳动，像游戏。得意时我想，苕溪港口那些避风船上的苏北人，依赖织网、捕鱼过活，这本事也不难，我也可以干。我甚至不再害怕被大舅看见，甚至希望母亲能来大舅家借盐，顺带看看我的本领，最好返回家后跟脾气暴躁的父亲说："儿子会织网了，等于有手艺了。不一定非得读书或当兵才算有出息。"但我得意得太早，一织到中盘，特别是由中间线开始每顿一次收一格，我总觉得不顺手。收，织，再收，再织，已到三角形的底端了，却没有显现出想象中的完美样子。原来我沿纲线顿下的每一格距离太长了，以致最后还有多格无法在结束时同步抵零。网歪歪扭扭的，情急之下梭芯也被拉断了。第二天上学路上，同村伙伴展示前一天织成的扳网，虽然有的也未必完美，但较我胜出十分。他们问起我的，我说还在制梭阶段，心里却发誓放学后定要战胜一盘。哪知第二次织到中盘收格时，因过于小心，我每次顿下的格又太短，导致还没有到达整个网的底端，网格已在我的收织中结束归零，下面因此空出了一块"癞痢头"。我没灰心，再来！如此几番折腾，在周五上学路上，待他人展示完毕，我献宝一般从书包里取出了叠得整整齐齐的扳网。一道道翻开，伙伴们在啧啧声中无语了——他们惭愧、佩服、羡慕。当然，因为担心浪费材料、耽误时间，加之竹梭易损、驾驭能力欠缺等多重原因，我们织出的扳网也就斗方国画那么大，但那毕竟是我们自创的精美作品。

织网是为了捕鱼，我们终于在制钩之外，也能用自己的网“抓鱼”了，我们像猫叼到活鱼一般兴奋。我找来小竹竿，给网绷出一个迷你型蚊帐般的架子。然后拿着已织成的网，央求母亲给条纳鞋底的长线，这条长线本是鞋底的组成部分。心软的母亲见着儿子的成绩，也想见证一下儿子“保证能扳到一盆鱼”的决心，就允诺了。很快，我又取出另一张织好的扳网，母亲在惊异于我的能干时，主动想办法找来几段箩筐上用的麻绳，搓绞成更粗的吊线，扎在扳网的顶端。两张扳网齐备了。下河前，得在小扳网上放点儿鱼饵。那很简单，在河沿稍一蹚，就抓到几只河蚌。剖开取肉，将其扎在网心的活结上，如此，一切就绪。我选定那田渠水经河塘的入口，有时选定浅一点儿的河埠头。两张扳网先后落下，然后便是等待。这时我一般蹲在附近的杨树荫下，要不就和同样在塘边不远处下网的伙伴打洋片、打弹子，但却心系扳网。一刻钟后，我与同伴低声约好一道起网。这扳网起时要快，才能使正品尝蚌肉的麻姑愣子（我新近才查出这种短而肥、喜欢扎堆的小鱼叫麦穗鱼）来不及逃亡。在离开水面的片刻间，它们便陷入扳网的底部，两条、四条，有时多到七八条，记得最多的一次里面竟有二十多条。那次，我们玩弹子太投入，差点儿忘了扳鱼这档子事。等我们想起，时间已过去半个小时。时间长的好处是这些东游西晃的麻姑愣子，不但发现了我扳网中的河蚌肉，而且还呼朋唤友，让大家一起来品尝。静静的湖面，没有任何干扰，它们越聚越多，越吃越欢，在同一时刻，岸上的我想起了自己的扳网。我将它们端出水面，盛进了我的鱼篓里，晚上端到了餐桌上。第二天，鱼肉已化为动力的一部分，我又在河边搜罗它们的伙伴。

大扳网大且有型，常出现于古代艺术品中。五代画家赵干的《江行初雪图》，画面上展示着长江沿岸渔村初雪的情景。我们能在其中见到几只大扳网，不是落在河湾，就是伫立在江岸小桥边。渔人佝偻，蜷缩，赤着双脚，紧盯着河面——在那一刻，我发现人和鱼一样，都被一种悲苦的命运之网所俘。康熙青花《渔乐图》中，也常出现江南人用扳网捕鱼之景。但“渔”乐不乐，只有画中人知道。大扳网都是成人操作的，下大扳网需很强的臂力，也需懂得使巧劲。关键是，这些扳鱼者懂得通过水流、塘的形状、岸上树竹之投影来观测河鱼密集之方位。记忆中有些大扳网之网心也扎着蚌肉，但大多不用。

我见到一张巨无霸似的扳网是在西苕溪，也就是米芾《苕溪诗卷》所写苕溪的西部。童年时的某年年底，天色灰蒙蒙的，好似要下雪。天冷，风寒，我跟着父亲在港口集镇赶集，他说：“我们到西面去看看那里的人用‘扳网罾’扳鱼吧。”我那时不懂父亲所说的“扳网罾”就是后来见到的跨在百米宽的西苕溪两岸的巨型扳网。沿街向西，一路能见着三三两两拎着小竹篮的人，篮子里盛放一些鱼，不同于河塘里的，如翘嘴鲌、黑鳍鳈以及毛蟹、大虾。还有一截截叫不出名的圆柱似的鱼肉。从过往行人与父亲的招呼声中，我听到了“鳡鱼”一词。我们再向西行一段，绕过一座机埠，转向西南边的一条圩埂，行千余米，终于见到了“扳网罾”。圩埂坡上建有一间小屋，一些附近的乡人、集镇上的人，正站在屋前嘀嘀咕咕。我们走近，听闻他们跟扳网罾的业主在协商自己拟买的鱼、斤两和价格。我注意到一条扁担一般长的大鱼，也即鳡鱼，肉身已被切成一截一截，正被人挑选。圆柱形的鱼肉，断面上现出圈圈纹理，恰似大树被锯后显现的年轮。我惊异于植物与动物间的某种神似，就像三文鱼与胡萝卜有着相似的颜色、相似的纹理。直到此刻，我才注意到小屋内装配的马达、轱辘架和其上紧勒的钢绳，顺着钢缆往西苕溪上一眺，扳网的两根钢绳，斜穿在河面上，隐约也能见到对面有一间小屋。再看河面，水势浩荡，水流湍急，向东奔去。我看着新鲜，忽然小屋的业主向对岸吹起了哨子，不一会儿又挥动一面小红旗。后来才知道他们起网的信号是雾天用哨子，晴天挥小红旗，而在这灰蒙蒙的天，只能双管齐下了。随着小屋内的马达开启，钢绳飞转，一张大扳网很快从西苕溪上收起。一只小木筏见缝插针，倏然驶入网中。马达轰轰响，网越收越紧，那只小木筏划入网中央，越来越小，筏上的捞鱼人也小如核桃。最后，这张比我们生产队大稻场还大的大扳网，从一个平行四边形收成一个椭圆形巨兜，只有中间一小块与河面相连。你能看到很多鱼，卡在了网格中，随网起吊并摇摆，更多体型大的鱼，在收网时，一圈圈向“锅底”奔逃，最后全部聚集在一起。此刻，如有相机，你会在镜头里惊异地看到，整个扳网形如一个巨大的乳房，它的乳头——小木筏和人，在那沾水的网心跳动。网中有一两条特别大的鱼，横冲直撞，像飞旋在战地上的两枚炮弹，凶悍得连木筏和捞鱼者也小心翼翼。但落网之鱼斗不过捕获他们的人类，在网底收捞鱼虾的捞鱼人，另一只手里正拿着一只铁锚抓手。他一边用抓手挂着网格将木筏拉近，一边用小网兜收捞鱼虾。在靠近那两条鳡鱼身侧时，捞鱼人突然用铁锚敲击它们的头，一会儿左一会儿右，打得鳡鱼晕头转向，鳡鱼渐渐老实，翻了肚皮，只剩两腮吃力地张合。捞鱼人用铁锚钩住它们的腮，一一将它们拖进筏舱。大概是怕它们醒来挣脱，捞鱼人又给它们套上一张大尼龙网。一声哨子响起，两边的马达开始松缆，网中的捞鱼人也放弃了部分卡在网格里的小鱼，在中段扳网入水后，快速划动木筏靠近北岸。业主立马下去帮忙，又收获了几十斤，心里喜滋滋的。鱼被带到小屋圩埂一侧，大家开始争相选购，远处圩埂上仍有人陆续赶来。过年，鱼市好了，大河里的鱼味道不同于内塘所产，农人也破费了。

今日，在城市生活多年之后，我已逐渐疏离了鱼族，只在菜市场与它们相见。

眼下，我居住的小区前端，就是奔流而下之西苕溪的下游。每晚散步，面对着浑浊且泛油污之河水，冷漠地看着那些驱动着这个时代财富欲望的巨型铁驳，我知道，无论我怎样感伤，这河里之鱼族已远去、凋零了。在城中穿行，你会发现几条弦脉一般的小河，一端连接着西苕溪。因为小河相对干净，上班路上或周末，总能见到若干上年纪者在垂钓。他们的装备，从不锈钢钓竿到盛鱼的大网兜，从钓鱼的饵料到捞鱼的小网兜，以及他们的坐箱、饮料……一大摊，快赶上电视上的钓鱼比赛了，但关键之物——鱼，不多，这恰如装修豪华的古玩店内，少见真古董。当然，也许老人们主要是为了消磨时间，钓的是一种心境。但我总觉得这摆着的垂钓架子有点儿不合适，透着小孩子过家家的味道。

我记忆中的抓鱼之网，还有一种“撒网”。渔夫立在船头，支使着后面的划船者向某个滩某片水域靠拢。船到了大概的方位，渔夫双脚在船头一压一起，两手将网撒向河面。这镜头在电视剧中最常见，霞光下捕鱼船穿过芦苇荡……画面诗意得很。但事实上，撒网首先是个力气活。出船打鱼，不是撒几次就能结束的，总要争取“鱼满舱”。不停地撒，要求两手有臂力，且有耐心，还要保证体能。撒网捕鱼更是个技术活。它要求撒网者扫一眼湖面就知道哪个地方鱼更多。船一边行进，撒网者一边两手展网分捻，快而不乱。撒网时，身体要协调。船头小，动作要连贯，抛撒时要最大限度地使网张开、张大。起网不能急，急容易使收网“脱节”——鱼开溜；但也不能太慢，太慢给了鱼充足的逃跑时间。最后，在将网拖上船头的时候，需一鼓作气。我很喜欢看别人撒网捕鱼，整个过程行云流水，简直像行为艺术。

江南最常见的抓鱼法，当然是“丝网挂鱼”。一年中，有个一两回，生产队或因农资紧张而无他法，队长便决定捕鱼出售。到了年底，生产队若不打算车塘（用水车把塘里的水车干），又要让社员过年吃上鱼，就要再请渔夫来一次“丝网挂鱼”。从一个塘到另一个塘，大摇大摆，像谁家娶媳妇似的热闹。村子里鸡飞狗跳，一股股鱼腥味在村里飘荡。长长的丝网从捕鱼者划动的菱桶里，横截着湖面渐次放下。往往几百米丝网还未全部落下，前面入水的网已有成鱼挂上。“四大家鱼”中，上网者以鲢鱼、鳙鱼为多，草鱼、青鱼较少。有时河面上的捕鱼者太过忙碌，会放两三个菱桶下去应急。卡在丝网上的一条条成鱼被抓腮，放入菱桶，积到一定量后，渔夫迅疾划到岸边，将鱼扔进等候的箩筐。一担担鱼被挑到生产队的操场上，少则一两千斤，多则三五千斤。作业全部结束时，村民早已提篮拎筐，在议论今年鱼肥鱼瘦时抓阄分鱼。

除了钓、用网捕、车干水塘抓，还有什么样的抓鱼法？特别是有的大湖大河，因为支流繁密，又连着更广阔绵长的大江大河，从未被车干过。

那就使用拖网。年底，因为村东的大港比较广阔，一般网具不好使，就会请渔夫来“拖鱼”。拖鱼，就是用一张很大很长的拖网，从河的起始端“一路包抄”到河的终点端。拖网网格一般很大，鱼苗会自动“漏网”，剩下的大鱼大部分被俘获。最后收鱼时渔夫会根据生产队队长的要求再挑拣一番，不到分量的鱼被放入河里。整个过程中，鱼被很文明地“请起”，不受任何伤害。

你不想“钓”——它需要耐心、运气，而且耗时，又不想用网抓——那太热闹、太惹眼，只想一个人“偷偷地行动”，三下五除二地捕鱼，这时有个残忍的做法：叉鱼，即用铁制的带倒钩的鱼叉捕鱼。

因为有些成鱼会突然浮出水面，比如夏天特别闷热，水中缺氧，傍晚时就会有许多鲢鱼、鳙鱼浮出水面换气。此时扔出鱼叉，定有收获。还可以叉盘籽的黑鱼。黑鱼盘籽，就是一大群刚产出的黑鱼苗，在水面上盘成一团，像一朵乌云或黑色的睡莲在河面缓慢移动。若发现这黑团，经验告诉你，下面定有一尾大黑鱼——将其他鱼作为食物的家伙。它是内塘里的“鳡鱼”，异常凶狠，让养鱼人痛恨。它们生命力顽强，抓进箩筐，放一个星期也不会死去。它们还很狡猾，即便河塘车干了，找它们也很难。和甲鱼一样，它们把自己藏进很深的淤泥里，看不到它们呼吸、蠕动，除非刨泥三尺。黑鱼盘籽，江南一般在春末的五月。农忙间隙，如果哪个村人在河边路过，发现此景，便会快步走回家，从猪圈或放置杂物的小屋里，取出已有锈迹的鱼叉，再次来到河边，巡视“黑云团”，准备投入战斗。鱼叉杆末端有一孔，系着一条长长的尼龙绳，可松开拉出。叉鱼者瞄上一阵，认准大黑鱼的位置后便掷下鱼叉。如果鱼被叉住，在水中挣扎、扑腾，一团血水会立马从鱼叉周围泛溢开来，叉鱼者要迅疾拉绳。鉴于体型壮硕的鱼中叉后有时会带杆而逃，叉鱼者就必须掌握拉绳回岸的节奏。叉鱼总体求快，一个原因是怕鱼出逃，另一个原因是扛着鱼叉叉大鱼，易被人发现。鱼塘是集体的，被社员发现不好。叉鱼不被人喜欢，可能还有不便言说的心理原因：一个人提拎着鱼叉，怎么看怎么像拿着刀剑一类的凶器，瘆人。我初二在大港看拉网捕鱼时，曾见有人将一把鱼叉插入我同学父亲的手中。那情景，我不想再描述——恐惧啊！叉鱼跟体育比赛中的扔标枪是否有某种渊源，我不确定。几年前我访问同乡、雅典奥运会我国标枪选手李荣祥，当询问他家起初在何场地培养他练标枪时，其父一乐："从没培养。喏，你看我家屋后那条大河，荣祥小的时候，鱼非常多。大鱼在河中央，他拿鱼叉去叉。那么远，还要准，他的眼力、臂力就这么练出来了。"

用滚钩抓鱼也比较凶残。两个渔夫，将一条上面等距离挂满锋利大弯钩的粗绳索，从河的一端抛下，再各自划着菱桶，并行在河的两岸。他们各拽一头，划一段就用手使劲拉滚钩一次，河底体壮而大的成鱼，因此常被钩着，挣扎着摇动渔夫手中的线。他们会让尾随的第三个渔夫划到被钩的鱼附近，提拎滚钩收鱼。

有一种介于钩、叉的捕鱼法，叫"麦卡"下鱼。一般也是一个人"悄悄地行动"。"麦卡"，是一种和牙签差不多长的竹签弯成的环状卡钩，它们被缚在一条较粗的尼龙长线上。卡钩上的饵料，是烧熟的大麦粒，前一晚下鱼人会将它们一粒粒楔上卡钩。第二天一早，渔夫顶着清凉和河上的薄雾，划着菱桶，悄悄放下"麦卡"。午间或傍晚，渔夫又悄然下河收卡。一些贪吃的小鲫鱼、鳑鲏，在吞噬麦粒后，嘴巴被弹开来的卡钩撑住，又由于力小而挣脱不得，因此被俘获。但用"麦卡"很难抓到大鱼。

有没有既不用狡猾的网、筌，又不用凶残的钩、叉捕鱼的方式？有。

如今有些电视剧在拍摄水乡画面时，常安排个鱼鹰入水叼鱼入镜。但至少在我成长的二十世纪七八十年代，我在水乡没见过此种抓鱼法。如下所述的“草绳碰鱼”法，我倒是见人用过。

那年立秋时节，村里的一群男人，经生产队队长授意，纷纷下到村东的大港里。很快，河岸边，东一簇西一堆，站满了妇女、儿童甚至拄拐杖的老人。大家并非来观赏这些男人游泳，而是看他们如何用粗草绳抓鲫鱼。这种抓鱼法，要求水不能太深，旱天水齐肩最好。在大港边，两个身高体壮的男人，一边站一个，将一条粗草绳拦河拉直，然后将草绳按下水，用一只大脚板将它踩在脚底，一端留出一截拉直，两手擒住。如此，草绳在两边，各呈直角。河中央，站着另一个男子，一个抓鱼高手。他也不时用脚踩着草绳。至此，整条草绳在河里呈一个“山”字形。然后，三人吆喝着，用脚钩拖着草绳一点一点往前挪。在大港的另一端，一群男人在水中或呼喊或拍水或扑通，与拉绳者遥遥相对，驱赶着河鱼向拉绳的方向奔来。随着草绳在河底挪动，草绳中段的那个抓鱼高手，两眼一直在河面搜索、查看。水面上有个点正泛着气泡，他判定后，游过去，瞅准，一个猛子扎下去。一会儿工夫，一只抓住鲫鱼的手已先于男子的头伸出水面。岸上随即传出一阵欢呼。男子的家人，在岸上欣然享受着村人的夸赞，荣光满面。很快，岸上有眼尖者手指河面说：“那个点也在冒泡了——”男子将鲫鱼放入跟随的深水桶后，顺着那人指的方向观察、验证。有时他肯定，有时他摇头。根据气泡的大小、连贯程度，他判定草绳在河底是拌了树枝还是触碰到鱼体。鲫鱼冒的泡是连贯、细小的一串。鲫鱼为何冒泡？因为在男子吆喝、拍水、扑通时，鲫鱼喜欢往河底俯游，而如果此时拖行的粗草绳碰到了它们的身体，它们就会往泥里钻，淤泥里的沼气泡就会浮出，大大小小的。而钻入淤泥的鲫鱼，以为脱险，会开始喘息而吐出一连串珍珠似的气泡。抓鱼能手扎个猛子，两手就摸到了这里，将身体后斜、头部入泥的鲫鱼擒拿。这些野生的鲫鱼有大有小。有时出水时，因为过分扭动、滑腻，鲫鱼得以逃脱。如果是大鲫鱼，抓鱼者没能用两手合擒而“大意失荆州”，岸上的惋惜声就会传到河面上。野生鲫鱼繁多，一次捕鱼行动结束，深水桶里沉甸甸的，故惋惜声还未过，就很快被新的擒获之欢喜声盖过——那一刻，整个大港的两岸，仿佛全村总动员，男女老少，岸上河里，一片欢腾，仿佛迎来了乡村的节日。而手擒的鲫鱼，未受到伤害，故在生产队分鱼时，家家户户都端着脸盆或小水桶，里面盛着一点儿水。分到各家的鲫鱼，被放入厨间盛水的缸里。野生鲫鱼本身活力足，生命力强，从大港到农家的大水缸，只不过换了一个环境。它们很快适应，与水缸里附壁的大田螺等为伴。其时，水清又甜，农家主妇做饭烧菜，就用葫芦瓢在养有鲫鱼、田螺的大水缸里舀水，这水，却没什么腥气。——写到这里，一股柔情泛溢在我的心间，久久漾动而不去：现在的乡村再也找不到这样的情境了。野生鲫鱼已很少，过多施用农药的田沟里再也找不到肥硕的田螺。而田螺姑娘的民间故事，在我回村讲给随行的孩儿听时，因为难见“田螺”这个活载体，已显得虚幻而苍白。多年的环境污染，河流淤塞，农药、化肥、塑料制品联合“绞杀”，特别是电鱼、药鱼等“赶尽杀绝”式的抓鱼方法的使用，几乎使河沟和水渠中的鱼、虾、泥鳅、黄鳝、鳖绝迹。

在今日的商业时代，我捕捞这些生活的记忆，犹如当年那些村人在河里“抓鱼”。毋庸置疑，如今以渔具“抓鱼”这种与生活生产连接、以渔樵耕读为典范的农耕文明中获取自然美物的方式，在充斥声、光、电的现代社会，已渐行渐远。时代真的在进步，在迈向现代化吗？即便果真如此，至少观念落后的我并不认为：人对大自然的理解，存在于手工业生产中的劳作体验、生命感悟中，也因某种“进步”而“超越”。事实上，全自动的智能化、机械化，正在日益消解着让人类刻骨铭心的手工体验和天地之灵性。我总是不甘地认为，经过了轮回和高度现代化之后，人类有朝一日必“归去来兮”，再度返回自然，拾拣起那些存有人类成长记忆的农具、渔具，重现于摇篮一般的田野、河塘。

“在大海的黑夜里，穿梭的游鱼便是闪电”，诺贝尔文学奖得主帕斯在《朦胧中所见的生活》中说：“世界，你一片昏暗，而生活本身就是闪电。”如此，我是否可以认为，农耕生活中的抓鱼以及砍柴、耕田、读书，就是一种穿透乡民生活、生命黑夜中的闪电，它照亮贫寒、超负荷的体力劳动，夜晚遥望星月的孤寂，以及深陷病痛和蒙昧的悲凉。

西苕溪的水不会倒流，曾经的乡村自然和人文生态，变成了我们无法辨识的样子。一只只小小的电瓶，能将所有沟壑、塘沿的鱼虾“通吃”，将它们的子孙扫荡殆尽。而比电更疯狂的，是人类的口腹之欲。

年少的我，曾多么机智、机灵，像一只猴子，轻松上房揭瓦，上树攀爬，在很窄的阡陌上飞跑。而今日城里的我，越来越像笼中的呆鸡，吃了睡，睡了吃，在笼子一般的办公室里产蛋——生产失血的文字。

在都市的喧嚣中，我这尾从乡村窜来、已回不去的鱼，在街巷、高楼织成的网格间左右奔突，在历史与当下、中国与外国交织的网中，坐以待毙。我张着“鱼鳃”，却缺乏生气和灵性的呼号，被岁月之手拉纤渐收，成为现代文明盛宴中油煎翻熯的又一条鱼，只待时光剔肉扒骨，化为一堆尘土，回归大地，重返我曾有的梦之乡土。

捉鳝

年少的我们对自然、对大人主宰的世界有万千的期盼与恐惧，当然也有属于孩子们的无限广阔的快乐空间：打水漂、打弹子、飞洋片、抽陀螺、转铁箍、踩高跷……这些属于同学、同村玩伴参与的群体性游戏活动，帮助一个个乡村孩子发展心智。

但孩子的成长除了“文明”的游戏，还有现实的残忍。就比如我，有时一个人，有时带着弟弟，去捕捉自然界中的小动物。我与自然的这些小生灵之间，没有生死火拼，只是征服者和被征服者的关系。我爬过屋檐掏鸟蛋，上过树用枝丫戳新孵出的雏鸟，有时按捺不住，还探查过别人家的燕子窝。当然，主人必定不在，一同作案的这家孩子必是我的铁杆玩伴。在他家屋子中央，架起木梯，手伸进燕子窝取出一两只小燕子玩玩，玩腻了再放回去。在乡村，燕子来家中做窝，被认为是祥瑞之事。这种“祥瑞”，今日想来，是与乡村文明的整个背景相契合的，犹如一片湿润的泥土上长出一朵温润洁净的小花。在现代人的审美认知和判断中，燕子从形到神都是一把锋利的刀。它一刀插入人类的精神深处，游刃有余地在人的精神脉络中出神入化地游动，既不伤人类，也没有让人类坚硬的骨骼碰伤自己。故看归看，玩归玩，不能伤害雏燕，不然飞进飞出的大燕子会叽叽喳喳，吓得不行，弄不好它们很快会搬家。而一旦被主人发现，不但自家孩子要挨打，还会向自家孩子的玩伴父母告状。那时，我常跟在黑子堂兄后面，有时自个儿带着弟弟，从我们东城村出发，一个村接着一个村，用小鱼叉在内塘岸边、河边溪畔或田边菜地，叉大青蛙，有时也叉那无毒但让人浑身起鸡皮疙瘩的水蛇，还叉过小乌龟。这些野龟，看着缩头缩脑，一有风吹草动，立马刺溜一下入河、下潜，灵敏得很。我不知乌龟在自然界的天敌是什么，但人绝对是它最大的敌人。记得我与黑子堂兄在广丰村一户人家屋后，叉过一只乌龟。听闻烤乌龟很好吃——小孩子虽然弱小，但天生对动物凶残，没有怜悯之心，我们借助炭火，硬是活生生将那只乌龟与另一只小乌龟投入灶膛内。当感觉乌龟已煨熟把它钳出来时，我们发现壳内的肉几乎全没了。乌龟是烧成灰了还是“脱壳而逃”了？我至今也没搞清楚。在长竹掩架的河埠头，我钓过无数条鲫鱼、汪丁鱼、鳊鱼，还在河埠头用螺蛳肉钓过无数虾子，用蚯蚓钓过“荡婆”——乌鳢。我见过村前的桃林一家，用缝衣针穿过蘸一遍油的猪肝作饵，从东畈头大港内钓出甲鱼。他兄弟三人还有他们驼背的老爸与唠叨的老妈，每次从村庄四围的河里收取甲鱼时，都有好多只。那些甲鱼被倒入他家西面厨间的水缸里，每次小半缸。我看过一次桃林钓甲鱼。钓甲鱼要放很长的线，他将尼龙线收了上百米，才从河中收回四爪乱弹的一只——原来从远处看见的河中那黑鸡翎状的浮子，竟是上钩后在翘鼻子透气的甲鱼。有只上钩的甲鱼不在河里，它食饵后早难受得上岸，躲在人家菜地里的毛豆苗底部。尼龙绳被缠绕得乱七八糟，那是它痛苦挣扎的痕迹，犹如一位病人辗转中将床单揉得皱巴不堪。还有一枚针钩，钓着的竟是一条大水蛇，它们怎么也喜欢上了油猪肝？上钩的还有两条外形与水蛇一般的黄色家伙，对，它们是河里体格健硕的大黄鳝，也就是我接下来要说的主角。

童年、少年时代，我最喜欢也最擅长的是捉黄鳝。

家门前有一口小水塘，非常小，也非常浅。因是过水塘，也就是农田灌溉的机埠翻水时从此经过，故塘水很活，常有过往的小鲫鱼、穿条鱼留下，聚集成一个小小的鱼族社会。同时，因为泥软而肥，泥鳅有很多，也有长而壮的黄鳝。在我年少时，除了宅基地、自留地，没有哪个塘或哪条河是私人的。因而尽管这小塘就在我家门口，但我们没有“支配权”。为此，我和弟弟老想不通，憋屈得很。尽管如此，我们平素还是悉心地看守，并常用小扳网扳取小鱼，或下塘边摸取螺蛳、河蚌。而其他人也眼馋。将通衢的两头用泥一堵，别家的小少年在我们不知道的情况下，就下手了。他们用脸盆或是小水桶，不停地朝堵水墙外舀水。我们气鼓鼓的，不住嘀咕，但他们依然不停舀水，“坐实”了此次的车塘行动。鉴于此，在他们此战结束，最后推开堵水墙而凯旋后，我与弟弟一致决定：过段时间，我们抢先车塘。我们果真抢先了几次，但别家还是冷不丁地来。一年冬天，村里的由子带着他的儿子来车塘。我们觉着愤怒，大人跟我们小孩子争夺什么？冬天能有什么？哪知这家伙其实并不是为了抓鱼。把塘舀干后，他和儿子开始用铁铲、铁耙将小塘内部、周边清理一遍，不承想，竟让他“清理”出了好多条大黄鳝，嘿，听说后来到县城卖出了好价钱。

那些捉黄鳝、钓黄鳝的日子远去了？是的。现实中，如今每次回乡，看见水田、沟塘、河渠，我总想带城里长大的孩子抓一回黄鳝，但只能想想而已。它们的踪迹已很少见，父亲还说“现在全县所有的河塘，你耙一遍，也见不到一个野甲鱼”。

但黄鳝其实也没走远，它们还常年游弋在我的记忆里。一条条，一篓篓，一缸缸，长的短的，瘦的壮的，金黄色的，黑褐色的……而且，它们都是野生的，与我们这些乡间长大的孩子一般“野生”。

夏日“双抢”后，庄稼田里皆灌着水，水滋养着新近插下去的秧苗。此时从田埂上走过去，不时能见到田埂两侧有小洞露出。我和弟弟，或一道，或分开，赤着脚，顺着田埂巡视过去，不时停下，把手指伸进小洞探摸。若洞口沿滑润，则黄鳝大都待在洞中，因为它们出洞觅食一般只在晚上。午后的秧田，水很烫脚，头戴破草帽、汗涔涔的我们也能坚持下去，只为捅黄鳝的乐趣和必然的收获。若断定洞里有黄鳝，我们会用手指将洞口扒开，然后双脚下田，尽量不踩着秧苗。一只脚伸进洞口，使劲把洞堵牢，然后像活塞一样快速捅，边捅边观察黄鳝是否出洞。黄鳝打洞，一般会贯穿田埂，因而在这一边捅，同时盯着田埂的那一边即可。但有时洞打一侧，这时用脚捅，必须“捅后洞看前洞，捅前洞看后洞”。一般，捅几个来回，黄鳝就熬不住了，刺溜而出，但也有盘在洞里顶住压力的。继续加快速度，不一会儿，鳝头从另一个洞口探了出来。一般人会继续捅，直到它全身尽出再抓。此时我喜欢伸出中指，连同食指、无名指搭成一个“三角夹格”，去抓它的颈脖，将它从洞内整个拖出。但有时因为它的头部未完全出来，又十分滑腻，还没捉住，它又很快缩了进去，我就用手指捅进去，捅个不停。黄鳝两头受气，会一口咬住我的手指。田里的黄鳝不像河里的，一年一度的抓捕使它们没机会长得很大，故被它们咬了也不怎么痛。我顺势抽出手指。出洞口时，它们狡猾地松口。我再继续捅，直到它们被迫伸出头，我再用一个“三角夹格”，将其擒住，一拖，放入竹篓里。但有时黄鳝会死赖在洞中。大概感觉出洞更危险，它们聪明地选择“中间道路”瞎钻。你会发现它从田埂的中间或从水田的洞中，伸出一段尾巴来，有时是头。这时我手脚并用，甚至用随身带的一把小铲子，从中间挖进去，生生开天窗，将它们取出。

捅黄鳝时难对付的是产子的母鳝。它们很聪明，会在洞口吐出一摊唾沫，这当然是为了给自己的天敌打马虎眼，但掌握它特性的人类，包括我们这些农家小屁孩，却能从这唾沫的存在确定该处必有黄鳝，且是产子的母鳝。它们无一例外地在两洞中间的底端，打上第三个隐秘的洞，这第三个洞有时连接到秧苗底部，这是出于防范的需要。所以在抓此类黄鳝时，一定要先探明第三个洞再下脚。产子的母鳝，从洞中逃离时速度很快。有时脚勉强入洞，捅个一两回，它就逃出洞了，并躲在了那隐秘的暗洞里。印象中，这类母鳝被我擒获的机会不是太多。有时忙活了一阵，不知什么时候，它已不见了踪迹，我猜想它有第四个或更多的暗洞。有时捅了好一阵都没见到它的影子，之后却在相隔好远的秧苗地里发现了它。那一刻，它一动不动地躲在秧苗根须边。若追上去，它们绕秧苗底部左右盘桓，前后游走。我费了老大的劲，冒着被生产队队长发现、被拧耳朵的风险，最后撩开一棵秧苗，用中指快速抓住了它，得到的也只不过是一个干瘪的身体，且往往被它们疯咬。

钓黄鳝是有效获取成年黄鳝的办法。我此处所说的“钓黄鳝”，是区别于“下黄鳝”的一种特殊方法。“下黄鳝”，我后面会讲到，有两种方法。其中一种用大头针“下”，其实也就是用大头针作钩来钓黄鳝，但不能简称为“钓黄鳝”，因为钓黄鳝在乡间是用一种长铁丝钓。它主要由一根尺把长的铁丝或废弃的伞架的一根伞骨制成。把铁丝拉直，将其顶端磨成锋利的尖，然后用火煨红，用镊子弯成“J”形即可。考究一点儿的，会将其尾端卷成一个环，一方面是为了装饰，也避免尾端戳人，另一方面是方便手指拉上力。特别是钓河里的大黄鳝，有的黄鳝被钓出了，身子却盘在洞里往回拉，力气很大。你手握细铁丝拉动易滑、不得力，就须借助尾圈。手指扣进尾圈，拉力可增大数倍。一般出门钓黄鳝，装备就是铁钩、竹篓和一小罐蚯蚓。无论是在田埂上、沟渠边，还是在河畔，钓鳝之饵永远是蚯蚓。在当时的乡村，蚯蚓最易取。随便哪个地方，只要泥土稍肥，用个竹片将泥土翻一下，一定有。钓黄鳝的蚯蚓要中大号的，说起来有些残忍，给铁钩上饵就是将整条蚯蚓穿在铁钩上——钩尖从蚯蚓嘴里进入，然后穿过整个身体，最后从肛门穿出。当然，实际操作中一般在快到肛门时，不再往下穿，等于整个肛门裹着钩尖。这是伪装，为的是在铁钩深入鳝洞时，让黄鳝在触碰蚯蚓肉之前感觉不到锋利的钩尖的存在。在田埂上钓黄鳝与捅黄鳝不同，钓黄鳝一般不下田。无论是赤裸的还是被小草掩饰的，只要你发现鳝洞不是干的（干洞内常生活着另一种和黄鳝一般长的家伙——水蛇），那么，你就可以放慢脚步，蹲下，试探着把铁钩伸进去。里面若有黄鳝，它定会凶狠地一口咬住铁钩。这里有个技巧，就是在把铁钩伸进洞时，最好将钩尖朝下，因为在洞里的黄鳝一般正面伏躺着，它闻见蚯蚓的味道，会毫不犹豫地张嘴就咬，朝下的钩正好顺势钩住它的下颚。感觉疼痛的它，身体往后缩，铁钩便扎得更深了。这时，你会突然感觉到铁钩那头有东西正在与你拉扯，并且铁钩在搅动——上当的黄鳝在洞里扭动起来以挣脱铁钩。钓手必须向相反方向转动铁钩，且同时快速拉其出洞，并迅速将其抓进竹篓。至此，整个钓鳝行动才算告捷。有时因为四周皆是水田，无处可抛，那么在黄鳝被拉出洞时，就必须用食指或中指夹住它，将其夹入篓子里。此法有个弊端，即一旦黄鳝身体未拉出洞太多你就夹，它嘴因此一张，脱钩，再缩进洞内，如此你就没辙，因为它不会再上钩了。但也别太灰心，两天一过，你可再来碰运气。黄鳝是极贪食的，在我年少时见过的乡村生物中，贪食的莫过两类：小土蛙、黄鳝。灰色的小土蛙，见食在眼前晃动，必扑食。狡猾之处在于你提拎着它，准备将它装入袋时，悬空的它往往会快速吐食，身落水田或沟渠，后迅疾跳走。黄鳝贪过鳊鱼甚至小土蛙。这么说吧，就算它这次侥幸逃回洞里，两日之后你再来钓，它仍会咬钩，除非它的口腔被铁钩伤得太深。

到了深秋要烤田，稻田因水稻扬穗而放干了水，此时多选择在田野附近的沟渠钓鳝。在沟渠两侧田埂的底洞内生活的黄鳝相对较壮，主要是因为它们大都存活了很多年，生活在又高又宽且泥又硬又厚的田埂里。这些黄鳝，用脚捅不可能，沟内水深，用笼“下”也不理想，用铁钩钓为上策。

“下黄鳝”有两种。一种是上文提及的，用大头针“下”，它一般在“双抢”前后，也即立秋前后半个月。此时田里尽是水，天热，黄鳝出来觅食，见到蚓饵就咬。当然，因为所用钓钩是大头针做成的，短而小，而田里每年都有大量黄鳝被以各种办法抓走，故能钓到的主要是小黄鳝。另一种是用竹笼子——丁尺形的折笼和直笼“下”，不同大小的黄鳝甚至泥鳅都能收获到。

用大头针“下黄鳝”，所用饵料是小蚯蚓。那时，父亲是学校老师，晚上要在油灯下批改作业，我们能见着一些他别作业的大头针，但父亲一般不允许我们取用。不是父亲公私分明到一根公家的大头针也不给我们，而是他认为小孩子应把心思放在读书上。但暑假我和弟弟外出捅黄鳝、用铁钩钓黄鳝，他也不反对。用大头针钓黄鳝，我看过最壮观的一次是村民有云操作的。那天，我刚吃好晚饭，西边还有一片火烧云。距离我家西面不足三十米远的地方，就是生产队的水田。比我大两岁、不喜读书的有云和他妹妹，那时正一前一后，一会儿站起，一会儿蹲下地忙乎着。我知道他们在收钓到的黄鳝，快步上前一看，就看到了血淋淋的场面。在田埂两侧，相隔一两米而插的一个个黄鳝钩上，几乎都钩着黄鳝。有的头伸出了一半，钓在大头针尖端，有的整个身子盘在竹插柄与大头针钩之间，有的挣断线带着针钩躲在附近的秧苗根部，有的将最近的几株秧苗盘绞在一起，有的整个头部血肿，腮部露出针头……有云一手持一杆漆罐灯，另一手持一个竹夹子，忙碌不已，他妹妹捧着背篓，在他的身后紧跟着。天色入暝，“哧——”有云用火柴点燃了漆罐灯的捻子，一路照着向前，一路继续收着黄鳝。我那时看着他们收获非常眼热。抬头四望田野，你会发现另外一些田埂上，也有人在用漆罐灯照黄鳝。广阔的夜空中，星星闪亮，它们与天底下“抓鳝”的漆罐灯彼此映照，人间、天上交织着一种凡俗与神圣。

大头针所钓之鳝，因为被针刺伤，有的针断线后仍存于体内，所以要在一两天内处理掉。自己吃或上街低价售卖都行，总之，越快处理越好。而“照黄鳝”，则相对“仁慈”，被擒黄鳝受伤较轻。主要的照明工具漆罐灯，其盖子中间凿有小洞，一绺线捻从洞里穿出。罐上端由铁丝紧箍着，扎出一个结。辫子一样的铁结被缚于一两米长的竹竿前端。使用前，掀开盖子，注入柴油，再合上。夜色弥漫，点着“灯芯”，一边在田埂上行进，一边在两侧水田观察。晚间出洞觅食的黄鳝，大都盘桓在洞口一带的水田，故灯一照，黄鳝很快能看到。一个竹夹伺候，黄鳝十有八九被夹入篓。几个小时照下来，篓中沉甸甸的，回家后再将黄鳝倒入备好的水缸里。第二天晚上，缸内将增加新的成员。十天半月，不吃不喝，这些黄鳝依然没事。用漆罐灯照黄鳝时，因为不时要往罐里添油，所以照鳝者前往田野前，一般会在背篓边挂一到两瓶柴油。那时柴油金贵，很多照黄鳝者或央求拖拉机手帮搞一点儿，或到集镇上的黑市买点儿。柴油几乎是照黄鳝者全部的成本，剩下的就是照黄鳝者夜晚的辛苦付出了。也有选用手电筒照黄鳝的，我就使用过一次。那天晚上，开心的父亲允许我们使用一次手电筒。我与姐姐，还有弟弟，手持一只装着四节电池的手电筒，带着巧匠大舅为我们做的一个精致的大竹夹，背上旧背篓，硬是从家门口照到了西北边的广丰村。在广丰村一条大路的拐弯处，有一晾匾大的水洼，其一边成为一块水田横埂的一部分。就在这横埂豁口处靠近秧窠边的地方，我们突然发现一条很粗壮的黄鳝。“嘘——”大家屏住气，蹑手蹑脚地靠近。大姐持着手电，弟弟在一旁将篓口掀开斜放着，我两手抓住竹夹，轻轻伸进水里。竹夹“大嘴”合拢，黄鳝快速扭动，力道极大。我顺势往篓里塞，可这家伙好像知道什么似的，就是不肯入篓。姐姐忙扳动它的尾部，弟弟把篓往上提，一阵忙乎，终于“请君入篓”。那晚，照到的黄鳝不太多，这条是最粗壮的。

比“夹黄鳝”对黄鳝伤害更轻的，是“下黄鳝”，就是用细竹笼下。竹笼有折笼和直笼两种。折笼由两截直笼串成，整个呈丁尺状。从主笼颈部接上的支笼，里面像龙窑的开风口一般，斜开一长方形的活栅，活栅上别有一根穿了蚯蚓的饵签。

傍晚时分，下黄鳝的人用一个特制的木架，将一二十只折篓埋入阡陌纵横的水田、浅水沟渠边。他用较为专业的目光，根据水流的走向和水的深浅，择水田或沟渠的某处，将折笼一只一只放下去。先将主笼全部浸入水中，再将支笼尾部抬出水面。为固定笼子，他挖点儿泥压在主笼上，又挖来一些，垫在支笼的尾端下。他这般操作，原因在于：支笼没有入口，在水中闻到了蚯蚓香味的黄鳝，最后必然要从主笼大口进入。入得主笼，黄鳝就无法再退出。但蚯蚓在支笼里，黄鳝必须“自觉”地从连接主笼颈部的支笼口进去，才能吃到串在饵签上的部分蚯蚓。此时，它只能待在支笼中，不能退至主笼了。主笼里空空如也，正等待着更多的“闻香识蚓者”。慢慢地，支笼内的黄鳝、泥鳅越积越多，在下鳝笼时将支笼屁股翘起，就是为了让它们此时透透气。不然，第二天早上取笼时，无论是黄鳝还是泥鳅，大部分会因为缺氧而闷死。在我年少时期，用竹笼抓黄鳝，一般收获颇丰。这些用竹笼抓的黄鳝和泥鳅，倒入缸里，可存活个把月。我读初中那会儿，公社改乡已在进行。隔壁蠡塘乡的我义父家，会打竹笼、编竹篮。那一年，我随父母一起到蠡塘粮库交完公粮。在义父家吃过午饭后，我们从义父家取回了六七只竹笼。回家路上我一路嘀咕，对它们很不爽，因为它们只是直笼。因为没有支笼，这种直笼看着很简陋：前半身埋进水田里，屁股后端还要翘起来，空间太有限了。但有总比没有好。记得，下竹笼是在立秋之后，此时天气转凉。无论晚间下田、沟里布笼，还是早上去取，水都有点儿冷。在那两年的暑假里，我在开学前的半个月里，用直笼下到过几斤黄鳝。每次晨间取笼，心都悬着，犹如等待考试成绩揭晓。有的笼有三四条，有的一条也没有。让我难忘的，是我将直笼置放在村后一过水塘脖子段的那次。第二天一早，取出笼子，几无所获，我有些灰心，在取最后一只时随手一拔，准备将其扔进竹篓里。但提拎时，我分明感觉笼子在摇晃，还有点儿重，凑近一看，好家伙，里面竟有一条非常粗壮的大黄鳝。后来，我把所有黄鳝连同这条近半斤重的大黄鳝，全给了爱食鳝的同村大舅，毕竟大舅给我们做了一个超给力的竹夹子，它让我在全村伙伴面前很有面子。

田里、沟里，能捕捉到的大黄鳝，在我年少的那些年岁里，感觉很少。大黄鳝都在河塘、大港里，且食物丰富的河埠头较多。大黄鳝一般盘在杨树根边、河埠边的深洞里，想钓到它们，你得是高手。钓它们的难处在于，河里吃食较多，它们远不如田里的黄鳝贪婪，你的蚯蚓诱饵，对它们诱惑不大。最关键的，还是拉它们出洞而顺势抛至岸上这个环节。即便它咬住了你的铁钩，且在洞里扭动而不得脱，如果你技术不到家，手脚不利索，在拉它出洞向岸上掼的过程中，它也极容易因为身体紧贴水面或悬空脱钩而落入水里，让你眼睁睁看它快速游走。有时，你将它抛到了河埠上或附近的河岸上，但没能迅速追上它或抓它不得法，它也会快速逃回河里。后村有个白胡子矮个儿老头，名叫刘和尚。我年少时，常见他到我们家的水塘边钓黄鳝。他有一套自制的装备，那个像捉蝉器具的“铁套圈”堪为独绝。这“铁套圈”穿上蚯蚓肉，后面由一根很长的芦苇秆支托着。他这个神秘的武器是一个探具，很长，在水中可绕一个很大的圈。他把探具一点儿一点儿地探进去，浓烈的蚯蚓味，吸引着深藏在洞穴里的大黄鳝。黄鳝伸头而出，迅疾咬噬。由于蚯蚓是串在环状的铁套圈上的，黄鳝只能啃到一点点。刘和尚便立马换成铁钩。兴头正浓的大黄鳝，也不再那么谨慎了，又来咬一口，正中刘和尚的下怀。让我不解的是，蹲在河埠头慢条斯理的老先生，一旦吃准黄鳝咬了钩且不会轻易挣脱，便立马利索起来。他一使劲，将整个黄鳝拖到岸上。我们有时放学回家，见他仍蹲在河埠头——他大概发现了大黄鳝。黄鳝一时不上钩，他又不肯罢休。我们便等他最后的结果，但他嫌小孩子吵闹，便起身收工，第二天或隔几天再来。他从河埠头提置放的竹篓时，我们向里张望，好家伙，篓中一条条大黄鳝在游动着，有的甚至粗如手臂，颜色金黄。我们惊叹、羡慕，同时对这头上无一根毛的老“和尚”十分佩服。老者，是智者啊！

事实上，当我们以高高在上、得悉黄鳝特性的全知的“上帝”身份出现在田野、沟渠边，或者以强大的本领欺凌、掳掠它们时，我们都没有意识到，另一个叫宿命的“上帝”其实也一直在操纵着我们在人世间的生活：在时光的流逝中，我们自己也像黄鳝一样被命运掳掠，在劫难逃。

我们利用自己的小聪明，像黄鳝利用它锋利的牙齿、滑腻的肌肤和在水中快速游弋的本领，穿梭在人世间的水田里、逼仄的水沟里，防范着人心，算计着利益，也被他人防范和算计。我们渴望着生而平等，世界大同，人人相爱，但人类历史发展到今天，从来就没有绝对的“和平相处”。如果说我们曾经还有“王道”的传统，其如天际的霞光，虽够不着，却会发出光亮，那么，今日世界“霸道”的通吃、风行的“丛林法则”，将人这种自以为高明的灵长类动物，带回到比原始人更残暴的状态。可笑的是，人类还自以为是地戴着这种“文明”“进步”的假面具。

曾经以为，昔日的人间争夺大战是因为生产力过于落后，物质少、人口多，事实可能未必。今日的生产力较以往任何时期都强大，效率更高，但是人的嗜血本能似乎更加突出。

我，是那一条瘦弱的黄鳝吗？漫无目的地在人间生活、游弋中，我本能地寻找生存所需的物质，带着一点儿掩饰，为的是在彼此的争夺中，取得更多的利益。我夺命弱小，抢掠蝇利。

一条黄鳝死了，哪怕曝尸大路，被炎夏的大太阳毒晒，它的身体也不会立马腐烂、萎缩。今日，我问自己，有朝一日，我在人生退场的时候，能保持这种品性和尊严吗，无论是为人还是为文？我表示怀疑。并且，我认为在这一点上，很多人不如黄鳝，或者其他动物。诚如里尔克通过《杜伊诺哀歌》向我们暗示的：现代人因为缺乏动物的准确无误的本能和完整的意识，往往摇摆在正在做的和可能做的之间，是“没有填满的面具”，心不在焉地扮演我们被分配的角色，因此缺乏足够的生命力量。

没有挂牌的学校

大学室友阿冬天南地北地做生意，并走出国门，近赴日本、韩国，远抵古巴、巴拿马。我在微信上为他的成功点赞，线下则感叹自己时运不济。不想，盛夏某日，我突然接到他的电话，曰：“在你的地盘，谈生意路过，要住一晚。”电话难解渴，他告知了我宾馆。傍晚一下班，我就直奔宾馆。餐厅里几杯酒下肚，诉说这些年来的生活。最后，两人聊天的焦点，还是“520”——当年我们住了四年的寝室。其中一位“爱吃窝边草”的老兄被开除了；我与阿冬分列寝室两角落练气功；越剧之乡来的老魏，每天边练黄庭坚的《松风阁帖》，边哼唱越剧《梁祝》《碧玉簪》或《何文秀》；睡我上铺的山西老哥，早上爱买一大盆馒头，中午就着老家带来的老醋大快朵颐，也为情所困，晚上捂在被子里呜呜抽泣；钱塘江畔出生的阿初课余常在桌子上捣鼓画作；千岛湖之子失恋后整天给自己灌酒，一不小心灌出了个啤酒肚；从贫苦山区开化来的汪伢子，冬天无垫被，为御寒溜进盥洗室，早上练筋骨，晚上洗冷水澡……侃谈至酒酣耳热之时，我脱下文字匠的酸腐衣，阿冬也脱下他有派头的老板服，共同回忆那个如蒸笼的炎炎夏夜，我们是如何避暑的。因为学生宿舍没有电扇，更没有空调，熄灯后我们统一行动：关上门，全部赤条条地就寝。后来感觉还是热，我们就利用宿舍楼顶层楼道上方的空房四面通风的优势，齐齐涌去那间空房，直接在水泥地上铺一层纸躺下纳凉。还不过瘾，此时不知哪位眼尖，看到天花板东北角有一个小洞——从此处能登上房顶（大概是为维修房屋所准备的），一个想法冒出来了：何不到房顶上去睡觉？于是，搬了两张小桌凳，扶着叠上，第一个爬上后一看，高呼："太棒了——"很快，我们携带着几张席子，一个一个过洞登顶。星空下，夜色中，宿舍楼的长方形房顶，无限开阔。凉凉的风不知从何方吹来，摩挲着我们汗涔涔的皮肤。"快铺席铺席，不要大声喧哗——"声音太响，一有可能被学校后勤管理人员——巡夜者发现，二担心隔壁寝室那些家伙也闻声蜂拥上来。而我，始终沉默，跟着大家上房顶，择佳处铺上席子，躺下，静静仰望星空，那浩瀚无垠的广阔夜空摄人心魄。一些星辰，异常明亮、硕大，静默中与我久久对视。倏然间，我像重回年少乡间那乘凉的时光，一次一次在竹榻上或躺着，或斜靠着，远远地探问天际的那些星星，夜空中我们彼此所处的位置，所在世界的神奇。此时，它们再次与我相对，不隔阻任何物事。有一阵它们恍若迫近我的眼前，在我呼吸时像萤火虫那般闪烁。你们，还是我年少时见到的那些吗？不多不少还是已湮灭了一些或增加了一些？一切都在改变，我现在躺着的，是城市里的高楼屋顶，是青春的大学时光。我正打开身体的无数按钮，生出无限的求知欲及探寻情感的触须。"在这个世界上，有两样东西值得我们仰望终生：一是我们头顶上璀璨的星空，二是人们心中高尚的道德律。"——康德的名句，那一刻让我在时间深处回味、体悟。一颗星星，一滴夜露，一花一世界，一鸟一天堂。我的肉身，已成为宇宙探知人类的一个窗口，它乘着一片屋顶之叶，飘飘荡荡，融入宇宙的混沌之中。或许，我本身就是宇宙，四肢展开，天地与我并立，万物合我为一。周遭的一切渐次延伸、走远、虚化，直到烟缕一般，消散在茫茫时空深处。

说一说我曾经的住校生活，青春期最初的那段记忆吧。但该从何说起呢？那是那个年代正常读书的孩子在高年级必然经历的学校生活的一部分。当然，这种经历，其中的内涵、丰富性，于每一个学生而言是不一样的。每个学生，出生于乡间或城镇，有不同的孩童岁月、经济条件、生活习惯、健康状况，这种差异性会作用于他们的记忆，导致他们形成不同的三观、言行举止。而我，只能写自己“这一个”，出生于贫寒、卑微、多子女家庭的这一个。聪明好学、敏感自卑的我行进于求学之路：小学、初中、高中、大学，从乡间走向城市，田埂、砂石路、水路、水泥路、铁路、柏油马路……一一走过。

从初二下学期开始，因为要迎接很快到来的初三毕业考（初中升高中、中专），在学校的要求下，我开始在求学的大士桥中学住校了。最初理解的住校的目的，一是免于上学放学的来回奔波。其时，大多数学生回到家里，也不会把所有的时间均用在学习上。他们往往还要锄草、挖地、喂猪、养羊，农忙时要下田割稻、拾穗、插秧。夜晚，劳累加上经常断电，用在做作业、预习新课、复习老课的时间很有限。而住校后，除了学习便是学习，时间相对充裕，还要待在教室里夜自修，活动在班主任、部分住校的任课老师的视域之内。二是在课余时间复习、做作业过程中碰到难题时，可以询问同寝室的同学或成绩好的其他同学，也可以让任课老师现场予以指导。同学们在一起你追我赶，无形中形成了竞争的氛围，整体学习氛围更好。三是培养自己的生活能力。住校后，自己的衣服鞋子脏了，得换下来自己洗；不会，就要模仿他人慢慢学习。

根据学校的要求，九月份开学后，我挑着小担子——课本、一床小棉被、一张草席、一小蛇皮袋子米、两瓶菜（炒好的老黄豆、咸菜），加上脸盆、毛巾与简单的换洗衣物到大士桥中学住校了。我记得宿舍是我们上课那幢教学楼后面50米处的东北角，只竣工两三年的一幢小楼，楼上住着体育老师罗老师等两户，楼下是两小间男生宿舍。每间有四张床，每张床都是上下铺，我被安排在西北角的一个下铺。真的住校了，有一种新鲜感。下午最后一节课上完后，我习惯性地整理书包准备往回家的路上赶。刚走出教室，我就被已住校的王同学叫住，你不是已经住校了吗？还把书背到哪儿去？都搁在课桌上不就得了？我恍然大悟。晚饭呢？午饭后赶紧淘好米装进铝饭盒，将铝饭盒放置在南面食堂统一蒸饭的蒸架上，放学后半个小时就可以去取。那时学校有一些教职工，食堂也有菜卖，但中午取饭盒时必须先跟食堂里的人打招呼。我因为从家里带来了瓶装菜，也心疼钱，所以在一年半的初中住校生活中，很少在食堂买菜。两瓶菜快见底的时候，同校低一年级的弟弟，又帮带新的来。一瓶黄豆是打底的，父亲说黄豆营养高，是植物肉。而肉类，一年中除了重要节日，我们一般是吃不到的。另一瓶，做菜的母亲会想着法子换一换，有蚕豆瓣、咸菜、番薯条等。有时，里面加几个荷包蛋，弟弟转达母亲的嘱咐：天气热，蛋早点儿吃，坏了可惜，补身体的。开春后的那学期，母亲将过年剩下的腊肉，切成条放进玻璃罐子，让弟弟带来。淘米后，几条腊肉和淘好的米一起蒸了吃。每次打开饭盒，腊肉和米，搭配和谐，又香又油，于我是上好的营养美食了。至于早餐，我从不舍得到大士桥街上买什么包子、油条、烧饼之类。实在想换换口味，我买过一分钱两块的腐乳、一分一两的什锦菜佐稀饭。隔壁座位的王同学，家里条件好，父亲是乡砖瓦厂的党委书记，不但常在食堂买菜，家里人隔三岔五带来些我叫不出名字的好菜。中午我们在食堂前临河的圩埂上吃饭时，我能见着他饭盒里常有鸡腿、鸭腿。晚上上完夜自修回寝室后，他还常常悄悄吃几口家里带来的糖水罐头，或是小麻饼。不小心看到，我会很快转过身去做其他事。住校一段时间后，有时心里颇寂寥，特别是遇到说不清道不明的事情时，我会像林黛玉一样敏感。鼻子一阵酸楚，我就想回家。借着周末，谎称菜没有了，我回去了一趟。有时接连回去两次，口头上说有学习用品落在了家里。父母也没有发现异样，而我回到家，就感觉某种东西落了地，有了一种归宿般的稳定和踏实，并生出自己才能感受到的温柔。看着家里的一切，虽简陋、粗劣，但我会更珍惜，心生温情，甚至感恩。有那么一刻，我柔弱无助，感觉要瘫倒。我泪眼婆娑，疼惜地看着家里的泥墙、桌椅，厨间的大铁锅、竹碗柜、葫芦瓢与静默的水缸。我会蹲下来，抚摸来我身前亲昵地依偎着我的小黄狗，叫唤窝在墙角的大花猫。到猪圈里转转，看看那些出生不久的猪崽。它们已长得老大，红红的身体已现出壮实的白。它们哼哼着躺倒在老母猪肚子前，满足地吸着奶。隔栏的那两头肉猪，对着我不时哼哼，好像在问：好久没看到你了，你今天给我们送什么吃的来了？母亲从菜地里摘了菜回来，我主动帮助清洗。整个回家过程中，心中情愫暗涌：对父母，别样地感恩；与姊妹，手足情深。

在家里短暂盘桓后，我很快再回到学校。

临近初三，学习更紧张了。班主任李老师课堂上常提起升学，初中升高中，争取的人更多，最好的是县重点中学——绥州中学。但大家都心照不宣，衡量一届学生总体成绩、对外打品牌，最过硬的，还是考上中专的人数。考上中考也是无数学生和家长的期望。那时中专学校，基本是师范、卫校、粮校、林校、农校等几种。中专生毕业后大都分配到乡镇，但毕竟是跳农门了，户口也由农民转为居民，端上了吃皇粮的铁饭碗。而且，那几乎是那时“农转非”的唯一正当途径。每每这时，我就特别纠结。

我内心埋藏着往昔的骄傲、荣光，因此一直心气很高。读村小学时，自己十分受宠。父亲是学校老师，客观上有一种荣耀、光环笼罩，别人也是这么认为的。但我认为，这是其次，主要是自己学习成绩一直很好。而且，我因为身体较瘦弱，从不跟人打架、惹事。在读小学数年的黄金岁月里，生活物质条件不富足，但我觉得身心很快乐：经常望向天空，看各种形状的云，穿行于庄稼密布的田野、生长野果的野地，也潜游在河塘泡澡、摸鱼捉虾；傍晚伫立于村口，望着向港口延伸的泥路，平眺南面天边起伏的山脉，遥想那我从未去过的外面的大世界。初一，我进入了大士桥中学，各门功课优异，做了班里的学习委员。初二上学期，我仍是语文课代表。但下学期开始，物理、化学两门新课让我头疼，而我喜爱的地理、历史却是副课，“可有可无”，不被重视。从那学期开始，我这个曾经的优秀分子，虽然住校了，碰见老师的机会更多，但已不受宠甚至不受待见了——他们含糊地应付我。被关注的焦点，是几个成绩特别优秀的应届生，以及留级生、上届弃考的复读生。同学们也不怎么看重我了，同寝室的优秀尖子张阿根，尽得老师器重、同学羡慕。

初三升学考越来越近，我内心埋藏着的欲念与危机感也越来越强烈。我想考上中专，因此将中专不用考的英语放弃，而高中特别是县重点中学绥中，是要计英语成绩的，而且必须达到六十分才能根据总分录取。我知道自己以眼下的成绩，要考上中专是难上加难——这所学校多年来考上中专者，几乎没有一个是应届生。要想复读再考，也没那么容易，因为来年学校接收的几个当年自动放弃升学考、第二年再插进来的学生，也是被学校特别是初三年级的任课老师评估后才能“以退为进”的；参加了升学考而没考取中专的回炉再造者，也是几个老师们青睐有加者。我自认为没那样的待遇，任小学老师的父亲也没让我“做两种准备”（多年后父亲说，那时乡里搞教研活动，他也向班主任问过我的学习情况，只不过没有让我知晓而已）。很明显，因为成绩退步，从初一就开始担任班主任、又任教物理、一直跟班带我们的李老师，在我住校后，对我已没当初那么亲切。他把更多的心思、精力、热情放在几个成绩冒尖、特别有把握考上中专、能够为大士桥中学争颜面的复读生身上。应届生中，他只垂爱成绩特别好的张阿根。

但我不是没有自尊、没有发狠。为了备考中专，我几乎拼了命。老师关灯了，我还“破窗而入”，去教室看书。现在想来我其实是在赌气、逞能，欺骗自己。我貌似在“刻苦”学习，以赢得老师的关注，但学习与休息时间安排不合理；结果是，上课打瞌睡，视力急剧下降，成绩非但未上升，反而下降。我灰心了，失望了，沮丧了，并将负面情绪转化成了一种破坏性的发泄。我的脾气变得暴躁了，而且不是一般的暴躁。我这个曾经的“好学生”还学会了干坏事：有次晚间学校操场上聚集着很多师生，路过的学生躲在一个角落向教我们英语的梅老师扔泥块，我是其中的一个。第二天学生们被一一“请”到办公室问话，我支支吾吾地承认了自己也在其中。李老师揪住了我的耳朵，拍桌子发脾气。此后，语文课代表被换掉，我成了一个“纪律委员”。我开始有点儿阿Q式的得意，后来感觉老师们不正眼看我这个“委员”，同学们看我的眼神也有些异样。

初二、初三的初春或夏秋的夜晚，旷野是那么阔大，天空中，星星是那么孤独。

我们寝室西边那条沙泥路边，长着一长排齐刷刷的高粱。夜晚上厕所，必须沿着沙泥路，在两边高粱的护卫下，一路向西行五百米。有天夜晚，我正好与阿根一起去上厕所。路上我提起，想向他请教一些数学问题，特别是立体几何中利用虚线、边线等求证的问题。借着远处教室的灯光，我分明看到了他的沉默。许久，他才吐出几句含糊不清的话。几天后的放学时段，我再次“不知趣”地请教，他对着我摊开的习题说了一二，讲得飞快，我还是未能领悟借助虚线、实线求解问题的方法。那一刻，我永远记住了阿根同学的“保守”。

赵老师的“势利”也让我铭记于心。赵老师是我们的政治老师，戴着眼镜，四十多岁，那时还是单身一人，住在学校里，被一些师生说“爱校如家”。有一次，住大士桥街上、留级多年的陈全同学，因为想向成绩优秀的阿根同学示好，放学后不知从何处搞来了一大串葡萄。教室里，我也正好在，陈全顺道叫我一起品尝。不想我们吃葡萄的一幕被从教室外走过的赵老师发现了。陈全这个老油条在学校出了名，也常被老师们数落（他本是居民户口，国家会安排工作，无所谓“跳龙门”），这回被赵老师撞见了，少不了被数落：“阿根啊，都什么时候了，你不抓紧复习考中专，还有闲心跟这些人一起吃葡萄?”此时，他只顾“关心爱护优秀学生”，在严厉“批评”一个被认定的“好学生”的同时，打击、伤害了另外两个孩子：一个在他们眼里是老油条，无可救药；另一个，就是我，也被他们归入

“屡教不改”之列。而事实上，他不知道那个曾经优秀、那时“落魄”的我，受到了怎样的伤害。而阿根呢，明面上受了批评，实则得到了进一步的夸奖、鞭策和激励。后来，他不负众望，果然考上了中专——浙西的一所林业学校，也是应届生中唯一的一个，一时风光无限，在那浙北平原的乡村中学里，受尽了同学的羡慕与老师的夸奖。这是应得的。我后来历经波折，最后也终于考上了大学。工作后，有一次我特意绕道，到他所在的乡去采访，顺道看望他。他那时是乡林场团委书记。我承认，这里面除了好奇，确有一种“反击”与求得心理平衡的目的在。闲谈中他说起，当年他考上中专时，李老师对他说，“你现在是同学中最好的，但若干年后就未必了”。我似乎感觉社会的磨砺，已让他“输”得心服口服。我呢，也因此颇感无聊，鄙视卑琐与小家子气的自己。至于赵老师，我离校后若干年，听村里人说他经人介绍，与一个带着孩子的女人结了婚。听闻他是当年少有的省城师范学校的大学生，因犯了“生活作风”错误，被“发配”到我们这里的乡村中学。可能是经济负担较重，成家后的他，买了架相机，利用休息时间，到附近乡村给村民拍照赚点儿钱。一九八六年，我休学在家，他骑车绕到我们村招揽生意。“咔嚓”声中，有我一张。那时我很孤苦，难得有机会给自己照相，背景是大舅家门前那株顽强生长的榆树。我不知道，已快退休的赵老师，是否还能认出我这个当年被他“误伤”的学生；深陷病痛的自己，也不知还有没有“逆袭”的那一天。眼下，他放弃教师的身份，挣钱养家，也不易。虚弱，无力，我一下子失败了。我想，如果我打起精神，提起当年课堂上他的凿凿言辞、“葡萄案”中他对学生的势利……他完全可以“教书只是我挣钱的职业”来回怼我。

住校，让我获得了一些乐趣——无意间发现了部分任课老师生活中的状态。班主任李老师，业余喜欢打篮球。每次傍晚去食堂取饭，经过篮球场边的过道，我总能见到老师们在篮球场上挥汗如雨。李老师好像是主力之一。一改课堂上的严肃，他运球、带球、传球，三步上篮，见缝插针，机智灵活，时不时来个博得喝彩的三分球。冬天到了，李老师和我一样，也长冻疮。两手长冻疮的他仍端着一个小脚盆，或拎着一个水桶，到大士桥河埠头洗衣服。他对夫人很好，同寝室的人说他夫人是个上海知青，我们不常看到，她大概在校外上班。有一次偶然遇见，她戴着一副黑框眼镜，气质非同一般，有着与她年龄不相称的矜持。也可能正是因为这样，李老师这位上课古板、打球凶猛的汉子，被她征服了，宁可自己多受累也要将她“供”着。这位女知青，为李老师生了三个儿子，最小的那个，患小儿麻痹症。在我们刚升入初三的某天，传出他小儿子得急症去世的消息。我不知他的离去给李老师夫妇带来怎样的心理创伤。

罗老师，我们的体育老师，个子中等，皮肤黑，身体矫健。雨天，室内活动时，他照旧讲一些体育知识。他总是说到篮球，而一说到篮球，总会说：“中锋穆铁柱，高得吓人啦——”他边用夸张的语气说着，边用手比画，还不时按住前排某个男生的头，说“穆铁柱比你要高出半个身子”。如果有同学神情专注，双眼瞪直，显露出惊讶、好奇的神情，他更来劲，不停地说话，歪着头，穿着运动服的一条腿有节奏地伸缩并弹着，有一种被自己说激动的沉醉。他是否感觉自己成了穆铁柱，驰骋于篮球场，让同道喝彩或嫉妒，让场外观看的美女们喝彩呢？现在想来，也可能是他曾经坐牢压抑太久之故，今日得宽余，终得释放。劳改期间，他真的在监狱球队中见过穆铁柱。被释放后，他带回了一个女人，听说是个经济犯，在服役期间跟罗老师相识，两人低调结婚。女人身材好，也很丰腴，面相和善。她在食堂里烧饭，待学生很热情，常询问饭蒸得怎样，全熟了还是夹生。遇到学生饭盒被打翻，她想办法帮解决。他们生了一个女儿，一家人住在我们宿舍楼上，过着其乐融融的好日子。我在上大学期间，听闻那个好女人患病走了；而在我写这篇文章时，罗老师也离世多年。

另一位赵老师，家住食堂东南角临河圩埂下的一个小院子里。赵老师教数学，左手不便，终日拽着。他嗜酒。晚饭后我们在河埠头路过时常见葡萄架下的桌上摆着几个小菜，他一个人边看书报，边抿酒，不紧不慢，怡然自得。

我至今不知每每课上到一半，总喜欢找碴儿、发脾气的教英语的梅老师是哪里人。记得她脸型姣好，梳一对黑辫子，已婚，却住学校里。寝室里有人嚼舌头，说她男人就是附近地质队的。我们从未见过她丈夫，那他们就是“分居”了。那两年，整个大士桥附近的农田上，常会见到钻探人员在竖立高高的架子，中间有一截接一截的钢管。架子周围，有被钻头从很深的地底下钻出的成色不一样的土，一截一截呈圆柱体状，引得一些路人在埂上驻足而观。我们总是好奇：我们这水乡平原底下能有什么，他们是钻探煤，还是铁、石油，抑或是黄金？后来这些钻探架一夜之间被搬走了。几个月后，梅老师也不见了。总体印象是，梅老师英语教得并不怎么好，她的身份可能是代课教师。乡村中学一直没有好的英语老师，我们初一的英语老师是在校复读备考中专的邱老师。他是代课老师，上课前会让我这个学习委员在黑板上先板书一些文字内容。因此我们的英语基础没有打扎实，加之初三下学期为考中专，英语被放弃了。梅老师在课堂上频频发脾气，是因为没有端上铁饭碗还是夫妻感情不和，抑或是水准不够而教不下去？没有答案。

家住大士桥街东南角的郑老师，那时正年轻，担任我们的音乐老师。每次上课前，他都让学生将一架脚踏风琴抬进教室。住校期间，传出平时很少讲话的他的爱情故事——疯狂追求一位县里来的英语代课老师。那老师不知是复读还是何种原因，竟从我从未去过的"豪华都市"——县城，来到我们这鸡不下蛋的学校。县城来的自是"高人一等"，又是英语教师，长得漂亮，洋气得像个公主。那段时间，学校南面那排夹在教师宿舍间的音乐室里，常传出郑老师弹奏风琴的声音。黑夜里，月光下，乡村中学，风琴声，一切都像是为爱情准备的。琴声跳动《凤求凰》的音符，婉约、动人，时光产出它美妙的诗篇。初三下学期，学习更紧张了，此时却传出那代课老师回县城，郑老师连夜追赶到县城"急得快发疯"的消息。这成为我们紧张学习生活中的调料，如粉色桃花的艳香，飘荡在整个校园，成为学生们的谈资。后来，他们结婚了。过了几年，郑老师调到了县城，任教于一所中学，后来成了校领导。我工作后有一年，在一个场合巧遇多位老师，其中一个妇女长得肥壮，说话俗气冲天，经介绍才知道她就是郑老师曾经疯狂追求的"公主"——现在的夫人。再后来，有一天听闻，郑老师因受贿被查。

读书升学是苦闷的，特别是成绩不尽如人意时。但青春期对快乐的寻找，跟我们猛长的身体一样尤为突出。我和几个趣味相投的同学一道，抓住间隙，想着法子偷着乐。刚住校的那段时间，虽已入秋，但江南的气温不与时令合拍。中午，学校要求学生午睡，住校的也必须在教室而不能到寝室休息。午饭后，我们故意将淘米的时间拉长以逃避午睡，实借淘米之机溜进大士桥的桥洞里听长篇历史评书《杨家将》。陈全的父亲是供销社的，家里条件好，有一个小收音机。他专门带到桥洞，给几个他看得起、成绩好、说得来的同学听。他青睐的阿根同学不在，我以前是学习委员、语文课代表，被允许听。我们恭维陈全真讲义气，也担心人多、收音机声音放大了会引来他人觊觎而报告老师，故一切在秘密中进行。刘兰芳讲得真好，故事精彩，情节丰富。她声音洪亮，咬词清晰，一段段遥远的历史仿佛就在眼前：将士们在我们中学的大操场上列阵布营，战旗猎猎，鼓角四起，一场厮杀即将展开。一位骁勇之将拍马而前，刘兰芳的口舌之下很快响起了越来越急的马蹄之声："嘚……嘚……嘚嘚……嘚嘚咵咵……"持戟的猛将便驶入滚滚烟尘，冲向了敌阵。我们在桥洞里，听到兴致处时，有脚步声在头顶的桥面响起。我们交头接耳，猜测是男的还是女的，若是女的，是女老师还是那个小巧迷人的余丽丽……这些大胆的谈资，是除一顿"好中饭"外，难得的消遣。

而"好中饭"，来自偷。食堂里，有些家伙抵不住诱惑，干起了违纪的勾当。起先，一些带了好菜的通校生，由于老师拖堂，到食堂蒸饭架取饭盒时，发现自己的饭被人动了手脚，下面的米饭仍在，上面的荤菜没了。学校领导为此在早操开始前说起了这事。平息了一段时间后，中饭被偷现象又出现了，这会儿不仅菜没了，连饭盒也没了。中饭被偷的学生饿肚子不说，还要买新饭盒。因此，一些愤恨者为了报复，也开始偷他人的中饭。后来查实，一开始有人在翻找自己的饭盒时，不小心碰开了他人的盒盖，发现里面有鱼或肉等荤菜，便忍不住将肉、荷包蛋、鸡腿等掠走。学校很快整治这种可耻的不良行为，“小偷们”收敛了一段时间。但贫困年代长身体的少年对美食的诱惑是抵挡不住的。有学生将有好菜的饭盒，连同自己的一起端走，偷偷溜到河边的圩埂坡面避人处，大快朵颐，将好菜吃光后，为绝“后患”，竟直接将饭盒丢到了河里。我没亲眼见过，但有时会去圩埂南坡边晒太阳边吃饭，见着河里的小鱼聚集，捕捉着河面上的油花。我的饭盒，虽然没什么菜——一般蒸白饭，大多取回寝室吃，但也丢失过一两次。几番愤恨中我也想翻他人的饭盒找好菜，但自小父母的教育、学校的再三强调，制止我这样做。弟弟忘记给我带菜时，熬不住的我，就花两分钱在食堂买一碟青菜香干，买过最贵的是五分一碟的韭菜肉丝。隔锅香，这平素只卖给老师们的菜，我吃了就觉得很美味，很快乐。针对这种偷菜、毁饭盒的风气，学校继续整治，但没有好办法根治。有的学生就将饭菜分离，用小瓶带点儿好菜放于抽屉，午间取回白饭再回教室吃，但秋冬时菜没蒸，特别是油腻的荤菜，吃冷的不好，很让人苦恼。学校后来给饭盒编号，到取饭的点，食堂的工作人员在蒸架边盯着，此现象才彻底好转。

住校久了，没思考如何将学业进一步提升，气馁中反而想着如何偷懒、贪玩，真有种张天翼小说《包氏父子》所讽刺的悲哀：家里父母终日忙碌、劳累，还以为我们住校后认认真真读了多少书，做了多少习题。我们呢，不但躲过了“双抢”，还寻思着去同学家串门。记得有一次我们几个住校的，结伴去了趟宋高村。那村里有两个男同学和一个女同学，他们因为成绩较差，只等着读完初三拿个毕业证，未想着考上高中，更遑论中专——即便考上了普通高中，大概也不愿去。读完高中得花三年，三年后能考上中专者也是凤毛麟角，考上大学者更少有听闻。考不上还得回家务农，在讲求实际的大多数农村家长眼里，读高中太不划算。到宋高村后，我们也只简单地玩玩，从女同学家门口走过，没进去，在男同学家喝了杯水。另一家有院子，还有葡萄架，东道主——同学摘了几串让我们品尝。眼看夕阳西下，不及食尽，我们便加速返程。迄今，心里仍记得那身板精干、头发卷曲的同学。他本想留我们吃晚饭，但“不太有出息”的我们哪敢？怕他家长从田头回来，责怪我们人小鬼大。初中毕业后从未开过同学会，今日我甚至不能忆起全部姓名。但那时的青涩、贫寒，心中的敏感和无望，我仍感受真切。我觉得这是每个人人生中的特别时期，但很少有高明的写作者将“小大人”们的情感世界充分还原、揭示。直到高中毕业，我从未邀请同学到家中玩过，不是不想，是怕父亲发脾气，更主要的是觉得家里穷：堂屋的泥墙都是歪斜的，也无像样的摆设；同学来了，都拿不出零食招待。这一直让我困窘、自卑。这些小小的愿望、憋屈，我都无法跟大人讲，也不能说给同学听。

大士桥中学，坐落在乡政府西边五百米远的大士桥桥堍西面一个相对低洼的平原上。小美女余丽丽住的大士桥小街，是我们这些学生娃心中的“高大上”所在。我有幸被也住街上的吴同学邀去他家玩过。一路上，这个跟我一样长个扁头的大耳朵同学，说起了家里的情况。他母亲在乡广播站上班，时不时对着那只通到村村户户的大喇叭喊“下面播送通知”。他有个弟弟在读小学。他父亲远在陕西工作，几年难得回来一次。每年年底，他母亲将晒好的鱼干寄到他父亲那里。鱼干是稀罕之物，同事们都争相讨点儿尝尝。他家在一条东西向长街的南面，房子的窗户装着当时少见的玻璃。有两层楼，居室墙上挂着他父母的黑白合影。家里异样干净，我觉着缺乏我们农家乱糟糟但温馨的人气。清凉的空气中弥漫着小苏打的气味，让人感觉陌生而古怪。让我浮想联翩的，是他说的一件事。他说他有次看到了家西北对门，也就是陈全他家，那个踩缝纫机的漂亮姑娘的身体。吴同学叙述的时候，一直皱着眉，露出雪白的牙齿，左手撑于腰部，右手摆弄着，嘴巴里不住地叫着“腻心得嘞，腻心得嘞”。原来，有一次他推开边上堆有柴火的木门，想去寻找做弹弓的材料，不想正赶上那个姑娘在里面洗澡。姑娘站在大水盆里擦洗，全身裸露。一边凳子上，堆着姑娘的内衣内裤。吴同学说好像还有一些“腻心吧啦”的东西，他也不知道那些东西是什么，反正应该是女人用的。吴同学还认定，陈全爸爸是个老色鬼，经常盯着这个学手艺的姑娘，为此陈全他妈常跟这个老东西争嘴。我忘了当时声音尖细的吴同学是否已发育，但他能从人家夫妻的争嘴里听出男女之事，证明春心已开始萌动。果真如此的话，他说起看到姑娘洗澡的一幕，肯定不是他口头厌恶的“腻心吧啦”，而是联想丰富。那时正是我们这些小公鸡发育的季节，个子猛然蹿高，嗓音突变，嘴唇上也出现了茸茸的细髭。反正我听了他的叙述后，也心神不宁了好长时间，像揣了个活蹦乱跳的兔子，浮想联翩。路过陈全父母开的那爿小杂货店，在屋檐下见着了那个无忧无虑、身材丰腴的漂亮姑娘，我在幻想中，轻轻撩开了她的衣襟……想象中的我色胆包天，现实中的我是一个乡土气十足、腼腆、胆怯又自卑的求学少年。

事实上，对异性的好奇和向往，从初二下学期喉结突起后，就开始在心中萌生，潜滋暗长；然后在无意间，像温柔地带的野草，倏然冒出。欲念的杂花遍布，红黄青蓝紫。有时我仿佛瞬间变成了蜻蜓、蝴蝶，飞舞、萦绕在沾满了花粉、清香的女生身上。她们的一颦一笑、秀发、腰肢、身影变成了赤蜂的毒刺，扎入了我的身体，拔也拔不出，越扎越深入。

平素在宿舍里，听到室友们议论哪个女老师女同学，我不搭腔，但心里是想听的，好奇的。在男生住校的同时，一些女同学也陆续加入住校的行列，我们都蛮高兴。女同学住校了，我们就能见着她们生活中的一面。初二时能见着初三年级的女生，初三时能见着隔壁班的女生，她们淘米、洗衣服，三三两两地在校园里散步。想着那些好看的女生，也跟我们“同甘共苦”，过着相同的生活，是“我们队伍里的人”，我就觉得真美好。在教室、食堂或洗漱的河埠，看到所企盼的身影，哪怕衣袖一角，我们既喜又慌，心扑通乱跳。她们是精灵，不经意间跃入蛛网张捕的视域里。一旦那身影回转，那面孔对着你甚至瞟到了你，你就会赶紧避开，故意游移至他处，匆匆的脚步像被无声的言辞驱赶。

那时全校学生每天聚在大操场做早操，这是我喜欢的。这时我能看到，右手两排是高我们一年级的学生，队伍最前排第一个就是余丽丽。她随着早操广播的喇叭声伸展四肢、弯腰躬身，左侧转、右侧转，一头瀑布一样的头发一甩一甩的……她是个小蚂蚁，也是个小狐狸精，美极了，小巧极了。看着看着，我的动作也变了形，被一旁同学哂笑才猛醒，但仍不失时机地偷窥她的背影。唉，我也只能干看着。听说她是乡干部的女儿，大士桥街东西向不到一千米，她家住街东北那侧连着的乡干部住宿区。住校前我们这些通校生老早到校，她却估摸着快上课了才来，因为我从未在必经的大士桥街西段碰到过她。有时我们几个玩得好的室友中午或放学后，到街上走走，路过她家时，会朝她所住的院子有意无意地张望。偶尔能见到她姐姐在二楼晒衣物，就是见不到她。对于我们这些没见过世面、土得掉渣的农家穷孩子来说，乡干部的千金就是贵族，她们过着我们完全不能窥见的神秘生活。学校里，我偶尔在下课时能见到她。还有一次从我身边路过，她却不拿正眼看我一下。

余丽丽与我既非同学，也非故旧相识。我其貌不扬，不被注意是再正常不过的事。望着她远去的婵媛背影，我有点儿失落。对于根本够不着的东西，就像天上摘不到的星星，我是不会伤心的。“死了心”后，不知不觉中我又“爱”上了本班的沈玉。像桥下之水，起先是微波细语，后来是波浪起伏，有些热烈，再后来是激情澎湃。当然，这一切都是我一个人的心灵舞蹈、情感狂飙。我从未向她表露丝毫，日日在教室瞧见，也不会目光发痴。也许，迄今不知身在何处的她，在偶然回首中学生活时，不记得还有我这样一个其貌不扬、成绩中上的同学。但那时的我，天天能看得着她，就觉得阳光灿烂、天空蔚蓝。有时午睡，发现她从大门进教室转过讲台，坐前排的我故意装睡，并通过托右脸颊的手指缝偷偷看她。她肤白，椭圆形的脸蛋白里透红，胸前像匍匐着一对鸽子，振振欲飞。未承想，这一幕被旁边平行坐着的一名男同学看见。他对我眨眼，诡异一笑，像是看穿了我，即使只点到为止，也已羞煞我也。我后来思忖，他可能也喜欢上了沈玉，所以对任何关注沈玉的人都非常敏感，但又不敢声张。二十世纪八十年代初，男女萌动的情感，是谁也不能说的，学校也绝对不允许早恋。孰料，我最要好的朋友程庆生已开始了“恋爱”。一天午饭后，他突然拉着我一路到学校西面，躲在一处长满了茅草的圩埂坎湾里，神神秘秘地说他碰到了一件事，不好解决，让我看看怎么办，说完掏出一封信给我看，原来是沈玉写给他的情书。我吓一跳，从未见过这玩意儿。同学中悄然流行"情书"一词，但见到实物还是头一回，更何况是沈玉写的。这不啻在我心中炸开一个雷。我亢奋、紧张，心惊肉跳，还不能让好友程同学看出神色。他比我年长，懂事早，对情事却一窍不通，以为我成绩好点儿就肯定懂，这是什么逻辑呢？他哪里知道，我心里还有小九九。我不知后来说了些什么，最后程同学又是如何回复的，心里倒思忖着：也许程同学未必真的要请我出什么点子，他这样做，固然是出于对好朋友的信任，但同时也在炫耀成绩很不好的他得到了班花沈玉的青睐。这对男孩子来说是"长脸"的资本，也是"人有倾诉欲望"的一种体现。

初三有段时间，我们对一门副课充满了期待——卫生课快上到男女生殖系统一节了。哪个老师上？怎么上？结果，充满悬念的卫生课是这样上的：男女分开，在两个教室上。我们男生的这个教室里，来上课的是乡卫生院的男医生，给女同学上课的是个女医生。一整章内容，他就那么浮皮潦草地讲了几段，口齿不清，语焉不详，太让我们男生失望了。可见他的思想在那个时代，也没全然解放。男生们虽有些害羞，平常小范围地交流过，了解了一些这方面的知识，但还是希望他能讲得更详细些。整个教室，笼罩着一种紧张、暧昧、咸腥的气氛。面对我们这些吧嗒吧嗒嘴、竖起耳朵的孩子们，他似乎也同样敏感。

让我惊心动魄的事，在后面。

大士桥向东面延伸，北面依次是锯木厂、卫生院、供销社以及乡干部家属宿舍，南面是铁匠铺、缝纫店、政府礼堂，再就是向南凸出的乡政府办公楼。

卫生院的几幢楼，围成了一个较独立、封闭的院子，有点儿安稳，也有点儿冷寂，老远就能闻到弗尔马林的气味，具有一种阴森感，让你对病痛保持警觉。

就是在这个卫生院，午睡时间，我被同学汪国带着来看一个东西。他搞得神秘兮兮，只带我一个人。此前他说带过要好的一两个同学来过这里。卫生院静悄悄的，陷入一种午睡的安宁。我跟着他东躲西藏，然后溜到最北的一间大门朝南的房子，沿房子北墙，一间间走过去。临末，他用手指一个窗户，我走向前，伸长脖子透过玻璃向里看，惊悚的画面，倏然跳入视域，烙入了记忆——那是个妇产科室，两侧墙上张贴着女人生孩子的全过程。彩色解剖图上，女性的生殖器官，一览无遗。这是处于荷尔蒙燃烧的青春期的我渴望又害怕看到的东西。在乡村，能看到男女生理构造的图画，太难了。多数父母，对此讳莫如深，他们大概认为孩子长大后自然会明白，他们自己也是这么过来的。我不知汪国当初是自己摸索到这里的还是别人告诉他的，他被这个神秘的地方吸引了。我感慨于他的大胆，也为他能带我到这里来而感动。此后，无论是从街上走过还是在校园里盘桓，我看女性的目光都“不同了”。有时，看到余丽丽的背影，或是迎面走来的沈玉，甚至是梅老师，我都不自觉地把那些图画与她们的身体对应，好像对于女人，一下子真“明白”了什么，“看穿”了什么，“洞悉”了什么似的，自己的胆子也更大了。有时看着她们表现出来的矜持样儿，我在心中揶揄、哂笑道：“装什么？你们脱光了身体是什么样的，我能说得一清二楚!”并阿 Q 一般意淫、高兴，心想：你们还装什么正经？

初三那年的某一天，班主任李老师通知：下午放学前，全体同学留一下，要“询问”一件事情。下课间隙，同学们议论纷纷。

李老师来了，说现在社会上在查几本“黄色的书”，同学们如果自己有或者发现家里有、村里人在传看要重视。自己的书，必须上缴；家里、村里发现的，也可报告给学校，学校会汇报到乡里，乡里会派干部前往处理。

“黄色的书”？我们是比土豆还要土的农村娃子，从来不知道“黄色的书”是什么样的。封面黄的，还是里面的纸张是黄色的？贫困的我们，勉强吃饱饭，除了几本教材，哪里知道什么黄色的书。

对于内容之“黄”，大多数学生没有概念，想来黄色的书肯定是不一般的书。

李老师在黑板上写下了书名，我只记住两种，一本叫《少女之心》，另一本好像叫《曼娜回忆录》。李老师写出这些书名的同时，下面的学生都在交头接耳，嘀嘀咕咕，大多数根本没听过这些书名。放学后，大家涌出校园，有个住街上的隔壁班同学说，他听说有人看过《少女之心》。“非常好看，里面说一个少女，非常非常想念他的表哥。”云云。

情窦初开的初三学子，对此话题自然很敏感，也很感兴趣，但表妹“非常非常想念他的表哥”，有什么奇怪呢？他们是亲人啊。即便还有异性之恋，就像我有时“非常非常想念”沈玉，那又有什么呢？不同的是，我把一切都埋藏在心里，人家却写成了白纸黑字。隔壁班的那名学生没看过这本书，说不出个所以然来，也不知道这本书到底“黄”到什么程度。后来，进入高中、大学，我逐渐明白了那时的“严打”“扫黄打非”中的“黄”指的是什么。当年这种行动在学校开展时，影响力已微乎其微了。村里人后来议论，乡里有几个人被抓了进去。听说有个给香港电台主持人写信的村民听众，也被追问是否“图谋不轨”。那时，每户农家都装有一只必备的喇叭，乡广播站随时可能播出开会、停电、农药化肥到了等通知，极少的农户买得起收音机。收听电台者必定是街上的人。还能听香港电台，真让人惊奇。

而今日，在秋日的细雨中我想问，当年班里的那些同学，美妙的少女，如今身栖何处？落寞感伤时，是否还会想起在大士桥中学的年少时光？你们肯定不会知道，有一个农家少年，曾那么迷恋你们的身体、清新俏丽的脸蛋。那时，你们也不知道自己的美——它们被学业、无知、粗鲁甚至野蛮包裹。

在大士桥中学住校期间，是我迄今最刻苦用功的时段。眼睛因为熬夜，很快近视，看字很模糊，就随便买了副眼镜；身体更加瘦弱，脸色蜡黄，营养难跟上。在年级负责人不看好、任课老师不重视的状况下，我硬是参加了升学考，在后来我入学的红星中学的考场完成考试。记得考试回来，傍晚时分大家在教室门口议论成绩，我突然感觉天旋地转，虚弱到扶墙慢慢向寝室走去，后来回想这是神经衰弱的表现。当时，老师、同学，没有一个人顾及我，他们围着上了中专分数线的“成功人士”，或者只顾叹息自己“不走运”。没有谁告诉我考了多少总分，离中专录取还差几分。包括做小学教师的我父亲，也没有赶到学校将我住宿的行李挑回家并一路安慰我。当时，我脆弱的心是多么期待啊，哪怕小小的一丝温暖。

直到很久以后，我才知道自己考上了高中——红星中学，也是考上高中的几个学生之一。那时两个班里只有一个考上了重点中学，好几个考上了中专，张阿根是唯一的一个应届生。

当然，他很是骄傲，与关系一般的我不热络。

我记得自己参加过毕业合影，却一直没有见到合影照片。集体照，学生到底有没有？如有，是人手一张，还是出色的学生、班干部才有？没人告知。而且，我初中毕业证也一直没得到；说老师还给我入了团，但进入高中后老师问我这事，我却一直拿不出证明。我恨自己不争气，也恨老师“势利”，甚至恨那个年代的“乡野”学校。

孩子的心是伤不起的，尤其是青春期性格敏感的孩子。我有很多理由，原谅骄傲的成绩出色者、“势利”的老师们。但那毕竟是二十世纪八十年代初啊，我所在的中学，也是最基础的学校，大家经济都不富裕，为何“纯朴”一直就没能在学校的老师、同学身上充分地体现？

我也恨父亲。考试前，我想借他那块手表用于看时间。父亲这块上海手表，是托干亲蒋伯伯当兵的外甥购来的，戴上手没多时。他没有满足我的愿望，我很伤心。我部分认同父亲后来给我的解释：我从未戴过，怕戴上考试时反而分心。我有气是因为父亲从来不到学校给我“打气”，会会我的任课老师，给我长长脸。父亲曾解释：“你怎么知道我没有跟你老师接触？”对我一心想考中专的事，父亲似乎也从不重视。作为一名教师，我想他是被自己的秉性压倒了，从不懂心理学，给我必要的夸奖、鼓励。我一直是个比较内向、敏感的孩子。我想如果我成长在一个懂教育、关心孩子身心健康的家庭，今朝我可能是另一个样子。父亲的正直、好强，通过血液多少传输给了我。直到今日，我有时仍像一个没长大的孩子，好斗、意气用事、自以为是，又每每悔恨，为自己的孱弱而难过。

最后的尴尬，是在初中毕业典礼上。班主任李老师让我发言。他预先打过一声招呼，但我以为是说着玩的。一个师生围坐的教室里，他真点名让我谈毕业感想，我兀地站起，喉咙却像被什么东西堵住了，久久说不出来，因为我还没有准备好，“情不知所起”。老师和同学们等了很久很久。后来，他让另一个女同学讲。李老师为何让我代表考上高中的毕业生发言呢？是因为他想起了我曾经是班干部？他想通过毕业感想彻底让我死心，为后来不能回校复读埋下伏笔？事实很快证明。一九八三年暑假，回家后我仍嘀咕着想复读再考中专。父亲不积极，我与父亲的关系因此极度紧张，他不带我到中学去询问复读事宜，也不支持我读高中，认为那是拿钱“打水漂”，他竟跟一般农人持同样的观念。我记得有一天晚上，他的同事、同学聚在我家吃饭。我站在门槛上对他们说：“如果我有把枪，我一定将我爸爸打死在你们面前！”闻者惊骇，面面相觑，父亲脸色通红，无言以对。后来母亲陪我去了大士桥中学，在操场上碰到李老师，我嗫嚅着表达想复读的意思。不知是真有难处，还是觉得我即便再复读一年也未必能考上，他轻描淡写地回了我：“你已考上了高中，应该去读。如果我们让你复读，上面会知道，会怪我们。那时你不但复读不成，高中也可能没法读了。”我感觉，他在推脱、敷衍、打发我，对我不抱希望，而且心底里认为我太吵，让他不耐烦，现在“早点儿走，越远越好”。

离校在即，我让母亲先回。在学校逗留了很久，我要消化满腹的沮丧。我步履沉重，从大士桥东堍下来，每一步都觉得沉重。无望的未来，颠簸的青春，我艰难而行。泥路拐弯处，有一条通向厚全村的圩埂。三年里，我在学校与家里之间来回，此条高而陡峭的埂是必经之路。路口的左侧，是铁匠铺。以前午间或是傍晚，我多次进去过。此时该与青春岁月、与大士桥小街告别了，我再次走了进去。

从朝东的门口而入，一股热烘烘的气流迎面扑来。里面的老师傅斜眼瞟了我一眼，因面孔熟悉，不言语，那个与我年龄相仿的精瘦的学徒，正拉着风箱。伴随着呼哧呼哧的节奏，卡在煤块里的铁料通红，四周的火焰一闪一闪的，不时喷出。铁匠铺里，堆满了不计其数的、残肢断腿的东西：铁锄、铁斧、铁镰、铁刀、钢钎之类，还有打铁所用的大锤、二锤、铁砧、炉子、水桶、切刀、长钳。一俟火候到，敦实而老练的师傅，用长钳从烈焰里快速取出铁料移至大铁墩上。他左手握铁钳，翻动铁料，右手握小锤轻锤，徒弟甩大锤重锤，小锤点到哪里，大锤就砸到哪里。小锤大锤轮流猛烈敲击，锤落如雨，铁花四溅。此时，西面的小铁窗里，一束光射进来，像跳动的油彩笔，与铺内的火光辉映，将沉默中的不停锻打、汗流浃背的赤膊师徒，描绘成了一幅油画。铁砧上，那块铁料变方，变圆，变长，变扁，变尖……那变换的每一刻，都让你不由得遐想：它就是一个人的命运，也是所有人的人生。一次次的锻打、架烧，再浸入盐水猛激。耙子、锄头、镐头、镰刀、菜刀、刨刀、剪刀、砖刀、锅铲，渐渐成型，直到最后，淬火的铁器表面，呈现蓝盈盈的光泽。就像一个人，历经风雨沧桑，终于学成了，成才了，能走上工作岗位派上用场了。从劳作之门走出，他的脸上，会现出一种亚光。

那年十月，我进入红星中学读高一，一年后病休；休学一年多，重返红中不得，转学到了南部山坳里的桃源中学；又一年半后高考，总分超过了本科分数线十多分。那块铁，经过无数次火烧、锻打、成型，只剩最后一关的验收——高考体检。

在县里，当年的初中班主任李老师，也带着他任校长的下西中学的学生来参检。迟疑中我没有打一声招呼。夹着扁担、挑着物品的父亲在一旁提醒我向李老师问好，我未理睬。

多少年过去了，我离开当年住校的大学，也已近三十载了。我人生最好的时光，多是在不同的中学、大学度过的。我贪玩，贪吃，贪慕虚荣……但从未过度，从未恣意妄为或放任自流，始终被某种无形的镣铐限制在规矩之内。这“规矩”是与生俱来的良知，还是淳正家风的熏陶，抑或是学校的培养、书本知识的驯化？我分不太清。风霜雨雪，苦辣酸甜，我们饥劬、卑陬、懵懔、栖迟、咆哮、刚狷……马克·吐温说过的那句话，让我感慨颇多：“我从来没有让上学这件事干扰我的教育。”现在，我想说，课堂之外，是生活，我的住校生活，教诲了我很多，它是另一所没有挂牌的“学校”。我在这所没有挂牌的“学校”里，和同样也是“学生”的老师们，一起学习、经历、体味、成长，穿越多重色谱，时光也通过穿越人间的我们，找到了它现实的肉身。它至少是更实际的社会初始体验，关于课堂上和课下的师长、人与人之间的交往、异性的难以琢磨的“世界”、那些关键时刻的判断抉择……这些不可或缺的教育，锤炼着小小的我们。

此刻，我也想起，在与乡村成人扫盲班一起共用的厚全村小教室读完初一上学期而搬来大士桥中学后，这所乡村中学，始终没有环护的围墙，也没有校门，也一直不见“大士桥中学”牌匾——这种“因陋就简”、旷野般的敞开，仿佛正好是一种隐喻，印证了我对“时间中的学校”的理解。

走出校园，步入社会，其实是走向了一所更大的校园，它更是“没有挂牌”。人生如寄——人生寄一世，奄忽若飙尘，像我们当年的住校生活一般短暂。终于离开了，我们会踏上另一条“远行”之路。

我恨那些过往，它们铸就着新的我。今日，它们都泛着灵韵，弥散爱的磁场，让我在岁月的循环往复中永远感恩命运的馈赠。

求学路上（四题）

送　饭

“送饭到校”是一件很有情又有趣的事。无论是家里姊妹送来还是爷爷奶奶抑或是父母送来，都像是一种礼遇。在乡村生活中一贯被忽视的那个娃崽，这回俨然是一个被礼待的受宠儿，不但被大人记起，还郑重其事。这种被重视的感觉，温暖着少年的成长岁月。

送饭一般是在天气特别糟糕时。记得在红卫小学读书时，下大雪的冬天，地面严重结冰。因是村小学，孩子午间要回家吃饭，但没有支钉雨鞋，路上很容易摔倒，不慎会滑进水沟乃至河里。而吃完午饭后回校时间很紧，有些条件允许的家庭，就开始给娃崽送饭。到了饭点一般是这样的场景：小学南北相向的两排平房，长长的廊檐挂着冰溜子，一个又一个孩子不时伸头张望。每到大人拎着篮子出现在路口，娃崽们就会大呼小叫。他们早早到操场接上家人送来的布包——包裹的大小两只碗，一上一下扣着。家人转身，撑开一把油纸伞在风雪中离去。学生娃捧着尚有余温的饭碗在书桌上解开结，掀开上面的罩碗，就“现宝”了：饭上一般都是素菜，青菜、萝卜、茄子、豇豆之类，偶有一两块鸡肉或是别的肉。围观的孩子们看得眼睛发直、嘴角抿紧，然后就听到有孩子起哄或是赞叹。同学刘桂琴是个胖女娃，很能吃，大碗里的饭每次都堆得老高，还按得紧实，且常有肉。但肉每次都剩在碗里，放学后带回去。因她成绩不太好，故每次她的饭送来，男娃们都在室外取笑她，喊着："刘桂琴的狗钵子送来喽，刘桂琴的狗钵子送来喽——"她也不生气。反正，每个享受送饭待遇的同学掀开罩碗时，其他同学都会争相探看，仿佛在等着揭开谜底，这谜底就是这名同学家的伙食，也就是这户人家贫富的一个表征。因此每次家人送饭来之前，总会想办法将菜蔬搞得好看一点儿。我猜想刘桂琴将肉片留下，带回去是给家里大人吃。二十世纪七八十年代的农村，即便是富庶的杭嘉湖地区，大家日子也过得紧巴。天气特别恶劣时，午间等大人送饭的孩子，发现素菜里还加了荷包蛋，就会在座位上独享，吃得很香，卖力而夸张，而且很快爱上了这种"送饭"。有时天气并不太恶劣，广播也未预报当日要刮大风、下大雨，娃崽早上出门前还是会要求大人，午间给自己送饭。我也很想家人给我送饭。因父亲是本校的老师，午饭都回家吃。遇着坏天气，我就想赖在学校等他返校给我带。父亲从未满足我这个小心愿，是他没意识到还是"不要惯着孩子"的观念使然？不得而知。只记得有次下大雨，上午第四节课结束后还要继续听写字测试，我终于等到了唯一一次送饭——是同校高年级的大姐帮带来的，没有特别好的菜。因父亲是学校有名的威严老师，大姐又是本校高年级学生，故没有同学"关注"，更遑论起哄，那顿饭我吃得索然无味。

初中我在观音桥中学读，初二下学期开始住校后，弟弟就担起了每周给我送米送菜的任务。半蛇皮袋的米，吃上个把月，菜装在从外婆家讨来的空玻璃罐里，满满的，多是黄豆，有时伴着炒大头菜。初三上学期，家里留下的腊肉，被母亲切成条块状，炒好放进罐子里，也是满满的，一罐可吃上一周。腊肉腌制过，又晾晒过，一般不会生蛆，配米饭吃，味道自是极香的。到一九八六年九月，我去南部山乡和平中学读文科班时，已辍学在家、从事农业劳动的弟弟，仍担起为我送物品的任务，主要是米，偶尔带些咸菜烧肉，秋冬后还捎带一些番薯及衣物。我后来幸运地考入高校——老天给送了另一碗饭，这离不开家人特别是弟弟为我送米送菜送生活物品的功劳呵！

弟弟的学习

我们家兄弟姊妹六人，我的上面有两个姐姐，我与她们只差一两岁。我的下面，有一个弟弟、两个妹妹。弟弟小我两岁，两个妹妹与我们岁数相差大一些，但也就那么几岁。反正有一段时间，我们六个孩子都上了学，三个上初中，三个上小学。等弟弟上初一时，大姐已初中毕业了。但大姐并没有拿到毕业证，因为就在毕业前夕，联产承包责任制已在我们浙北完成，家里分到十三亩多田，劳力不够。父亲在村小学上班，每日只能在早晚照料责任田。加上有六个孩子，负担太重，一次争吵后，父亲决定不让大姐读书了。很快，二姐也放弃了学业。多年后，大姐有一次正月回娘家，说起兄弟姊妹的学习，说到激动处，向父亲发了火，说为了弟妹，她和大妹没读多少书，后来除了我，弟弟和妹妹勉强初中毕业。父亲又如何回复呢？他说两个姐姐的成绩不是很好。但他的说法很快被驳斥，因为至少二姐的成绩是同年级中出类拔萃的，大姐呢，跟我差不多。初三时，因为老师们只重视几个复读的考中专者，加之课程难度加大，农家孩子回家后还得帮助干农活，又没有家长帮助系统复习，故此后来大姐成绩较不理想。但父亲几乎没有真正为子女的学习好好思量、盘算过，他和大多数村人一样。事实上，在我们整个村，也没有哪个家长对孩子的学习抱多大的希望，没指望孩子读书读“出山”。村里也的确没出过什么“跳出农门”的中专生，更遑论大学生。因此，也难怪家长在那么沉重的农活和生计的压力下，对几乎不太可能实现的事不上心。

到我读初三时，弟弟开始读初一。弟弟有个很不好的习惯，就是懒散，喜欢睡懒觉，因此早上老是迟到，有时是全校最后一个到校。按理，我跟弟弟一直睡在一起，我起床了，弟弟也应起床，但他就是不愿意。父亲打骂过多次，一直在家居从属地位的母亲，也只能在一旁流泪，劝着气头上的父亲。但弟弟仍旧很消极，只在挨打挨骂后的一两天有所改善，过一段时间又是老样子。

弟弟迟到是常态，有时全校都做早操了，他才背个书包慢悠悠地来。几百个学生，拿目光淹没他，鄙视他；老师对这个不争气的学生，视而不见，只当他不存在。我在队伍里，心里非常难过。同学、老师们好像都在用眼角的余光盯着我、拷问我，我只能转移目光，跟着广播胡乱地做着动作。我觉得心里特别委屈和难过，一会儿脸上发烧，一会儿想像土行孙一样钻到地下去。事实上，也许班里的同学并没有真正注意到一个迟到的学生，更没有想到他跟我有什么联系。其他班的学生不认识我，也未必认识我弟弟，更不会知道一个迟到学生的出现，会让队伍里做早操的哥哥如此难过。

读小学时，弟弟的成绩在班里曾排到第三位。上初中后，他成绩一般，加上懒散，初中毕业文凭都没有拿到就回家干农活了。

还有最让我难过的事。有一次我们班和弟弟所在的班，正好同上体育课，而且在同一个操场上。不知怎的，我在上课的间隙，看到上跳远课的弟弟被晾在一边，木木的，其他人忙得不亦乐乎。我很是不解，走到弟弟身旁多次询问，弟弟才嗫嚅着说，他大概惹老师生气了。他被几个势利的同学借机欺负，而老师并未理会，听之任之。我听到此话时，眼泪流了下来。我恨自己不够强壮，不能帮上忙，不能帮弟弟去揍那几个学生；恨自己一讲话就激动、紧张，几乎语无伦次，无法跟老师理论；恨父亲作为一个老师，竟然在中学里没一点儿“人脉关系”，无法让其他老师照顾、关爱我们。这是父亲的脾气、为人决定的。他对别人十分热情，但人家未必同样给予回报。有时对方反而认定父亲好说话、和气、大度、无城府，反而“看轻”了他。父亲对“自己人”有时很凶，在整个小学阶段，从未给我们特别的照顾，有时还通过鞭打、用脚踢的方式来对付“不听话”“不争气”的我们。

弟弟对我这个读初三的哥哥，帮助不小。我那时住校，一心想考中专，没日没夜地学习，效率却不高，几乎有点儿盲目。而且那时正是长身体阶段，早上吃什锦菜、腐乳，弟弟后来给我带来米，整罐的黄豆、蚕豆。有时同桌W同学吃咸菜蒸鸡腿吃得太过津津有味，我就避开。W同学小学升初中时，与我及另一位冒尖的F同学成绩差不多，但他后来不进取，一直退步，F同学考上中专，我上了一所普通高中。W同学家里条件好，吃得好。我家条件差，吃得自然差。但吃得差又怎样？我没日没夜地复习，根本没有顾及自己的身体，眼睛因为熬夜视力明显下降，上课时则打瞌睡，没精神。我总想着“扛一扛就过去了”，农家孩子吃苦惯了，没那么金贵。但中专考试结束回学校那天，我竟然神经衰弱，突然感觉天旋地转。伤心的是，中考没有带给我满意的结果，我只上了普高。而那一年，应届生

F同学考上了浙西一所林校，有几位历届生考上了师范、卫校，G同学考上了县中。另有包括我在内的六名学生上了虹中。其他的学生，只能领取初中毕业证书回家“抠泥巴沟了”。由此观之，在整个年级一百多名学生中，我算是中上的，尽管那时我也满怀期望——考中专，有时也因为对功课“力不从心”，特别是物理、化学没学好，而感到自卑，垂头丧气。那时候，我感觉无人理睬自己，只得独自面对苦楚。

弟弟后来初中没毕业就务农了。在我转学到和平中学读高中的日子里，弟弟不时前来给我送米送菜。

值得欣慰的是，走上社会的弟弟，虽一直生活在农村，懒散，但并不消极。特别是在成家以后，他“完全变成了另一个人”，辛劳而艰苦地外出打工，也顾及着家里的多亩农田。抽烟喝酒、打老婆孩子的恶习，在他身上几乎没有。有几年他手头发痒，夜晚溜出去“摇单双”——赌博，这些年在老婆的严管和自己的克制下，已金盆洗手了。

扫　盲　班

在农村，改革开放后，有一段时期国家很重视扫盲工作。风刮到乡村，连我们读初一临时所在的后村村小前排教室也成了扫盲班的教室。

一九八一年春，我们同年级的一班全体放农假，腾出的教室里来了一批成人男女。下课了，他们陆续走出教室，人头攒动，在操场上说笑。仔细看看，里面竟没有一个我认识的。由此想到，这世界是多么大啊，乡村的人真多啊。好像就是附近村的人，仔细分辨，仍没有一张熟悉的面孔。那时上课，语文老师或班主任说起中国这么大个国家的现状时常言“中国是在

‘一穷二白’的基础上建起来的”，这“白”就是一张白纸，即文化水平、科学水平都不高。当时的农村，即便我们所在的杭嘉湖平原，历来相对富庶，识字率也不高，尤其是女的。二十世纪七十年代中期，乡村极缺教师，就在我读小学的前一年，在县城读过高中的父亲被村里、学校负责人叫去谈话，后来做了村小学的民办教师。

这些正由青年迈向中年的乡村汉子和农妇们，被挑选出来进行统一学习。他们临时组成一个特殊班级，叫“成人扫盲班”，目标是识五百个常用字，能写书信、借据之类的简单应用文。扫盲教材都由国家统一编印，免费发给每个扫盲对象。

我没有看过他们的《农民识字课本》。有一次我们已经下课了，隔壁扫盲班还在上课。我努力从门缝向里侧窥，仍没看清是哪个老师为他们上课，从声音辨出不是我们的任课老师。那老师先说一遍，学员们粗重的朗诵声很快从窗口飘出，听得最清楚的四个字是“徐郭曹蔡”。旁边有同学说，这是在念《百家姓》，这四个算是比较大的姓，《百家姓》把它们排列在了一起。它们特别容易让人记住，因为它们与“洗锅炒菜”谐音，无论是农村的汉子还是常围着灶头转的妇女，一听就觉得形象入耳。很快，学员们也下课了，操场上欢笑声一片，就如那河水在不停翻滚。大人们自顾自地围在一起说着新鲜事，展露着快乐，全然不跟我们这些小屁孩们搭腔。学员们在气势上完全压倒我们这些“正式学生”，我们不服气，在心里嘲笑他们这把岁数了还没我们识字多。班里有一两个顽皮的学生为我们解嘲：“他们不跟我们搭话，是因为害羞——”“那个×××的爸爸也在，喏，她故意避开，不去跟她爸打招呼，怕我们知道她爸是文盲。”现在想来，也许是这些成人，顾自畅谈不暇呢。

在经过漫长艰苦的劳作后，有这么一段“全然放空”的时间，一定美好无比。他们在体味、享受着另一种人生滋味——重做学生。有文化真好，读书真好。成年男女，至少此刻不用在田间干农活，不用烧饭做菜、喂猪养羊。“生命承受之重”，天性中的自由快乐由此得到释放。他们果然在操场上议论起了“洗锅炒菜”，一位长辫子的妇女恍然悟道：“原来这是四个姓啊！”

也就在那段时间，我知道了一个家住学校附近的独特男子，叫宽子。说他独特是因为他的一只眼睛失明，而且有一条腿不便，但不是小儿麻痹症的那种瘸。一些好奇地看他“瞎眼、瘸腿”的顽劣小子常被他逮着，他不是拧他们的耳朵，就是拽他们的小鸡鸡，直到他们讨饶，但这个怪人对我却没使过坏。有一次，我们听说他女儿学习成绩非常好，下课后我们前往小学一排教室转角处，让同学指认跳牛皮筋的女孩堆里哪个是他女儿。我们正在辨认，宽子不知什么时候已拐到我们身边，我们吓坏了。几个同学吐着舌头跑开了，我在一旁也紧张地缩起来。宽子并没有逮我们，而是紧盯着，用他那独眼向我一瞟，说：“这个同学可是个很聪明的孩子！”我愣住了，好半天，有同学用手肘捅了我一下，我才醒悟过来，逃也似的跑开了。同学边跑边说：“他在夸你呢。他怎么知道你成绩很好呀？”我成绩是很好，他夸我，就是对知识的尊重，我没感受到他的“坏”，只是纳闷他是怎么知道的。

后来我回到家里，偶尔也说起宽子，母亲说：别看他一只眼睛看不到了，人聪明得很——我那时不知道上天是公平的。关了这扇门，会给你开另一扇窗。

宽子的确很聪明。后来每年冬天，总有一个身穿黑皮衣的人，在附近的河里沿岸摸鱼，或是在湾角的革命草里用大圈网兜虾，每每有收获。一旁的人说，那不是门槛精的宽子嘛。有个暑假，我盘桓在大舅家竹园靠河边的杨树墩钓鱼。有个身影晃动在对面河边的树林里，用一把类似洛阳铲的铁具在那里挖什么东西。事后一个村民说那是宽子在挖甲鱼，“宽子只要将眼睛向水塘周边一扫，就知道哪里有甲鱼”。当时天热，甲鱼钻进了杨树根须下面的洞里，洞很深，一直延伸到了对面河岸树林的下面。宽子看准了，一铲子下去，每次都能掘到一只。据说那次他蛇皮袋里装了好几只他才离开。我亲眼见宽子抓甲鱼，是放学途中在很远的大洋边一角。当时他用一杆抛轮排钩，硬生生将河中间的一只大甲鱼钩住往回收。大概是他用一阵阵口技声骗过了这河里的老王八，当它在好奇中从水面浮出头时，抛掷飞轮而打中了它。

我说扫盲班，缘何又扯出眼瞎腿瘸的宽子？因为我听闻他当年对村里办扫盲班有贡献。他曾协助村里，动员了许多本不想参加扫盲班的村民来识字，还帮助修理教室，为漏雨的屋顶换补新瓦，给漏风的窗户蒙上塑料膜，并将自家的凳子椅子借给扫盲班使用；他督促自己的女儿学习要“好上加好”，购买铅笔和橡皮奖励优秀学生。从后村搬去北面的中学后，我还听闻宽子自己也参加了“扫盲夜班”，识了很多字。他这个特别的扫盲生说过一句话，这句话至今仍在很多村人耳边流传：“老天爷给你聪明的脑瓜子，是一半聪明；有了知识文化，才是整个聪明。”

铝制饭盒

连着两个秋日的周末，晨逛菰城的衣裳街，巡过瓷器玉器、报刊故纸堆，最后总在一处汇聚诸多老秤杆、木匠所用刨子与墨斗以及 BP 机（真不知它们是如何收来的）的摊位前驻足良久。作为一个匆匆过客，我无法解译这些老物件的前世今生、人间故事，它们现在被时代淘汰，只待集纳者给予最后的关注。集纳者在洒进窗口的夕阳中，以相似的他物来佐证、品鉴，回想自己的往昔，恰如借酒浇块垒，伏案看《英雄挽歌》——我说此种回味与感思，是在看到一旁众多人在问售卖的旧铝制饭盒之后。长长短短、宽宽窄窄、凸凸凹凹，这些铝制饭盒堆积在那里，泛出银白的亚光，有的上面还积有黄褐色的斑垢。我想，随便打开哪个，里面都盛放过曾经的美味，及美味一般的昔日时光。米饭、包子、荤腥、素菜，甚至小糖果、冰棍、冷饮——这些多是当年那些让人艳羡的工厂职工能享受的。我猜测这些旧铝制饭盒，怕也是哪个大企业解散后，食堂拆迁时被忽然发现的。而我，一个地道的乡村出生的苦孩子，所拥有的铝制饭盒，是我们读中学时，全家姊妹都使用过的那个。

大姐、二姐曾先后在厚全村读过一段时间的初一。等我读初一时，两个姐姐（一个读初二，一个读初三）就已转到有一半落成的港口公社中学（很快改为观音桥中学）读书了。

去观音桥读书，由我们村出发，必经厚全村礼堂门口。门口的北面，就是厚全临时初一所在；拐弯向东，是一座栏杆还没有修好的新水泥桥。新桥的那头，是一条泥埂，往北蜿蜒五六里路，即达观音桥街，那是公社（后来的乡政府）的办公地点。再往西不到百米，也有一座新建起的水泥桥，即新观音桥。从桥西北堍俯冲下去便一马平川，那块很大的地盘可能是由粮田平整出来的，后来建起了观音桥中学。二十世纪八十年代初期，整个国家生机勃发，我们这个经济全然依赖种植、养殖的水乡平原乡镇也大搞公共基础设施建设。

初一上学期，我被安排在厚全村。简陋的教室在村小南面那排教室的西侧。听说两个学期后，全部学生都会转去建好的观音桥中学，由此我们心中暗自甜蜜地期盼着。两个姐姐每天回家都会讲一些校园里的情景，我已将中学的名字铭记于心。

连接厚全临时初一操场的东南向的新桥，如果我记忆中有故事，那就是“大姐的饭盒从桥上落了下去”……

无论晴天还是雨天，每天上学，一有闲暇，我们都盘桓在这新建的桥边。很快，很多孩子和我一样，要经历短暂的姊妹分离：一些大孩子上新桥前往观音桥方向，一部分像我这样就此止步，直到村小东边大树上吊着的铜铃拉响，才恋恋不舍地快步进入教室——我时常是那个在低矮屋檐下向外部世界张望的消瘦少年。那时农村很贫困，几乎家家户户都有好几个孩子，我家有六姊妹。

那时，到观音桥中学去读书是要带饭的，一般的餐具都是两个瓷碗，大碗在下，小碗扣于其上，里面则是冷饭和冷菜。菜基本是素菜，难得加个荷包蛋。新鲜的肉基本上逢年过节才有的吃，春上的腊肉，往往被母亲切得很薄，但咸香，很下饭。鸡（鸭）肉，则是家里来了贵客，如姑父娘舅，才有的吃，母亲会宰杀一只鸡或鸭，当晚吃剩的，第二天就会倒入饭盒带上。若肉少了，则补上一点儿鸡（鸭）汤。三四月，腊肉吃光了，罐里的猪油则成为带饭的主菜，舀上一勺，外加小半勺酱油淋到饭上，在饭架上一蒸，香极了！

因为新桥刚建成，两边还没有装上护栏，两个姐姐去观音桥中学必须经过此桥，因此过桥得格外小心。有时刮风下雨，孩子们过桥时要相互牵手，慢慢挪动脚步。幸好，直到后来护栏装起，我未见到或听说有哪个孩子掉到河里，但带的饭一不留神掉入河里时有发生。回家再备一份饭几乎不可能，一则时间来不及，二则即便到家了父母也已下田，家里没有现成的饭菜。故惊呼归惊呼，眼泪归眼泪，赶紧过桥，快步向北，奔去观音桥中学，多是最好的选择。河那边，掉饭碗者空着手，却仍马不停蹄地小跑着赶上大部队。哭腔随背上书包的晃动从河之彼岸传来，并非鲜见的风景。饭碗掉河里者，如有姊妹在同校读书，一般会和姊妹分着吃午餐；如果没有，且不愿惊动老师，那中午基本只能在教室里挨饿。记忆中后来的观音桥中学食堂中午有饭菜可买，但一般是供应给教职工的，当要早上预订。当时的孩子身上普遍没钱，丢饭碗只当自己的错，饿一顿也是小事。但肯定有孩子担心晚上放学回家不知如何跟父母解释，毕竟大小两个碗丢了，于家里不算小事。

我之所以对大姐在厚全新桥上丢落餐具之事特别记忆犹新，一是因为大姐是我们六姊妹中成绩较好的，二是因为大姐落入河里的，不是相扣的两个饭碗，也不是里面有什么美味的荤腥，而是因为她带的是家里唯一一个铝制饭盒。那时，铝制饭盒漂亮、规整、实用，很是金贵，在带饭的学生中还不多见。这种铝制饭盒，上下相扣，非常紧密，放到学校食堂饭架上蒸时，不会像圆浑的瓷碗那样容易翻倒或碰裂。它四平八稳，俨然一个很有实力的壮汉，或深具内涵的正人君子。大姐过桥时拎的小竹篮（那时还没有网袋或马甲袋）晃荡不停，让这宝贝落了下去。我没有看到饭盒掉落的过程，课间听同学说今天又有人的饭碗落水了，我没想到是自己的姐姐。那晚回家后才听到大姐哭诉，一家人以缄默不语表达着深深的惋惜。我甚至说星期天让大姐与我回到厚全村那新桥边，她在桥上指点方位，我则从岸边下河，潜入水下去摸。但父母均一致反对："谁知道那外河的水有多深？况且又不是能下河的夏天。”

很多年过去了，我偶尔还会想到那个铝制饭盒。特别是每次去观音桥，或成家后姊妹们中秋团聚，七嘴八舌地说着当年的苦日子时，它就像自由落体，一直坠入我们姊妹的记忆山谷，回荡的余音，袅袅不绝。一个人的时候，沉思默念，我像重回少年，想象那饭盒落水后仍严丝合缝，多少年后，那些饭菜仍躲在饭盒内，而不被鱼虾吞噬。但终有一天，它会被细菌和无孔不入的水“撬”开，出自我家的那些陈年饭菜，很快滋养了外河里的水族。这些虾兵蟹将，早晚会被厚全村人用搭网或赶网兜去，进入了他们的口腹，化为滋育他们的营养。由于这条河一直向南通往永不干涸的西苕溪，向北通往长兴港、太湖，因此那铝制饭盒永远沉入水底，被淤泥层层覆盖，犹如二战期间那些永远沉入太平洋、大西洋的军舰或潜艇。

此刻想念那个二十世纪八十年代初的铝制饭盒，是怀念那物资匮乏却仍努力上进、刻苦学习，对未来满怀憧憬的年少时光吗？是祈愿父母康健、幸福，已成家的分散各处的姊妹平安吗？是怀着惜物之心，直到衣食无忧的今日，仍持守爱惜粮食、聚餐须“光盘”或打包的良好习惯吗？……躺在厚全村外河底淤泥里的饭盒没法告知我，但它却一直留在我的记忆里，助我建构当年的情境，盛放着那忧愁又甜蜜、瞬间又漫长、清如湖水又浓似酒酿的隽永时光。

孩提时代的游戏

春节带孩子回老家过，整个归途，已虚岁十五的孩子都兴致盎然——我能从他张望车窗外沿途风景的欣喜、欢快的目光和神情中察觉出来。

窗外沿途，年年经过，但年年风景各异。孩子也在逐年长大，明晓事理，能感受到大自然的神奇，但却难以体验另一种更神奇有趣的东西：乡村游戏。

整个年初一到初六，我们六兄妹在彼此家来回拜年、玩乐。孩子跟堂姐表姐、表哥表弟们一起欢聚，打闹嬉戏。他没作业压力，有糖果杂食能随时取食，又能奔逃欢跳于乡村的田埂、农院、操场、楼房上下，这是他们年少的黄金岁月。他们此时就像荷马所说的，按天性的齿轮在运转。他们“身入其中”却难以体会到这黄金岁月的珍贵，直到他们长大后如我今日一般回望，方能体味、明晓——这真是一种永远的悖论。

今日的孩子，在学习之外有“游戏”吗？除了课堂教学的文字、数字“游戏”，体育课或集体活动组织的少量文体“游戏”，还有多少可供他们投入身心的有趣游戏？

即便在春节期间这“大解放”的日子，我们的这几个孩子，能玩的也只有两个滑板和一副羽毛球拍。那两天，我们在稻场上打羽毛球、玩滑板，孩子们跟我一起抢着玩。虽滑倒多次，羽毛球也被打飞至屋顶上，大家仍和乐一片。

还有何游戏？看电视。再就是在二姐家抢电脑上网，再就是盯着我随带的一个苹果手机。

而幼年至少年时期的我们，可玩耍的游戏是那么丰富，且很多带有广泛的参与性与竞争性。

那日晚上，我询问父亲他幼年（二十世纪四五十年代）时期玩的什么游戏，回曰“跟你们小时候差不多”。而在这方面，我们与现在的孩子有天壤之别——他们整天只有读书和做作业。白天在学校里被教师看管，晚上回家被父母看管，书包赶上身体重，被作业压得气喘吁吁，哪有时间“游戏”？

说说我们年幼时的游戏吧——它们是心智混沌未开又鲜润如露的孩童头顶上的春雨、行路时陪伴左右的春柳，是春天从田野、村庄一股股涌来的馥郁花香和啾啾鸟鸣。

那时，春节期间男孩子玩得最多的一种游戏叫“打鳖”。“打鳖”一般选择在屋前的操场上，当然那时均是泥坪。一块砖，码放硬币。数米外正对砖的前方，画出一条三米左右的线。然后参与“打鳖”者，按约定扔放壹分或贰分或伍分的同额镍币于砖边。大家先站在方砖后，向前面的横线掷硬币。全部抛掷后，以硬币离横线的距离为“打鳖”游戏的排名。有的硬币抛出线了，只能排最后。所有越线者要重投，重投后排名第一者排在未越线的最后一名之后，依次类推。

首先“打鳖”者赢钱的机会最多。开打之时所有的钱币已被整齐地叠在砖上，“打鳖”者用手上的铜板瞄准，使劲向砖上的一堆钱币“砸”过去。铜板若打中钱币，钱币落地。落地多少，“打鳖”者得多少。还倚靠在砖侧和留在砖上未飞落的则属“公资”。后面的人接着打，一直打到没钱币存于砖上、砖侧为止。第一轮结束后还剩有钱币，第二轮接着打。但不是站在原来的横线处，而是站在自己扔出的铜板落地的位置（因而第一次扔出的铜板不能马上拾起)。第二轮时，“打鳖”者可随意将剩下的硬币安放在砖的任何一角，叠起、排放均可，但硬币要连在一起。打中后，所有落地的硬币，都归“打鳖”者……如此循环，直至砖上钱币被打光，最后一枚钱币归人为止。

“打鳖”是带一点儿赌博性质的游戏，大都是小孩子们用压岁钱来玩，输赢在几角钱之内。在连绵的雨天或大雪封路的农闲之日，无聊的大人会找点儿小刺激：打打麻将、“摇单双”。

我在小学读书时，放学途中或割完猪草时间尚早时，抑或是假期，常与班里的同学特别是村里的小伙伴，三五一群、四六一簇，在人家的屋墙外或操场上玩游戏，如拍洋片、打弹子等。

拍洋片分两种，两种玩法中的“洋片”都是大人扔弃的烟壳所制。一种是将自己搜集来的烟壳，叠成梯形，有点儿类似小船模样。游戏开始，每人取出一张，摁在屋墙外的一个大致固定的点或同一高度的线上，再手一松，“洋片”就像被唤醒的鸟，倏然往墙面外飞落。谁的“洋片”离墙面远些，谁就先捡起自己的“洋片”，对躺在地面的别人的“洋片”，使劲连拍带打，外加一点儿顺势风——我真描绘不好这一系列动作，尽管它们此刻就清晰地浮现在我的眼前。别人的“洋片”若是被你拍得翻了个身，就归你了；若没有翻身，或者翻了几个身后保持原样，则不能归你。接下来轮到别人捡起自己的“洋片”拍你的，拍翻了就“吃”了。拍“洋片”能不能赢对方，以使自己手中集纳的烟壳更丰富，则由多种因素决定。“洋片”薄，在放飞时，可能飘得更远。但轻薄的“洋片”使不出更大的“带力”，因此无法使别人的“洋片”翻身，却易被别人反戈一击。另一种拍“洋片”的玩法是摔。将自己的“洋片”叠成或弯卷成铁铲形。执先手者将所有参赛的“洋片”像琉璃瓦一般叠在一起，并将当中的凹槽再偎一偎，然后摔向地面。观察哪些翻了个身，将翻了身的“吃”进，“大前门”“飞马”“利群”“新安江”等普通品牌归新主，而“西湖”甚至“小凤凰”品牌则少见，能获之则欢喜异常，下次比赛未必肯拿出。这种拍法，我路过其他村庄时看见一群孩子玩过。我认为这种玩法“不正宗”，故不玩。

男孩子好斗，有阵子风行做枪、剑，木制的。上课、回家路上，晚间油灯下做作业分神的当口，心思总是放在了这些玩意儿上。那时是集体经济，大人都在生产队忙，生活清苦，可没闲情为孩子做木壳枪、木剑、砍刀。而且，大人也不理解这些玩具、游戏对开发孩子们的心智、情商有多重要，不反对孩子们做这些玩具，已是烧高香了。

木壳枪再威风，也比不上“真家伙”，所以我们的游戏里，有了一种新武器——水枪。它由竹管制成，尺把长。一头带节，有一小孔。另一头有一根筷子状的细杆，头顶裹扎一团棉花或布头，组合成一个“活塞”。拉动“活塞”，随时汲水，即可对着自己感兴趣或厌恶的东西射出一股股细水注。射墙，射屋顶的瓦，射树，射庄稼，射猪羊狗或鸡鸭鹅，偶尔也对着讨厌的玩伴、聋哑的大人后背一射，射完立马刺溜躲开。水枪会弄湿别人的衣服，但对身体无害，故很受孩童喜爱。有时背书包而归的多个孩童，同时拿水枪对着一头路过的水牛齐射。这庞然大物被射得一抽一抽的，那是一种痒痒的、很舒服的反应。皮上的泥浆和泥渍因此被射洗干净，牛舒服，牵牛的农人也很满意，孩子们玩得更是开心，一“射”三得。后来还出现了用细竹管制成的一种小竹枪，圆珠笔一般细长，“子弹”用的不是水，而是柏树结的青柏子。“啪——”握推小竹枪后面榫得很紧的推子，青柏子被里面的气压推出来，发出很脆的声响。它们机智、干脆、有力，射向童年。在那些贫寒、孤寂而懵懂的时光里，我逐渐听到自己体内的拔节声。我拿着一把水枪，或是小竹枪，射向我对这个世界的无知、无畏和愤懑，射向天空，射向旷野、大河，射向空洞、苍茫、无望，射向那寒气逼人的虚无……小竹枪有一定的杀伤力，若是在几米内射在人的身上，皮肤上必起小红包；若射到眼睛，那会闯下致人眼球受伤的大祸。

能致人伤痛的游戏，还有玩铁丝枪和打弹弓。弹弓无须介绍，童年时大家用它来弹射树上的鸟或枝头的果子。除了有一晚在大舅家后面的竹园，偷袭树梢上夜宿的麻雀，第二天一早在林间寻得一两只外，我几乎没在伙伴前显摆过我射落的鸟。也有弹弓的子弹，是作业本纸撕成的条子。这种子弹弹射出去，让人生疼，但伤害不大。

铁丝枪，是用铁丝拧成一把枪的形状，开关要斜穿整个枪身，另一头翘在枪屁股顶端，用牛皮筋绷紧。最重要的是弹道。那时农村组织民兵训练，家中备有武装，子弹壳在他们打靶后很容易获取。一只弹壳，想法撬掉弹壳底端的铜芯，然后设一个由牛皮筋带动的铁榫头，正对着弹壳底端。开枪时，扳手一抠，牛皮筋一松，铁榫头以强大的冲击力引爆填好的“火药”——火柴硝，子弹壳里便爆出“啪”的响声。逼真，形象，有质感，显英武，如此帅的铁丝枪，引爆了所有农家男娃的童年和少年。也有一种铁丝枪，用断的自行车链条做成，一截一截紧挨着，煞是漂亮。由于浪费火柴，使用这种枪常遭大人呵斥、训诫。

再说说打弹子。如今，这种游戏在城乡皆少见。在电视上看到的一些新贵们打高尔夫球，与打弹子有些相像。打弹子的本钱是一些圆溜溜、花色各异的玻璃弹子。找一块稍微宽敞平整的地，在几个相隔数米、呈等边三角形的连接点下挖小洞，然后按照一定的规则，你弹来，我弹去。打弹子时要弯腰，甚至匍匐于地面，用手拽着弹子，估摸着方位，以适当的力量，弹别人的弹子以使其入洞。在“进洞了”的喊声中，胜者从小泥洞里掏出“胜利果实”……直玩到鼻涕拖到了地上，夕阳西下，十指黑黑，腰酸背疼，母亲们满村呼喊着孩子的乳名让其回家吃饭，大家才兴味十足或意犹未尽地背起书包或掮着猪草筐子匆匆赶回家，到家后遭父亲一顿臭骂。被骂后大气不敢出，小心翼翼，但第二天课间保准瘾又上来了：相约放学后再打一阵，或打好猪草后“老地方见”。

当年“打鳖”的那些光绪元宝、乾隆通宝等不同年号的铜板，还有那些赢到手，悉心熨平保存的各种“洋片”、瑰丽的弹子、水枪和铁丝枪后来都去了哪里？唉，它们都在悄无声息中被时光冷落、遗忘、掩埋，至今想来令人唏嘘不已。也不知从哪天开始，初二或者初三抑或是高中，长大的你突然有一天对这些游戏再也提不起丝毫兴趣。或是因某个因素的强力干扰，你的“游戏心”戛然而止，也有可能是你的玩伴已有了新的兴趣点，比如异性、书籍、旅游，迫使你与这些童年游戏渐行渐远——肯定有一段时间会感伤、失落，然后是再也不回头。我们的游戏呵！

是的，用大人的价值观来衡量，这些浪费了家里的帮手——孩子们的宝贵时间的玩意儿“无用”。但就是这些充溢在童年和少年时光中的“无用”玩意儿，丰盈了我们爱玩的心，激活了我们的脑。它们是上天洒落人间的至宝，让我们这些泥土里成长的孩子光彩如露。诸多游戏让孩子们参加了“集体活动”，培养了他们在人生道路上遵守规则的意识（也最大限度地利用了这些规则）。

写到这里，我还想再回头，写两样“有用”的游戏（严格来说不算游戏）——高跷、小四轮滑车。制作它们，培养了我们寻觅材料、动手修正的能力。制成后的“实用”，给了年少的我们最初的成就感。

儿时的冬天，我一直羡慕村前伙伴阿发有一副精致的高跷（他二舅帮他做的。上好的木材，制作精巧，底足下各楔入一枚铜钉）。它结实得很，雪天上学可踩着高跷到小学，且一路留下酒盅大小、中间闪着铜钉钉槽的美丽足迹。我知道父亲是永远不会给我和弟弟做的，尽管他是我们的小学老师。时至今日，我仍多次当面质问他。“难道你没有童年吗？难道你不期望爷爷给你做玩具吗？”“难道你成人后就忘了当年的愿望吗？”面对我的连珠炮似的发问，父亲不予回答，脸涨得通红，或许觉得我问得唐突，或许觉得我问得好笑、无趣！

我和弟弟找来几根回潮的杨柳树枝，用大舅家借来的一把凿子，自己凿孔、配踏板。出炉后，丑陋倒是其次，关键是不能长久承力。柳树材质疏松，加上潮湿，故脆得很，往往踩上一两天就报废。再做，不是材料难找，就是找到了也做得不精巧，记得做得最好的高跷最长使用时间也只有一周。——唉，至今我对童年没得一副好高跷仍耿耿于怀，伤感难息，是我太过敏感，还是因为我至今仍存有一种完美的意念，存有一颗童心？抑或是诗性使然？

相对来说，做成小四轮滑车让我较为得意，让我在全村小伙伴面前挣足脸面。小四轮滑车用了好长时间，最终遭父亲的“暴政”而毁，我的心伤透了。

制作小四轮滑车的关键，不在于身上装的长方形竹塌片，而在于它的四个弹子盘。那是我冒险的成果：村里有两台拖拉机坏了，暂时停放在村西口“五保户”（我唤六奶）那间闲置的小屋里。记得好像是弟弟给我壮胆，趁天黑我潜入那间小屋，找、搬、挖，折腾半天，从拖拉机里“挖”出了两个弹子盘。另外两个得自何处，我已忘了。总之，当装有四个弹子盘的小四轮滑车上路一溜，村里的小子们看傻了。我们用它放猪草，放书包，拉拾捡的稻穗……一路哗啦啦响，滑得快，而且转弯顺溜，让伙伴们目光发痴，嘴巴大张。美呀！毕竟我看到真正的汽车，是在观音桥读初二时。我看到的第一辆“车”，竟是自己制造的。没有图纸，没在电影里见过模样，我仅仅凭着想象，和在书本里不经意看到的描述制造了“车”。两个月后，小四轮滑车被发怒的父亲扔进门前的河塘里。父亲发怒的具体原因我已不明。是因为他干活劳累，嫌我们贪玩？还是因为村里追查丢失的弹子盘而讯问了我家人？反正我在奔逃时，听得他咬牙切齿，刀斫车裂，吼骂中一气之下将轮滑车掷入了门前的塘中。

孩童时代的游戏，我们年少时还玩过哪些？

织渔网，并用渔网在池塘里扳过不少鳑鲏、沙咕噜子一类小鱼。滚铁环，上学和放学路上，一路奔跑一路滚着，口中还大声吆喝“让路让路”。走再远的路也不会觉得累。打过陀螺，也做过“孙猴子”（用小竹管、纽扣、针线串成孙悟空模样）。

还有钓鱼。削一根楠竹竿，把家里的缝衣针在煤油灯上烧红弄弯，制成鱼钩，系一根丝线，在菜地里挖几条蚯蚓，走，伙伴们，钓鱼去吧！

“躲猫猫”，也就是捉迷藏。田里的稻子收割脱粒后，剩余的稻草堆成一个又一个草垛。黄昏时，伙伴们在草垛里“躲猫猫”，让人找寻，副作用是疯闹之后全身发痒。“躲猫猫”有时还在村里的各处空房里进行。

“埋地雷”。看了电影《地道战》后，我们在村里人行道上挖小洞，深处埋粪便，浅处扎牛皮筋圆箍，再用泥灰掩盖，一条线延伸至远处拉住。但往往等不来“鬼子”（村人）挨“炸”，最后只得央求小伙伴来踩“地雷”。

捉知了。在一根长竹竿端部绑上一只铁丝圈，上面抟上厚厚一层黏性很大的蛛网（后来改用一只小网袋）。捉住雄知了后轻轻捏一下两侧，它便会发出响亮的叫声。

捉蜂子、萤火虫。拿个小瓶，到泥坯墙边寻找。一般墙里有小洞洞就有小野蜂，用小竹签将其挑出，放进瓶里，馋时撕开其尾部，将里面的一滴“白露”放进嘴里，甜！在篱笆上捉萤火虫，则是在晚上。玻璃盐水瓶里，群萤乱舞，闪闪烁烁。做作业时我们把瓶子放在桌上，名曰“囊萤映雪”。

打水漂。使浑身之力集于一臂，而后将瓦片掷出去，瓦片在水面上蜻蜓点水般飞去，画出美妙的印迹。大河两岸，清风飘荡，树影婆娑，河面宽阔，如此景致，便定格成一幅图画，烙印在无数乡村孩子的记忆深处。但“乐极生悲”，游戏是玉，往往其中总有让人痛楚的沙粒。无论它藏得多深，包浆多厚，在某一特定的时刻，被记忆切开剖面，深埋在里面的它仍灿然如新。去年，因为用眼过度，中年的我眼睛“花了”，得了飞蚊症。我到城里一家医院找当医生的堂弟，被告知：“玻璃体混浊，没关系的。到上海医院也看不好的。”他坦言：“我小学读书以来，一只眼睛一直玻璃体混浊。”我问其故。“淘气呗!”他说小时候玩掷瓦片，小男孩玩火了，玩出了矛盾，最后分成了两个敌对阵营。村里一个叫阿顺的，把一个石子掷来，石子竟穿过竹林击中他的右眼。当时，眼皮都流血了，眼睛已看不见东西。后来到公社卫生院、县医院几经诊治，右眼能看见东西了，但一直有影子。堂弟说起此事让我想起他可能也给另一个人带来了终身的悲剧，尽管他没在我面前提起。那时我们前村的男孩子跟后村的男孩子，常常因为语言与生活习俗的不同而产生矛盾。我们是北方河南移民的后代，为人豪爽，讲义气，不过冬至节气，视正月十五为“大年”。我们跟大人学的，看不惯后村本地人的精明、小气。讲求节俭、崇尚读书、自立刻苦的本地人，也看不惯“野蛮”的我们，看不惯我们一个冬天不洗澡，满袖口被鼻涕擦拭得油亮的邋遢样，因此，“战争”常常爆发。有一次交战，僵持很久，夕阳余晖在泥墙上渐渐暗淡后，双方不服气地撤回，嘴里不饶人地喊叫着“明天放学后收拾你们”。但队伍中的最后一个，可能是堂弟，听参与战斗的弟弟说，走了一段路仍不解气，于是朝战斗阵地后的一排老屋房上掷石头。谁知，石头飞过去时，那屋里的一个小女孩正巧出来，石头正好打中那女孩的眼睛。顿时，一声尖叫，那女孩立马捂住流血的眼睛，蹲在地上，正围桌吃晚饭的家人，闻声夺门而出，大叫“出大事了，出大事了”。随后，家人在村里人的帮助下，将女孩背起，急忙往十多里外的公社卫生院奔去。我复述的这一过程，来自我弟弟的叙述。囿于当时的医疗设施落后，伤势严重，后来那个小女孩一只眼睛失明了。我不知是左眼还是右眼，因为自此以后，我没见过那个女孩。此事改变了女孩的一生，身体和心灵的创伤自不必说。女孩在我们那尚贫困的乡村，后来嫁了一户不太好的人家。女孩一家人，当然也受到此事直接和间接的影响。甚至我们整个村庄的男孩子自此再也不掷石子、打水漂了。

折纸飞机。这是一项有趣的活动，折得复杂的纸飞机，形状逼真，能在空中滑翔很长时间。

照黄鳝。夏日夜晚，带着长手电或提着防风煤油灯，拿着抓鳝鱼的长柄竹夹，沿村里村外的水田田埂上一路照过去，不时能发现黄鳝。一发现黄鳝我就小心翼翼地用长柄竹夹一夹，放入弟弟提拎的竹篓里。

“打碑”。动作类似“打鳖”，把一块砖头立起来，然后在远处画一条线，在线外用卵石等把砖头击倒为赢。一般一群小伙伴分成两组互相挑战。因为这个游戏，别人建房用的砖常被打坏，小伙伴们因而常常受到责骂。

那时，女孩子们玩的游戏也有不少。比起男孩子的“武”，她们的游戏“文”很多，主要有踢毽子、捡“石子”、跳牛皮筋、“挑线”、扔沙包等。男女混合的游戏有“老鹰抓鸡”、拔河、跳绳等。

孩童时代的“游戏”，一一在我脑海中掠过。感叹中我为它们写下如此句子：“它们像一条藤蔓上不同节段上结出的不同的瓜，形态、色泽、肉汁各不相同，衬托得藤蔓一派生机；它们像一串蚌珠，嵌在一条奔流的生命之河上。它们或还是不同时段闪于天际的星辰，或隐或显，燃出生的火焰，喷出成长的壮阔。”

正因自己年少时得到游戏的“哺育”，这些年我常想着，在孩子的成长之路上，我协助他参与、完成一些游戏，丰富他童年与少年的生活记忆，也弥补我曾经的遗憾。但糟糕的是，时代的变化一日千里。今日的孩子，几乎丢弃了父辈时代的游戏。他们没时间玩，即使有假日也被送进了兴趣班，或是在家玩手机或滑轮，难得见孩子放放风筝。

他们的疯童年、野少年，都去了哪里？

哪怕就孩子的天性、人的本性、社会的竞争性而言，在丛林法则盛行的当下，我常想，“训练”他们心性的游戏的缺乏甚至丢失，使他们过于“中规中矩”。这种“进步”和“文明”的代价是能力的弱化、倒退。我们这样培养孩子，岂不是“自废武功”？因而，这真应引起我们的警觉！

人生如游戏。丢失了游戏的孩童，在全球竞争残酷的“大游戏”中，如何“成人”？

时间结出麦芽糖

春节期间，我看了《舌尖上的中国》。此下，秋日午间，与友人闲聊，他说起了舌尖上的刺——不是鱼刺，而是年少在乡野掏得野蜂，残忍撕开其尾巴，取那粒蜜囊，被土蜂蜇时留下的针。而我，则想到了味觉渴望的那些甜，过往年月的生理渴求。一种又一种，它们呈现出不同的形状、形态，我们从不同的途径获取，品尝时口舌欢快甜蜜。它们实则也是生命中的蜜，是时间结出的麦芽糖，滋养着我们光亮的灵魂。

虽生长于鱼米之乡，年少时，我们家家都过得紧巴巴。不到逢年过节，少见荤腥。小孩子吃到的糖粒，也只在正月挨家挨户拜年时才能得到。平时偶尔拿鸡蛋去村里的小店换盐，多出的一两分，可换成一粒水果糖或两粒质量较次的硬糖。回家路上，孩子一蹦一跳，嘴里含着糖，甜甜的，很是满足。

我迄今仍有“一口好牙”，实因年少获糖果不得，许是“因贫得福”了。

小孩子天生喜欢甜，是无理可讲的。记得村口靠东处，那时驻村的知青搞了块甘蔗试验田。甘蔗成熟时，我与几个伙伴整天钻入蔗林深处，在蔗田中间大快朵颐，以至于后来吃出了几块竹匾大的空地。其时，生产队社员一次次从甘蔗田周遭来回走，哪怕嘴里吞咽着口水，也不会折取一两根尝鲜。另一次饕餮的甜，如天降神露一般，我竟然得到了一把从未见过的上海奶糖。我读初一的那年冬天，当兵的叔辈堂兄从上海回来探亲。闻讯后我第一时间赶到村口，成为第一个迎接者。堂兄也是豪情满怀，竟从军包里抓了一大把上海奶糖塞入我的棉衣口袋。其中肯定有大白兔，记得还有一种如今日的山楂片造型的，我当时叫它“吸铁石”糖。因为姊妹太多，带回再多的糖果也经不起分。反正后来听说，谁也没有得到我这么多。我揣着一口袋的宝贝，像个暴发户。那天我捂着口袋，几乎没进屋，大部分时间在村外田野间游荡，时不时地摸出一颗品尝。那个甜蜜、温暖、快活的冬天，一直出现在我生命里。这点儿记忆也凝成了一粒糖，时常在回望年少时光的情境里被翻晒，慰藉着中年的我。

如此丰沛的甜，从儿童到少年，也就得到过一两回，其他时间想吃甜，难上加难。每次看露天电影，场外都有外地人在吆喝——卖甘蔗，我只得绕开，躲到另一头。我当然知道麻饼好吃，上面的白糖颗粒，一粒一粒地抠下放于舌尖，那是味蕾最深的记忆。除非父母走亲戚或去粮库售谷得了好价钱，我们才有的吃。六姊妹分得再少，也能得一颗糖。细细嚼着，饼好吃，糖粒甜蜜，你会赞叹砂糖麻饼真是人间少见的“金镶玉”。麻饼或粒子糖，能否得到要看机会。某个雨天，母亲要到西苕溪边的港口集市扯布纳鞋底，买肥皂、火柴，我就一直跟着，看上去是孝顺儿子陪老妈，实则是另有目的与期盼。集市街头有各类摊点，宏大阔气的供销社，那时在少年的目光里也是琳琅满目的物品的殿堂。在母亲与柜员讲着布匹尺寸的当口，我目光游移，一次次偷瞄柜架上的玻璃罐头，橘子的，黄桃的，杨梅的。前柜一角，排列着几只斜放的长方体玻璃罐，里面是麻饼或粒子糖。罐里的家伙，一声不吭，却又分明在挑逗、诱惑我——中间隔着的一层，是坚硬、冰凉的玻璃，它的另一个名字是“贫困”，是少年时光的富裕，现实物质的贫困。我当然知道大人的难处，那时几乎所有的农家孩子都懂事，不会向大人提出物质方面的过分要求，特别是“可有可无”的零食。母亲理解我的小心思，一般不会让我失望，总在最后的当口，买一个麻饼或两颗糖粒。我掰开麻饼或剥开一颗糖粒递给母亲，母亲摇头不受。到家之前，我已在路上吃光了，姊妹们闻到了麻饼或糖粒的余香，也只能戚戚低语，叹息一声，转身而去。

茅草根是另一种甜。割猪草之余，在较高或干的田埂上，如我家西面南北走向的埂坡，用割草刀挖，你总会有所获。它有竹节一般细细的节，擦净一咬，甜滋滋的。我现在能回忆的画面，是春天三四月，村西的田里全是紫云英。田畈已很干了，我穿着布鞋伏在田埂的西侧，挖茅草根，有时一挖一下午。傍晚时分，直起身时腰酸背疼，但看着筐里那躺着的茅草根，很开心，成就感油然而生。在河埠头把茅草根洗净，回家路上不时嚼上一根，甜汁渗出，清润爽口。村人说茅草根吃多了会流鼻血，但在我身上从未发生过这种事。长大后知道茅草根是一味中草药，百度百科称其有“凉血、止血、清热、利尿止咳”的作用。

玉米秆特别是高粱秆，是非常甜的，我们叫它“甜黍黍”，简直是另一种甘蔗。可惜在二熟三熟交错、处于亚热带的杭嘉湖产粮区，很少种经济作物。玉米、高粱与甘蔗一样，农家只偶尔在自留地边角种上一些。西瓜当然甜，那也是后来才知道的事。至少在初中毕业前的二十世纪八十年代中期，我从未见过西瓜，不知道西瓜长什么样。

大人们掌控的正宗糖资源，是红糖，那时很少见白砂糖。备年货时，大人们按票购置一两包，用草纸包好带回家。谁家媳妇生孩子了，送礼时红糖是必备的。正月走亲戚，有时一包红糖在你家我家送来送去。过了十五，家里盘点“多”了哪些“年货”：一次次加热、已呈黑褐色的待客的肉丸子和元宝蛋，快散架的草纸包红糖及若干泗安酥糖。酥糖被分食，红糖则被放入瓮坛保存——里面有干石灰，能吸水，抗菌防霉。

小孩子与这些红糖发生联系，也只在生病或受了较大委屈时。夜深时分，躲开其他孩子敏锐的眼睛，父母开启一角，倒一勺糖泡水给孩子喝。

有几年，便宜又有甜味的糖精，加入了“甜”的队伍。听说这家伙是从黑煤里提炼出来的，后查得是一八七八年美国科学家发现的，甜度是蔗糖的三百到五百倍，但不被人体代谢吸收。在普遍缺糖少甜的年代，一些大食堂，做发糕、馒头，用上了这状如味精的玩意儿。刚读高中时我曾偷偷买过一点儿糖精，放入稀饭里。许是贪心，放多了点儿，稀饭里充斥着一种苦味与金属味。它只是“甜甜嘴巴，骗骗舌头”而已啊，以后我再也没买了。

乡村里还有哪些东西可攫取到甜味呢？偶尔有浙东的货郎进村，我们用搜集来的牙膏壳、鸡纳金、鸡鸭鹅的毛，讨价还价只换得货郎用铜铲一样的东西敲下的一小块麦芽糖。糖黏在牙上，舌头放慢节奏舔一下，再舔一下，也很享受。而最甜的蜜露，就是文章开头提到的土蜂之“蜜囊”了。这得靠娃崽无师自通地“单干”才可获取。

每年春天开始，不知是谁发了怎样的号令，自然界蛰伏了一冬的昆虫们，都活跃起来，蚂蚁呀，蝴蝶呀，蜻蜓呀，屎壳郎啊，天牛啊。特别是野土蜂，在暖洋洋的日照下，于青草与花丛中，四处飞舞，嗡嗡嗡地叫着，最后必停于其巢穴——我们那时普遍居住的泥坯屋墙上。土坯屋，窄而矮，四围的墙，是用田泥砌晒而成的土坯垒筑而成的，房顶一般用草帘覆盖。村庄里，你细心观察，会发现房屋外墙都有密集或疏朗的小孔，这都是野土蜂的杰作。

春夏之际，放学后或星期天有空时，我会和村里的其他男娃一样，做水枪、折柳枝做柳笛或插门楣、打洋片、“打鳖”，同样也割猪草，再就是用稻草与细竹枝，从泥坯墙上的小洞里掏野土蜂。自家房屋，是自己的自留地，一般不容许其他伙伴来掏。放学路上，趁人不注意，我还会在村西的麻老嬷子家泥墙上掏野土蜂。只要那些小洞口没被蛛网或尘垢堵牢，凭着多年的掏蜂经验，我看一眼便知，那些密集的小洞中，哪些还有野土蜂出入、栖息，犹如我能从夏日的地面上发现蝉洞，在庄稼地的田埂上发现黄鳝洞。然后，我屏气静声，用火柴梗、小竹签，从小洞里一点一点地把这些野土蜂挖出来。

掏鸟窝需要经验，掏野土蜂，经验也不可少。如我，先观察一下洞内是否有蜂。如有，则直接用火柴梗撩拨、掏出。有时洞里空空如也，细听，附近有嗡嗡声，就躲到一边，观察是否有野蜂正待归洞。为求生存，这些小家伙也有天然的警觉意识，有时在洞口或空中飞舞盘旋好长时间，发现无“敌情”，才会落在泥墙洞口，进进出出。你得沉住气，待它进去后，好久没出来，再用那小玻璃瓶请君入瓮：将瓶口迅疾对准洞口。里面的小家伙发现了情况，大呼不妙，以逃为上，连忙出来，结果径直爬入了玻璃瓶中。接着，立马取下，用塞子将瓶口塞住。上当的它，在瓶中和其他被捕者共舞，那嗡嗡声于我而言，就是凯旋曲了。然后我就像一个暴君一般，予取予夺，不时放一只出来，从它的尾部撕取那颗米粒大小的白色蜜囊，舔舐入口，我会永远记住“甜如蜜”这个词是如何得精准恰当！

在自然界攫取甜蜜的过程中，我们就这样渐渐长大。在看着野土蜂们进洞出洞时，我们睁开了第三只眼。然后有一天，发现自己其实和它们一样可怜——长着一对轻薄的小翅膀，飞呀飞，闯啊闯，仍飞不出故里的十里烟雨，闯不出自我编织的梦想蛛网，最终败兴而归，蜷缩在那个宿命般的小洞里。

人生的山阴道上，无数美与爱的渴望，已被大风吹散。喜怒哀乐，沟沟坎坎，山花落涧，绿叶枯飞，被季节的流水带走。但我仍能记住成长岁月里的那些甜。细小的蜜露，点滴的糖水，一块硬糖，一截甘蔗……它们是我们行进旅途中的川资、砥砺前行的能量。有时也想，如果说那些曾经的人生挫折、哀痛、困窘，是生命中的盐，那么，一路上伴随我们成长的游戏、获取的快乐、美妙难忘的瞬间，就是一颗颗果粒，悬于生命之藤上，抬头能见，伸出舌头也能舔舐。如果茅草根、芦根、玉米秆、甜黍黍、甘蔗以及野土蜂之蜜囊是生活中的一种甜，那么，闲时想方设法去田埂上挖，到田头地角去捡，到河底去掘，在泥墙上掏……凡此种种，已凝聚成精神的颗颗糖粒，盛装在知天命的抽屉里。午夜灯下，每次落寞、感伤时我会用记忆之手将抽屉拉开，捡起一二，剥开它们，让糖水化开，抵达我的舌尖，穿行于整个身体，给我久久的回味与安抚。而这些点滴，是上天之爱的馈赠。一旦存在，它们就取之不尽，用之不竭，一次次甜蜜地滋养时光，幻出时光之美妙。

当我们成人，进入社会，心智更加健全地承受、负荷起风霜雨雪时，我们会更真切地感受到更多的“糖”，并在一路上拾捡。村上春树在《那些温暖》中写道：“你要记得那些大雨中为你撑伞的人，帮你挡住外来之物的人，黑暗中默默抱紧你的人，逗你笑的人，陪你彻夜聊天的人，坐车来看望你的人，陪你哭过的人，在医院陪你的人，总是以你为重的人，带你四处游荡的人，说想念你的人，是这些人组成你生命中一点一滴的温暖，是这些温暖使你远离阴霾，是这些温暖使你成为善良的人。”——记住这些人、这一点一滴的温暖、那分分秒秒的时刻，就是在拾捡人间的糖，品尝情感和生命的甜。

“过去其实并没有真的过去，过去就活在今天。”（威廉·福克纳语）也许，现实生活中，岁数大了之后，新陈代谢缓慢，我们开始拒绝摄入更多的糖分，但我们的精神、心灵世界，不会拒绝“甜”——爱、美、真、善、体恤与悲悯……一粒粒琥珀状的结晶物，沉淀在时间的深处，我们前赴后继，人人都在不懈地贡献。这些贡献着的人，向日葵一般盘结，以爱来连接彼此，就铸成了一个巨大的蜂巢，里面全是微型的糖果生产车间。如此，人间，就是星空下越来越甜蜜的所在，充满诗性的神话世界。

有关匪盗的那些乡野往事

一

在我们这辈人的印象中，土匪强盗基本上有个脸谱：不是膀大腰圆，就是尖嘴猴腮，穿插着瘌痢头、麻子、瘸子、独眼龙。他们在街头探风或外出“办事”，用的是常人难懂的暗号。月黑风高之夜，他们像一群黄蜂，飞进有钱人家的院落，“噼里啪啦”一番抢劫，有时还逮着主人，拷问金银财宝藏在哪里。一俟官兵赶来，他们吹个呼哨，旋即风一般逃去。如果他们与另一拨有过节的强盗狭路相逢，刀光剑影对仗一番，双方斗得昏天暗地。落败的一方扔下一堆尸体，夺路而去，走时不忘扔下一句“后会有期”。当然，一旦抢劫成功或火拼得胜，匪徒们大张旗鼓地回到山寨，在松油火把之下，解囊分赃，开宴海喝。而土匪头子，一般都有个压寨夫人，不是黄花闺女就是良家妇女。动人的姿色给她们带来了厄运，她们被路过或打劫的山大王相中，而被劫掠进山。至死不从、郁郁而终者占多数，少数随时间推移，发觉土匪头子有情有义，便也顺了。

我的老家在平原地带，是江南水乡、富庶之地，又因所在的县境居三省交界处，得依山傍水之便利，自古匪患不断，一直持续到六十多年前。但我所听到的匪徒故事，与影视剧里的还是有些差异。

这些土匪，讲江湖上的“道”，有路数。早先他们一般只抢劫富户财主而不扰贫民。自己所在地方上的小户，若遭了大灾祸，他们中的有些人，甚至还仗义疏财，济人之急，救人之危。这些土匪大多是“毛贼”。白天是田头劳作的农人，晚上蒙面持刀，跟着几个正宗的江湖匪人远奔数十里，去山里或哪个镇上干一笔“买卖”。农闲时唠嗑，他们会注意留心，谁家最近卖了几船白米，哪家做了一大笔山货生意。他们会将这些信息暗传给“老大”，“老大”再差人进一步摸清情况后下手，传信者往往不参加抢劫。

在那个战乱连绵、国内纷争不断的年代，哪个小村小户能不受影响？

我的二伯，生于一九三三年。他说那时候，四种兵，我们那里都有：东洋兵、伪军、国军、新四军，还有土匪。

“伪军让我们交米，可怜哪，哪里有哦。他们一斤两斤都要，不然就要扫荡。那时我们家还可以，但你奶奶还是提心吊胆。也怕土匪抢，晚上用甏团把米装好，偷偷埋到后头的桑园里，上面盖点儿稻草。”

二伯说，新中国成立前，地方上乱了，土匪隔三岔五抢东西，先是抢地主的——“拔财神”，后来连一般的小户也抢。土匪到后来都是火拼，“你逞强，我更是好汉”，谁也不服谁，都有枪，动不动就开火。“所以到新中国成立时，一些土匪头子都被自己人打死了。”

让我印象深的土匪故事，来自小时候我那双目失明的外婆和两个舅舅的叙谈。记忆中有两个——刘九命、“摆尾子”，是本地出去的。

有关“摆尾子”，外婆说他就住在村后靠北的自然村，姓余，音同“鱼”。河塘里的鱼当然是“摆尾巴”的，故江湖上有个诨号，叫“摆尾子”。外婆说他的人不多，也没什么长枪短把，跟他混的，大都是附近一些“白天为农夜变匪”的家伙。“摆尾子”对下属设了规矩：兔子不吃窝边草，不能对本村及四围几个村坊动歪脑筋。因此，新中国成立后，政府“肃清”匪患，这条“鱼”虽没漏网，但只劳改几年就回来了。二十世纪六十年代末出生的我没见过“摆尾子”，但见过他的儿子，中等偏高的个儿，白皮肤，方脸，名字叫“鱼大嘴”。读小学时，我与“鱼大嘴”的儿子在一个学校，感觉他不是爱惹事的愣小子。

二

太湖，一块中国水晶，镶嵌在国土的东南部，闪闪发光；也像一个盈盈的笑靥，挂在江南灵秀的脸上。

一个因她得名的城市——湖州，青山绿水，是我生活的温情怀抱。

多年来，似乎出于一种本能，我一直对这个浩荡的湖泊保持着某种探秘的兴趣，包括迄今学界提出的几种太湖成因说。一条玉带般环绕其周身的文化带，千百年来为这个古老的国度输送了一批又一批朝廷肱股、守土重臣，更有数不清的太湖珍珠般的才子佳人。

当然，我对那个在太湖烟雨中消失了的群体——太湖强盗也很感兴趣。

幼时听村人讲述过太湖强盗传奇，后来在太湖边寻访，又听闻老人描述这些水上“勇士”神出鬼没，我对他们更感兴趣了。

近些年，查阅了一些地方史志，我发现太湖及其附近地域的匪患已存千年。

什么样的地方，容易产生盗匪？在太湖田野考察多年、执着于文献搜检的一位朋友曾这样分析：

第一，这个地方要富裕，有东西可以偷、可以抢；第二，这个地方要进出方便，来去自由，便于盗匪突然进入、迅速逃离；第三，这个地方人员混杂，行政权力薄弱，便于盗匪不做匪时隐匿。这三个条件同时具备的地方，在饥荒、战争、动乱等发生时，会迅速出现大量的盗匪。

太湖及其周边，整个长江以东、以南的下游平原，都具备这几个条件，所以，这里“完全就是一个大面积的盗匪窠”。

唐朝以后，我们这个平原渐渐成为整个国家的财赋重地，也是鱼米之乡、丝绸之府，闻名中外，大户人家的深宅大院里可偷可抢的宝贝有很多。而且水系纵横交错，以太湖为中心，密密麻麻的网状河流条条通向东海、长江。平原分属三大省七个市，多处区域处于三省交界处，行政力量薄弱。这些自然的、人为的因素，使得湖匪成了太湖的“特产”。

长兴，处于苏、浙、皖三省交界处，又是该平原内最大的山区，且境内太湖湖岸线长达三十公里，防无可防，成为湖匪出没、落脚的重点区。最早关于太湖盗匪的记载，也来自长兴。

杜牧做湖州刺史时，按例至长兴顾渚山贡茶院监贡，贡茶院在唐时是唯一的国家茶叶加工厂，雇佣的工人达三万人之多。山下的水口集镇，因此成为茶船停泊待运的草市，“倚溪侵岭多高树，夸酒书旗有小楼”，“春桥悬酒幔，夜栅集茶樯”。这是当时诗人们为之写下的诗，可以想见水口集镇曾经的繁华与热闹。在那些穿着锦绣衣服、带着金钏银钏的人中，有一些就是盗匪。他们身上的衣服、首饰都是从内地的河道上抢劫来的，他们在茶馆酒家谈生意的钱也是抢来的，被抢的大多是北方的富商——怀揣巨款来顾渚山买紫笋茶。这些盗匪事先埋伏在他们必经的道路上，剪径后冒充茶商也来购茶，赃物转化成茶叶，如此又赚了钱，而且是合法的钱。来自各处的形形色色的商人，使得顾渚山上的交易完全不问身份、不问出处，洗钱轻而易举。官员们偶有疑问，也不敢与之较真。这些人持刀成伙。官员们说与之直面叫“即死”，不如被上司查到，那至少还可以“赊死”——多活几天。这些“江贼”的恶行，被杜牧详细地记在《上李太尉论江贼书》一文中。

查看史志，我们发现《长兴县志》名宦条目下的官员，几乎都是在治匪方面有显著成绩的人。他们或严厉抓捕或怀柔感化，可谓软硬兼施。明万历三十三年，二十多岁的江西人熊明遇，任长兴县令，曾写一篇《盗贼课》，长达三万字，详尽地叙述了一次侦获盗匪的曲折经过。文言文写成的这样长的文章，实属少见。二十多年后，竟发生了匪盗闯堂杀死县令这样骇人听闻的案件：天启四年，盗匪冲入长兴县令石有恒家，声称要挟劫库银，被拒后公然将石知县杀死，其猖狂程度历史上少见。而明末的叶朗生、清顺治时的赤脚张三、康熙时的朱胡子大盗等，都是大名鼎鼎的湖匪，清末民初则有红枪会、大刀会等道会，又有巢湖帮、湖南帮、湖北帮、湖广帮、山东帮、温台帮、水火帮、江北帮、浦东帮等多如牛毛的帮会活跃于太湖。

政府一次次加大剿匪力度。史载，民国时期长兴盗匪猖獗，一九二八年尤甚。有太湖湖匪，有广德方向来的帮会组织，有从安徽方向过来的散兵游勇。盗匪持枪抢劫，泗安、和平、小溪口、虹星桥和沿湖集镇受害尤重。据《申报》所载，发生在长兴的抢劫事件计两百多起，有时“一日数警”。一九三〇年八月，湖匪船八艘五十余人，持枪洗劫横山桥镇，大小商店二十余家无一幸免。一九三〇年二月十日，国民党政府调集浙江、江苏两省的两万大军到太湖剿匪。“国民党溃退南逃时，有一个师溃散在吴兴、长兴境内，吴兴当时有土匪两千余人，主要有活动在太湖沿岸的‘忠义救国军’太湖别动队——金家让部队，群众称之为太湖强盗金阿三；活动在桐乡乌镇、练市一带的张鹏飞、于雄、谢明强部队；活动在双林、南浔、织里交界处的张春富、张阿团部队；活动在弁南、南埠、埭溪一带的‘小和尚’等。”

听来让人心折不已的故事，一直延续。抗战时期，一个曾经的太湖女强盗蔡一飞（也叫蔡金花），在国难来临之时转而抗日。日军占领湖州后，经常有满载东洋兵的汽艇在水道上来回，有一次十一艘汽艇从某条水道上开过，埋伏在河道两岸的蔡一飞与她的同伴，打了鬼子一个措手不及，打沉了其中的八艘，汽艇上的鬼子全被打死。日军对她恨之入骨。让人扼腕叹息的是，就是这样一位英勇抗日的女英雄，后来却死在土匪手里：一九三八年十一月六日，她在太湖西岸的长兴县东南部的虹桥乡为红枪会所擒获，被斩八刀！

三

土匪的力量，是野山石涧里的水，轨迹难定，奔突而出，或为瀑布，或成一线激流，或击散为一片水雾。虽不能为阳光朗照，但阴暗、光亮、半遮半掩间，呈现出的人性本色，有多重色谱的娇艳迷离。

以下我要说的，是本村另一个比较“货真价实”的土匪与本乡一个“认真执法”的保长拼斗的故事。事情发生在民国年间，多年来一直留在我心中，引我思索。

这个货真价实的土匪，就是方圆几十里赫赫有名的刘九命。

村人说，新中国快成立时，刘九命大约感觉在地方上待不下去了，就潜入太湖的苇荡湖岛间，生活了多年。有一年，政府大规模剿匪，几番逃脱的他终于落网。据说在县城的朱家白场被枪决前，他神情自若地对一个怯弱的同伙说："怕什么，二十年后我们又是一条好汉！"

刘九命我当然没见过。我见过他的几个兄弟。对他们的共同印象是能干、利索，形神里有股野劲。

我在童年甚至少年时的很长一段时间，对村里几个很熟悉或不太熟悉的老头老太的去世，感到很害怕，有一种他们阴魂不散的感觉。但刘九命，一个死去多年的土匪，无论人家说他怎么厉害，甚至带点儿恐惧，我却从未怕过。

刘九命是怎样走上邪道的？外婆和舅舅没跟我提起。他是否带领手下打过东洋兵？他抢劫的路数怎样？我也不明了。感觉他比本村那个"摆尾子"，要狠得多，但未曾听闻他身上有什么命案。

有一点村人没说，我认为是肯定的：正因为村里出了刘九命这样的"狠人"，我们村及周边几个村，就被他的同行理所当然地认为是他的"地盘"，没谁敢进村造次。他不知不觉中充任了一个小地方的保护者。但他的身份，是一个土匪——官府要剿灭的对象。

我听过村人不止一次地讲过他的逃生术，或曰脱身解套术。

距我们村数里外有个厚全村，村里的金家是大户人家。他们的祖先据说最早从江西迁来，会补瓷碗，见厚全这地方风水好，就在这里落户生根。还真是，金家一直出人物。记得我读初一有一天路过厚全村时，听闻金家一位重要老人去世了，一时间北京、上海的金家人或坐轿车或乘汽艇纷纷赶来。二十世纪八十年代初，这样的阵势不得了。

在刘九命神勇无比的年代，金家出了一个保长——金保长，人称“金鲶鱼”。金鲶鱼在镇上有个办公所，属下有十几个部下，有多支枪。据说方圆十几个村的治安都归他管。

镶了颗金牙的金鲶鱼，身体圆乎乎的，也是个厉害角色。新官上任三把火，地方上一班痞子流氓，听闻他抓捕罪犯的故事，吓得舌头缩进喉咙。

一次特别行动，让他在一个村的聚赌中，意外抓到了一条大鱼——刘九命。一阵捆绑后，刘九命被押解出村。金鲶鱼想着，当晚在镇公所的铁笼里关一夜，第二天再将他押到县城。走了一段坑坑洼洼的路之后，他们上了一条圩埂。这条圩埂西侧是条河沟；河沟那边，是另一条圩埂；那条圩埂的西面，是一条大河。畚箕样的河沟上端足有五米宽。天色近晚，几个保安边押边催刘九命快走。刘九命一路没吭声，也没怎么反抗。他瞅准保安点烟的机会，两脚一蹬，越过宽大的河沟，飞到了另一条圩埂上。一落地，他就回头冲金保长一喝：“金鲶鱼啊金鲶鱼，你等着——”金鲶鱼及属下一愣神，等反应过来举枪，刘九命“扑通”一声跳进了西侧那条大河。浑身被捆绑的人，跳进几百米宽的大河，不是自己送死？但金鲶鱼不放心，匆匆绕行到刘九命跳河的那个位置，枪口朝西，对着估摸的入河方位一阵射击。前前后后，左左右右，子弹往水里扫几遍。抽完一根烟，确定没发现有任何动静，加上夜幕快要降临，金鲶鱼胖手一挥：“撤!”回镇上的路上，几个保安一路嘀咕：可惜了，本来活着送县里，领的大洋还不是当当响？金鲶鱼一路无语。

刘九命从江湖上消失了。地方上的一些小土匪、小毛贼，也没动静了。很长的时间里，再也没有听到辖区内谁家遭抢的消息。一些大户人家，晚上睡得安生了，过了一段太平日子。

事实上，很多年后村人才听说，刘九命跳入河中，很快用他的脱身解套术，解开了身上五花大绑的绳子，从水中潜至他入河的圩埂最下端。那个位置，正好有棵临河的大柳树，树下有很多根须垂于水面。他将头埋于根须中，并用根须将脸覆盖。金鲶鱼及属下向河里放枪的时候，刘九命正潜在他们脚下斜坡末端的水里。

但金鲶鱼至死也不知道这些，因为他死在了刘九命的前面，而且是刘九命干掉了他。

金鲶鱼是个孝子，隔三岔五从县城回来，总从镇上给厚全村的老母送来些好吃的，对几个兄弟也仁义，毕竟他是官家的人。但自刘九命飞埂跳河后，金鲶鱼再也没回厚全的老家，而是整天缩在镇公所里；去趟县城，也要几个属下护着；平时起居出门，也总是疑神疑鬼，格外小心。属下有时说他太过了，私下嘀咕：保长是否被吓破了胆，死去的刘九命是否缠住了保长？

金保长也基本确信刘九命死了，但毕竟没有见到尸体。他曾让自家兄弟留个神，但始终未听闻谁见着了刘九命的尸体，也没有打听到他家人给他收尸埋葬的消息。

就这样，过了三年。转眼秋天到了，金保长的母亲迎来七十岁大寿。定好日子后，金家兄弟赶到二十里开外的镇上找到金鲶鱼："这次你一定要回一趟，给老人家拜寿!"并告诉他寿宴所请之人只有一些至亲族人。金鲶鱼当着属下的面一口回绝：

“不去!”几个兄弟悻悻而归。

晚间寿宴开始，金保长却突然出现在亲友面前，只身一人，腰间别了支手枪。兄弟们欣喜异常，心想哥哥真是胆大心细。老太太也是泪眼婆娑，毕竟三年未见了。她劝诫儿子：“为公家做事是要尽心，但也不要死心眼。兵荒马乱的年代，跟人结了仇，总是不好。”金鲶鱼给母亲磕头拜寿后，全家入席。许是久未团聚，酒桌上金鲶鱼喝了一杯又一杯，酒足饭饱之后，架不住亲人的热情，坐着聊了一阵。一时兴起，他说手痒了，做个“同宝”玩玩吧——而原本，金鲶鱼是打算吃口饭立马返回镇上的。由于参赌的是亲朋好友，金鲶鱼说要“放两个”，就是输一些的意思，执意做了庄家。庄家摇骰子是要隐秘的，金鲶鱼因此钻进了卧室的蚊帐，啪嗒啪嗒摇好，喊一个“开”，外面的人撩开蚊帐，下注猜点，金再揭碗盖。在红烛的照耀下，外面是拽钱急等开宝的亲朋好友，里面是起劲摇骰子的金鲶鱼，一派热闹的景象。滚胖的金鲶鱼很快热汗涔涔，他解下手枪推入枕下。一宝开过，又开一宝，再开一宝，最后还开了一宝。直到最后一次，“同宝”做好，摆在床中，金鲶鱼喊了一个“开”字，帐外的亲朋却没有反应，而倏然现出一种屏声静气的异静。金鲶鱼心里一咯噔，酒兴赌兴全消，一个“不好——”还未出嘴，帐口被一只大手一把挑开。金鲶鱼知是不妙，手枪不及取，刷的一声从另一面破帐钻出，直奔后门而去。

金家大宅宽敞，屋后植有一片疏朗的竹林，穿过竹林向北，是一条能通达太湖的大河。河之中，散落一些滩子，野蒿疯长，芦苇丛生。

肥硕的金鲶鱼，就这样赤脚夺门而出，钻进了自家后院的竹林。大院里寿辰的烛光，从敞开的后门，照射着他在林间东逃西窜的身影。而后面，一个中高个，手一划拨，两边旋即排开一字身影，一堵墙般朝竹林压过去。大院里的众亲友，无人吭声，唯有几个女眷的哀号，淹没了整个屋子。

很快，踉跄的金鲶鱼穿过了竹林，发现前面已没了能逃的路。那张黑暗竹林里拉开的网，已将他围住。抬头看了一眼天上的那轮皓月，金保长转向大河，纵身一跳，扑通一阵后向河滩拼命游去。站在竹林边的那排黑影，一直观察他在月下游动的过程。直到金鲶鱼快游到芦苇齐身的河滩时，一排密集的子弹，雨点一般扎进他白亮的脊背。

四

对于金鲶鱼的死，村人说法不一。有说“一报还一报”，有说“正不压邪”，有说“千斗万斗莫跟本地土匪斗，尤其是不要跟刘九命这样的‘真家伙’斗”。但占上风的说法是，“‘当官不打家乡过’，金鲶鱼、刘九命都是一个地方的人，他就是吃官饭，也不该对吃黑饭的本地乡人下狠手”。

是手下人通风报信，还是族亲村人出卖？这至今仍是个谜。人心的险恶或者说生死的劫数，让人难以说清。而且，这种险恶和劫数，一如血液流淌在时间的肌体里，自古及今。

很多年来，因为所受教育、成长环境与千年传统的作用，我们对人的认识，有时就如同小孩一样片面：“这个是坏人，那个是好人——”

在那个风雨如晦的年代，兵荒马乱，命似飞蓬，人如蝼蚁，我们怎么判别“正与邪”？在一个特定的时空，甚至在相当长的一个时间段或某个情境下，“正”与“邪”博弈，真是“邪不压正”吗？我们常常诟病中国人讲求乡谊、地缘，是否跟中国的乡土文明有关？或曰难道这不正顺应了“传统文化”吗？如果这种认知是对的，那么，在官匪的天然对立中，如果这具体的“官”和具体的“匪”，是挨得很近的村人，而历史延续下的乡情压过了公理，那“严格执法”将会带来怎样的后果？于理是值得褒奖，然于情于当事人，至少从金鲶鱼最后的结局来看，是不是不值得施行？

在我读初中的那几年，上学路上我常经过金鲶鱼丧命的那片河滩。依然是春来蒿草，秋去芦苇，时光通过植物的演绎，体现着它的流逝和变化。我背着书包走来，凝望；我背着书包走远，漫想。

我想象着刘九命那次逃脱后，龟缩在镇公所三年的金鲶鱼，在心中反反复复盘问自己的几个问题。这些问题，像绳索捆绑着他的生活，如蝮蛇盘旋于他的心际，不时吐出可怕的信子咬他几口。那些风雨交加的夜晚，金鲶鱼躺在床上，它们从他的心头蹿出来，在漆黑的屋子里乱窜，让他恐惧。有时它们就是天空的雷电，一个闪电下来，仿佛即要结束他的生命。

盘桓在金鲶鱼心头的一个问题是当初该不该抓刘九命。该抓，有合理的理由。他是吃官饭的人，为官家办差，行的是“公道”。官是匪的天敌，古往今来，没有官府不剿匪的。抓，能使自己在地方上树立威名，也能为家族争得荣耀，对自己以后维护一方治安更有利。抓到人，带到县里，赏是肯定的，保不准还能被嘉奖升职，因为刘九命是条大鱼。而不抓，也有它的理由。毕竟刘九命没有惹他，也未骚扰他的家族。作为同乡，他们有盘根错节的乡谊、情感在，谁能保证以后井水不犯河水？知根知底，结仇易，解仇难。抓了，如果没背命案，罪孽不深重，加上有人招呼或暗中打点，刘九命如罪不至死，一旦被放出来，贻害仍在。而且，整个官场腐败，倾轧、欺诈、背叛司空见惯，仅凭一己之力，就能高扬正气，扭转乾坤吗？

毕竟人已被抓了，而且已逃脱了。所以，金鲶鱼肯定为“抓了之后没有就地正法”而后悔。当初，抓了之后，他肯定在是否“就地正法”这个问题上短暂犹豫过。“就地正法”的好处是一了百了，而且“狠人刘九命被诛”的消息在周边传播会造成广泛影响，老百姓应该欢迎，其他土匪听闻后肯定会收敛行为，自己在治安上的威望肯定会大幅提升。但这只是短暂的想法，金鲶鱼最后还是决定先带他回镇上，再押往县城，主因确是想向上峰“捧宝”以邀功请赏，并在更多同级保长面前显摆一下，同时，也可通过上峰的审讯，让刘九命交代更多土匪的线索，但没想到刘九命竟活生生地在自己面前逃了。

金鲶鱼也后悔，刘九命跳河后，那晚没一直守在河边。当时，完全可以一面守候，一面派人将镇上所有属下叫来。活要见人，死要见尸。刘九命若跳河还没死，总不能长时间潜在大河里，总要露头，一有动静，就有枪子儿伺候。若刘九命果真毙命，无论是淹死还是被枪子儿扫射而亡，一夜过后，等浮尸出水即可；一夜不浮，再等他一日。倒霉的是那日天色已晚，倒霉的是他性子还是太急。在圩埂周边守候一夜，哪怕是就村而歇，遣几个属下轮番执守，也总比后来全部收兵撤回镇上好上百倍。

逃跑、跳河之后，刘九命到底死没死，像把剑悬在金保长心头，不时寒光凛冽，锥心刺骨。“他死了”，金保长不止一次念叨着，他要让自己相信。他有时认定，刘九命的死是板上钉钉了，因为按常理，没有谁能逃脱“浑身被绑着没入大河，又被子弹来回扫射”这叠加的死亡劫数，而且此后江湖上果真再也未听闻刘九命的音讯。

而如果刘九命没死，他会如何对付自己？如果他还活着，金鲶鱼分析他报复的手段不外乎四种：一、敲竹杠——送信要钱；二、报复自己的家人；三、捣毁自己的镇公所，打伤打死下村巡视的保安；四、伺机干掉自己。这最后一条，最可怕。

就这样，三年一千多个日夜，金鲶鱼在恍惚、困顿中，在“正与邪”的怀疑中、“个体生命与公共利益的权衡中”、乡情与大义的选择中度过一个又一个难熬的时辰，直到他最终被击毙的那个晚上。他似乎对这种结局早就有预感，因而，从某种角度来说，他是在奔赴一次死亡的约会。

上坊头大舅

一

我不知大舅在风雨交加的夜晚怎样回到上坊头那个实际不存在的家。他像一个贼，不，比一个贼更落魄、凄惶。贼在夜晚出没，那是他轻车熟路的职业，被抓住了，是自作自受，最多被打一顿。而他的罪，是“争气”的祖辈父辈犯下的，必须让他来“还”。虽背负一身的“成分”压力，但从某种角度来说，他又是幸运的，无非到西部的那个林场去“劳动”数年。他自己是个公子哥，得意过，风光过，挥霍过，但还不够，必须以“劳改”来赎所有在人世犯下的“罪”。这是“因果”，没有什么理由。他肯定打心底屈服了，不然就没有以后行善的举动。在我二伯眼里，这几乎是“幼稚的行径”。

他是乘船还是坐车？穿着破衣烂衫，一顶路边拾捡的破草帽，遮掩他黝黑的面孔。再次见村庄与村人，他肯定感到陌生，甚至奇怪。他神情木讷地从天目山脚下的林场出来，寻找僻静的野路或草丛，穿过茅草地前行。脚板已不再细皮嫩肉，而成了桑树皮，因而即便被划出一道口子，他也不觉得疼，或者不为所动。他心中只有一个念想：回家，见到孩子们。他也可以到自己的“狗窝”里躲起来，不再露面，哪怕喝稀饭、咽咸菜，自由自在而知足地度过余生。

也不知他是何时到的村庄。村口的大樟树，更加粗了，脖子更歪了。那几块大青石，还在路边。牛栏依然在，黑夜里看不清那些老水牛的身影，但大老远就能闻到此时胜过花香的浓烈的牛粪味。他似乎看到它们劳累而匍匐的身体，嘴里仍在反刍着永远也嚼不完、尝不尽的东西。但老牛们从来不叫唤，更不会向人诉说什么。在那苍茫的田野或清冷的秋霜中，偶尔能听见它们哞叫。那声音越过庄稼、水塘与茅屋，像波浪一样滚得老远，抵达一个少年敏感的心里。

而事实上，几年一过，堂舅在上坊头已没有家了。原配在生下三个孩子后不久离世，后来续弦的老婆，生了一个儿子，在他去林场劳教后，被娘家人拉着，落户到了西部山岕里的一户人家。原配生的几个儿子，分散在东城、麦塔、小毕村等几个地方。受父亲的“牵累”，他们事实上已倒向岳父岳母那一方，对“成分不好”的父亲早已带着一种受到村人轻慢后无端产生的怨恨。

在我逐渐长大、略知人事以后，我从父母口中“认识”的大舅，最后落脚在了别处。我偶尔到港口街赶集，已知那必经的街上桥头之东埮、搭在供销社连片房屋的斜坡之下的小屋，就是他晚年的居所。

港口街，依傍西苕溪而起。如果从西天目发源的苕溪是一条长长的蜿蜒之藤，则自梅溪一路下来到菰城，沿藤分布的十多个码头就是结出的十多个果子。港口街，是乡村的小集镇，东西纵横三五百米，东头延伸出的村庄是上坊头。大舅在港口街斜搭的小屋，在桥的西头向北处，下一个陡坡蚯蚓般蜿蜒行过五里，就到了我们生活的村庄。我们去港口卖冬瓜、南瓜、辣椒，或到供销社掇油、扯布、买农药化肥，都要过桥，看到大舅的屋子多关着门，不知他到何处游走去了。

因这里是县境中部一个较重要的码头，故除了每天两班的菰城至梅溪的往返客轮，还有许多下游的人（我们叫“屋乡人”）摇来的小货船，载着他们那里盛产的大头菜、白萝卜、大白菜等，到港口泊船，卖给我们这里的圩里人。圩里水田多，是浙北的重要粮仓，在集体经济时代，生活虽不富裕，但比县南和平山里常来卖番薯及东部吴兴的“屋乡人”，还是好过一些。不然这些勤快而精明的货船主，不会不辞百里劳苦赶来。

最初在桥埯搭建小屋的那些时日，大舅过着回村无家、居家无着的日子，我想大舅定更消瘦了。遭逢乱麻一样的际遇，他预见晚景那深不可测的“黑洞”，眼前定是一团漆黑。他什么也不说，事实上也无法向谁说，也不敢说，不值得说。征得港口公社的同意，大舅求人帮他弄了几根在河道或圩埂边捡到的竹竿，再借了一些稻草，掺和着茅草，他的小屋在别人的帮助下“落成”了。夕阳西下，港口街上行人寥寥，他从小屋里瑟瑟而出，坐在石码头或圩埂的一角，怔怔地，一坐就是好几个时辰。眼前的苕溪，自西向东而去，水时而盘旋，时而翻滚。过往的稀疏船只，开开停停，好像无头绪、无方向，但最后都装满心事一样离开。远远望去，它们渐渐消失在溪上升起的湿气和浓雾深处。

二

现在，初秋升起的阳光，正一点点刷亮我眼前的玻璃。我坐在青下山脚下一座房屋的六楼。一次次开窗，太湖的潮气、道场山的笔塔、青下山顶的皑皑白雪……不同的季节在视域里展开，年年故去，又岁岁更新。我还看到了南面高耸的春申君塑像，他目睹着身前的苕溪水。无论是杀声四起的呼号，还是饿殍遍布的哀鸣，抑或是泥牛劳累的哞叫，都在云水里浮现，又在细雨中消散。所有的活物，除了偶尔出现的千年老龟，在冬日从苍山古木里爬出来迎接太阳；其他，毋庸讳言，都将在这苕溪水的奔流中一闪而过，死亡、分解，再滋养其他生命，参与着古老如寓言的生物链循环。

我本来和所有的亲戚、乡人一样，随时间的流逝将已离世二十多年的大舅遗忘，未想到要写写他。一方面因为题材较为敏感，一不小心触及“高压线”，还有就是我未必能从历史的高度或时间的深处把握得好。我对他谈不上多么深的了解，一个“少爷”“公子哥”，按当年的发展轨迹，即使没有因为成分不好而到林场，家也迟早会被他“败掉”。村人总是将他归结为“脑子搞不清楚”一类，并掺杂一种感叹、揶揄、嘲讽的味道。我很不服气。

但在我成长的年岁里，发生了一些与大舅有关的微不足道的故事——大人以及当时年少无知的我，未往“心里去”。直到最近，它才似乎以另一种方式在我心头泛起、反刍，让我不得安宁。特别是小说家格非在香港书展上的讲稿《文学作品是经验的表达》，干货多多，让学习写作的我等颇有启发。他在讲稿的举例中提到一个特别的老人，倏然触动我心中的温柔地带，让我再次想起他——上坊头逝去多年的大舅。

“在我们老家，在江苏省，被称为江南的地方，村庄里面有很多老人，我小的时候跟他们在一起玩。其中有一个老人，他在家里种菜，很普通，胡子当时都已经白了。村里人都觉得这个老头是个疯子，觉得这个人不可理喻。他经常跑过来跟我讲一番话，但是他讲的话我听不懂，讲半天，我不知道他说什么。我小时候也就把他看作是一个疯子……但是他对人非常和善。他究竟在说什么？我脑子里一直有一个疑团。后来我读了大学，从上海回家，这个老头还活着，他经过我的时候又跟我说了一番话，我听懂了，他说的是英文。引起我思考的一个问题是，假如我从来没有离开过我们家，也从来没有学过英文，这个经验就会一直在我思想中沉睡。”读完格非所写的这些，我真觉着那个老人与我的上坊头大舅在人生际遇上有几分相似！

我曾给已逝的两个亲舅舅各写过一篇小文。他们生前都与我父母生活在同一个村坊，且房屋靠得很近。爷爷早逝后，奶奶无法“掌控”已成年、脾气火暴的五个儿子。成家时，我父亲将泥坯瓦屋建在了两个舅子的房子边上。房屋的靠近就是情感的靠近，自小到大，我们这些外甥到舅舅家玩耍、揩油几乎贯穿于整个成长岁月，而自我懂事起，两个舅舅对我们父母也十分和气。但是，我很少见到父亲对两个舅舅和颜悦色。相反，每次与母亲争执，他总是奚落我那早已离世的未见过面的外公，说他爱睡懒觉、赌博，把祖上传下来的几百亩水田败光……我颇反感，但瘦弱的长子慑于父亲的“一言堂”，只能躲着，而没能帮上受欺负的母亲，心里交织着委屈、恐惧、愤恨。后来，本村第一个考入大专的那个邻居，曾对我说起我外公如乡绅一般，有文化，明事理。因而我不单为遭父亲讥讽的我外公抱屈，反而在心底生出自豪感。邻居说了我外公的诸多“好”：有文化，在西苕溪北面的港口小学做先生，为村民写对联甚至状纸；在“棒下出孝子”的乡村，他特别疼爱孩子，从未打过我的两个舅舅；至于女儿，他更是疼惜。村里人至今还对我说：“你外公对四个女儿真是爱如至宝啊——”

上坊头的大舅，虽只是我两个亲舅舅的堂兄（他们彼此的亲近远超过一般的堂兄弟甚至亲兄弟），我母亲对他也没有特别的亲近，但我父亲对他比对我亲舅舅还客气。或许是大舅的父亲、我外公的堂兄更“成器”，或许是读过上海震旦大学的他更有文化，也可能是来我家次数少所以特别亲。

上坊头大舅大约是在我刚读大学的那年去世的。那时我只关心自己的“前途”，对乡村只抱有一点儿情感。父母说起他的去世，也不“在意”、不“强调”。在乡村，即便面对死亡，亲人干号几声，村人脸上现出惊讶的神情，之后便回归平常。何况那时上坊头大舅年事已高，他自己的子女不愿跟他住，我父母因过分热情而被邻里奚落。——多么现实的乡村、残忍的人情世故啊。

三

我懂事后才知道除两个亲舅舅外，还有一个上坊头大舅，他有一个亲妹妹，我们叫她“白毛姨”——一头白发如雪。他们来到我所在的村，是来看望他们的“娘”——双目失明、与我大舅生活在一起的我外婆。事实上，他们之间的情感真如亲娘与孩子一般。白毛姨个子不高，却秀外慧中。她是读过书、教学生的“女先生”，衣衫简朴，一角别着一方干净的手帕，举止得体，话语亲昵。她带了一些那时少见的苹果，还有麻饼等食品，到我亲大舅的泥坯草屋来。相伴的上坊头大舅，身材魁梧，走路有点儿晃荡。他的口袋鼓鼓囊囊的，装的不是礼物，而是不同的书本、笔记本或叠着的纸。一阵热闹之后，我们这些娃子，眼见白毛姨带给外婆的礼品还“够不着”（一般待客人走后一两天，外婆会支使跟她生活在一起的我大姐来叫我们，给我们每人分一块苹果、麻饼，或一颗糖）。有点儿邋遢的上坊头大舅在外婆面前，像个年幼的孩子，叙说着他自己的生活、身体状况……感觉无趣后，我们失望地去玩了。大舅满口袋装书塞纸的习惯，我在上高中、大学后也不知不觉地养成了，由是母亲每次洗衣清理口袋时常数落我：“就像你上坊头大舅!”

上坊头大舅的爷爷，与我外公的父亲是兄弟俩。太平天国运动后，他们从河南移民到浙北，求生计、共创业。外婆跟我说起一件事。有一年，我们所在的陈西㘰发大水，有些人家成熟的稻子被水淹了，户主们放弃了。那时已是深秋，天蛮凉了，他们兄弟俩买了一瓶酒，猛喝一口，便赤身潜下去抢割稻穗，将手上的稻子排在㘰埂上晾晒；几个来回后，再喝一口酒，借着热劲再一个猛子潜下，边沉着身体边一手抓稻束一手割，手里握满稻束后浮上水面。就这样一点儿一点儿地攒家业，一分半亩地买田置地。后来兄弟分家，上坊头大舅的父亲已落户在南西㘰。水田积攒得越来越多，已有数百亩，他还雇了多个长工，也有佃户，但依然省吃俭用。冬天来了，他起早到港口码头边拾菜叶。南浔、织里那边的“屋乡人”摇着一船船大头菜、太湖白萝卜、大白菜停驻于集市售卖，有许多菜帮子和被撇掉的菜叶。他顾不得什么“老爷”面子，把还能食用的捡回，剜去烂掉的部分，洗净切碎放瓮坛里腌制，年底作为早餐的佐菜。我外公会读书识字，有些文化，却爱赌。分家后他父亲留下的二百亩水田，陆续被他输掉了。新中国成立后，他庆幸自己手头没田了，没被评为地主，而他的堂兄却评上了。他堂兄的儿子、曾经的“少爷”——我的上坊头大舅，因此最后被送到南湖林场“吃苦头”。我外曾祖父临终前知道自己的儿子“不成器”，拉着他的侄儿、上坊头大舅父亲的手说：“我们兄弟俩都只有一根独苗。你弟弟的田地以后肯定会败光的，你一定要帮帮他!”在二十世纪八十年代中期，我休学在家，常去陪外婆唠嗑，外婆也时断时续地说起当年外公如何爱赌。赌光了，家境艰难时，上坊头大舅的父亲（我们唤“大外公”）是如何周济的。每逢过年，大外公家都会给我舅舅姨妈们置办衣服、鞋袜，连同大米、年糕，让长工挑来，不折不扣，从未间断，也从无怨言。上坊头大舅、白毛姨待我自己的舅舅姨妈们，就像自己的亲姊妹。

外婆说，作为少爷、家中的独子，上坊头大舅年轻时出过很多风头。大外公送他到上海震旦大学读书，他自己也很会享受：每次回乡，乘船到小溪口，会雇一顶小轿子回南西抖。他戴着墨镜，手持一把折扇，行囊里除了书、画报，还带着孝敬父母的上海美食。后来他迎娶了大户人家的千金李氏，生了三个儿子。后来续弦的尚氏是一个高官的侄女。

有些年，农闲时上坊头大舅一摇一摆地来我们村串门。他也说起，他年轻时做过江浙两省河南同乡会的副会长：“在苏州开成立大会，我当选为副会长。”那时，浙北一带有大批移民：河南信阳罗山、光山的，湖北大冶的，安徽安庆的，苏北的，浙江宁波、绍兴、温州的。他们大规模移民，填补太平天国运动后浙北地区人口损失的“大坑”。大家来到异乡，结成团体有“力量”。清末到民国，改朝换代，也是各路“英豪”辈出的年代，大舅有一批朋友、同学，很是了得。有一天，他得知我从大学放假回家，精神抖擞地拿了很多大信封，里面有很多信函及寄的材料，有北京的、美国纽约的，还有加拿大的。他说这些是他当年的同学寄来的，他们有的进了黄埔军校，有的在政界做过官，有的是科学教育界的巨子。“这批是从美国寄给我的。”他两眼放光，破棉袄裹着的散发老人气的身体，有着少见的活力。“那时我们分了手，他们很关心我，来信问我现在的生活。当年，嗨，一个个都风华正茂、人中龙凤啊。”他的嘴角有些哆嗦，泛着唾沫。

至于这些信函的内容，“天之骄子”、刚跳出农门的我，根本无兴趣查看——我眼睛盯着天，向往着新世纪，哪还理会他那一辈陈芝麻烂谷子的事？我至今后悔，当时为何没有问问他在大学里读的是什么专业，读了几年，他有哪些被“埋没”的本事。而现在，我在回望中，只能含糊地以想当然的逻辑推导，他的那些信函多只是叙旧，传达一份思念故人的情谊。叙述的也只是他们当年的交集，那些年轻时的风华和况味。中美建交、台海开禁后，彼此的通信才得以实现。那些书信越洋跨海，用繁体汉字述说着他同学这些年的情况，也探问大舅的情况。我不知大舅是否给这些昔日的故交和同窗回信。如果回信，是否说到他晚景的凄凉。在乡村，一切都更“唯实”，他卑微、落寞，没有一个对话者、交谈者。一些纯朴的农人，对这位谈不上的“落难者”，只保持一种与生俱来的恻隐之心、怜悯之情，但更多的是“势利”。他的几个后人，因为他成分不好，年幼时并未享受过他家业兴旺所带来的荣光，“反受其累”，所以对他不会有好脸色。原配的大儿子曾经“供养”他，但也只是给一点儿口粮，零花钱几乎没有。憋屈的生活中，儿子乃至孙子，对“始作俑者”的他没有多少好脸色。“自己的子女都那样，还指望别人对他好吗?”我母亲是外公最小的女儿，当年还是小娃娃的她，无法跟上坊头大舅、白毛姨说上热络话。我父母对他没有格外薄情，也没有特别亲近。每次他上门来，特别是逢年过节，我父母对他都比较客气。记得有一年除夕，上坊头大舅跟自己的儿子闹矛盾，无法吃团圆饭，就到我家来数落自己的儿子。父母劝导他，邀他在我家过了年。记得他吃了两大碗饺子，临末一边抽着我父亲递的烟，一边不等我母亲端来洗脸水而习惯性地用油亮的袖口擦拭嘴角。

我自己的亲大舅，对他“不以为意”，主要不是“势利”——亲大舅一直生活清苦，因家境等原因一辈子也没成家，而是看不惯上坊头大舅的迂腐之气，说他“痴头怪脑”。他有点儿神经质，想来应是“劳改”时受到某种刺激、精神创伤所致。况且，他曾读过大学，本就有些斯文夹带的“酸腐”之气。上坊头大舅跟我这读书的外甥有些“共同语言”，有时临走还跟我说“goodbye”，而我亲大舅从篱边走过听到“过得摆”，就立马回怼上坊头大舅“摆你个头”。见亲大舅如此怼自己的隔辈堂兄，我在心里想：人得讲点儿良心。人家当年对你这么好，现在他落魄潦倒，你就应加倍客气地回报！也许，亲大舅早把这份亲情藏在了心里。也许他认为，是他堂伯对他有恩情，而不是他的儿子。因为有次说起上坊头大舅时，亲大舅说：“他年轻时，也是‘不成器’的。好像风光无限，但他花钱大手大脚，他家迟早被他败光!”按亲大舅的逻辑，当是他的伯父伯母对他有恩，再往上是大爷爷，再往上是曾祖父。他对恩情的“源流”考察得如此泾渭分明，使我战栗，人的本性是多么可怕，而在乡村，表现得又是那般赤裸裸。

我呢？村人呢？有一次，上坊头大舅听闻我从学校回来，又夹带着一批外国朋友、同学寄来的新信函、资料匆匆赶来。未到我家门口，我就听到他嚷嚷：“又来信了，美国同学又来信了——”这简直是他在乡村生存的精神支柱、心灵鸡汤。我没有让他失望，我表达了我的羡慕之情，本能地发出了赞叹声。毕竟，在较封闭落后的二十世纪八十年代的乡村，能有几个人能跟大洋彼岸的美利坚“来往”？他也似打了鸡血，脸上潮红，喘着粗气，对听闻喊声的村人的驻足不屑一顾。“我说的吧，朋友礼尚往来，鸿雁传书!”莫大的荣耀，像是投石后的塘水，荡漾不息。面对着我这个“读大学的外甥”，得意和快慰中，他的神色里又糅合了一分不太得体的娇羞。有一刻，他还短暂地愣神、发呆、恍惚，然后发出几声沉重的叹息。而附近的村人，就不像我这样谦恭了，起先是嘀咕，后来有愣头青嘲讽道：“他们会邀请你去美国吗?”“会不会寄一些钱、好吃的外国东西给你?”上坊头大舅不高兴了，也不回答，或者说不屑，最后负气转身而去，甚至我父母邀他吃饭他也不回话。夹着外国朋友的信函，口袋里依然鼓鼓囊囊的，他踉踉跄跄地走出村口，摇摇晃晃地向港口街的方向走去。阡陌在他的身前身后蜿蜒，他的身形也渐渐消失于广阔的田野上。

他从劳改农场出来后再次被人误解，委屈、被人伤害的痛楚，定咬噬着他越来越苍老的心。乡村的亮光、温暖，灯下围桌的家庭絮语，孙辈绕膝的天伦之乐，已离他越来越远。只留一个孤老的游魂，在港口街依桥而建的小黑屋里，独守角落，喃喃哀语。

甚至我的亲舅舅，也厌烦了他一次次自港口赶来见我，认为他这是“对下一代的毒害”，继而以言语打击他：“搞这些狗屁东西有什么用啊？也不能当饭吃。你这些三朋四友，远在天边，谁知道他们现在过得怎样？他们是在显摆自己在外国过得怎么怎么好。”“他们说是跟你要好，那接你到外国去玩啊。”“搞这包乱东西，只有孩子会稀奇。我跟你说，好汉不提当年勇。像你现在，自己生活都不保，搞这些虚头巴脑的东西有什么用?”

亲大舅几乎跟其他村民一样，不爱看上坊头大舅所表现出来的那一套。因我家与大舅家几乎相连，就隔了一条垣墙埂，他就站在埂的北边，说我的上坊头大舅“搞不清楚”“痴头怪脑”。正与我说得起劲的上坊头大舅，无言了，悻悻而去。也许他们年轻时就针锋相对，甚至在成长的年少岁月里，彼此都不太“服气”。

在最初从林场回来的日子里，他在乡村四处游荡，的确是一个“局外人”。没有自己的落脚处，更无对外的联络者、可以聊聊的朋友，他便开始在附近村坊、苕溪两岸寻找一些读中专、大学的年轻人。但那时此类读书人毕竟太少，他便“放低要求”，能找到高中生聊天，也是好的。他曾经找过我们村的一个吴姓高中生。那高中生几度高考，屡败屡战，仍忙于复习。大舅见缝插针，或前来借书，或来聊天。我放学回家，时常见他穿村而过。那时尚在读初中，我没多少学问能供彼此探讨。他也就不常来我家，而径直往吴姓学生家而去。我自然不知他们谈了些什么，聊到什么程度，是否一而再再而三地说起他当年在上海读书时，那些洋教师、女学生、英文教材以及上海十六铺码头上的奇闻逸事？我没注意到他是什么时候离开的。高考复习太忙，想必他也不能辅导新式教育下的吴家学子，抑或指明什么人生方向。有一阵子，我放学回来，总看到吴姓学子在村口为大舅送行。有时大舅在路上走一阵子又停下，吴姓学生忙向前再攀谈一会儿。有一次，吴姓学生感慨地对我说，你舅舅年轻时是见过大世面的！但后来他们来往好像少了，特别是吴姓学子考上本地的师专后。他领回家的都是大学同学，他们意气风发，指点江山，激扬文字。我那个大舅再也没出现过，大约是他自感羞愧，也许是吴家父母以言语暗示甚至直接跟他说“以后不要来了”。再后来他进我们村，就是来找我的，因为二十世纪八十年代末，他听闻我这个外甥考上了省城的大学，是本地的第一个本科生。他大概也为我高兴，毕竟我是叔辈妹子的儿子，是他堂叔叔争气的外孙。他也为自己高兴，因为以后有了一个“知音”——多少能跟他对话、聊天、说几句英语的后生，而且是自己家里的。

四

在读高中、大学时，我听闻上坊头大舅继续自我革命、自我革新。他为了忏悔，开始做好事。他首先利用他在林场学到的拔草药功夫，加上大学里所获的知识，为附近村坊的农民免费治病。但好心的他常常遭到白眼与讥讽，附近村人认为他是“半吊子”，“霉头兮兮的”。没有谁敢让他看病，没有谁敢服用他辛辛苦苦从附近乡野、和平山里拔来的草药。他做的另一件好事是熬凉茶免费给人喝。本地人嫌他脏、邋遢，只有过路人勉强接受。天热的时候，每天一早，在港口街的小屋棚里，他用锅烧开水，放入劣质的茶叶，然后摊凉，一碗碗摆在他小屋棚门口的石条上。东来西去、走过港口小街的人，从港口码头下客轮的人，路过，很渴，看到他摆出的“茶摊”问茶怎么卖。他说不要钱，免费喝，客人将信将疑。“真不要钱。”他说得很诚恳。有人尝试喝了就走，他还在后面喊“天热，行路苦，再喝一碗吧”。由是一些过路人，也就跟着喝了。他乐呵呵地不停烧茶，全然不顾这些茶叶没有谁会供给他。他不时到我们村坊，比如我家及两个舅舅家，讨点儿茶叶，而烧水的柴火，他自己空闲时到附近的圩埂、村前村后去捡。免费茶水让路过的大人小孩解了渴，他因此获得了路人临别时的一两声“谢谢”，但未得港口街上人及附近村坊人的好评，他们常笑话他傻，“脑子搞不清楚”。而另一件好事，与大人无关，乐了一些娃崽，苦了我们这些亲戚家的“读书人”，那就是借书。想来他以前与吴姓学生的疏离，可能就是这个原因。他来到我家，要借我少得可怜的几本连环画。我所存的《杨家将》《三国演义》，或是要好的同学送的，或是打洋片赢得的，或是自己省出饭菜票而偷偷买的，自己一直宝贝得不得了。但碍于情面，禁不住大舅多次软磨硬泡，我的书终于被他“借”去。但“有借却不还”了，不是他不愿还。在港口街上，他将这些好不容易得的“小人书”免费借给港口街、自己老家所在的上坊头的孩子，非常“大方”“阔绰”——他大概想起了自己当年做少爷时的豪情。这些小人精们一旦得手，借了一两个礼拜还不还，这个说家里哥哥在看，那个说被村里的伙伴借去了，还有的说不小心被灶火烧了，或是掉到水沟里了……总之，就是有去无回，昏聩的大舅只能干瞪眼。如此，便没得还了。我巴巴等了许久的结果，只得到他托上街村人带的话：“那些娃崽没还我，我怎么还你呀……”那一刻我恨死了大舅，恨死了他“做好事”。此后多年，他都不敢来村里。有时趁我们上学走了，他到村里来看望我的老外婆，但会很快溜走。对于这小人书，父母也无所谓，他们不知道失去它们，我心中多么愤恨与悲痛。

常来我家串门的单身二伯，晚间常来我家唠嗑。提起我上坊头大舅做的多种“好事”，他认为：“人是善良的，但时代不同了。”从他在林场劳改的时候到现在的改革开放时代，世情、人情都发生了大变化。“在农村，你这样做，就有点儿幼稚了。”他为大舅感到痛惜，可能因为大舅在林场里关了几年，或是受到某些惊吓而变得拘谨、胆怯。现在，人家都讲求“实利”。在商品化社会，他的行为，就有点儿不合时宜了。做好事没错，但也要跟上时代，你都免费，也行不通。他与时代脱节了，有隔阂了。想想也是蛮可怜的。

我最后一次见到上坊头大舅是在我外婆去世的葬礼上，他与白毛姨踉踉跄跄而来。魁梧的他伏在外婆的棺材上，长哭不已，一口一个"娘"，像极度委屈、伤心的孩子。他数次叫着"我的亲娘、亲娘"，他是真的将我外婆视为亲娘了。也许哭声使他想起自己早已离世的生身母亲。哭声幽怨、无助，嘤嘤不绝。他或许也哭自己年轻时的浮夸、纨绔，哭自己的学无所用，哭自己晚景的苦楚、凄凉。他哭双目失明多年的婶娘的离去，也哭自己的来日无多。他闭目，涕泗横流……呜呜咽咽，时断时续。临末，他似乎醒了，恢复了神智，又斯文了一回。他拍着我外婆的棺材盖说："人说'盖棺定论'，娘啊，你辛苦劳碌了一生，现在能'定论'了！"

大舅，我的上坊头大舅，你曾给自己的一生下了结论吗？

也许，直到今日，因着我与你的年岁之隔、肉体之隔、时代之隔、遭际之隔，加之早已阴阳相隔，虽有一丝曾经相系的血脉，但才疏学浅的我，也不能用文字给你来个"盖棺定论"啊！

少年行（三题）

伤口

夜半，在我居住的小高层上，经常有小孩子的喊声、哭声传出，随后是其父母在一旁的斥责声——数落孩子的不听话、考试的不理想，他们不愿听孩子解释和申辩。邻居家的一个小男孩，有次因为与同学郊游而较晚回家，进门时被他父亲拧着耳朵骂，头差点儿撞到大门上。几天后，儿子出走，留下纸条："去寻找世上理解自己的人!"

每每这时，不用揭，我的"少年伤口"就会疼，在时间的深处，在世人看不见的面孔上。

我至今记得，放学后，我一个人背着书包，远远地跟在一群欢呼离去的伙伴后面，独自穿行在一条田埂上，黯然神伤；记得我面对漫天的庄稼，风吹过田野而泛出的水光，伤心地饮泣及至号啕。它们很快为四野的苍凉所覆盖、淹没，仿佛根本不值得一提。

我所生长的江南小村，居住着清末自河南前来垦殖的移民，我自然也是移民的后代。因集聚而居，到我已是第五代，但居家依然保留着中原的习俗。比如：我们称呼父亲为"大"，叫外公外婆为"姥爷姥娘"；节气中过正月十五而不过冬至；家里中堂上有祭拜祖宗的神位，而不像本地人作飨（方言，即祭祖）。

我们小孩是不能直呼长辈的名字的。如果一个孩子在另一个孩子面前直呼对方父母的名字，这不但不敬，而且是对说话对象的挑衅、侮辱。孩子必然愤怒，继而拳脚相向。而假如这个孩子自尊心强，但体能很弱，又遭受了看似“合理”的此般侮辱，他怎么办呢?

我说的这种情况就是我自己那时遇见过的。年少时的忧伤，儿时发生的此类不足为大人道的忧伤往事，一直憋在我的心底，折磨着我。

父亲是村小学教师。二十世纪七十年代中期的农村小学，尽管有五个年级，每个年级至少有两个班——那时的孩子真多啊，我家姊妹就有六个，但老师少。每个老师不但教几个班，而且跨学科授课，像我父亲，教语文还有数学。那时，多为文盲的家长每每到学校，就扯着嗓门对老师说：“孩子不听话，你们尽管打!”这是实实在在的真心话。“体罚”这个词，那时我们从未听闻过。老师用竹棍打调皮捣蛋、做作业马虎甚至抄袭的学生是家常便饭。而那时的农村娃特别是男娃特别野，也皮实，禁得起打。竹棍就是古代教书先生的戒尺，打学生也是“棒下出孝子”的延伸。

我父亲满脸胡茬，说话中气足，脾气也大得让人害怕。读五年级那年，我做了父亲的学生，一次上课，因为正数、负数混淆，父亲挥棒噼噼啪啪地将我猛打一阵，头上起的大包半个月才消下去。

但在当时，因惩戒而遭受棒打的孩子，并没有因老师的“体罚”而不服，只是头上有包回去，就像做了亏心事，不但不敢向父母诉说委屈，还想方设法地遮掩。因为一旦让家长发现头上有包或耳上有扭痕，就说明不是挨了老师的打，就是与同学打架了。这时，在田里劳累了一天的父亲就会抓住不放，“审讯”一番，有时孩子少不了皮肉之苦。

我难受的，是这些犯了错的孩子，在回家的路上，开始有意疏远我，而我一直是他们的好伙伴。阿根、小连、膀子、中建……同村同校，一般年纪。我成绩好，人也“斯文”，放学后一直喜欢跟他们一起玩。打水漂、拍洋片、打鳖、用弹弓射鸟、用水枪飙水……伙伴们变换着玩具，交流着心得。有时我们还一起去干坏事，比如大家曾分工配合，到建德移民家后院的大菜园里偷过李子、杏子。现在，因为我的父亲——村小学老师，上课批评了伙伴中的一个甚至多个，他们就有意丢下我，远离我，起劲地玩乐，却没有我的份。他们有时玩乐，故意让我看见，还打着呼哨，不时显摆地看我一眼。“昨天刘家大湾偷的桃子真大啊。”“是啊，还很甜。一人五个，我们吃得还不过瘾呢!”他们就这样故意激我，让我落寞。因此，那时我对父亲真是恨极了。为什么要做老师，而且是我伙伴的老师？为什么做了我伙伴的老师，要惩戒他们？我很多次想着补救，想讨好伙伴，告诉他们，我也恨我父亲，我还是站在你们这一边的，但大家不是把头甩开，就是目光鄙夷，鼻子哼哼。

面对这些，在那些晦暗的日子里，我都忍着，煎熬着。一段时间过后，我对伙伴们也有些心灰意冷，便自觉疏远他们。他们当中，有时是阿根，有时是小连，几天后会在上学路上有意无意地跟我碰面、搭讪，向我靠拢。单元测试出了好成绩、作业特别认真而受我父亲表扬的小伙伴，更是积极亲近我。几天后，伙伴群的其他人，不再排斥我，也从容地接纳了我。

但我的快乐没过多少时间，又丢了。膀子还有中建，不但上课不好好听，还拉前面座位的女同学的辫子，用墨水在她衣服上画鸟雀，引得我父亲大发雷霆。我父亲不但挥竹棒如雨下，而且将他们欺负女同学的“壮举”告知了他们父母。如此，事情朝着严重的方向发展。一周后，尽管他们仍在学习，也改了毛病，慑于我父亲的严厉，在学校里算是“规矩”，但一旦放学，被压制的他们，就会在路上朝我发泄。起先他们不理我，白眼相向，后来他们用水枪、鞭炮等玩具拉拢阿根、小连等，集体疏远我。不仅如此，最让我痛苦的事发生了——他们直呼我父亲的姓名。我父亲名中有个“海”字，他们就用移民土话将其谐音为“蟹”，称我父亲为“螃蟹”。有一次看见我在放学路上远远走来，他们就折下河边的芦苇秆，在泥地上画了只大螃蟹。过一段路，又画了一只大螃蟹和两只小螃蟹。再过一段路，又画了一只大螃蟹和六只小螃蟹……这不但侮辱了我父亲，也侮辱了我和我弟弟，连带着侮辱我两个姐姐、两个妹妹。我气得咬牙切齿，冲上去骂，并放下书包跟他们拼命。他们就站在那里，很鄙视懦弱的我，更鄙视我的体力。作为一个自尊心极强的男娃，我冲向了个子稍矮的膀子，但只一个回合，就被他两手抓住；一勾脚，他就将我摔倒在地。中建勾着食指挑衅我，说“来呀来呀”。我挣扎着爬起，准备扑向他，他上前仅用一只手、一只脚就将我再次翻倒在地。一旁的小连见状忙打圆场：“好了好了，一会儿老师来了。”“来了又怎么样？我们画螃蟹，也没有指明是谁。”“打架不是我们挑起的！”

因受到极大的侮辱和刺激，在那以后的很多天里，我精神恹恹，不时恍惚。我体会到一个孩子的伤心和孤独，我发现大人的世界和孩子的世界截然不同。生活在同一个屋檐下，吃在同一个锅子里，彼此对事物的认识和感知却很难有交集。而在我的周围，那些村庄、房屋、高耸的树、慵懒的猫狗，它们俯瞰着我，包围着我，逼视着我，却从不言语，从不出手相助。

我忧郁了很多天，也犹豫了很多天，要不要将自己的遭遇告知大人？后来我还是毅然把这燃起的火扑灭，没将这些事告诉母亲，更没说给父亲听。对于掐架时自己脸上留下的痕迹，我撒了个谎，母亲没怀疑，因为我一直是个诚实的孩子。父亲更粗心，我反常的迹象没被他发现丝毫。

我像受伤的小兽，在品尝自己的苦中逐渐领悟：与伙伴、同龄人之间的碰撞，是成长路上的一颗颗小沙砾，是孩童长大成人必须经历的，犹如珍珠来自痛楚的包孕。

是的，在广大而繁忙的乡村，没有哪个家长，会注意到一个敏感、瘦弱而聪慧的小男孩，他的忧伤如何产生、消失。少年在伤口出血化脓后，依靠自身发现自然、社会和生命的美好，于虚静中寻得抚慰和疗救，逐渐痊愈。就像纪录片中的那些母兽，一俟孩子断奶，就驱赶它们远离族群。在孩子的身影远去时，母亲知道，它们此去必然会遭遇风霜雨雪，一生伴随饥饿、疾病、血腥的打斗和厮杀。母亲悲伤，落泪，但决绝，义无反顾。告别的啸声，响彻山林，久久回荡……

黑色屋檐下

炎热的夏夜，我躺在阳台的一角休息，不时瞥一下电视。荧屏上正播着《舌尖上的中国》，一个女子正端来一种食材原生态、烹饪又极讲究的美味；耳边又听到，前面一幢楼上，有悠扬的笛声穿过一片竹林而飘来……这都市的夜，为我捧出了不同的视听盛宴。而我跟内人闲聊时，却谈着乡间人生活的艰难。“贫、病、愚”，在时光掩映的乡村泥屋或哪个潮湿的角落里，正噬咬着花朵、青春和天才。有时，听见这些伤感的故事，看到他人的苦难，我就会感觉世界太过坚硬和冷酷。虽说人能在现在的时空中见到他人，都是一种奇缘，因为一百年后，我们所能见到的人或动物，基本都不存在了。但就在这短暂的几十载，有人在忍受着贫苦，遭受疾病的折磨，在“愚”的屋底下进进出出而不觉。而另一些人，却过着享乐、富贵的日子，名扬天下，左右逢源。我们可通过社会的分工、家境的不同、地域的差异等来予以“合情合理”的解释，但抛开这些，我们不得不承认这些解释在“人只能来世界走一遭”“生而平等”等观念面前苍白无力。我们可以向社会解释，向他人解释，但不能向星空解释，向人生解释。由此，我们只能将其归结于宿命，它也是“与生俱来”的。

这感慨来自几天前故里给我的“刺激”。只在村里待几个小时，仅与几位村民闲聊，我已得知村里发生了不少变化：有人“走了”，有人被查出绝症，有的孩子出了车祸，有的少妇跟他人跑了。其中让我难过的是一个中年男子的去世。名叫“良善”的他，前几年被查出了胃癌。去年秋天回村时，我就听邻居说：“良善快不行了。他逢人只能哭。”邻居说，良善是入赘而来的，父母家里很苦，入赘的这户人家也不富裕，而且家里的农活大都压在他身上。在我们这里，入赘的男人没什么地位，在村里其他男人面前也抬不起头。由此，他哭得更厉害了。此番回家，我已听说良善已在去年年底去世。村人对他的议论，已转移到了守寡不久的他女人身上：“你看她，良善没死几个月，她就打扮得很妖艳，常到街上，假装赶集，实际上么，还不是想找男人。良善，真是死了也不瞑目啊!”

我听到这些议论，心里很是不快。我起先同情良善，也厌恶如今观念解放得离谱，丈夫尸骨未寒，女人就想着再婚。回城后几天，特别是夜晚躺在阳台上休憩时，一番思虑后，我更有一种刺骨的悲凉。是的，这些村人的议论，不计后果，不管他人的感受，最起码没有客观地评价一个人的言行。良善不幸，他的不幸早逝也给他的女人以及他们整个家带来了不幸。背负这样的不幸，无论生前良善夫妻俩感情如何，现在他的女人，应是艰难的。在传统、愚昧和势利的乡村，一个女人，是无法抵御这种压力的。即便她想“从一而终”，不再嫁人，社会的语境也由不得她。她只能背负自己的不幸与他人的嘲讽而继续困苦的日子——寡妇，不可能有多好的选择。

良善的结局，想来在农村还属“平常”。它勾起了我心中另一件让我哀痛的事：大中“逼死”他的小儿子。在我们村东南边的隔壁村，住着一个叫大中的远房亲戚。大中是个很老实的人，也是一个懦弱无能的人。他后来虽然成了家，但娶的女人是有精神疾患的。因女人怀孕时仍服药，他们的第一个儿子长大后，智力还像小娃娃。我见过几次，那个男孩，个子很高，穿了一条吊带裤。我到街上赶集经过他们村，远远地看见他绕着一棵大树，一个人在玩。这个孩子的头像一个枣核，据说他的外婆非常疼爱他。这个孩子也遗传了他父亲的秉性——“老实”，尽管智力不高，但从不在村里惹是非，更不会拿刀砍人。后来这个孩子的母亲病逝，外婆也离开了人间，大中家里更苦了。实行联产承包责任制后需要劳动力，他的两个女儿离开了学校，下田劳作，他的大儿子不能下田出力，但是饭量和正常男人一样。其时，他的小儿子读书成绩非常好，在农忙时节也加入自家的“单干”中。老实人往往很固执，易钻牛角尖，也容易做出出格的事情来。那一年，他的大儿子生病了，很快去世。小儿子读初三的关键时期，大中督促住校的他回家下田劳动。这个孩子星期六赶回家，白天下田，晚上在泥屋里点起煤油灯复习。谁知此时的大中不知被何情愫困住了心智，冲进泥屋，一边斥骂他晚上耗油，一边撕了他的课本。这个聪慧的孩子伤心了，绝望了，跟父亲发生了口角，被父亲打了一阵耳光。那噼啪的响声，穿过破塑料糊住的窗户，回响在夜色里，很快被淹没。

乡村的泥墙瓦屋，有一个黑黑的屋檐。这黑赛过了黑夜和乌鸦的翅膀，沉重如磐，冰冷而锋利，像人间的蒙昧和权势的手腕。那些落在屋檐下的神秘种子，其长长的身躯是那么纤弱，仿佛不堪承受某种向下的力量，一阵风吹过便跌下，粉身碎骨。

第二天是星期日，在田里干活的姐妹久等弟弟不来，就回去招呼他，谁知推开木门，见弟弟已躺在了地上。弟弟的嘴角上，有一块被他咬过的肥皂。而后，就闻到了浓重的农药味——弟弟喝农药自杀了。喝了农药后，他可能后悔了，就爬到厨间找来肥皂吞咽，因为以前村里有人喝农药而被灌肥皂水救活了。但他没能回来，姐妹们号啕一片，他的父亲在赶集闲逛时才被村人告知他的小儿子死了。这个将农活推给孩子、自己"退居二线"的父亲闻悉后，依然慢吞吞地赶回，既没号啕，也没有忏悔，嘴里还在数落孩子"不懂事"。

"愚昧杀死了聪慧的贫家少年！"内人听完我的叙述，如此评价。

而奇怪的是，先后走了两个弟弟的姐姐，似乎仍"可怜"自己的父亲——这可怜既有某种"奴性"——血缘之亲，又有"愚"的成分。那些年，我每次回老家，经过西苕溪大桥宽阔的桥洞，总能看到那个大姐的水果摊位。也不知是何原因，是因为她是远房亲戚还是因为"同情"？我每次都在她摊位上买一些水果。她以及她的妹妹，一直赡养着晚年的大中。据称大中因此乐呵呵的，还称“生女儿好，女儿有良心”。他经常在苕溪街上买油条——乡村那时的奢侈品，当作早餐，且还喝上一壶烫好的黄酒！

束光与团光

正月，我在故里晒太阳，看毕飞宇的《苏北少年“堂吉诃德”》。书中故事非虚构，作者童年、少年、成长时的所见所闻、所感所思，皆鲜活地跳跃着。我也被牵着回忆往昔，年少时的一幕幕如化开的絮团，继而铺成温馨之网，将我罩着，我成了全然有别于城中荒凉而孤寂之楼上的另一个自己。

其中有一节写到了“家具手电筒”。全文看下来，我的心也倏地被一束光穿透、照亮。

我立马感觉年幼时，村西那三间土坯干草瓦房里的夜时光，潮涌般袭来。多少次，黑夜里，我出门，到稻场溜达，或踏上屋西那条南北向的宽泥路而行，有时是串门，有时是到小伙伴家商量一件“私密事”，有时是背着篓子与弟弟一起到田畈照黄鳝。不经意时，就会发现那遥远的南面山顶上，有一束束强光，穿透黑夜，射来，经过我们村，再掠过我们这个叫“东城”的村庄上空，向更北的狮子桥、厚全等村射去。

实际上，虽然白日里从我家木门前向西南眺望，所能遥遥而见的，是一座叫“独山”的山，位于浙北长兴县吴山乡境内。因为年少外出“跑码头”见的世面确实太少了，以至于我所能见到的最大码头也不过是乡村里的集市。“大码头”是安吉的梅溪镇、长兴的和平镇，“中码头”是虹星桥镇、小溪口街，“小码头”就是离我们家最近、三里路之远的港口集市，再就是北面的观音桥街、西南方十多里远的蠡塘集市。而夜晚的那些强光，则是来自“吴山渡”而非“独山”。此“吴山渡”与正南边和平的山如城山、霞幕山、鹿山等相连，应是西天目的余脉，严格说来也只是“土包包”一样的丘陵。

“吴山渡”在我们赶集、卖猪崽的小溪口东面，有南北往来的客商乘船的渡口。“吴山渡”还是客轮自安吉梅溪一路向东至湖州城途中停驻的一个码头。现在能回忆起的完整航程为梅溪—荆湾—石泉—吴山渡—港口—午源渡—便民桥—胥仓桥—下云桥—塘口—石雪桥—杨家埠—湖州。年少时几乎每年正月，我们姊妹、堂兄妹都要到梅溪高桥的姑姑家拜年，乘坐的便是从湖州城上来的客船。向西，向西，这些码头，一一报过。一年年报过，我们一年年长大，也不再集中去高桥了。再后来我们陆续离开校园，到社会上工作、闯荡，拜年的人和次数也越来越少。如今几年甚至很多年没去了，客轮也早随着陆路交通的飞速发展停开了。

在山水“险要之地”吴山渡的山坳里，据说曾驻扎着驻浙某部队。我从未到过、进去过，村里的大人远比我见的世面多，阅历丰富，但也从未听闻谁进去看过。部队，在我们印象中，是威武、隐秘的一个存在，是不准许一般人闯入的。那时农村孩子奔向“有出息”的未来，一是靠读书。在二十世纪八十年代初期，能考上高中或中专的，凤毛麟角，而能考上大学的更是人中龙凤。二是靠当兵。大多数能在公社或村里、集镇的供销社等单位谋得一职者，皆是退伍转业军人。此前，“当兵”是他们人生的跳板，也是很多农村青年的另一种出路。我的叔辈堂兄当年在上海当兵，回村探亲时风光无限，他豪爽地抓一把上海大白兔奶糖塞进我的破棉袄的口袋，那情景让我永生难忘。他后来担任村干部，直至村支书。

而夜晚的那些光，非常耀眼。它们一般是一束，稻草一般，呈扇状散开，长度是“无限”。有时是两束，或者三束。它们都是吴山渡的士兵夜晚巡山时发射出来的。可能是高能电池的手电筒，或是一种探照灯，就如客轮上装在船舱“额头”上的那样。在航行的夜晚或大雾天里，它们一闪一闪的或强光直射。其实很多电影画面中，日本兵、国民党士兵所驾汽艇上也常有类似的强光探照灯显现。

时至今日，我仍不知从吴山渡山顶上发光的是哪种照明器具。二十世纪八十年代晚期，我在和平中学求学时的同桌郁学友，自小在吴山渡军营里长大，其父亲据说还是部队里有名的军医。但我也没想到去问一问——那时我们主要把注意力放在学业上，根本没有一点儿闲情逸致去求证年少时的疑问。好像也没有什么必要，知道了又能怎样？兴趣在考大学面前一文不值。

但现在想来，那一束束强光，一直照射进我的记忆里。它们潜伏在那懵懂、神奇、博大的年少混沌中，提示着人生还有“额外的角落”、不同的内涵。它们不会也没法被“说出口”，也不能“说尽”。

这些光，没有暖意。它们那么遥远，又那么强劲、凌厉，穿越田野和村庄，穿透童蒙之眼。它们是天外来客？它们却与我一道存在于现实的空间里。即便后来有一天，因为工作之故，我走进吴山渡的军营，就像我去其他部队那样参观、采访，但当时的感知、体悟已与年少时全然有别了。

我没有时空隧道可以穿越，也没有时光机器可以乘坐。能与“束光”对应的，便是后来家里购置的手电筒。我也像毕飞宇一般，在使用它的间隙，将手掌或几根手指罩在上面，惊奇地发现能看到红红的手掌血肉，如透明胡萝卜的手指，既新鲜又让我害怕。我也多次用手电筒照向夜空，期盼能够照到天的尽头，拉近我与月亮、星星甚至宇宙的距离，但它们却在天空的尽头消失了。“光柱子顶天立地，它在黑色的夜空里摇晃，你什么都看不见，你反而找不到任何一颗星星，但少年的心就此变得浩瀚。”多少个白天特别是夜晚，静静地躺在土坯屋里的硬板床上，同床的弟弟早已入睡，而我却在黑夜中睁大眼睛：我想不出这些直射星空的光最终去了哪里。它们在高空——人够不着的地方开小差逃跑了？还是一不留神溜了？抑或真的以光速奔向太空，奔向月亮、星星？这些光束，就像少年对村庄之外的世界的那种发散性想象，充满了未知之疑惑，让我们真切地感受到生命的莫测。“探照夜空是一件充满了希望的事情，你能够得到的却一定是绝望。你什么都找不到，光也是有局限的，意识到这一点是一件让人很沮丧的事情。”

读初中后我知道了这种“束光”的来源是直流电，不能产生热。它们就像班主任犀利的目光，看透处于青春期的你对女生的那点儿情愫。

而“交流电”借助载体如钨丝所产生的光，在我看来，就是“团光”了。它们能产热，身体能感觉得到，心头也因为暗处的光亮而舒展，洋溢着滋滋而生的美好感觉。像直流电一样，交流电自然也是现代文明的产物，我将“束光”归于现代文明，而将“团光”归于农耕文明，是有偏颇的。

但我仍固执地认为，“团光”真的是农耕摇篮里的光明孩子。它们第一时间以“处子”之身进入我在泥土里长大的岁月，便如植物一般永远扎下了初心初念之根，始终伴随着人一生之荣枯。

“团光”，就是一团立体的，像热乎的丸子、蓬勃的棉絮一般的笼罩之光。无论是课外用茅草烧野火热饭，在灶膛里烧稻草做饭炒菜，还是点亮一盏油灯供孩子做作业，供母亲纳鞋底，抑或是偷偷吸烟，擦着火柴梗，晚归时拉开堂屋电灯的灯绳……它们都能产生舒服暖心之光亮。靠近它们，你能感受到它们散发出的热量。它们不冰冷、惨白、凌厉，它们所照拂的范围，也不是很大。村里人家做红白喜事时，夜晚一般都在家门口的大稻场上摆出多桌宴席，几盏瓦数较大的电灯，悬挂在廊檐或树杈间。这些热腾腾的光，大都洒在了稻场上，洒在前来恭贺或吊唁的乡亲脸上。光们，像忠于职守的顾家的狗，年复一年地守着老屋。只有少量越过篱笆墙，洒到附近的水渠、沟壑和水田里，犹如洒落的饭粒。而那些趋光的飞蛾或其他虫豸，也像赶集一般，不知从哪些屋子、猪圈、农田被无声地召唤而来，纷纷绕灯而舞，甚至向这些光源扑撞，犹如白日里万物向阳飞升。时光的江南水乡里，人们向着爱、善和美聚拢，一次次，一天天，一年年，直至一生。

“团光”温暖而滋育着我们成长；“束光”提拎我们到了另一重时空，让我们感觉分外广大，而荒凉——整个宇宙，以及我们日趋清晰而理性之心。

义父的藕塘

十六岁生日之后，每逢重要节日，我都要前往藕塘公社（很快改成了乡）行政中心所在集市往北延伸的藕塘村送节礼——我义父义母家就在这里。此前，义父义母担着礼物，到我所在的港口公社红卫大队，来为我庆祝十六岁生日。很快，我就成了他们的干儿子。

我所在的乡村，跟藕塘相似，一样的水田，一样的油菜、小麦、早稻、晚稻，作物轮着种。虽说“十里不同风”，但那时计划经济正在解体，移风易俗与“破四旧”后，水乡的小村子与小村子之间，很多习俗还是一样的。比如小孩子到了十六岁，得过一个“大生日”，视为成人礼。作为男孩子，又是家中的大儿子，我还是很受父母喜爱的——我读书成绩一直好，人也机灵。虽顽皮，但我很少参与到同龄伙伴的争执、打架中，加之身子骨偏弱，自然得到家人格外的“关照”。

就在十六周岁生日宴上，我正式过继给了藕塘的义父义母。他们上门后，挤在前来喝酒的亲戚里，我没太在意。我躲在干草泥坯瓦房的东间厨灶间，给灶里添柴火，腼腆的脸有些发烫，灶火中肯定映出了红光。我们家的泥坯房，总共有三小间。我考上大学的那会儿，村里人说我们家的这个位置风水好，前面有小水塘，水自西向东流。屋后的东北面，有一个大水塘，常有活水经过，可灌溉农田。屋西就是村里广袤的稻田。村东有条小水沟，贯通着大小两个水塘。再往东，就是宽阔的菜地。

也不知有没有道理，反正我家屋后那家的长子，率先考上了全村的第一个大专，我后来考上了全村的第一个本科。人家说，我们村是块凤凰地，我们两家是凤凰的两只眼睛。

义父是我父亲当年的同学，两人一直要好。以前，每年春秋向国家粮库交公粮，有两个去处。一个是去得较多的上洪粮管所，它靠近西苕溪的龙溪港，便于运送粮食到湖州、杭州等大中城市。另一个就是靠近藕塘街东南圩埂边的藕塘粮管所。去藕塘粮管所的次数少一些。一般是夏秋时售粮，因为记忆中父母回来必定在下午三点钟之后。他们肯定在售粮后到后来的义父家吃过午饭。回到家汗涔涔，父母放下两担箩筐，我们发现箩筐里必定有几只新编的竹篮，大的，小的，装菜的或物什的，还有淘米用的细密之箩。此外，就是我们满心欢喜的桃子——大桃子，偶尔还有几包小酥糖或是芝麻饼。那时是二十世纪八十年代初期，桃子一类的水果，至少在那个改“公社”为“乡”的年岁里，在我们这个由“红卫生产队”改成的方圆数里的“东城自然村”，是很少有人家栽种的。

我只记得有一家有果树，我们村前的旧宅自然村那户建德移民家里。他屋后的菜园，种植着几株李子树，但他们在菜园的东面用荆棘围了一溜篱笆，菜园的北面是一道天然屏障——南港。透过那些荆棘的缝隙，偶尔能看到菜园中间的李子树，但树上的李子很难看清，小而且少。他家的女人和两个女儿很警觉，总是在李子成长的阶段不时巡视菜园。我们有时抵不过诱惑，小心侧身，像穿条鱼将身子钻进去，另有一两个人在荆棘篱笆外放哨。顺着移民家女人在菜园外西南河埠捶衣的节奏，进去的家伙赶紧上树摘几个，塞进短裤的小口袋里，有时胳肢窝还夹着一两个，甚至嘴巴里还咬着一串带枝叶的嫩李子。而一俟风吹草动，比如那镶着银牙的男主人归来时发现了我们，我们就立马逃离，赤脚被荆棘扎出血了也不管，只顾在不同的田埂上抱头逃命。

水果太少，所以父母每次售粮后从藕塘带桃子而归，我们都会开心几天，也对藕塘那边我们从未见过面的爸爸的同学充满感激，对他们生活的地方充满了好奇和向往：那究竟是一个怎样的地方？不仅有碉堡一样的粮库，那里的人家，竟种有水果，而且还会打竹篮子。

也不知从何时开始，父亲跟他同学商定，要把他们之间的同学情谊再升华一下，成为“亲戚”，就是让我认父亲的这个同学为干叔，认他的老婆为干娘（后因为他们的岁数较我父母的岁数大，故改称“义父义母”）。父亲有一次不经意地跟我讲，“要给你找个干叔干娘”。说不经意是因为他没有正式跟我面对面谈，更没有征询我的意见。我便感觉父亲的提议，大约是说笑，而非正式的决定，因此也没上心。一九八三年秋日的某一天，家里给我过十六岁生日。我真正的生日是在腊月，而本地人庆生如重要的十六岁、三十六岁、四十九岁以后每逢“九”的岁数，多选择在正月初或者其他的某个黄道吉日，并非生日的那一天。反正十六岁生日那天，义父义母来了。谁也没征得我的同意，那个矮胖、肉饼脸的长辈从此成了我的义父，瘦高、肤黑、笑起来露出一排银牙的那个女人，就是我义母。我不亲热，他们也不计较，讪讪而笑。我心里憋着一股气，因为生日宴上甚至没有传说中的跪拜磕头的正式仪式，一般在这种仪式上该正式地叫一次义父、义母。但我也没倔强到“撕破脸”，在这个河南移民后裔的大家庭里，父亲遮住了天。在他的威严下，谁也不敢造次、矫情，再大的委屈也只得憋着。我很清楚，因“不听话”，弟弟遭到父亲多少次责骂甚至鞭打。

然后就是“还礼”。第一次，为慎重起见，也是应有之礼仪，父亲亲自带着我去了义父义母家。以后，逢着节气，虽老大的不愿意，也架不住父亲的威严，在母亲的好言相劝下，我只得翘着嘴，开始独自去藕塘。随着年级的上升、学业的增加，以及做干儿子“资历”的累积，除了几个重大节日如端午、中秋以及正月，我去的次数少了。义父义母叫得顺口些了，心里也就不太像以前那么累了。义父义母待我像亲生儿子一般，两个干哥及干姐干妹对我也很是热络，只是他们过于客气，反而显得有距离，我真是从心底里觉得这门亲戚很好。

近些年，因为有些不得不面对的“疏离”，我对某些情感渐渐疏远。由此，曾经的记忆，便更快更多频次地在心中出现。

从二十世纪八十年代中期开始，我都是从大士乡的西村，经广丰，翻圩埂进入藕塘乡的留金村。过留金村再往北走，最后踏上藕塘街，穿过藕塘街往北就到了离街不远的义父家。

从西村到广丰，有圩埂夹住的沟渠，还有一个较大的河塘。河的南面，有几棵粗壮的野糖梨，这些树没百年，也怕有几十年了。它们伫立在几个坟堆边，下半身被一些妖艳的野花萦绕。赶上冬天或天未亮时，一个人从这糖梨树边经过，心里还有点儿惊慌。那些野糖梨，大而饱满，有的熟透了，黄里透红，要是在东城村，早被我们这些馋猴摘光了。但这里的它们繁盛累累，我是一点儿兴趣都没有，只想尽快逃离。从广丰的郑家圩埂前往留金村，每次经过我都向几户人家张望。我是有所期待的，因为这里曾是郑老师的家。郑老师是我小学数学老师，那时懵懂的我就感觉她很漂亮、白净，无论是扎个羊角辫还是梳个“细则头”，都让人看着舒服。她跟我们家关系不错，我母亲也姓郑，等于是本家。念小学时，她以及其他老师有时会到我们家玩玩，有时还留下来吃饭。有一阵子，关于她的婚事，常挂在父母嘴边，一会儿说是介绍了这个，过一两个礼拜又说介绍了那个。后来，在我小学毕业之前，她嫁到了北山芥，听说丈夫是个转业军人。据说她婚后在一家奶牛场上班。我惋惜的是她竟不当教师了，让我更难过的是她嫁到了很远的地方，我再也看不见她了。所以，初三之后，每次经过她曾经生活过的村子，我都盼望在圩埂上或某个拐弯的地方，能突然碰到回娘家的她。

留金村，我个人感觉是本地人的地盘。作为一个移民子弟，我在“一清二白”的家里成长。走进留金村，我会感觉那些粉墙黛瓦、老石桥以及路人对话间用的本地方言，营造了一个富有、有底蕴的村庄。但在客套中，留金村人也有着拒人千里的陌生。我只是路过，没时间跟他们进一步交谈，因此也没走入他们的家、他们的日常生活，尽管有着很强的好奇心。

我挑着两篮子礼物，猪肉啊，鱼啊，红糖啊，义父义母的衣料啊，经过留金村的一座老石桥后，开始向北走上里把路，再转向西（有时进入留金村再一直向西，再过桥往北进入大路），这一行又要四五里。挑着的篮筐，我不时两肩换，有时还要在路边歇息。我不能说自己四体不勤，但是很瘦弱，身体一直不强健，唯一让人欣慰的是读书成绩尚好。老实说，虽出生、长大在农村，但除了割猪草、拾稻穗，高中后在双抢期间帮帮忙，我参加的体力劳动如挖田掘地、挑水担粮等不是很多，故很少锻炼的两个肩膀，在每次去藕塘做客后，要酸痛好几天。

从留金村向北再转西，必经过一所小学。一排教室的后面，是一条泥石路。走过泥石路就来到了一座新建的水泥桥上，在这里我往往会停驻一会儿，将礼篮放下，倚着桥栏向东南方向望去，就能看到宽敞、清爽的乡村校园：有大操场、升起的国旗、做早操的主席台，还有不时穿梭在大柳树下的戴红领巾的小学生。他们时不时地把我牵回到脑中盘桓无数天地神怪、世间成人无法感知的童年时代。而桥边，朝晖已缠绵在圩埂上的野枝条、不知名的花和小果上。几株经年的芦苇，在风中摇动着身子，仿佛催促我继续赶路。

再经过一二里的大路之行，在不同的时节可看见不同的物事，如秧苗或成熟的稻穗，或麦子，或油菜，接着便可看到高高耸立的粮库。一座座矗立的粮库，远看就是一座座城堡，它们一群群，彼此呼应、照看，恰似在乡村田野上堆出的玩具模型，异类、奇怪，也蕴含着一种神秘力量，不可侵犯。这些气势宏伟的建筑，我后来知道是仿效苏联粮库而建造的。它们的“肚子”很大，乡村每季的辛劳成果，大部分填进了铁门拉开的大口。一年年，一代代，它们象征着国家，象征着力量，也似乎象征着一种命运，确乎与生俱来。多年后，延续千年的“皇粮”免交了。我带着孩子再次到义母家做客，在闲逛中前往粮库参观，发现大仓库已变成耐火砖生产车间，“碉堡”也变成了耐火砖堆放之处。从粮仓变成车间，是一次革命，是“质”的飞跃，容不得我过多的怀想与感慨，我只能冷冷地凝视着火炉里扑闪的炽烈之火。

到义父义母家做客，叫一下“义父义母，我来了”应是最起码的吧？但那时，内向的我真的很不喜欢称呼人。义母每次都烧很多菜，义父、干哥、干姐作陪，有时还叫来义父的叔辈弟弟。然后是夹菜，不停地夹，义父夹，干哥、干姐夹，义母最后上桌还要夹，饭碗里都堆满了。大概是他们看我偏瘦，觉得我们家要比他们家苦不少，认为我正在长身体，需要增加营养。

事实上，他们对我“客气”，除了他们本身对亲戚朋友一直很热情、大度外，我感觉主要是因为我比较“斯文”，懂规矩。在义父家，所有的东西，我不会乱动，也不会这个屋子走走，那个房间看看，虽然农村的房屋的里间一般都是“敞开的”。即便他们后来添了电视机，如果他们没有开好电视，叫我到房间里去嗑点儿瓜子、吃点儿糖果消遣消遣，我只“规矩”地在客厅的桌上喝点儿茶水，搬条凳子到大门边晒太阳。我后来陆续知道，义父义母还有一个过继的干女儿，在我之后，还有一个过继的干儿子。直到我上大学，这个干姐与我从未谋面。传说中她参加高考多年，每次总差几分落榜，后来两家因某种缘故闹矛盾而断了往来。直到十二年前，义父病重，已成家的干姐才不计“前嫌”来看望义父。义父去世后，每年正月初二，她一家三口也赶来，我们都在义母家会合。义父义母的另一个干儿子，我只见过几次，后来没见过。他也成了家，说是到江苏开船去了，但我想也一定是因为闹了什么不愉快而“断了亲”。我们家与义父家一直情谊不断。我后来考上了大学。这给我父母增光的同时，也为爱面子、曾在藕塘中学教过书的义父，一直在藕塘中学食堂烧饭的义母，甚至干哥干姐，“增了光”，毕竟在二十世纪八十年代，能考上大学的还属凤毛麟角，而义父义母的四个孩子，没有一个考上大学。

在阳光下或挑或掮或拎或背着礼物的小客人、干儿子——我，在汗流浃背中走上了藕塘街。藕塘乡政府所在的藕塘集镇，有两条街，东西一条，南北一条，两街相交。我必定由东向西，走上不到二百米，过藕塘桥，再折向北，也走上不到二百米。

过一石拱桥，自东绕过供销社仓库，再往北走不到百米，一路水杉夹道，“护送”着我直达义父义母家。

虽然这里只是一个乡政府所在的集镇，但我总觉得它比我上初中所在的大士集镇要热闹、新鲜而有趣得多。三十年前，你能想象得到那是物质贫乏甚至紧缺的年代，江南水乡一个被庄稼田、小池塘包围的市集，再怎么样，也就那样，但我仍觉有味。与只有一条街的大士集镇不同，藕塘街在藕塘桥的西堍，是一条“十字街”。我过藕塘桥是自东向西。东面路口以北，五十米之遥，是乡卫生院。不到万不得已，谁愿意到里面去呢？农村那时正逐渐告别我们自小看病的赤脚医生。上初中后，我曾到港口公社卫生院（后来改成大士乡卫生院）去看过几次病。一次是初一。因为没有吃早饭或者因体质差，很少跑步，抑或是对体育课有抵触情绪，体育课上发令号响后，全班学生一起跑，我不但靠后，而且刚跑完两百米，就感到不舒服，以致恶心、发晕、呕吐，被同学扶到卫生院。班主任也闻讯赶来，身上散发出药水味的男医生看后，诊断为“低血糖”，让一名护士倒了一碗糖水给我喝。我缓过来后悻悻而回，觉得在同学面前有些丢脸，自尊受挫，难过了好几天。读初三那年，也就是我过继给义父义母那年，在一名男同学的带领下，几个住校生有一次溜到卫生院妇产科室的北墙，透过破玻璃，看到了画纸上的女性生殖系统图。藕塘卫生院，我也去过一次：有一年做客，吃东西后身体不适，我跟着小干哥去卫生院找了一个他熟悉的人，问了问情况，但没配药。

过了那条街，踏过藕塘桥，在北堍迎面就见那爿剃头店。剃头店好像从远古延续到如今，因为那个旋转的椅子上，包浆闪亮，那剃头的师傅正用剪刀帮助一个老伙计剪鼻毛，用特别的家什掏耳朵。其他老头候在一边，抽着烟，喝着茶，侃谈来年的收成，身边是他们上街赶集带着的竹篮子，里面有块肉，掩在芹菜里，几尾被穿起的小鲫鱼，在篮子底部扑腾。一个精瘦的少年也挤在这群老头中间，硕大的黑眼睛，有点儿怯弱、羞赧，却又很警觉，透出渴望挣脱、飞向不知底细的远方的焦灼与渴望。我看着他，他也看着拎礼物穿街而过的我。我们似乎都在同一刻，读懂了乡村少年彼此内心的寂寞、孤独。至于街景、物什，近看也无非是卖蔬菜的，卖黄鳝、泥鳅、甲鱼的，卖鸡、鸭、鹅以及少许腌制的腊鸡、鱼干、风鹅的，卖农具的、竹制品的、寿衣花圈的。难得的是，我看到很多箩筐里有售卖的皮蛋。在水产丰富的藕塘，从藕塘桥向南北一望，你能看到灰的、白的鸭子，"嘎嘎嘎"欢叫一片，不知其他村塘里还有多少。从朝西埂坡而建的房屋角落里堆的蛋壳推断，街头那个巷子深处可能办了一家皮蛋厂。我过继给义父的后面几年，义父也在这厂里"帮忙"。不知这厂子是集体的还是私有的，义父在里面当个小头头，反正那几年，常有一篮篮皮蛋辗转到我家。似乎每次食时，里面的蛋黄都不同，有时是奶油状或巧克力状的，有时干巴巴的，有些苦涩，而已呈酱色的蛋白上，有时能见着"松花"。多年后，那些散落水乡的皮蛋厂大都停办了，因为科学证明皮蛋里面含有很多的铅，食后对人体不好。

桥西堍剃头店的对面，是一间小房子，曾经是我好友的宿舍。这位朋友来自山里，很早就感受到时代新风，在青春的寂寞和向往中，开始了当时最时兴的文艺创作——写诗。因为他好交朋友、组织能力强及特别的职业——税务干部，那些被寂寞和忧伤骚扰并有点儿虚荣的乡镇青年，很快"人以群分"，聚集在他这临水的宿舍里写诗、喝酒、吹牛，谈外面世界的文学江湖，以致后来办起油印文学期刊。就在这个小集镇上，乡文化站站长喜欢写民间故事，税务所的这位好友喜欢写诗，另一位好友乡邮递员喜欢写小说，还有一位供销社的好友喜欢摄影，那个办印刷厂的好友喜欢写新闻报道。如此，那些年，浙北市里的、县城的、乡镇的，上班的、务农的、搞个体的，甚至还在读书的，一帮意气风发又满脑子“一举成名”念头的年轻人，在那个“小说、诗歌，全国一发就声名鹊起”的时代，在这个春秋范蠡携西施隐居的传说流传的土地上，像野外燃烧的茅草一般，如火如荼地搞文艺。

十字路往北，街西侧有两间屋子打通了，成了台球室。改革开放后，这项英国皇家贵族的高雅运动，漂洋过海来到了中国，很快风靡中国城乡大大小小的集镇，后来还有改进版的美式台球。农忙过后每走进一个集镇，你都会看到，那些乡村青年，头发蓬松，一脸消瘦，手攥长台杆，专注地绕着台球桌，顶着东一个西一堆的台球，认真刻苦地打着。忙乱中有的手袖只卷了一半，有的上身只穿背心，甚至打着赤膊，脚下趿着拖鞋，不时见着穿透胶鞋的大脚趾。——你不得不惊叹在此国度，再高贵的东西也会被转化为最俗世的东西，一种多少带点儿“时髦”“拉风”的自豪感在他们心头油然而生。直到后来，它完全变成了一种无聊的消遣，后来被打鸟的气枪代替，再后来是卡带录音机、DVD、电视、电脑、游戏机、手机……

在台球室的隔壁，是乡文化站的图书室。那是我年少时代最美好的回忆之一——我的干姐在里面做管理员，而且几乎是她一个人，所以在那里几乎她“说了算”。在高一与高二我休学的那些时间里，图书室是我到义父家途中的必到之所。我贪婪地翻阅在那个写小说的乡邮递员撺掇下而订阅的文学杂志：

《收获》《当代》《十月》《北京文学》《小说选刊》……每次，我都抱一大袋最新的杂志而满怀喜悦地回到我在东城的小屋。有一次，听闻县图书馆将一批旧书赠给了图书室，丰富他们的室藏，我自然是不办手续地“借”了不少。后来也不知怎的，干姐不在图书室做了，也没见其他人员顶替，大概是关张了。因此，我借出的若干来不及还的书，如《莫泊桑中短篇小说选》（上下两册）等，就成了自己的“私藏”。

再是藕塘中学。站在藤萝葳蕤的石拱老桥上向西南望去，藕塘中学很是宽阔，高高的水塔，大大的操场，主席台以及当时很超前的不锈钢升旗杆。有次小干哥带我从这个学校西南角进入学校参观。一个一个教室去看，欣赏不同的黑板报，又转到了义母烧饭的那个食堂。以前很少有机会这样进入大食堂，我喜欢看那些有别于我家厨灶的成排的锅、水龙头、切菜的案板和菜刀，还有一排橱柜。这些家什，都是为那些成百上千的农家“书生”们准备的。这里就像是巨大的嘴或者胃，挂在集镇的体内。

而石拱桥的东南堍，有一排临水而建的宿舍楼。沿楼梯拾级而上可上二楼，其中一间是后来认识的那位供销社朋友曾经住过的单身宿舍。在二十世纪八十年代中期，能在一个小集镇上摆弄照相机、“吃国家饭”的单身文艺青年具有何等吸引力，一般是很难形容的。况且这位青年还很愿意免费为集镇或村坊里爱美的女孩子拍照，并在自己宿舍内搭建的暗房里冲洗胶片。这些美好的元素，都使这间单身宿舍充满了诗意、浪漫的气息。几乎没有一个姑娘能抵挡为她免费留下青春倩影的吸引力，尽管她们羞涩、矜持，但这栋小楼像一块盘踞在乡村包围的集镇上的磁铁，引力强大到让很多青涩者眩晕。这位仁兄是个情种，我不知他漂亮的妻子当时是不是被他照的相吸引而来的。倒是在一次聚会时闲谈“龙溪港客轮消失了”的感伤中，他讲述了一个让人伤感的故事。那次他乘轮船从梅溪下到吕山。就在途中，某个码头上来的姑娘正好坐在他的对面。大眼睛、长辫子的姑娘，羞涩、腼腆。坐过了一段航程后，他发现姑娘看他的目光有些异样，眸子深处含着一种柔情。而他本人，也很快被这个姑娘吸引，两个人几乎一见钟情。他在心底里盼着，客船开得慢一点儿，再慢一点儿，最好姑娘能这样一直“伴”着自己，而终点最好是一个码头，他们能一同上岸。但遗憾的是，姑娘在他上岸的前两站已登岸了。他黯然神伤地说：“这姑娘离开座位上到船舱时，仍偷偷地回望了一下。她上了码头，我在座位上向船外望，发现已上圩埂的她仍不停地朝我望。”“我真后悔呀，当时没有问她叫什么名字，家住什么地方。那时，唉，人是多么的纯朴，男女青年又是多么的……唉，就是我问了，那时她也不一定肯回答啊，而且周围的人会很惊异地看着你。”他叙述的那刻，旁边的乡邮递员“小说家”忍不住指着他对大家说：“你们知道吧，这个情种，后来每天骑着自行车赶往那姑娘下船的那个码头，春夏秋冬，我看有年把了，几十趟，目的就是想再次遇到那个姑娘。”“他还一个劲儿地说，‘豁出去了，不管三七二十一，碰到了一定要跟着她，到她家去’。嘿嘿，哪里碰得到呢？她大概就像个仙女，永远消失了。有时我说是不是幻觉啊，你这情种快成花痴了！”另一位朋友宽慰道：“主要还是没有缘分吧！”

义母一家人都很能干，会挣钱，但也大手大脚。义父来自江苏兴化，是郑板桥的同乡；义母来自兴化隔壁的泰州，也能吃苦。一家人利用农闲，在屋里屋外铺开战场，剖竹劈篾，编竹篮竹筐，还编“一节头”的黄鳝篓子。高一那年夏秋的一天，我回家拿米，发现家里多了五六只篓子，直不笼统。父亲告知，当日与母亲去藕塘交粮，在义父家吃饭，见他们正在编织夏秋用的黄鳝篓子。临行前义父让我父亲带些回家，说“暑假里干儿子可以下黄鳝”。那个夏秋，我终于第一次底气十足地用上了自家的篓子。这些篓子虽然有些简陋，没有人家那种纵横交错的折篓那么复杂，但有总比无好，而且这种篓子不像钓钩、竹夹抓捕黄鳝时那么狰狞凶横。每天晚饭前后，你只需将几条蚯蚓用篓内配置的竹签串起，然后来到水田、附近的水沟或水塘，寻找黄鳝较多的地方，将篓子放下去。用几个泥块或石头压在篓背上，使其沉入水底，而尾部必须翘出一点儿露在空气中，以便晚间觅食而入篓子的黄鳝、泥鳅不致窒息而死。由于对何处有黄鳝辨识不得法，又或是直篓简陋了些，没有折篓那么大的空间，所以收获比较少。记得那些早晨，我跟做早饭的母亲同时起来，然后脸也顾不得洗就到前一天下篓子的几个地方取篓子。每次将篓背上的泥扒掉，取出在水田或水沟里浸泡了一夜的东西，我都急忙查看里面是否有活物，有的有一两条，有的一条也没有，有的有三四条而且里面还有一两条泥鳅；然后心里嘀咕，悻悻地回家，将活物倒入屋后那个清理干净的露天水缸里。收获多的时候，我会跟厨间的母亲说说；少了，就不说了，闷声扒稀饭，母亲也就有数了，不多问。而且我们家那时候也不太喜欢吃黄鳝，泥鳅都是喂鸭子，偶尔得到的甲鱼，也基本送给住我家后面的大舅。

义父家住的村叫藕塘村，村内有塘，水田多，黄鳝、鱼虾四季不断。他家东面有依圩埂绵延向北再折向西的长塘。有几年，义父家承包了这个长塘。每逢重要节气，大干哥或小干哥总是用搭网捕鱼，有时甚至还动用跨塘而拦的丝网。临回时，他们有时也让我带点儿。翻越义父家东面的圩埂，是藕塘之外塘。里面有木船、水泥船往返，鸭子在水面扑扇翅膀，嘎嘎叫着潜入水草里觅食。我在虹星中学读高中时，有多个藕塘乡的同学。藕塘村北有两个，到义父家做客时我也去过他们家，但彼此没有很深入的交集。藕塘村前连着藕塘集镇，集镇南边，弯曲的圩埂绕着，一座烟囱高耸入云。泥坯堆放在地上，一排排的，那是一家烧窑场，坐落于一个叫周村的自然村。那里住着当年一同去县城参加“复试”的W同学。每年正月去义父家拜年，我基本都会到他家去，我们相处甚好。“复试”，还是在初三那一年。毕业后升学考，中专没考上，我只被县普通中学虹星中学录取。而当时，如能上县城里的省重点中学，才有希望三年后考上高中、中专或是大学。在当时（其实现在也是），我们读书的动力，并非学多少知识文化，而是为了考上大学或中专，“跳出农门”成为居民，将来国家包分配，能混到一碗好饭吃。当时的虹星中学，具体高考结果如何不清楚，但大学、中专录取者应是寥寥无几。义父关心着我的“前程”，想让我进入县城的重点中学。那时我初中同学，考上这所学校的只有一个。听说当时这所学校有个不成文的规定，就是英语不及格，分数线即使到了录取标准也不行。而进入初三后，为了考上向往的中专，我们就干脆放弃了这门课程（其时中专录取对英语无要求）。义父帮找了个县城里认识的老朋友，带我去“补考”，而且他可能事先已打听清楚了，“复试”能过便能进重点中学。记得复试那天，我跟着义父到县城转了一圈，最后总算找到了那个人住的地方，应是在县广场边（大学毕业后我第一年工作就在广场的后面）的三楼。到了之后，义父跟那个认识的人嘀咕了几句，那人正忙着发煤炉，额头正冒着汗，楼间过道里烟熏火燎的。这是我第一次离县城居民的家这么近，他的冷淡让我倏然感到，他与我想象中的“城里人”完全不同。在此之前，我以为生活在城市里的人，都是“天潢贵胄”。他们应该感到无限满足、幸福，因此对任何一个来自外地特别是乡村的人，都应笑脸相迎，礼貌而客气，甚至有点儿豪爽大方，应该与看上去幸福华美的城市生活匹配。现在我当然知道此人当时的心绪——义父“托”他办事，总归是麻烦他了，而且一个失败的农村少年“补考”，没有任何值得让他兴奋的事。我自然也不知他与义父究竟熟识到什么程度。义父当初央求他给我一个机会，是否送了些礼表诚意？至少与我同去时没有表示。

“补考”时有英语，可能后来有若干人通过这种方式进入了县城的那所重点中学，反正我是没得到通知。事实上，初中毕业的升学考，我离中专到底差了多少分，我至今都不知道。义母有次当我面跟别人说起时说，“可惜，只差 15 分”。——差一分也不行啊，何况差这么多。义父义母只挑暖心的话跟我说，跟关心他们干儿子的村人、熟人说。我突然醒悟，“补考”前义父可能到县教委去查过我的分数，因为他有认识的人。而且，“补考”，也是有分数要求的。因为这次“补考”属特别的经历，所以我对当时的画面、场景有较深刻的记忆。几个月后我们很快进入高中学习，在虹星中学同年级的两个班中，我发现有几名男同学“眼熟”，我想起当时在县城“补考”时见过，其中就包括住在藕塘乡周村砖窑场附近的 W 同学。他个子高，皮肤黑，满脸胡子，脾气较我要温和。

砖窑场前面，同一个村里，住着一名高中女同学——我的前桌。她算是我爱慕的第一个女子吧。在我生病休学期间，我们通过书函往来。她给了我莫大的鼓励、安慰，让我终生难忘。但进入大学后，同一学校的她变了，不再理我了。藕塘还有几个村如黄公、白水滩等，也有我的同学，但一直疏于往来。其时我少不更事，也一直自卑，中途又离校病休，再返校时吃了闭门羹，幸好转到南部的荷花中学，因此断了往来。藕塘水乡风光好，鱼米足，人活络，历史故事也多，如范蠡携西施归隐。一些古村落如前面提到的黄公，据说与三国时期“愿打愿挨”的老黄公有关，具体情况却不知道。而那些“盘桓”在藕塘集镇的文艺青年，因为各自工作的变动、个人生活的变化，加之时代对文学已没那般“宠幸”，写诗也不再能“名利双收”，无法吸引异性，之后都不再写作了，只留下一些诗稿、油印刊物及曾经的励志故事、风雅故事。

有一年暑假，我到义父家来“消夏”。义父家正在造房子，干儿子的我理所应当要“帮工”。但没干几天（实在是文弱书生不给力），义父义母就不让我干了，只让我做点儿捡碎屑、扫垃圾的事。也就在那天，与义父一家很熟悉的那个工头——梅师傅，老拿我跟干妹开玩笑，说什么“干哥干妹是亲上加亲”。我起先没在意，但梅师傅那副叼着烟坏笑的样子，让听到此话的干妹脸红了起来。意识到了这层意思，我的耳根也开始发烫，但没作声。梅师傅喝了口茶，巡视、指导一番手下人后，又龇着牙朝我笑起来，这次更露骨：“怎么样？下回亲上加亲，干脆到这里做个女婿好了！嘿嘿嘿。”我有些受不了了，赶紧逃开。中饭过后，见我在造了一半的新房里走动，梅师傅叼了一支饭后烟，又有一搭没一搭地说着：“怎么样？如果看得上，我给你义父义母说，我可以做个红媒。”我再也受不了。这家伙接连几天，不但在我面前说，有一次还故意跟前来查看新屋的义父说："你这个干儿子很老实，以后做个小女婿很好的！呵呵。"义父无语，有点儿惊诧，很快又以他"一贯和顺"来搪塞，说完笑呵呵地走开了。我再也住不下去了。天热，我谎称还有很多暑假作业要做，家里忙着双抢，也要帮工，第二天便执拗地返回了。义父可能明白了由头，但不便说。义母及干哥干姐也诧异："等房子'出水'（上梁竣工）后再走也不迟啊！"干妹不见了踪影。我支支吾吾，带着义母提前做好的庆贺竣工的团子、糕点，匆匆离开，直到穿过藕塘街踏上泥路，心跳才逐渐平复。

这些年，藕塘眼中的我在变化：成家、做了父亲、生病、出了车祸……而我眼中的藕塘，也在不知不觉中发生了巨大变化！

我们三口之家，到藕塘，不再是经西村、留金等步行抵达，而是从东城老家往北，先抵达那家浆经厂附近，再乘坐县城开往苕溪畔吴山集镇的城乡巴士前往藕塘。一路上，因"新农村"建设已建起一大片房子，造型、结构与城市里的并无二致，不同的只是没有小高层。许多轻纺、花布企业，罗列在路的两侧，仿佛一条长藤上结出的瓜。藕塘集市，仍呈十字形，只是东西这条线上所建的店面、商品房在延伸、扩展，超市、饭店、电信营业厅等代替了曾经的箍桶店、木器店、豆腐店。

进入藕塘村义父家的路径稍有改动，小学已旧貌换新颜，宏大的建筑外面砌了一堵齐人高的墙。近年每次从墙外经过，我很少听见孩子的喧闹声，许是每次到来都是节假日吧；走过已高耸成林的水杉之路，远观村里村外、人来人往，也很少见到孩子——多年的计划生育让农村的孩子大幅减少。一些在外打工或先富起来的人，把自己的孩子送往了城镇，以接受更好的教育，赢得未来。

更大的变化，是义父得了重病，并不久去世！

十三年前秋日的某一天，在村干部位置上退休多年的义父，突然在义母、小干哥及干妹的陪同下，来到我所在的城市。我及时赶到了中医院。义父病了，说话声音有些颤抖。义母说他走路时腿会突然弯曲且不自觉下蹲，脚板无力。而且，这种病发作越来越频繁，义父甚至走不了几步路。在医生的检查和询问中，义母还说起，自上半年起，义父下稻田喷农药治虫后，不知是因为农药，还是体内已有病灶被农药刺激，开始咳嗽，痰中带血丝。他自己也大意了，没有早早到医院去检查，只喝了些治咳嗽的药水。直到后来，两腿无力到不自觉下蹲，他才想到进城检查。根据症状，医生马上开出一个肺部拍片的单子。我和干哥搀着义父，一步步小心地从四楼下到三楼放射科，义母跟在后面。拍完片后，放射科的医生很快站起来，特意招呼小干哥和我到一个角落讲情况，并特意转弯背对着义母。义母后来说“医生叫你们两个这样去说话，我就知道情况很不好”。的确，放射科医生对我们说：“是肺癌，晚期，而且大脑里也有肿瘤，压迫了神经，所以他的脚不好走了。”医生配了些药，义父就这样被“支”回藕塘，等于被“判了死刑”。后来，义父的几个孩子协商后告知我：“无论如何要到上海大医院去一趟，碰碰运气，对你义父，对我们自己，也有个交代！”大概个把礼拜后，义父被送去了上海，医生对他脑中的肿瘤做了激光手术。一个礼拜后义父回到家，我去看他，他躺在床上，彼此对话，我安慰着他，而义父竟说出那句至善又仁慈的话：“我搞成这样，真是对不起你们！”承受不住的我，很快转身，到大干哥家的露台上呜咽、抽泣至号啕。事后想来，我这“只顾自己”的哭声肯定被义父听见了，他一定更加深了对自己疾患的了解与心底的悲凉。我回去后一个多月，小干哥致电给我，电话里传来“老头子走了”的消息。上班的我思虑再三，不论自己身体能否经受此恸，于情于理都必须去！第二天一早，我赶去奔丧。因为悲伤，我没有整夜参加当晚的“唱道”——做法事，前半夜我到粮库前的小妹家过了夜。

义父去了。义母、干姐一如既往，每年的正月初二，等着我们一家去拜年。而在义父生病期间，前来探望、恢复“走动”的义父干女儿，也会带着东北籍的开货车的丈夫、漂亮的女儿，在同一天聚会。我们依然搬出长凳，在家门口晒着初春的太阳，喝着糖茶、绿茶，吃着瓜果零食，享用着义母烧的满桌的佳肴。整个过程中，慈祥的义父在墙上的黑框里看着我们。

后几年，在家无事的义母，来到了我所在的城市，到义父生前的故交、税务系统那位老干部的儿子家“帮忙”，实则是做保姆。但她的活不太多，主要是为在市里上高中的孩子准备早点、晚饭，因为孩子家长还在县城上班。我们去看过义母。义母坦然相告：“我还有一个私心。你大干哥的儿子现在省城读大学，以后找工作没门路，就找阿勇（她的东家），他在县里是个局长。”孰料，后来听闻孙子跟她闹了矛盾，她一气之下离开了东家，“孙子的事不管了，他心中没有我这个奶奶”。

与藕塘的义母一家，若说有点儿“疏远”，也就在这几年。以前义父在时，两家人也有点儿“不愉快”，当年有次父母生了义父他们家的气，原因是义父托一个熟人，想把我家大姐说给义父长子，也就是我的大干哥做媳妇。这太出乎我父母的意料，我父母回绝了。后来我听父母说，当初义父那个高考落榜的大干女儿，与他们断了来往，也主要是因义父想让她做自己的大儿媳。一两年过后，此事余波平息，两家依然往来。

这些年，因为年龄等原因，藕塘我去得少了。几次正月初二我想去 W 同学家，他都说在镇派出所值班；税务所的好友早已下海，做了直销生意，生意做得很大；曾经写小说的乡邮递员朋友，命运多舛，先后进县城、市里做新闻“临时工”，几年前竟突发心梗而故去；曾把玩相机的好友，也漂泊到了西南。

二〇一三年十月，我不幸遭遇了车祸。同样不幸的是，义母的小媳妇在随一家人来看望我的当口，因为有段时间头发掉得厉害当日到同城另一家医院检查，被确诊是癌症，且到了晚期。我住院一月，在家病休一月。听闻小干嫂的情况后，我与家人一起到县中医院看过她。因为义母此前来医院看我时“礼从简”，说“要照顾干儿子一段时间”，但后来一直没来，我想他们定有苦衷，因此也不计较。二〇一四年春节期间，我因病休未去藕塘给义母拜年，在老家也只待一天便返城，而干姐他们也未给我们通电话——其时正是小干嫂病故出丧之期。两家的“不幸”叠加在一起，就难免产生误会甚至隔阂。加之向来豪爽的干姐，不知是何因，那一两年对我们明显冷淡起来。他的女儿嫁到浙北某风景区的一户好人家，我当时还作为娘舅去送亲。有一次，我们正好到风景区去，经过她家，便进去坐了一会儿。临中午了，已做了妈妈、应知礼的她竟没客气地邀我们“吃个中饭”，而她婆家正经营着农家乐。这丫头初三还在我们家住过半个月，内人帮她辅导英语，而且她跟我们的孩子处得蛮好。我自言是自己“失礼”在前——进她家门没有准备“伴手礼”。小干哥呢，在我养病期间，有一日突然打电话给我：“你是否是公务员?”他说自己想到县城买套大商品房，贷款需要人作保，最好是公务员。我说我不是公务员，但我心里嘀咕，即使是公务员，在当下，也不敢贸然作保啊，毕竟自己身后有个家，上有老下有小。后得知，他发妻故去后，很快经人介绍与一个开饭店的离异者结合，他们要在县城买房子安居。

至此，从我十六岁开始，一直持续三十年的这份深厚的“亲戚”情，伴随着整个社会的日益功利化，加之大干嫂说我义母已有轻度老年痴呆症而有时对我们产生误解，便有些淡漠了。在可预见的将来，这份情会更淡。

在此，我不能说是谁的错、谁的过。但眼睁睁看着情的流失，我欲哭无泪，拦也拦不住。

我只能这样解释：即便是父母兄弟、夫妻孩子，彼此也只能陪一段时间，不能同生共死。而在这段情感旅程中，只要我们都真心付出，彼此都感到快乐、亲切、温暖、不被辜负，就是最大的安慰!

地球在宇宙中，是一颗孤独的星球。我们每个人在这世界上，也只能走自己的人生路，终究也是孤独的。彼此相亲、相惜，伴过一段，便是莫大的造化和缘分了。

回乡日记：一个光棍和他的女儿

一

八月初三，阴。

晚上，夜已深。父亲的鼾声如潮水起伏，周围的虫豸在不时鸣叫。我的思绪，回乡的思绪，从打开的窗子向外飘去。

已是第三个夜晚，我听到了那个哭声。夜很深很静的时候，从不远处的村西头田角边传来呜咽声，幽怨又痛楚。

一个男子的声音，一个青年男子的声音，确切地说，已不年轻了，他已是三十五岁的人。然而，此处乡村的规矩是，凡是未结婚的，哪怕已到六十岁，别人仍会称呼他为小伙子。他是他父母膝下最小的儿子，生在古老的乡村，日夜不停地干田里的活，煮猪食，担水……哥哥们一个个成家立业，都分开过了，养活、照料父母的重任压在了他的头上。按理，全家最小的儿子，是深得父母宠爱的，但这一切对他来说似乎根本不存在。家里穷，小学未念的他已下田了。

泣声又传来。在我的印象里，他个子中等，很少讲话。黑黝黝的脸庞，倔强的头发，长年的劳作掩不住他见人就露的微笑。哭，与他绝缘。

时光一轮一轮地转，从几岁到懂事，过了十八岁，又过了二十几岁。别人家的孩子，无论丑的、俊的，都喜气洋洋地娶了或难看或俏丽的媳妇，唯有他的门槛没有新人跨入，就像秋风已来，他“双抢”最后一轮的秧苗还没有插下；或是庄稼已成熟了，却未被收割，稻穗垂到泥上，脱粒了，烂在田里。

当时间越往后推移，他的沉默越让人觉得压抑了。他仍然拼命地干活，脸上少了笑容，嘴里更没了言语。也许他知道，在乡间，哪怕自己再能干，再勤俭，这辈子也注定一个人生活到底，注定在送走了年迈的父母之后，再也无人像他送走父母一样送走他。他的屋子会被生活堆积的困苦笼罩甚至掩埋。他不知自己幼时是如何落下齁病的。村里人有一次在劳动的间隙告知他，他幼时不慎，一口吞下了以为是白糖的一勺子盐粒，致使喉咙喑哑，最终得了严重的气管炎，加之没有及时到公社去看医生，便成了“齁子”。他没有询问父母，去证实这一说法。他小的时候，就见过一个受人敬畏的瞎子在村口大稻场的门楼下给人算命，他可能隐隐约约地知道了一种不可改变的东西——命。他不知村里村外的人既然对他这般了解，为何还用那种目光看待他，仿佛他身上带着一种令人畏惧的力量，一靠近就会被“电击”或被带到可怕的深渊里。在这种已形成定势的认知里，没有哪个农家姑娘会靠近他，她们都被父母及偏见所形成的墙挡住了。

哭声又传来，像是那遥远林间的溪流，从高山上落下，落入无边的深渊——已是第三个夜晚。自回乡小憩以来，每晚，我都被这哭声在夜空中抛来抛去。

二

八月初六，晴。

今天，妈妈择菜准备午餐时，对屋檐下靠着竹椅看书的我说，齁子有女儿了！“有一次，他们兄弟吵架，他二哥当着村里很多人的面骂他断子绝孙。田民当时气得嘴唇发紫，抱着头呜咽着一路回去，他二哥却站在河埠头为自己的得意骂法而咧嘴讪笑。”

原来，一个星期以前，在相隔四十多里的山村里，有对夫妇超生了一个女孩。当地政府发现了此事，硬要他们缴纳罚款，而那小女孩家里又很穷。为了免受处罚，夫妇只得忍痛把女孩送给他人。鹩子听说后，连夜赶了过去，留下多年攒下的五百块钱，抱回了一个“女儿”。他给女儿取了个名，到街上为女儿买了一堆小衣小鞋。孩子刚满月，没奶吃，他打听村里村外有哪个妇女在哺乳，便抱着女儿去央求人家给喂点儿。奶了几回，人家男人翻白眼，他就改到街上去买奶粉。女儿吃奶粉脸上起红点子，他又背着上好的米到机埠轧米粉，炖米糊给她吃。“那孩子好可怜啊，”在一旁择菜的小妹插嘴说，“长得很秀气，两只大眼睛忽闪忽闪的，我们这湾里所有的娃子都赶不上，就是太瘦了。”小妹描述道，“鹩子那女儿，看到了奶瓶，老远就开始舞动小手小脚，眼睛却一刻不停地盯着奶瓶。一旦抱住了奶瓶，她就使命地吸啊吸，直吸得瓶子空空如也。听说晚上爱哭闹，吵得不得了，但只要给她个奶瓶子，哪怕是空的，她也会抱着它，含着那只塑料奶头睡着。”

三

八月初七，阴晴不定。

今天在村口转了转，一堆婆娘、媳妇在张家长李家短地聊着。她们又说到了鹩子和他的女儿。“抱回来那天，鹩子大哭了一场，第二天眼圈红肿了。这以后，他高兴了，走路也好像底气足了。”一个中年婆娘说。“高兴得哭喽。这么一个人，能抱回个这么水灵灵的女娃，算是他的福气了。不然呐，真是个死了也没人送终的‘绝孤徒’。”一个年长的婆娘说。“我看他抱这个女娃是赌气，赌他哥骂他‘绝孤徒’的气。唉，不知这丫头长大了跟齁子亲不亲？长大了是肯定知道自己身世的，也肯定跟她的亲爹亲娘相认。那时，不知她还有没有良心，认不认齁子这个爹，待他好不好。”一个小媳妇有点儿戚戚地说，“如果对他不好，还不如现在送回去。”

“呵呵，现在怎么知道将来孝不孝顺？”小媳妇的话引来了众婆娘的一阵哄笑。

一个瘪嘴的老妇给大家的话题收尾：“女娃子，也是一条命。”“把她养大了，到时招个女婿，可以防老。咱们农人，就这种活法，也就这只算盘。”

四

八月初八，阴。

窗外黑魆魆的，虫鸣依然。明天我就要回城了，本想美美地睡他一宿，谁想夜深人醒，又断断续续听到啜泣声。

还是齁子。

他为何哭泣呢？他至少暂时应该高兴啊？难道他为自己将来如何将孩子养大成人而担忧？

他没有多少文化。他难道为自己的命运哭泣？为此生没能得到女人的爱而哭泣？为没能生儿育女，建立一个完整的家而哭泣？

而在得到这个女儿之前，他有两次差点儿建立了自己的家庭。一次记得是我读初中时，人家说媒后，另一个公社的一位女子跟着她母亲和姐姐一起来“瞧家”，觉得人、家境都还可以，后来却不同意了，因有村人说田民是个“齁子”。事实上，这病至多只是慢性气管炎，有时引起哮喘，并非不能结婚之病，但对方就是觉得他身体很不健康。如果当时农村结婚都必须体检，很多乡村青年都有或多或少的遗传病、后天疾病。到我读高中时，听闻后村有个人，到云贵川陆续带来好多女的，“介绍”给本地老光棍，当然是有报酬的。田民也被“介绍”了一个，孰料过了一两个月，这女的在完全骗得田民的信任并卷走了他的积蓄后跑了。后来得知，那个女的其实早已结婚，已骗过好几个江南农村的老光棍，把骗婚当成一种变相的“生意”，她丈夫也是知道的，但并不反对。

田民这是为自己的命哭？他不是相信命，已经认命了吗？

他心有不甘，但心有不甘又有什么用呢？谁能掌握自己的命运呢？虽然来到这星球上，每个人的生命只有一次，每个男子都应该得到爱情！

五

八月初九，阴，雨。

今返城，一路细雨。

迷蒙中回望我的乡村，它越来越远，直至虚成一个痛点。

在时间的深处，它将会越来越荒凉、孤独，像一个被命运抛弃的年迈的光棍，没有自己的后代、血亲。

汽笛声声，为我吹奏一路哀歌。

铁 栏

自初夏搬入新宅后，我每天早上，都要去小区外买早点。早上七点，我终于像自己年少读书时见过的集镇上的那些“街上人”一样，穿睡衣，着便裤，趿拉着一双鞋，慵懒而睡眼惺忪地走出去。但每每到小区门口，我都能见着一些来自乡间的人，被小区保安很负责地挡在自动伸缩的铁栏杆之外。我时时停下来，在一旁顿个几分钟，看他们与保安说好话，或理论，或递上一支劣质烟，央求保安让他们早点儿进去。保安总是摇头：“早跟你们说了，平时早上八点、双休日八点半放你们进来。”“我这是对居民负责，不然他们物业、居民都要责怪我们。要是被投诉，我们自己的饭碗都不保。”

被挡在铁栏杆外的这群人，一般都骑着摩托车，车后座上还坐着一个，或驾着三轮车。水泥刀、木架、水电包、铝合金、油漆桶……或扛在他们沾着泥、石灰、油漆的肩上，或挂在摩托车的一侧。一只塑料盔帽或草帽之下，是一张张黑、黄、褐色的脸，但脸上结实，有棱角，没有惯常所见的浮肉，相对厚实的唇上叼着烟。对，他们是一支搞装修的队伍。因为这是一个新小区，有七十多幢小高层，三千多套房子。住户陆陆续续地装修，陆陆续续地搬进来，因而，在最初的一两年里，这支队伍几乎每天都在傍晚时分陆续从小区涌出，早上又涌向小区。

这些年，全中国几乎变成了一个大工地，城市里房地产热火朝天。但几乎所有的小区没有一套房子属于这支队伍里的人，而这些房子却与他们紧密相关。这些水电工、木工、油漆工、铝合金工，大都居住在附近的乡村，远一些的是附近几个县里的，最远者来自江西、重庆、安徽。他们的同村人、老乡或兄弟，此前跟着一个又一个工程队，建好了一幢又一幢、一城又一城的房子。他们居于这个“链条”的下环，从事装修。

尽管天天早来，天天都要在小区门口的铁栏杆外等上或长或短的时间，但他们依然不改这种习惯。我理解这种习惯，是因为我也自乡村而来。在乡间，晚上人家一般十点钟前，基本都已就寝，早上五六点钟，鸡叫三遍，房前屋后鸟声阵阵，农人都起床了。男人上田头、地头，或是上集市，女人在家烧饭、洗衣，打扫屋舍。可以说，除了生病者或瘫痪在床的老人，没有爱睡懒觉、肯睡懒觉、好意思睡懒觉的人。我自二十多年前成了“城里人”，也不知不觉地养成了城里人的作息习惯。虽然晚上一般仍是十点前睡觉，周末早上也爱赖到八九点，但每次回老家，早上都不好意思赖床。乡间早上空气清新，田间的庄稼、村里的花树、地里的菜蔬，都迎风挂露，生机一片。我难得回去，舍不得浪费清晨的好时光，起床出去走走看看，感觉魂又回到了身上。这些农村长大的娃子——今日进城的装修工，也与我一样，习惯了早起。田里地里都要兼顾，说不准很多还是一早干完了家里的活而赶过来的。城里装修的活，也像田里的活，要起早贪黑地干，多干一点儿是一点儿，争取把路上来回的时间给补上。

自小在城里长大的人，是很少能体味到这些的。我想我本是这装修工中的一员，若不是很多年前的一个偶然的机会——高考，我可能就是面前这支队伍中的一个。如今，我从铁栏杆的那一面跨过，转到了铁栏杆的这一面，并且生活也跟城里人相仿，但我知道，自己的心还是停留在铁栏杆的那一面。有些农家娃，做了“城里人”，开始用城里人的视角来评判乡下人的言行举止，有的甚至加入歧视外来民工的行列。我不知道他们为何这样，但我自己永远保持一颗农人之心，并以他们的视角来看问题，虽然我如今的身份是所谓的“知识分子群体”“中产阶级”中的一员。

我不是一定要制造这种“城乡差别”，而且，如今城乡之间，也确实在消弭距离。但我以为，保持一颗“底层之心”，能消解我心中的不平衡、狂躁、骄横，使我能更真切地感受到大地的跳动、人间的质朴和温情，珍惜不易获取的物质，葆有善良的品质。这是乡村生活、底层经历带给我的财富，我庆幸自己能持续保持这种心境。当然，我知道，在一个等级观念延续了数千年的国度，有很多人心底期望仍保持这种等级，享受这种等级带来的物质富有和精神快慰；也有很多人在没有爬上等级高端的时候，恨这种等级所产生的壁垒，但一旦爬了上去，又期盼这种等级壁垒不要打破，因为他们要享受等级的红利，他们要通过等级挽回昔日的损失，并在别人的仰视中得到满足和平衡。

等级、差别一直存在，有时赤裸裸地表现出来。

比如去年，我就在城里目睹一本地妇人与一外地人争执。气急之下，那脸涨得通红的中年妇人，脱口说出其认为最具杀伤力的话：“老娘是本地人，你算啥？外地人，乡下人!”

好像在争执中亮出“身份”——“我是城里人，你是乡下人”，就能助她一臂之力似的。

这使我想起二十世纪八十年代初期，我在虹星中学读高中时听闻的一件事。

那次我在学校食堂边，听到河对面公路上有人吵架。双方理论来理论去，“无果”。吵架的一方——一个中年妇人，大呼：“老子是居民，你是农民。”另一方是高年级的学生，一个犟小子。他回道：“居民又怎么样，你是居民你就有理了？居民算个什么东西！”“你们看，他骂我们居民。”妇人转而怂恿围观的镇上居民。有居民真忍不住发话了：“你们吵架，不能骂我们居民啊。骂居民干啥？乡巴佬。”全然不知“居民有理”话题乃妇人提出。那吵架的中年妇人得到帮助，更来劲了，她使出了“杀手锏”：“既然居民不算什么东西，你还来读高中干什么？你考大学不就是想跳出农门变成居民吗？”犟小子像蛇被打了七寸，哑口无言。

现在讲居民、农民没什么底气了，虽然仍常常听见有些本地城里人背后鄙夷地戳外地人，“伢么，外地人呀！”好像捡到了一个大便宜，高兴得呵呵一乐。

奥运会上博尔特打破纪录，绕鸟巢庆贺，据说包括国际奥委会主席在内的“白人”“发达国家的人”，觉得博尔特太过“张扬”，由此丢下一些酸溜溜的话。

看来，在整个世界上，由城乡二元结构演绎、延伸的“身份”证明，都是无处不在的。想当年，北京举办奥运会，诸多西方国家提出质疑，全然不想想自己已举办过多少届，他们骨子里认为中国人“没见过世面”。但除非睁眼瞎，我们的“先人阔”，早在汉唐时就有过一览众山小的高峰体验了。

行文至此，想起一个古代关于“见世面”的故事。东晋时期，征南大将军、汉安侯王敦娶了晋武帝之女襄城公主。新婚蜜月中，王敦上厕所，见厕所内的漆盒中放有干枣，以为是如厕时消磨时间食用的，便将其吃得所剩无几，却不知干枣是塞鼻用的。从厕所出来，奴婢们又端来金盆和琉璃碗。王墩见盆内盛着水，碗中放着澡豆，以为又是什么吃食，便将澡豆倒进金盆，端起来就喝，引得奴婢们掩面偷笑。澡豆是用豆末和药材研磨制成的一种洗涤剂，相当于如今的香皂。

但又想，襄城公主那些奴婢们又有什么可掩面偷笑的呢？无非公主生在王家，生活豪奢，且不问这种豪奢的生活是如何掠夺底层人而得来的，如果这种所谓的高档生活方式，早让王敦将军体验、学习一两次，他也会了，没什么玄奥的。假如让公主和她的奴婢们到王将军的军营里去生活一段时间，我想她们也会闹出无数的笑话，保不定将杀敌的大刀当作切菜的厨具呢。

行文到最后，回到早晨的铁栏前，我想说一句：装修工是敬业的，小区的保安死活不违背规定，不到点不开栅放行，也是十分敬业的！

同村人

老家东城是典型的江南平原小村，无山依靠，水也少，至少与鱼塘港汊密布之水乡不相称。村民虽谈不上狡黠，但也不活泛。懒散是相当一部分人的精神状态。

从东城往南走几里路，可抵一个叫港口的码头。它是源自西天目山的浙北古老河流——苕溪，奔向太湖的一个驿站。如果我将河流比成树的枝干，那么老家就是这枝杈上结出的一个果子。

码头沿河，形成一条港口小街，实为一小集市。当年我到南部和平山里的中学求学时，还没有建起港口大桥，只能坐船到对岸。开始是木船，要摇橹，后来是水泥船，马达做动力，然后再步行到和平。如果想从老家到菰城——一个想象中华美高贵的大城市，只能老老实实在港口乘坐从上游梅溪下来的客轮。客轮从西苕溪一站站驶下，在快进入闻名遐迩的太湖前停下，即达终点，也是最大的码头——菰城。

如今，在快进入当年的老码头的西苕溪边，我耗费了半生的气力，在一个新村置下了一个约一百平方米的居所，夜夜听着我小时候就在东城听惯了的船舶声，悠远而阔大。

晚饭后，绕过小区栅栏，我在西苕溪边漫步。望着日益不息的东逝水，我猛然醒悟：就是这条河流，连接着我故里的家与在千年古城新置的家。从故里东城的码头驶到菰城的码头，直线不过一百余公里，我却耗去了三十年光阴。而人生也是一条河流，从童年码头驶向中年码头，我观赏了许多意想不到的风景，也感受到飘飞于舷窗前的风霜雨雪。

叫我叔叔的一个族亲，名小虹，家住我东城老宅的西南角，隔着一段泥路，不到百米远。大伯家在我家正东面，彼此间隔二十米。堂姐朵芳，是大伯的小女儿，与我同年。

我们三家，不但是同村人，而且无论居家区域还是血缘关系，都很近，算是一家人。但长大后，彼此都走着不同的路。我年少时身体不壮，但机灵中蕴藏着“文气”。苦孩子出身的我，随着岁数的增大，越来越觉得自己将来不能待在农村——干农活太苦太累，我瘦弱单薄的身体承受不起。我几乎是因为害怕、逃避，才加倍学习，以跳出农门。直到最后，如愿以偿，我成了行政村里第一个本科生，成了当时村里的玩伴羡慕的城里人，那时是二十世纪八十年代末。

倒不是我刻意要与堂姐朵芳、族侄小虹保持距离。事实上，我因为自顾自读书，无暇或不谙世事人情，与年少时的大部分玩伴、小学及初中同学没有太多往来。

朵芳是我小学同学，但好像只读了一两年初中就辍学了。小虹小我很多岁，她父亲一直想将她培养成才，她自己读书也很用功。我后来得知，她初中毕业后上了技校。而就在小虹读技校、我大学毕业参加工作之时，朵芳堂姐已出嫁了，夫家在远离故园却靠近菰城郊区的一个小村。说实在话，那些年里，多年未谋面，我不了解她们后来的生活轨迹，偶尔回老家，讲起村里村外的事，与父母闲谈也是有一搭没一搭。

时间是个魔术师，他在人间变换无尽的花样，有时他一个动作，掀开帷幕后的绝活，能让人目瞪口呆。

我要说的一个“突发”情况，发生在半个月前的一个傍晚。那日我正在新居前的苕溪堤岸散步，突然听见背后有人叫我“叔叔”，回头一看，是小虹。“你怎么——”我以为她正巧进城有事路过。她大方地向我介绍她身边的男子——她的丈夫，还有她怀抱的娃娃，是个女儿。“你知道吗？我们现在又住在一个村了。我也住在这个居民小区。”“我妈说叔叔你最近也搬进了这里，我就想我们肯定会碰到。”“我在××幢六楼，有空过来玩。你是在×幢三楼吧。”我怔住了，只“噢噢”而答，无话可说。

小虹技校毕业后，曾在菰城一家文化企业编小报，小报因故取消后，返回老家所在县城，去了一家私企，后找了一个有点儿背景的男友。可能是男友背景的作用，但也少不了小虹自己的努力，后来她考进了电信。几年工作下来，她在所负责的县城东部几个富裕乡镇跑业务，因工作出色，经济收入丰厚，早早地买了轿车，并将父母家的老房子修葺一番，还协助父母建了数间新屋给大弟娶妻。她自己呢，说是为将来孩子念书，反正赶在我之前，在我们现在同住的小区买下了一百五十多平方米的大房子，而且在三十公里外的县城也有房子。

我当年走的是读书进城、国家分配工作而安稳过活的路径，像当年的渡船，一摇一摆，缓行至今，不但未买上轿车，还为房贷而日日受压，一如承重的橹舟吱吱呀呀。至今，无论是所谓仕途还是经济状况抑或是“做学问”，我几乎都一无所得，一事无成。

在这些年的商品经济大潮中，小虹走的是一条高速公路般的进城路径。她读技校没有分配，农家孩子也没什么社会关系，但也因此没有“铁饭碗”的羁绊；她们无着落、困顿之时，也未必不是了无牵挂、轻装简行之时。她们在打打拼拼中，学会了自由泳，学会了坚强、忍耐和抓住时机，敢闯会游。

更巧的是，就在两天前，又一个画面突然出现在我的眼前。我在房子装修快结束，在小区寻人做铝合金时，竟意外地碰到了正在忙活的阿民——朵芳的丈夫、我的堂姐夫。他惊讶于我的新居也安置在这个新村，因为他家的新房子也在这里。他在递给我香烟的同时，指着新村的后边说："××幢十一楼。你姐这几天白天在菜场卖菜，晚上都在家。你过来，让你姐炒几个好菜，我们喝一杯。好多年没好好叙叙了。"阿民还称，这小区的铝合金几乎都是他带个几个徒弟装的。"你家这点儿活，我给包了！"

难得抽烟，我猛吸一口，呛得不行，一股难闻的味道从嘴里喷吐而出。"我们这个房子，两百多平方米吧。我们哪买得起，是拆迁补偿的。我们村被划入开发区。土地被征用后，我们村里一部分农户被安置在了这里。还有几十万块补偿金吧。"姐夫阿民絮絮而谈。

分别后我站在新居的窗前，看着阿民渐行渐远的身影，思绪连绵。堂姐从菰城郊外的一户农家，最后也进入这个新村，走的是一条不同的路。不是我当年走的水路，也不是小虹走的高速公路，而是一条蜿蜒的乡间公路。

夜晚，星垂平野阔，小区新村的灯，闪闪烁烁。它们像是诡异的眼，看着我，让我琢磨不透其黑幕后的神秘幽邃。

我心里有某种不平衡吗？是的！

"三十年河东，三十年河西""富不过三代""此一时也，彼一时也"……这些名言阐释的某些真理，无须我此时再来赘述。

她们今日的生活，是她们努力打拼出来的。她们也许达到了曾经向往的“做城里人”的目标。也许，一夜之间，她们突然觉得一切并非当年的想象——“也不过如此”。也许，她们也很“满足”，当年“有出息”的我，如今过得未必比她们好，至少从物质层面来看。也许，她们什么念头也没有，只是我的心绪被搅得一团浑水。

我有我的世界，她们有她们的生活。曾经的同村少年，现在又住在了一个“小村”，我们应为彼此的再次相见、相聚而高兴，虽然我们经历着不同的人生，再也无法回到曾经的年少时光。在同一小区里，如今我们看到了同样的绿化树、假山、雕塑，登楼能看到同样向东去的苕溪水。我们自此会有更多见面的机会，见面后会更客气。在最初的虚荣被现实剥蚀之后，我们都会明白，任何一种生活，都是时光河流的不同微波。当年有“出息”的我、今日过上“好日子”的她们，一如苕溪水面上的浮萍或沿河聚集的叶子，在夜晚的河面上波荡。忙完了一天的生计，对着窗外星光闪耀的天空，我们同样会想念家乡，因想念而落寞、孤独，虽然这份情愫彼此已不能沟通和言说。但星空下，忧伤有着同样的诗意，诗意有着同等的含金量。

“富贵贫贱，总难称意，知足即为称意；山水花竹，无恒主人，得闲便是主人。”

我期望，以后的日子，她们在想起故乡的时候，也会想到我也在想念故乡那些水流的细语，那些泪水的光亮，那种星空下无垠的忧伤。——如此，我们才又是真正的“同村人”。

县 城

我必须承认，即便在现在这个中等城市里生活多年，我还是牵挂着乡村。很多人将其比作乡愿。直到近年，我一次次回乡，对自然和人文生态已“今不如昔”的乡村感到失望，记忆中的那个乡村已远离现实，并在记忆里不那么“折腾”我的心绪，我才将心灵的寄居地，逐渐移到城里我生活的小区，更直接地说，是我那一百二十平方米的居所，以及这个居所承载的家。

在牵挂乡村的那些年，我不能不说，城乡的差距以及二元对立产生的张力，一直存在于我的内在世界。它明显产生的延宕作用，就是我对“乡下”“城里”二词十分敏感。当然它们加个后缀“人”也就成了两个场域的主角。“乡下人”“城里人”之身份，以及他们的生活方式、思维习惯、情感表达等，几乎占据了我的内在世界。至少在言谈举止、待人接物方面，它们一直在影响着我。

像每一个乡村少年一样，在成为城里人之前，我一直向往着县城，县城就是我梦的天堂。到县城去是我读书、“跳农门”的主要动力。而我在参加工作后，曾在县城生活多年。最后移居到一个地级市后，我回望、感受过往和现实的种种，我又对县城文化爱恨交加。

学者张旭东在《消逝的诗学：贾樟柯的电影创作》中分析贾樟柯电影的意义时，间接地提到了“县城文化”。他认为关注“县城”是重要的，因为县城“是一个泛化的中间地带，当代中国的日常现实在其中展露无遗。县城没有清晰的边界或鲜明的城乡差异、工农差异、高低文化差异，因而它成为各种（无论是同时代的还是错置时代的）力量和潮流的汇集地”。

我如同飞鸟衔着的种子偶然降生在江南水乡的小村里。成长的岁月里我明白，如果没有外力加入，我不会对外部的大码头产生向往。乡村有一套它自己的生活齿轮。待我长大，我绝对会像村里其他男子一样与本村或附近哪个村的女子，结婚生娃。娃长大后结婚生娃，我因此得做爷爷。如果跟隔壁那个罗大爷一般有福气，我还能见到孙子结婚生娃，抱上曾孙。如此，在世间走一趟，循环了庄稼人的一生。但我长大后从书本上知道了外面还有大世界，要比我们所住的东城村大得多，有“神州大地”“五湖四海”，有北京，有国民党反动派逃亡的台湾，有朝鲜，有美帝国主义所在的美国……总之，世界很大，天安门城楼光辉万丈。

现实中，我即便不出村，也知道有实实在在的公社——村里的高音喇叭中，常传来“公社通知”。公社的“上级”，是更大的县城，县城也是实实在在的，因为村生产队的氨水、化肥，是村里的劳力从县城用船摇回来的，村里的三个知青阿青、小章、建英，是从县城下到我们村的。至于县城上面的市、市上面的省，那又是“虚”的了。我只听说过市里有座高耸的飞英塔，村里小伙子说它是从我们村大河中央飞去的；省里有西湖，那是“天堂”，我最早看的《西湖民间故事》一书中的玉龙和金凤，就跟它的形成有关。

成长中，少年的心，痒痒的，萌动着，涌起了小小的潮水。村里人都说，农村孩子只能走读书和当兵两条有“出息”的路。如果能够去往县城，则简直是祖坟上长了蒿草，前世积了阴德。

我没与村里几个知青接触过，我那时是小毛孩，这些县城下来的人也不愿与村里的大人交往、攀谈，更何况是我们这些少不更事的孩子。他们到我们村里来，是虎落平阳、龙搁浅滩。无论在城里是怎样的平凡角色，在我们这只有百十户农人的小村，他们都是贵人。村干部对他们很是客气，生产队队长还认了其中之一的“建英”为干儿子；同龄的农村男青年，很是羡慕他们的出身；老辈人爱护他们，说他们到底是城里人，识文断句，有礼貌。而对他们最感兴趣的，是村里的一些同龄的女孩子，她们在心底里想跟这些男知青接触。但女孩天性中的羞怯、城乡差异、文化认知等，在他们中间形成了河流，流水是灵动的、潺潺的，但蹚水过去，心还是忐忑的，甜蜜中带着绝望。也有胆大的，英子就是一个。她不知用什么办法迷住了知青小章，他们在村里结了婚。后来知青回城，小章进入了县里一家工厂，英子虽还留在农村，带着两个儿子，但生活是自在的，在村人的羡慕和恭维中，特别享受，以至于她后来抽起了烟，喝起了酒。村里妇女尤其对她友好，因为他男人在县城上班时，每个月都会发十双白线手套。妇人们想办法用鸡蛋等物品跟她换白手套，换回来拆了，再编织成孩子御寒的背心。

我读初三时，第一次到县城参观县化肥厂。我在县城里晕头转向。城里有高房子，有整齐宽阔的水泥路，有食品店、书店、衣服店……尽管那是一九八三年，物资远不如今日富足，但那足以在一个少年的心中激起波澜——公社之外，果真有县城这么庞大华美的码头，那是我从未想到、迄今能看到的人间最好的日子。这些正眼不瞧我们一次、好像人人都在心里盘算着大事业的县城人，怎么那么走运？一个个都是怎么到的县城？天生出生在县城，还是当干部从下面调上来的，还是因读书、当兵而来的？那时，在我们那个公社，当兵确实很风光，一个村一年也就有一两个名额。但据我的观察、村人和父母的言谈，当兵转业的好处，不是像隔壁村的阿平一样分在港口街上的供销社，神气活现，就是像叔辈堂兄一般当了村干部。而通过读书考上大学的闻所未闻，初中毕业考上中专的也是凤毛麟角。他们毕业出来不是分到乡里管林业、做农技员，就是到公社的初中、村小学教书，护校毕业的，到乡卫生院当护士。很少有被分到县城的。

对于这些在县城生活的人，我更好奇他们的“来路”，羡慕他们天生好命。

有一年，我因为参加“路教”，在一个叫槐坎的浙北小村待过一个星期，基本上跟村里的“面上人”混熟了。其中一个少妇，因为有些关系，依傍着权势，在小村里像个高傲的公主，是“人上人”。她身材高挑，皮肤白皙，也很丰腴，总是穿着裙子，在村里窜来窜去，一条黑长辫子，很是扎眼。因为她们村离乡政府所在地很近，她每日必去乡里的小街，在这个地方坐坐，到那个店铺里聊聊，中午总有饭局叫上她。总之，她在乡镇的那条街上，也成了一道风景。那日赶巧，我们参加“路教”的成员要去县城，并要当日赶回，村里派她陪同。大家正准备走时，她说有事，让车在路边“等一下”。她家就在附近。一刻钟不到，她出来了，全身上下换了一套衣服。我们不解，路上有人问她：“上趟县城又不是走亲戚，干吗还焕然一新？”“主要是我们太土了！”她说这话的意思是，县城是“高等文明人”居住的地方，只有换一身好看的衣服才匹配。到了县城，下车后她还用顺带的卫生纸，将没什么灰尘的鞋子细擦一遍，用手不停地掸衣裤，然后摸出一面小镜子，照照自己的脸，梳理一番自己的头发，让我们这些男人在一边直瞪眼。我们这一批参加“路教”的干部，都是从市里直下到村里的，对县城——这比市低一级的行政区域所在，摆出一副高高在上的姿态。村里的这位“公主”，时时用县城女子的标准在打造自己，以永葆她在槐坎这个山旮旯里的优势地位。

终于有一天，我经过奋斗在一个地市级生活了。我没有丝毫得意，相反却觉得索然无味，因为那与我当年想象中的世界大不相同。回老家，夜晚串门，我与年少时的伙伴闲聊，竟得到他们的夸赞：“你一点儿架子都没有，一点儿派头也没有。”

很多人一方面与乡镇、村有脐带般的联系，从老家索取粮食、蔬菜、特产，另一方面又拼命抵御“穷”“土”的侵扰。多年前，我常听闻在县城读高中的学生，让送衣被、米菜前来的父母或兄妹直接将东西置放在传达室或其他地方，而不愿与他们见面。在县城出生长大的孩子，一般较少跟来自农村的孩子结伴，成为密友，而只愿与同在县城出生的同学交朋友。在县城里生活的成人更是如此，梦想能进入市里、省城、北京、上海，如今则更多地追求去国外求学，最好通过工作、婚姻等定居国外。县城机关里，只要是上级来的人，无论是领导还是一般干部，用他们敬酒时的话说“都是我们的上级、我们的领导”。县城里很多做父母的，想尽办法“往上爬”，同时在子女身上投资，给他们灌输“一定要想办法走出县城，到大城市混出名堂，给父母长脸”的思想。县城的优秀学子因为读书、当兵的路没有走通，就想方设法通过亲属、同学等人脉，更快更早地离开县城，到更大的城市里去。哪怕能走出一步，到市里，也比一生待在小县城里强。

而人一旦到中年，混不出个出路，闯不出名堂，注定继续待在县城，那么，吃喝玩乐就成为消极的选项。县城里有追求时髦的，也有人讽刺挖苦有追求的人。有一次，我们有事要找某个县文化馆的一位地方戏名家。有着“浙北小梅兰芳”之誉的这位艺术家养着长头发，在县城名气大，喜欢穿一身红衣服穿城而过，甚是醒目。在我们一时寻不见而向文化馆附近的人打听时，多人带着讥讽的言辞说，“街上穿着红辣椒、头发赛过刺猬毛的那位就是”。后来县里的一名同学说：“如果在北京、上海，最起码，在省城吧，他这一身装扮与‘艺术家’是相衬的，但在小县城里就不能被容忍，更不能招摇过市。谁不知道你呀！”我明白了，如今的县城虽然人口以十万计，但仍是一个“小地方”，是一个熟人社会。大家似乎知根知底，不需要你的“创新”。你通过服饰、身体语言来表现另类，那他们就认为，你其实跟大家一样潦倒，没有必要装得好像与众不同。追求与众不同，在县城人的理解里，你这样就是你自认比别人高一等，至少高明一些。他们不能忍受，便用讥讽来表达对你这种“创新”的否定甚至不屑。

来自一个小镇的小 C，当年在县城里轰动一时，因为他高考不但考了全县理科第一，而且还是全市裸分第二名。当时，他父母精神焕发，整天沉浸在孩儿前景广阔、自身将逐渐摆脱困窘面貌的喜悦中。尤其是他做教师的母亲，与人言必谈孩子，他人总是在真羡慕半嫉妒中恭维她，议论、设想着她孩子的未来。孰料几年后，大学毕业的小 C 在北京事业发展不理想，左思右想后，毅然决定再返故里，在小县城开起了书店，办起了培训班。尽管他收入不菲，培训班办得有滋有味，但母亲仍觉得他“不争气”，辜负了父母的期盼。此后，母亲遇到同事、熟人，尽量避开，避不开就尽量不参与有关孩子的话题。

这些年，随着城市化进程的加快，无论是拆迁还是发财后进城买房，一些城市的小区里，不同的乡音成群出现。我一个同事，住在城东，因为离市郊较近，空气好，当时购房时价位也不是特别高，他开始很满意。但半年下来，他不爽了，原来他的居室附近，有一批来自太湖边的一个小镇上的人。这些靠卖童装发家的“泥腿子”，进城买房子都买在一起。熟人、老乡，彼此有个照应，串门也比较方便。总之，他们将对乡村和对社会的认知移植到城里。因此，我这位同事愤恨地说：“他们想做城里人，但生活方式、行事习惯，还是和地道的农民一样。但你要是跟他们交流，言谈时一不小心触碰了他们‘原来是农民’这根筋，则比打他们一顿还让他们不痛快。”他们的生活方式，实在让城里长大的他忍受不了。他举了一例：双休日想睡个懒觉，一清早就听到不是东家就是西家，操着浓重的织里口音，扯着嗓子“阿三阿四阿五阿六”地叫，说是新近又发现了城中有条巷子里，开了一爿面店，大家一起去尝尝；晚上呢，楼上乒乒乓乓搓麻将，声音喧哗，夜夜不息。

因此，“县城”以及典型的县城文化，在城镇化快速到来的今天，我们真的还需思虑：我们准备好了吗？

偎在时间之畔的桥

有人说当你开始怀旧时，你已经开始老了。我的理解是，怀旧是对过往岁月的反刍，咀嚼的是与自己心智有关的一些故事与情结，为的是继续努力生活，提炼时间深处的真金白银。

“家乡的桥”，是被写滥的题材，一如家乡的河流、家乡的老屋、家乡的田野。熟悉文字的人，一见这个题目，头脑中总会浮现出无数重叠的记忆以及一贯富有人情味的面孔，无非游子回望，情意满怀。文字背后的人，不外乎仍在异乡，肠断天涯，过着一种平平淡淡的日子。

因从不认为老家是典型的水乡，故我未写过老家的石桥。今日，借用纸笔回望一次，也算是一种确认，确认有一些老石桥架设在我的故里及我曾经陆续生活过的地方，以及那些已过去却又与当下、未来相连的时光里。

狮子桥，是紧临我老家东城的一个自然村的名称，现实中有一座桥与它对应。老石桥就在我们村小学后面。此桥两面挑出的天盘石（桥耳朵）不是狮子，而是龙头。龙生九子，这桥上的龙据说是披鳞甲的蛟龙，是龙的第六子，最喜欢水。狮子桥又名兴福桥，十米长、一米宽的桥面，由紫色的武康石板铺就而成。桥身砌筑的石头还有太湖石、花岗岩，皆是不同年代修葺的明证。我多次踏上它的身躯，风里来雨里去，是在读初一时。那时公社改乡，本应就读的观音桥中学正在兴建，我们临时借厚全村一生产队的两间公房当作两个班的教室。春夏下雨天，我们打着赤脚走在狮子桥上，桥板硬实，有点儿滑溜，但石板上的沙粒能产生相当大的摩擦力，使瘦小单薄的我们不致跌到小河里。晴天，我们在放学路上一路戏耍，不敢在桥面上使劲蹦跳，以免伤了鞋底。到了雨雪天，一路泥泞，狮子桥是我们休憩片刻的地方。那时虽有双破雨鞋穿，但时常没有袜子，或穿双破袜子，因雨鞋口浅且有破洞，到桥上时已里外皆湿。我们在桥上定定神，看看前面的雨雪是否更加厉害，整整衣物和书包，将雨鞋外边的泥在桥沿上刮掉，将湿透的破袜子脱下，从书包里找一些废纸塞进雨鞋，光脚穿着破雨鞋再出发。狮子桥，是一个小小的驿站，见证我们窘迫又坚韧的成长过程。

初二开始，我到观音桥上学。紧临中学的观音桥，是承载我们的少年时光、陪伴我们读书的第二座桥。当时的观音桥乡因此桥得名，但我不知它的历史掌故。桥是新建的，它肯定不是曾经的那座老桥。它是不是在老桥位置上新建的，我也懒得去问。当时正是贪的年岁，我贪吃贪睡，进入青春期后又“贪色”——对同班一名女同学总是想念，一日不见如隔三秋。她当然不知我深藏的情愫。隔了一段时间，又对一个初三年级的、住观音桥街上的窈窕淑女心生喜爱，全校早操时我在后排盯着她的背影出神，以致做操时错跟广播号令。当然，作为祈求跳出农门的贫寒子弟，我那时也“贪学”——读书异常刻苦，成绩却不尽如人意。那些日子，面对各种“饥饿”、迷茫，我恍惚又慌乱，轻快又沉迷。夏日吃过午饭后，学校规定要午睡，我们哪睡得着？那时，收音机——几乎是乡村唯一的“电器”，午间播出刘兰芳播讲的长篇历史小说评书《岳飞传》。这样，午睡时间不能说“打发”而可谓享受了。偶尔一听，我们就上瘾了，初三迎考期间，学习很紧张，对它的渴求也不曾停止。

自己家里是无条件备上收音机的。当时，住在观音桥街、成绩不咋的、家里条件颇好的一名男同学，有一个微型收音机，常在同学中显摆。他选择一些成绩尚好、品行优秀的同学和他听广播。每日午睡时间，他提前拐进了观音桥穹顶中的一个大桥洞里，我们像耗子避猫一般绕开值班老师，从不同方位潜入那个桥洞，然后享受评书大餐。我们缩在桥洞里，有人面南，有人朝北，视域里水面开阔。我们出神地听着，不时也向微波荡漾的水面望去，岳飞、牛皋和金兀术交战的场景，好像就踏着水面，穿越千年时光而来。这每日短暂的享受，水一般悄然滋养着我们的心灵世界。由此，午睡时光，像春天的物事——春风、春雨、春光，在紧张学习的间隙、青涩青春的迷茫中，精准楔入，倏然打亮。它成为一截汁液丰沛的甘蔗，一股吹开心窗的晓风，一泓浇灌干田的清泉。而桥，则是让我们放逐心灵的一个平台。

在观音桥边读书的那些日子里，我们还不时利用体育课后的休息时光、下雨天的午间时光，前往附近的张费、宋高等村，去同学家游玩。途中，我们经过了多座或长或短的、新式洋气的新桥，也经过了藤萝缠绕的老石桥，但如今想来也只记住了杨家桥等几座桥的名字。

虹星桥，现在是我老家所在镇的镇名。童年与少年时，我从未把故里与水乡紧密地联系在一起。原因是我想象中的水乡，应鱼塘密布，舟楫往来，菱藕常丰，不如湖州底下的菱湖，最起码也该像隔壁那个养鱼产藕的吕山乡。

虹星桥镇上共架有三座老桥。从在镇上的虹溪中学求学的二十世纪八十年代中期至今，老镇幸好较完整地被保存下来。前年我带着孩子偶尔走了一圈，当年的一些桥梁、粮库、店铺还大致存在，这于我怀旧的心，是极好的慰藉，但也让我很感伤——一为时光的飞逝，当年那清秀的少年如今已成肥头大耳的中年男子，一脸无聊、俗气；二为当年我在桥东南学校里度过的求学时光，那时我生活困窘，自卑怯懦，学习成绩不好，对前景感到迷茫……

虹星桥老街主道为南北向，中间有长兴港穿过，由西向东流去。虹星桥是一座二十世纪六十年代末建起的老桥（经查，建造时间是1969年，我出生的那年。冥冥中它跟我有一种必然的关系），像一枚别针，衔接南北。其时，镇上主要的店铺如食品店、理发店、农具店、厨具店，还有一个新华书店的分店，皆在老桥的北面。住校的我们，利用午间或放学后的时间，跨过虹星桥，来到那不到百米的老街，度过“逛街的时光”“贪食的时光”“休闲的时光”——像湖水一般无边无涯最快乐的时光。经过馄饨店、糕点店、副食品店时，我一般让眼睛稍稍过瘾就旋即溜开，怕自己抵不住美食的诱惑。每个星期，家里只给我两元生活费，吃菜、理发、买牙膏肥皂的钱，全在里面。偶尔省下几毛钱，我就到那爿纸质发黄、灰尘洒落的新华书店分店逛一逛。那时见不到什么名著，我对连环画感兴趣，前后买了很多本。一个高中生有滋有味地看连环画，这没什么好笑，因为在那个年代，我将其当成营养品、慰藉物。小时候，我从未占有它们。

跟我读书有关系的桥，还有港口大桥与和平老桥。一九八六年下半年，我在家里病休一年。于虹溪中学继续求学不得而转到和平中学后，我到和平老街去读高二文科班，必定经过这两座桥。港口离我家较近。西苕溪自安吉天目山而下，那时上梅溪或下湖州，都得到港口码头乘轮船。港口小街是我童年和少年时代去得最多的小集镇。我到和平读书时，港口大桥还没建，因此我必须乘渡船到对岸的施家村，然后上岸再赶路。和平老桥是必经之地，这座名为“嘉福”的明代石桥，长数十米，皆用黄色的石条架设。桥下面的河水非常清澈。河两侧，有茭白、水草闲适地生长。河当中浮着野莲或菱，黄白的花蕊十分醒目，不时有成群的穿条鱼来回穿梭、游动。那时的水，多么灵动啊，蓝天、白云的倒影浮现于水面上。扁担挑着书包、米袋，我的身影也借助东面投来的阳光而投于水面上，悠悠地荡漾。蜜蜂采蜜，麦穗灌浆，都在山野、田间进行。在这无言的行进中，我的思绪，对未来的向往和期许，也在悄然酝酿。

一年后港口大桥建起，水泥钢筋砌筑而成，跨在奔流了几千年的苕溪之上。我来回几次走新桥，心情畅快，因为学习成绩出色，因为大地上吹拂着“改革开放”的春风。大桥两岸的村庄和房屋、桥下来往的大铁驳、在桥上往西眺望即可见到的被挖切的青山……让我见证着时代的一种变迁，知道了什么叫“日新月异”。所有的东西都可成为商品、金钱，历史和美没有用处而被搁置。因此，港口大桥与和平老桥，虽各有各的美，但那时我还不能体味老桥的老味，一切唯新是爱。

去和平中学经过的两座桥，“助”我翻开了新的一页——我考上了大学，似乎逃也似的告别了农家苦日子。我坐车在桥上经过时，如同腾云驾雾。但没想到，几年匆匆而过，我很快又留恋起那些乡居的日子，节俭简单的日子，思绪和心情“原生态”的日子。我一度还能在假期暂时回到乡间老屋，还能再次站在港口大桥上看四面的风景。但多年后的今日，这一切风景几乎全然消失了，不仅是因我的心境在改变，乡村的自然和人文景观也在不可阻挡地改变。

钱塘江大桥能够归为“家乡的桥”吗？我不知道。如果我大学毕业后到京津沪广工作，乘着骄傲嘶鸣的火车或不知疲倦的长途汽车从钱塘江畔经过，我可以将钱塘江畔视为我的“心灵故园”。我曾经与同学在杭州湾观赏雄壮的钱塘江大桥，曾听闻的桥梁专家茅以升当年建造它、在日寇侵犯时有限度地毁掉它，中华人民共和国成立后蔡永强在桥边舍命赶惊马的故事以及夏日与几个室友潜到大桥下游泳等往事皆是我的精神财富。

我要特别感激的一座桥是湖州城里的潘公桥。在潘公桥北堍以东的市陌路小街生活，是我从大学走向社会的真正开端。此前作为单身汉，我一边工作，一边在这座水乡小城的西门、吉山等处租房子。在重回市陌路小街的那些年，我成家、生子。晚风中，我常拉着孩儿走过市陌路小街，穿过新潘公桥，在田盛街上漫步，每每登上老潘公桥。站在桥上的石墩前，举目四望，我引导孩子看这说那，观赏着老桥的望柱、间壁石、拱券、金刚墙、浮雕、造型、文字。那些情感，我多年前写在了《潘公桥下》的文字里：“多少次，我独自伫望着你，从熹微的晨光直至阑珊的灯火。黑夜中，空阔而浩大的星空下，你陷入泥土深埋的寂寞。因了明代一潘姓的治水专家，你如一轮弯月，停泊在这溪流之上，已四百多年。岁月与人间的温情，在你倾斜的怀抱里，从冬雪流向春夜。”“我感激潘公桥下的生活，若不是门前的苕溪之水在缓行，你会觉得生活是静止的，仿佛水车在唱着柔曼的歌。”

不知不觉中我写了上面这些桥，都将它们冠以“家乡的桥”。我知道这个词语的内涵已很俗，不能给人以新鲜的审美体验。我曾试图将其改为“家的桥”“家·桥”或“故里的桥”“家园的桥”，但总觉得不太妥帖。如果写成“与我生活关联的几座桥”，能实指，但也只是实指而已，无法盛放更多的情感和想象。

无论怎样，这一座座桥，都像是一只只有力的托举之手，牵引着我，由此处向彼岸进发，由生涩、羞赧、青葱向成熟、老辣、历练进发，由贪玩孩童、迷蒙学子、单身青年向着肩负责任的丈夫、父亲进发……它们都居住在水边，成为时间、空间中的一种美好象征。

蛇年春晓，我在故里狮子桥拍的几幅照片，引起了对江南桥文化颇有研究的同人的注意：“这可是一座元朝的桥啊。这上面的几款雕刻石料，是宋朝时留下的。可以说，这是我目前见到的长兴县最古老的一座桥！”已考察超过六百座老桥的同人的惊诧之语，也让我异常惊喜。不想最早陪伴我成长、最不引人注目（有一年差点儿被人毁掉，后报县博物馆人员，近年才被列为县文保单位）的老桥，竟有着这样悠久的历史与传奇，犹如作家贾平凹在《丑石》中讲述的故事。而后，同人立马为我调出他所存的资料：虹星桥，不仅是典型的水乡，迄今还存有三十多座历代遗存的老石桥。它们散布在不同的自然村落，有的已废弃，被青苔、藤蔓环绕，有的已倾圮，几近湮没，有的还在使用。同人继而说：“你老家不仅是水乡，而且是苕溪文明最早哺育的地方之一。”“先民们为何在这个地方或是那个地方造桥？为何选用这个或那个式样？他们当时用的石材取自何处，为何后来不用武康石而改用花岗岩？这座桥还是最早建造的那座吗？中间是否改建、重建？重建时是沿用了部分旧石材还是采用新石材？这座桥的得名缘何而来？桥上的雕刻是那个时代普遍存在的，还是具有地域特性，抑或全然是独创？桥上的文字、桥联的书写，昭示或反映了怎样的信息？……”

他一连串“技术性”的发问，让一个停留在桥面上观风赏雨的诗人无言以对。

是啊，我了解这些桥当年建造的缘由吗？是某个发家做官的人为积功德而造的，还是附近的乡民因某人号召而捐款建造的？当年那些不同材质的石料（武康石、太湖石、花岗岩）如何运抵现场的？建造者如何请来技艺高超的工匠，费了多少时日而建？建成后，它们经过了多少自然的风雨和人世的战争、灾祸而依然挺立？——这些时间深处的姓名、经历、故事，我一概不知。

蛇年春天的某个雨天，我与同人及一位文化爱好者重回故里。第二天，我在博客中如此写道：

“车行不过一个时辰，心里倏忽却飘荡于三十载风雨中。

“路、桥、老屋，曾经的校园，岁月涂改的面容，奔流而去的江水一一略过。

“我，一介凡夫，无他人羡慕的荣光，却也不妄自菲薄。只是，雨点之足，在故园的村庄田野已难有欢快跳跃的草尖。也许只有那些河畔的春柳依然不弃，她们谦卑地立于河湖之畔，以一抹绿色迎我、慰我。

“兴福桥，是伴随我童年时光的第一座老桥。今年为保护古桥老屋奔走的一位镇领导说，昔年从泗安经蠡塘往西苕溪到湖州，舟楫就是过此桥洞而行。同行的谢君、蔡君认为，当年马可·波罗在游记中提到的虹星桥镇，与此桥属同一时代，他可能就是借此水路而至此处的。

“故里村名‘东城’，传说是个米市。而作为种植业繁盛的古镇，东城及泗安、蠡塘，当年所产的大米，就是通过桥下之河，运抵湖州的米行街——我在湖州工作的诸多时日，就住在河的对岸，目睹过潘家廊被拆以前的热闹景象。

“一座桥，一条河，就这样连接着我这凡夫相当长的生之轨迹。”

熟谙江南桥文化的同人所做的全然是一种科学的考察。他在博文中如此而写：“虹星桥厚全村的兴福桥，俗称狮子桥，有可能是湖州境内最早使用太湖石的桥之一……”“兴福桥最有特点的是压券太湖石上的雕刻，有卷云纹、方胜纹、乳丁纹。太湖石上的这些雕刻与江苏被列为国家文保单位的太仓石拱桥的太湖石雕刻相近……”

我从不同的角度对故里的老桥重新做一番田野考察后，对这些桥有了新的认识，如此，对它们的了解更充分。是的，在传说和民间故事的背后，它们有着更多历史真相的支持（比如我一直以为老潘公桥是明代的，但现在看到的却是清代重建的）。我必须时时从记忆中打捞，重新梳理一遍原始信息，根据物理数据、文献资料，再结合我们的体验，才更了解桥的真实面貌。

短暂的考察后，我得出的心得是：对古桥物理属性的全然揭示，是对历史负责，历史文献是一种不可或缺的记忆和知识来源。同时，由对一座桥梁的“个人情感附属”，而产生文学和艺术作品，一如陈逸飞的《故乡的回忆——双桥》，则是另一种贡献。它同样会载入另一本史册，有另一种价值和意义。而物理属性和情感的附属物，也有一定的交集或关联，犹如当前的生物学，把科学与情感连接在一起；科技的互联网把不同空间、时间的人和精神世界连在了一起。对于桥而言，正因其物理属性——其结构、造型适合当地的地理和气候、人们的出行习惯与审美喜好，故人们在使用、保护这些桥时，也就更加注意，使得其使用寿命延长，如此也就使得我们这些多愁善感、吟风弄月者，时时都能踏行其上，观赏石材、造型，吟诵桥联，才有切身体会，才能感同身受，得以产生生活记忆、情感附属。这是一种必需的载体。

依偎在苕溪之畔，我在心中喃喃低语：感恩老桥。踏上一座座在历史深处架设的桥，我们继续前行，延续着人类在星球上的文明！

求医记

一

“你哪里不好?”

“我这个右眼的右半部分，前面有一些絮状的东西在晃，还有一个像水滴一样的点挂在糙玻璃上。”

“多长时间了?”

“有两三个月了。去年底开始出现的，我到我们省城看过几次了。”

“我不管你在哪里看过。你坐在那里，我用机器看一下。”

“唉，你坐好啊！叫你靠紧!”“这里面的光有什么不敢看，看呀！我说你这个人很怕死吗?”“左边，右边，靠右，你听见没有，你到底想看不想看!”“我叫你这样你就要这样。你是聋子吗?!”

我其实一直按照 H 专家的要求，配合他检查。他怎么总是抱怨?

“医生，我这眼睛——”我小心翼翼地问。

“看不出什么。这样吧，你去做个检查。检查要预约，星期五做出来，那天我值班，你给我看一下。”H 专家头也不抬，就开出了一张检查表。

“我是从外地来的，能不能今天检查? 来一趟不方便。初步看，我这眼睛是不是得了‘飞蚊症’?”

“我说你这个人怎么这么啰唆，让你检查你就检查。来，下一个——”

H 专家在喊“下一个”，我呆呆地站在那里。我折腾了两天，不想两分钟不到就被专家打发了。我强忍着怒火。他抬起头，从眼镜后用厌恶又轻蔑的目光对我一扫。

这种厌恶又轻蔑的目光，在我走进诊室的那一刻，就已领教。他对一个从常州过来看病的姑娘也这样。姑娘由一个小伙子陪着，他们可能是一对快成家的恋人。

“你们常州也可以看的，为什么一定要到上海来？”H 专家问得无理。

“我们看过了，效果不好。我们相信这里的专家嘛，毕竟水平高。”小伙子怯怯地回答。

“我看一样的。还不如将这个眼睛挖了算了，反正迟早保不住！”

姑娘和小伙子没声音了，我想他们既不能接受这样残酷的现实，也没想到这位具有高医疗水准的专家竟说出这样刻薄而锥心的话。

而 H 专家见我还愣在那里，一股戾气地说：“你快点儿走吧，待在这里干什么！你还让不让我工作！”

那一刻，我真想冲上去，给这个胡说八道的家伙一个巴掌。

但我还是走出了诊室，在人山人海里，毫无头绪地找窗口付钱，到一群同样心不在焉的女护士那里去约周五“进一步检查”的号。号刚拿到手里，我就后悔了，因为我知道自己星期五不可能再来。而且，以后哪怕眼睛瞎了，我也不会再到这所“全国水平最高”的眼科医院来求治。我这钱，瞎扔了。

我沿来时的过道往回走，碰到几个同看 H 专家的病号。一番询问，他们同样领教了H专家的臭脾气，一个多次就诊的上海崇明岛人宽慰大家："他态度还算好的。能怎么办呢？我们是平民。如果是老板，可以买那个徐副院长的号。他美国留学回来的，一个礼拜就看一次，只有十几个号。现在，他的号已被黄牛炒到三千元一个。""他网上挂出的预约是做样子的。他的号，都是黄牛搞出来的。专家和黄牛到底怎么合作的，我也搞不清哦。"

二

这次来上海，是不得已。

最早当然是在本地看，配了药，吃了不见效。听闻省里有个老中医，说是本省看眼睛水平最高的中医，还是老乡，于是我托了认识的人给他那个亲戚——"中医眼科权威"先写了一封信，终于搭了一个朋友的便车一道去——朋友要带自己的岳母到这位老中医那里去复诊。等来的结果是"配几服冲剂吧，这样你上班也方便"。第一次进省城就诊的结果，就这么被老中医轻松对付。没说出什么症结，严重不严重，多少时间能治愈。最后连一张中医方子也没有，还说是为了我"方便"。而且我还不敢多问，来的路上友人一个劲儿地提醒我："老先生说话，你千万不要插嘴，不然他要发脾气。他说什么就是什么。"拎回他开的冲剂，喝了两周，眼角干涩的情况得到好转，右眼的"飞蚊"未减一点儿。

别人说现在看病，特别是专家，"不打点不行"。挂号费再高，能刮多少？医药费再高，他也只提几成。"人是需要'感情联络'的。"因此，第二次去，我便带上了笋干、青鱼干、本地茶点等土特产。我顾不得人多，逮住一个机会塞到老中医膝下。他寒暄一番后收下，就诊者见怪不怪或表现出鄙夷之色。老先生这次较为详细地询问了病情，抽出一张上有省中医学会抬头的方笺，给开了方子，说是可吃一个月。我心里也来不及嘀咕，一个月就一个月吧，手捧神仙帖，赶紧从就诊的六楼下到一楼，排队付钱，排队交方子，排队等拆药。然而，三十帖药，我只喝了十帖，就感觉不适，晚上胃就不舒服。

年后，正月未过，又电话预约去看了，这次我带了只老家抓来的土鸡。他笑纳后号着脉说，“你有些感冒了”。我问起眼病何时能好，他说“慢慢来吧，效果是很慢的”。来了，他又给了一张单子，又是三十帖，但仍不见效。

小地方不行，自己最相信的中医也不见效，那就去上海看西医。上海若“看不好”，那就认了。大上海，专家多。谁让我们迷信大专家呢?

我先在网上查，然后托一个刚从上海住院回来的同学帮打听哪家医院最好，并向周围几个朋友打听，最后选定了一家眼鼻喉专科医院，说是“全国最好”。

在准备去上海的那段时间里，我有几天精神很恍惚，设想着自己一旦真的像那个高中女同学一样失明，生活将会怎样。悲苦是肯定的了，关键是悲苦到什么程度，自己薄弱的身体与薄弱的意志，是否能够忍受、抵挡得住“黑暗世界”的折磨。尽管如今只有一只眼睛不好，但查阅资料发现，一只眼睛失明，久而久之也会影响另一只眼睛。那几天我满脑子都是失明的人与艰难的生活。外婆失明数十年，国学大师陈寅恪失明，毕飞宇小说中那些做推拿的人失明——他们进入了另一个幽暗而恐怖的世界，一种阴风频频向我袭来。我白天若无其事，人前还不时笑嘻嘻的，晚上却噩梦连连。

我是央求一个朋友，开车将我送到上海的。为了第二天能赶早排队挂上号，我于前一天下午到达，并在医院附近的小旅馆住了一夜。小旅馆里进进出出的旅客，多是由亲人陪伴的病人，神情黯然，只感觉整个身心只为一个目的，目光无暇顾及这大上海的风景。

夜里，我独自一人缩在小旅馆的房间里，感到彻骨的孤独和苍凉，但这才是回归一个人的“常态”——我们独自来到这个世界上，只在这个叫地球的星球上过那么几十年，然后又独自离开。我不感伤于没有亲人的陪伴。

第二天一早，因为住的只是二百六十元一晚的小单间，所以无早餐可吃。结账后我到外面去买早点。当时是早上五点多，但一出门，快步走到附近那家医院的门口一看，我惊呆了：沿院的街道向西，挂号队伍已排至千米之外。询问一下获知有的人从凌晨三点就开始排队了。一对来自江苏泰州的夫妻，说他们凌晨四点不到开始排队，终于排到第二号，而前一次来，同样早，却排到二十号之后。“全国最好的眼科医院啦，没办法。能排到，就值了。”

等上班时间一到，医院大门訇然打开，叫号就诊开始了。我的诊号，最后是通过黄牛买的。因为不可能约到教授级专家（黄牛说劳务费一千元也未必能搞定，有的人网上预约三个月也约不到），前一日下午到上海后先在医院大厅查看第二日挂牌的专家时，我就担心第二天能否及时排到号，又担心排到很后的号，下午赶不上回湖州的末班汽车。因此有黄牛说可以帮忙连夜排队时，我也就不计较劳务费了。根据黄牛的说法，我选中一个副主任医师，付给黄牛一百元劳务费，让他代排队挂号。但我还是一早就起来了，主要是怕被这黄牛给耍了或是发生其他意外。

一楼人挤人，我便从一楼的安全门上到二楼一号急诊区候诊。依然是黑压压的，厅里塞满了操不同方言的人。一个妇女，一手扶年迈的老爹，另一只手拎着一个硕大的蛇皮袋子，里面是一床棉被，说昨天就是在医院外部的走廊过的夜。拥挤的队伍不时在躁动，每次大厅西侧高处的屏幕刷新一次，大家就眼巴巴地望着报号屏幕，有的嘴里还咀嚼着面包，有的喝着自带的塑料杯里已荡起泡沫的水。“怎么这么慢？什么时候轮到我啊？”“我已经住一宿了，难道还要住一宿吗？”推轮椅的，拉孩子的，搀扶病人的，捂眼睛的，哼哼唧唧倚着廊柱的，用随带的眼药水不时滴一下眼睛的，网脱初愈而低着头的……人们不时伸出脖子，张望就诊进度。

黄牛没有耍我，但我没想到这位副主任医师“H 专家”，如此给病人治病，感觉就被他侮辱了一般，而这几乎再平常不过了。因为我回湖州后在网上搜索这些医院专家的网上预约信息时，发现几乎每个专家下面的“评价帖”，都充斥着患者的不满，而且这种不满都有具体的例子说明。不满源于他们的医术并不高明，更多的不满是因他们对求治病人漫不经心、神情傲慢、言语粗鲁，即医德的大面积滑坡。虽然这些专家也是人，也不胜其烦，也因人满为患而懊恼，但他们穿着纯净的白大褂，是医生，而且是专家，这是他们的责任，是他们的职业道德，更是他们做人的良知和底线！

三

走出上海医院的那一刻，我脑中一片空白。我想起老一辈的菩萨心肠，他们为什么要一直革命，要改造包括医生在内的

“知识分子”，让他们跟劳苦大众结合，与工农兵打成一片。

我想起村里曾经的赤脚医生 L，在我瘦弱多病的童年时代，常被父亲唤到家里。有时因为没有酒精，L 医生就让我母亲倒一碗开水消毒，把不知用了多少次的纱布，放在锅里煮上一阵——现在想来很是后怕，但当时就是没事。在村小学的一间废弃单间里，他同时给几个农家孩子挂盐水，守候在那里，细致地询问、观察孩子们是否有反应。当时的赤脚医生，以现代医疗技术来衡量，并不高明，但他们白天黑夜走村串户，不知减轻了多少农人的痛苦，挽救了多少村民的生命。有的药品弄不到，L 医生就自学中医，用乡间能找到的草药来代替，效果也很好。我好像不记得他向我们收过什么钱，他大概是记工分的。记得有一次，我半夜腹痛难忍，屋外又下着大雨，父亲母亲在焦急地商议是上港口街找李医生，还是挨到天亮。见我煎熬中呼号，父母最后决定马上出门。我记得那路上的艰难，我趴在父亲的背上，母亲一手用电量不足的手电筒照着泥路，一手为我们撑起油纸伞。一路摇摇晃晃、踢踢踏踏，我们身上都被淋湿了，终于在街上摸到了李医生的家，敲起木板老店门，白白胖胖的他尽管开门后哈欠不断，睡眼惺忪，但还是耐心地为我诊断，我躺在他家里输液。他做缝纫的清瘦妻子，大概习惯了熬夜，也闻声而出，为我父母泡水并询问我的情况。一九八五年春，我因病到湖州二院诊治，住院两个多月。当时的医患关系是你无法想象的“病人怕医生”，但那是一种病人担心病情的怕、担心等不到医生的怕。而医生的态度、服务都很好，还十分有耐心、仔细。

最终，我什么药也没配。回程路上我什么都不想，转了几次车后，坐上了地铁。听着隆隆的声音，我只觉得自己的肉身存在于这混沌的人世，魂已飘至宇宙。我冰冷的心，清凉而阔大。我想，一个智者，一生应常有这体悟的时光。

回来后，我又转向本地的另一家医院。挂号时我有一分钟的犹豫：是挂“专家”还是“普通门诊”？我开口向窗口询问“专家门诊”的情况，里面回答：“专家只看一个上午，号已挂满了。你可以询问一下专家，在门诊二楼。他如果愿意接受，你再来挂增号。”我“老猫不死旧性在”，到上面一询问，这位科主任、门诊专家一脸苦笑：“你看看，已四十多号了，我看到下午一点多才能吃中饭。你还是看普通门诊吧，我们的老郑——郑医生，水平很高的。”

我旋即摒弃“专家”的念头，下楼挂了普通门诊郑医生的号。没想到普通门诊人也较多，从穿着、肤色与言谈来看，多是外地或乡村来的。郑医生十分有耐心，言语朴实，不时安慰着病人。一定要检查的，他讲得清清楚楚，并告知大约要排多长时间的队，先做哪个检查好，自己下午最迟能等到几点钟。

轮到我时，他惊讶地看着我带来的上海病历卡，“怎么几乎什么都没写？做那个检查好像没什么必要吗。”又询问了一下我在上海就诊的情况，我满腹委屈和牢骚。郑医生说，这些大医院、专科医院，专家水平是高的，但不能否认，很多“高水平”的专家靠的是进口高端仪器检查的结果。“专家水平再高，也要他仔细给你看。如果敷衍了事，谁都难过，也不放心。”

“没有最好的，只有最合适的。”郑医生给我开单子做了一次眼睛 B 超，再结合他对眼睑的检查情况，得出“双眼玻璃体浑浊”“右眼还加晶状体浑浊”的结论，并称“这两种病，近视眼患者很容易得。不是太要紧，但也不要掉以轻心”。他简单地给我配了几十元钱的药，临末嘱咐我三个月后再来复查一次。而到杭州、上海寻找我心目中被神话的专家求治，每次都费资千元以上，到头来，只看得一肚子闷气。

从专家门诊开始，到寻求大专家，到最后还是普通门诊的老郑医生解决了我心之痛。我不知道这一个循环，能给我以及和我一样曾经迷信专家者以怎样的启示。

拔草头

城西，仁皇山前，我与友人一块儿吃了午饭后，决定在附近散一会儿步，消化消化。因着难得的大太阳，光影在这靠近郊区的地域徘徊，满目青翠显得更加沉静。蜿蜒的小河，被叶子渐黄的柳树守护着，河水于阴影里透着禅意，欲说还休。一点儿涓涓声，潜着隐忍，也似蕴着暖意。

绕行至草坪边的小径时，我们忽然发现有一对老年男女蹲在那里。他们拿着小铲子，像在乡间田埂挑荠菜一样挑着什么东西，身边的竹篮里已盛放了大半。我们带着疑问靠近，问道：这是在挑野菜啊？他俩仍自顾自地挑，许久，女人回了一句："挖草药。"我恍然大悟，发现他们挑的好像是金钱草。我报出这草药名，男的回应了，并未说我说得对不对，只说了句"治痛风的。家里人前次吃过了，再也没犯过病"。我说现在痛风的人有很多，金钱草确实可治胆囊炎。见我俩的回答有些不搭，同行的友人强调说："金钱草是治结石的！"继而关切地说，"你们挑的草药对吗？最好叫医生看看，吃错了危害大哦。""我们会让医生看的！"仍低头忙碌的男人回答。我补充道："蒲公英、玉米须也能治肝胆小疾。金钱草性凉，还能……"我没说出"治癌症"三个字——前些年，附近妙西山里有个民间郎中种了连片的金钱草，说是配出了一个治绝症的好偏方，治了很多人，很有效。空闲时我再次查了下百度，其中有这样的介绍：金钱草，"归肝、胆、肾、膀胱经"；功能为"利湿退黄，利尿通淋，解毒消肿”，“用于湿热黄疸，胆胀胁痛，石淋，热淋，小便涩痛，痈肿疔疮，蛇虫咬伤”。

我们后来又散步了一段，不久就散了，但眼见的挖草药一幕，仍盘桓于脑际不散。因为，坦白说，这些年我也时不时地干这个。

挖草药在我老家叫“拔草头”。小时候，村里的乡民缺医少药，基本借助民间土方子，对付小病小痛，还有人说“偏方治大病”。我那个远房大舅，从南湖林场劳改回来后，将自己所学的拔草头之技付诸实践，比如治被蛇咬伤者，比如给中暑者刮痧，颇受村人欢迎。隔壁邻居罗大爷，年轻时身体浮肿，说得了“黄肿病”，靠人指点在水渠边拔了车前草煎汁，喝了几天就好了。自此好像再也没听说罗大爷生过什么病，几年前他以九十六岁高龄谢世。记得年少上学时，我每天要绕弯经过他家东面墙口，好几次被他的“屋里”（方言，老婆之意）拦着，央求我向一只小碗里撒尿。这当然不是难事，我开始时感觉奇怪又兴奋，但也很是腼腆和不安，再怎么学坏也不能向人家的饭碗里撒尿啊。她很快将一只温热的熟鸡蛋塞我手里，以此鼓励我。她避开后，我也就撒了。数月后，我在厨间与母亲谈及此事，母亲要我以后不要再撒了。母亲告诉我这是他们家采用的一个偏方，用童子尿治他家小儿子的齁病（哮喘）。后来他小儿子的确再也没犯过齁病，不知是不是喝了我撒的尿的缘故，我当然不会去问只是喝了童子尿还是要配合其他药方饮用。我父亲，一个民办老师，有点儿文化，也相信民间单方、偏方能治病，但从不让自家孩子去试，要么到隔壁广丰村去请那个赤脚医生李医生，要么到港口街上去找那位白胖的也姓李的医生。风雨之夜，父亲背着我或是得病的弟弟妹妹，由母亲撑着伞，打着手电筒，在泥泞中赶往六七里外的港口街找李医生诊治，余下的孩子被叮嘱在家里好好待着，听姐姐的话，早点儿做好作业、上床睡觉……这是迄今难忘的情景。

不为良相，便为良医。古代文人多少懂得点儿医药知识，就像现代文人多少懂点儿经济一样。菰城一个朋友，在自家院子一角，培植了不少中草药。春来它们开着奇异的花，引得莳花高手啧啧称奇，也吸引了一些中医药朋友来观赏。他自己呢，平素有个小痛痒，就采摘些用用，在家里做个药膳。我呢，与前面那对拔金钱草的老年人一样，直接到郊野、太湖西面的弁山、离城里不远的仁皇山去采。怎么说呢，我没把自己当成一个民间郎中，只是自学中医药，为自己或家人保健医护出份力。主要原因是有个小病小伤到医院排队要老半天，又烦又累。开一大堆药，费用高不说，是药三分毒，那些可恶的东西可都是要吃到自己肚子里去的啊。在中心医院做西医的堂弟，本科毕业后又读了中医学院的研究生，他常说中医最了不起的理论就是“治未病”，通俗的理解就是平日里要自我保健。我拔拔草头，查资料，不断核对和比较，丰富了知识，也欣赏了自然美景。身心在大自然里放松，感觉自在、轻快、欢愉、舒畅。这也是一种“治未病”。

去年，一名外地同学，转来一篇网文《中药造假，已经疯狂》，看了让人吓佬佬（方言，吃惊之意）。这篇网文中罗列的事例让人触目惊心：“很多药店的龙骨都是假的。……有的造假者用石灰和矿物粉制成骨头模型，煅烧成型后，打碎，充龙骨卖。”“元胡片药材，掺假就多了，多为山药蛋切成两半后，加工后掺入……”“沉香……假的则用枯木喷上沉香油冒充。”“茯苓是造假者用米粉加工后切片而成的。”“你配药的乌梅很有可能是野桃醋泡后晒干的冒充品。”“目前市面上90%的枳实都是青皮，这样枳实白术散的疗效，就大打折扣了。”“掺假者用苏子代替菟丝子。造假者将未成熟的野生葡萄（产量很大），晒干后染色充北五味子。”“像黑炭一样的熟地，是一种常用滋补药，著名的六味地黄丸里就有熟地。你将熟地放在口中嚼嚼，试试掺了多少泥沙。”“还有一种‘造假’手段，药是真的，其实‘内脏’早已被挖空，比如肉桂，也就是制作五香调料用的桂皮，外表没什么两样，而油已经被制药厂提取了。”“还有药商把厂家三七提取三七皂苷后的‘药渣’晒干，就成了冒牌三七”“常用药川芎是用制药厂已提取过有效成分的川芎片冒充。”“炮山甲（又称甲珠）一克要十几块钱，但是掺盐或加重粉（硫酸镁）的很多。”“白附片，掺假者用红薯或土豆加工成形状相似的片形，晒干熏漂而成。通草掺假者多用明矾、加重粉，质地干硬，味道有的涩，有的无味，有的掺假者将通草切成小段或碎段，掺在正品中卖。”“不要说九节菖蒲，就是普通石菖蒲，市面上也少得很，大部分都是水菖蒲代替，本来是醒神开窍的，用了水菖蒲不就变得更是沉睡不醒了吗？”“西洋参有的是药商已经浸泡萃取之后再烘烤晒干的。”……林林总总，让人看了虚汗直冒。我当然不全然相信这些都属实，但中药材的质量问题眼下的确困扰着业界。明摆着的，野生药材毕竟有限，有些名贵的还禁采。人工种植药材，药效打折扣且不说，种的过程中肯定会施化肥，有的还要杀虫打药。某些类别的药材供不应求，市场管理不到位，只顾牟利、丧失良知者必然制假售劣。

与只相信西医的父亲不同，我对中医中药“治未病”，是很认可的。大病、急病当然选择到医院救治，不自行用药，不贻误时机。我认为中西医结合，各展所长，优势互补。

我是何时开始学拔草头的呢？已记不清。

因为体质一直不太好，特别是年纪日增，亚健康症状越来越明显，加上迷恋传统文化，近些年我不但研读《黄帝内经》《伤寒杂病论》，观看央视科教频道和纪录片学习中医药，还尝试采些“保健药草”做茶饮。有时我闭目神游，想象自己成了神农、采药大仙，将大兴安岭的黄芪、终南山的灶心土、云南文山州的三七、武夷山的葛根、九华山的忍冬藤、丹东的龙胆草、绵阳的威灵仙、内蒙古的甘草、长白山的野山参、云南的重楼、武夷山的八角莲、浙江天台的乌药一一采集到自己的袋子里。备上好草本，回来保健自己、家人，疗救邻里、友朋。但睁开眼，旋即哂笑自己做白日梦。这些自然造化的灵仙异草，早已凤毛麟角，我所能采到的，是“药效”不过烈的东西，如桑叶、蒲公英、荷叶、玉米须。你就着它们，再到药店配些玉竹、甘草，按比例配制，泡茶喝，防病又保健。

五年前的那个春节，我们家六姊妹按例相互走动，到每家聚餐一次。姐姐妹妹出嫁的地方离娘家都较近，午饭、晚饭赶两家，在交通工具与乡间宽阔的公路的助力下，完全可行。而住县城附近的二姐，就是客气，要大家“吃一天”——午餐、晚餐两顿。各路人马相继赶到。我回乡期间住在父母家，弟弟虽与爸妈“分开过”，却仍在一个院子里，由是我们兄弟两家也一路奔来。喝茶、吃糖、嗑瓜子……大人还兼着打牌或搓麻将，孩子们上楼玩电脑或低头玩手机。我不太喜欢玩纸牌麻将之类，而更愿意在二姐家院子里东看看西瞅瞅；也步出院子，闲看附近的村庄、田野、河流、老桥、茶园，及一些倾圮的老屋，也翻找泥土里露出一角的老青花瓷片。春节，因为肚子里油水很多，菜虽丰盛，我却吃得快而简单。但无疑，亲情是洋溢的，新春簇新的阳光是透亮而温暖的。姊妹们都已为人父母，上有老下有小，生活压力大，晚饭吃完后，时间还早还得往回赶。在出村的长和公路边分手时，大家仍旧话语连绵。靠近路口之东刚经过的地方，是二姐夫他们当年所在生产队留下的公房旧屋，前后两幢平房，土墙斑驳，但仍未倒塌。与公路相隔的对面，在凛冽的风中瑟瑟发抖的是多株桑树。桑树有年头了，树枝与树干相接的部位，像农人的拳头，缀满疙瘩。上面的桑叶，早已枯黄，部分落在地上，部分仍执拗地系于枝头，像人心底不屈的理念。我曾在一些医书上看到过，经霜后的老桑叶，是一味很不错的中药，风热感冒、咳嗽时，择一点儿做茶饮，有很好的缓解作用。正当大家说“拜拜”时，我说还想采点儿老桑叶。二姐夫笑了：“这些枯黄的东西，有什么好采的?”“哪里，它是一宝，内有很多微量元素和营养成分，把握好对人体有益。它是止盗汗、自汗的妙品。”“小时候村里的长兴人养羊，到冬天就将夏秋采摘的桑叶做饲料，它们叫‘羊叶’呢!”“营养很高啊，羊养得很肥壮。”经我这么一说，大姐和大姐夫、二姐夫、大妹夫也都开始帮我采桑叶。离别时我拉着大半马甲袋的老桑叶说:“我先以身试叶!”

回城后将老桑叶浸湿、洗净，在阳台那块放了架板的大京砖上晾干，细细剪切后放入一个空瓶里，拧紧置于书架上。桑叶茶能降血脂、降压、抗粥样硬化，且具有减肥、美容、降血糖作用。《本草》记载，桑叶清热解表。现代研究表明，桑叶具有较强的抗炎作用，与祛风、清热功效相符。

入夏以后，在单位上班，午间要休息一下。在会议室一角打盹时常因护盖不严而受凉，久之就引起咳嗽，我不想兴师动众上医院，又不愿买那些过于苦寒的双黄连、清开灵一类伤脾胃的药，就选用了自己的那瓶宝贝。抓一点儿老桑叶泡茶饮用，感觉效果蛮好且副作用小。

再配合饮食，终不至于发展成大感冒，我便将信将疑地认定了老桑叶的好。去年入秋后，我发现已存数载细叶的瓶子空了。赶上中秋回故里，姊妹再聚时，我问二姐夫，你们村口的那片桑树林还在吗？我叙说了几年来陆续服饮之效，他一笑："果真有这么好？"临末说了一句"养蚕效益不好，都被挖了"。

我似乎有点儿等不及。赶巧，国庆黄金周假期最后两天我回村——村里要开"乡贤会"。未谋面的年轻村支书微信里硬是邀我参加，我拗不过，只好匆匆赶回。从故园到村委办公的地方，必须经过大洋北侧我当年求学的村小学。四十载春秋，小学的原址仍在，房屋已几次翻新，就连南边那排房子的南侧，我们读三年级时种的树也被伐去。此次再路过，我发现村路东面围墙内原来被人用作绸机纺布的南边那排房子，仍有一排简易的教室——仍是当年我们求学时的样子，只不过原来的木窗户换成了交错的钢筋水泥窗。东、西两厢，中间三间，结构仍是旧模样。它就像一位隐士，无论世事如何变化，他仍伫立在那里微笑着看着你，向你颔首致意。村路以西的坎坡下，一块临河的平地上植有诸多桑树。树干壮实，节头的瘤不多，证明它们正当年。上面的枝，修长、劲挺，留存着较多宽大如掌的桑叶。青翠、黄褐的叶面上有些虫咬的小洞或细筋纵横。有的已金黄，干枯，部分已落到了地上，紧贴泥地，等待溶解、回归。

我倏然一喜，并立即下坡采了些桑叶。此时的桑叶效果虽不及打霜后的，但一定比坊间市场上开发的袋装嫩桑叶更好。

正好裤兜里有个小薄膜袋。见四下无人，我便顾不得斯文、矜持，快速采摘。宽大正茂的不去动它，专挑枯黄之叶，上下其手，得一二十片，卷进袋里，装入裤兜——搞定！兴致仍高，于是上坡，过村路，向东探进原村小学遗址的院子。听得机声隆隆，我朝东面行进数十米，打开手机对着那黄墙黑瓦的空旷走廊、一连排平房拍照。一只小狗不知从哪间房子窜出来，对着我这个陌生人一阵吠叫。很快，一中年妇女的声音，在正忙乎的我的耳边响起："你是谁呀？对着我家的房子拍什么？"我停顿片刻后回过神来，见一身材中等、脸黄、眼眯、手中拿着一只铝制淘米箩的妇人，忙解释："噢，不好意思。我是这个村里的，在外工作。回来路过，来看看。我以前在这里读书……"妇人恍然大悟。"想不到，这房子还保存着，真好！"我为自己不打招呼就拍照致歉。"噢，原来是这样。'这房子真好？'好什么呀，很土，很老了。""是啊，从我一九七六年上小学到现在，超过四十年了。这房子快成文物了。""唉，这中间房门上已上牌了，怎么是'西城27号'而不是'东城27号'？"我有些纳闷。"我们是西城村的，这些房子都是我们买的，有的是我们造的，所以我把原来的门牌安在了这里。""你'老板'（方言，丈夫之意）是谁啊？""是彭××。我娘老家在施家村。""噢，你是彭锁子'屋里'（方言，老婆之意）。""你是？——""哦，我是徐老师的大儿子，很早就出去了。""哦，听说了。那你拍吧，也没什么好拍的呀，呵呵。"她面有羞怯之色，好似这房子丑化了容颜，又土又老，她为此抱愧。她难以理解我心中的欣喜之情。咔咔咔，我对着那排房子和房间做不同角度的拍摄，甚至没放过中部那间已做了饭厅的屋子。寂寞虚空之下，屋子两边的墙体已灰暗、剥落。透过南墙上的窗框，我看到了当年那个瘦小而机灵的自己和同学，还有老师——我的父亲、叶老师、刘老师、郑老师。除了父亲，其他人后来遍布天涯海角。早已去宁夏的叶老师，如今真不知是活着还是去世了。

乡贤会、旧教室、老桑叶……乡愁，是一种时间深处的“伤风感冒”。我此下一一采摘、拾起故里的桑叶，在阳台上晾干，剪细后倒入水杯里，用沸腾的情愫冲泡做茶饮，预防感冒，也一日日治愈这些年来自己的思乡病、念旧癖。

除了桑叶，这些年，我还采集了若干长夏后的荷叶，晒干、剪细，装入瓶中，择时做茶饮。其清热解暑，有凉血止血、醒脾和胃的作用，对付胃火效果很好。

日日上班，我都要经过开发区的市行政中心，其大楼前的广场东西两侧，有两个小池塘种着荷花。想必当初植荷时，定寓清廉之意，提醒、劝诫大楼里的大小官员们，时刻谨记为官当廉洁。那天步行上班，时间尚早，我便逡巡至靠近单位东面的小池塘，欲摘取一张大荷叶。晨风中荷叶田田，虽不像盛夏那般满塘铺，但也不像深秋冬日里只落得残荷听雨声那般寥落。我沿塘边转了一圈，始终不能够到一叶。原因无他，乃荷叶周遭均有颀长的芦苇隔挡，最近处也得下河才可撩得。我犹豫再三，试着伸手，伸到足够长时身体都在险境边晃荡，努力几次，仍不可得。再前倾一寸，身体会掉到荷塘里。不想，我这动作，很快被在边上巡逻的保安发觉，他老远便呵斥：“不能采!”待走近又言，“而且，你不知道吗？这里去年还淹死过人!”另一位保安也闻讯赶来。我一时尴尬，嗫嚅道：“我知道这是公家的，不能随便采，也知道死过人……”“想采一张，主要为的是剪碎叶泡茶祛胃火!”后赶到的保安问前面那保安什么情况，他态度和缓了："没什么。他说摘个荷叶，治咳嗽——"那口气，好像他觉得人家身体有恙，采张荷叶是可以理解的。后到的保安稍迟疑，而后手指着西面说："那、那边的西面也有荷塘。你可以到西面那荷塘去试试。"我像是得到了暗示，一边低声道谢，一边快步向前，简直是小跑了。"河边安全你要注意啊!"跑出好远，身后传来保安的嘱咐。我理解他们的难处，也感谢他们的理解。机关干部还没有上班，见四下无人，我挪到了西塘边上，扶着那根粗壮的拦柱，摘到了一张破败的深绿带黄的大荷叶，装入马甲袋，放进工作包带走。平心而论，平时负责行政中心安保工作的这些年轻人，有责任在肩的威严，也有人情味的一面，执行公务时能"把枪口抬高一厘米"——这一厘米空出的宽衣大袖，装着平常心、恻隐之心、良知与底线。它也是一味良药，祛火、护身，弥散着一种清新的荷香。

我们生活在压力大、快节奏的当下，常常饮食不规律或饥饱无度，因年岁的增长和季节性变化，很容易上火。怎么去火?很多人只知道取黄连、黄芩、金银花、鱼腥草等复方口服液咕噜咕噜喝下去，也不管是哪种火。实际上，火有肺火、胃火、肝火、肾火等之别。对付不同的火，可采用不同的草头土方，也可用不同的食疗方法辅助治疗。老桑叶可对付肺火，荷叶可对付胃火，蒲公英可对付肝胆之火，马齿苋可对付肠道之火……

几年前，一次雁荡山之旅，让我领教了马齿苋对付肠道虚火的厉害之处。盛夏的那日傍晚，下得山来，我们在乐清的一个小乡镇点菜吃饭。家人点了几个后，老板娘指着门口塑料桶里已洗净的一堆菜说，这个点个吧，夏天吃很好的。灯光有些昏黄，一时没看清，价格只要十几元。等端上来，才知道原来是我们老家也有的马齿苋。我们很少采了当菜吃，以前父亲偶提起红军长征时就通过吃马齿苋来对付痢疾。第一次品尝，味道酸酸的，挺好吃，我忍不住又点了一盘。的确，游玩的那几日，肠胃尤其是肠道不好。吃了马齿苋的当晚，睡眠较以往安稳，晨起大便松而成型。我找百度一查，发现其有清热解毒、散血消肿的功效，主治热毒、血痢以及湿热、痢疾。回湖城后经打听，果然潜庄那里的农贸市场有卖。后来我将这情况反馈给了肠胃也不太好的母亲，从此她在菜地里清除马齿苋后不再将其视为杂草，而做了菜。马齿苋炒鸡蛋吃几次下来，果然不错。为此母亲还跟西村的干女儿——我的义姐一起拔了不少，晒干了留了一袋给我。由此，马齿苋就承载着父母的关爱。我悉心保存，偶尔拉肚子撮一点儿做茶饮。把自己与家人照顾好，出行平安，才是对牵挂的父母最好的安慰——它，也是一味最好的补药。

有人说读书人肠胃都不太好，中医讲多思伤脾。我肠胃不好，缘于年少时不注意。从读初中开始，贪睡的我，被母亲叫唤几遍才起床，而后就匆匆赶往几里路外的学校上学，很少吃早饭，由此每到第四节课就饿得前胸贴后背，有时饿得直跺脚。一俟下课，我便饱食一顿，以致到高中后胃常泛酸。然后一场病（多年后得知实乃误诊），让当时休学的我每天服药，致使肠胃功能遭受较大损害。大学毕业工作后，办公室里有好几个同事肠胃也不好，常吃中药，苦于没有更好的办法。有老兄坚持服数月半载的黄连素，一旦停服，又痼疾重犯。脑力劳动加之上夜班、外出采访时饮食起居不规律，也使我的肠胃一时好一时坏。久病成半医，胃靠养，肠道长时间腹泻，我一方面注意健脾祛湿，另一方面小心饮食，生冷油腻的少碰，并注意劳逸结合、心理调节，由此改善了不少。

常年伏案工作，缺乏有规律的保养和锻炼，下肢会不时酸胀。特别是前几年春夏之交，委中处极酸软，双腿步行无力。这些年几番诊治也不见效，且服药也损害了本来就不太好的脾胃。苦痛中，我看到一方：玉米须、蒲公英、玉竹根、玫瑰花，按一定比例每日泡水喝，有“清热利湿、活血化瘀”之效。在百度查看这四种药草之功效，发现它们搭配和谐，果然能清热、解毒、化瘀——玉米须性味甘、淡、平，蒲公英性凉，加温和的玫瑰花，可以中和寒性，而玉竹根可以生津止渴、滋阴润燥。每年的四月，我沿苕溪旎儿港北岸河边、草坪、林间，采摘一两袋蒲公英，洗净晒干后放入瓶中装起来。小区北面沿街店面，有好几家经营菜蔬。夏日里店家不时在店门口给采购来的玉米棒清理叶子，我路过，会买些玉米，并央求店家将准备清理到垃圾桶的黄褐色玉米须送给我。我拿回来洗净、晒干，用瓶装好。玫瑰花，自家花盆种了。四种植物，我找到了三种，只到中药铺配了玉竹根。几番研究，查阅资料后，我便尝试着泡茶饮。一个星期下来，孰料效果真的很好，身体清爽了不少，双腿酸软的状况得到很大改善。后来我将这一情况反馈给一个熟识的中医博士，得到他的肯定。

秋冬之后，饭桌上常会端上一道上佳的菜：山药。以前只见着中药方子里有焦山药，不经意间，山药作为一种菜出现在超市里已有多年。品质更好的是铁棍山药，深秋后有河南等地的生意人用卡车载来，停驻在小区一角售卖。山药真是好东西，药食两用，可健脾养胃、益肺止咳、降低血糖，对脾胃虚弱、拉肚子、咳嗽、痰多、血糖较高及心血管方面的疾病，都有不错的食疗效果。

除了桑叶、蒲公英、荷叶、玉米须、马齿苋，我还拔了些什么？应该还有。初夏回故里闲逛，我在村口那些野藤上采过金银花，在弟弟房子西面堤埂的坡间，挖过茅草根。在安吉梅溪山里的姑姑家做客时，我在表弟的指导下挖过葛根，在小浦八都岕捡拾过白果。回乡返程路过麦塔村时，我在桑树林里采过桑葚子。到菱湖出差时，我会不经意探问白扁豆哪里可以找到。居家的日子里，我拔过小区外湖边被人视为杂草的艾叶，在花盆里种过玫瑰、薄荷，也选了一些上好的橘子皮自制陈皮，还在小区枇杷树下捡过落下的老叶。它们是自然界的精灵，也是呵护我与家人的伙伴。我不将自己的行为视为“野狐禅”，没有过分，也就谈不上走火入魔，一切都在对其性能、归经、度与量的掌控之内。

对于小伤小病及一些慢性病，在《本草纲目》《中国民间中草药》等经典的指导下，可采摘一些草药治疗，省钱、方便，天然植物副作用更小。我们不仅能回归大自然怀抱，也能零距离地感受天然植物的神奇。更有人将其视为一种“采菊东篱”、多识草木之名的乐趣。也很是有益。自然界的动物有医生吗？受了伤，得了病，若不是严重到丧命，它们要么靠顽强的免疫力自愈，要么“拔草头”自救，如水獭吃紫苏解毒，狗獾食蚁酸治风湿、打寄生虫，非洲黑猴食用当地的向日葵叶子杀死体内的寄生虫，马达加斯加狐猴受伤后用牙齿磨碎一种叫“满地爬”的藤本植物的茎叶，将其敷于患处治伤。类似例子不胜枚举。

一位出生于中医世家的文友，不但认同我等拔草头，有一天还写了几段微文，对中医中药（包括民间草药、土方）予以阐发：“拔草头，其医有神农尝百草，开草药治病先河，其药有李时珍《本草纲目》，汇集民间草医药之大成。……我们不是不信任高科技、现代医学，但我们的生命来自大自然，我们当然与草木亲近；我们的生命来自古老文明浸润的大地，当然维系那根血脉相连的脐带。它们是源泉，是根，是一份永远的信心、信任与保证。……花草树木，给我们绿色、娇艳、香气，释放清新之氧；本草，朴素的自然主义，不含色素、香料、防腐剂及表面活性剂，有效成分的含量高，针对性强。……草本、植物，能让我们赏心悦目，耳聪目明，疗救我们被现代社会污染、商品功利毒害的心智，中医是一直重视社会和心理致病因素的。……西医是科学，中医是哲学；西医秉持的是还原论和机械论，中医坚持的是整体论。中医把人看成一个完整的系统，是一个始终处于相对平衡状态的有机生命体。……中医的理论虽与自然科学不相容，但与系统科学密切相关。钱学森生前曾说，西医处于幼年时期，再有四五百年才能进入系统论，再发展四五百年才能发展到中医的整体论。他预言‘21 世纪医学的主宰者是中医中药’。”

我这些未必合时宜、洽心情的文字，如那些草头一般粗朴，能否给人带来薄荷的清凉，或荷风的香气？不安中吾真是难知啊。

晨鸟啁啾（九则）

晨鸟啁啾

晨醒，听得窗外鸟声啁啾，抑扬顿挫，一串串，一段段，都是带露的天籁、绽开的玉兰。

日子，每天都是新的，一切“向前看”。多年前，一位高几届的师兄闲聊时感叹：“鱼，相忘于水里，人，苦活在世上。”满是苍凉与况味。苦与乐，辩证相连。

这晨鸣传来的不远处，是日夜相伴的苕溪，从古流到今。水，纵然浑浊了些，但依然新鲜、年轻，像一个人不断自省的心，会时时修正，渐次走向明亮，满怀着真，永向着善，释放着暖。苕溪绵长，从原始的天目山，经过菰城，已收揽了两岸青山的美景，浓郁或清淡的花香，飞禽之语，虫豸之吟，走兽之嘶，以及子民的辛劳、悲欢、智慧。相对于大川巨流，水浅是浅了点儿，也不再像曾经清澈。并且，其所行进之曲路，也非惯常所见的规范，但它依然一路向东，向着朝阳的方向而奔。经过桥梁、码头、村庄、集镇，及至目睹大都市上海，它的现代时尚、沸腾商业，它的喧哗躁动、光怪陆离，苕溪终归于大海。

事事有矛盾，时时有矛盾。矛盾的齿轮，推动着新陈代谢、四季更新。唯此情可待，期柳暗花明。他日回首，苦痛越深，生之内涵越丰，情愫也越纯。

岁月静好。一城花香，满空鸟鸣。

观　螺

蠡塘。

在河堤洗鞋回眸间，蓦地看到邻近泥草处，有一对黑褐色的螺蛳。青苔裹身，坚硬的外壳里，探出柔韧的软盘。吸附之姿，是乡土之子对记忆最恰当的表达。伸展的触须，是另一种灵动之根，吐纳呼吸。

又发现一尾小鱼，游于两螺之间。身子凝住，下鳍摇颤，眼珠转动……我无法辨认它是“麦穗鱼”还是“狗头鱼”。

无论离开多久，回溯、耙梳、探触、感知……只需顿悟片刻，我们就可以把那些注定消亡的瞬间抓回，让它们在深处久久奔流。

隔着透明的水，我与这动鱼静螺对视良久，不需要任何言语。

薯之物语

你的藤，你的蔓，你的颀枝，你的嫩茎，你的翠绿之叶恣肆铺展。

丑薯如我，埋于泥下，从春到秋，在风里，在雨里，缄默无言。

月光满野，我祈祷根系更壮，扎得更深，跟大地的心再贴近一些。

你不要奇怪，越是得阳光雨露的宠爱，上面的枝叶越葱茏，秋收时下面结出的子薯却越瘦小。仿佛逃学的野孩子，一两根细小的藤蔓相牵，它们不受直系待见，却倏然长出硕大之薯。山芋，养身，滋养着乡民，又如和田玉一样养性、养神。

在雾霭迷离的晨昏，在进退失序的泥淖，我敬慕那些着一身素朴外衣、把良善金玉藏在内里的人。他们温柔敦厚，蕴含着番薯的品性。田里，成熟的稻穗，用弯腰表达谦逊。地角，番薯向上努力一生，茎干仍够不着稻穗的芒针。这不要紧。它用繁密的枝叶，表达着热爱、情味与持守，在艰难的虬曲中锤炼藤的柔韧，用深藏于泥土中的子薯，诠释着收获之欣喜与秘密。它完善了自身，它获得了完整的生命。

它为素朴、本真代言，一如乡愿。它是一种高贵，立于大地之上。天光云开，鸟歌虫鸣，它能消受几番风雨，它也能笑对春夏归去。

暗　香

雨夜，从苕溪旄儿港徒步而归。绕过小区竹林，忽闻一股清冽之香，我穿越潮湿而抵近。一阵浓似一阵，停驻的伞下，它们像老友一般热情地拥抱我迟钝的嗅觉。

黑夜里，星月无法窥视那无言的相契，与满心的欣喜。

我喜欢兰草花香，它们清雅、高洁。将它们从和平山里掘回东城，给它们镀一层烟火之气，那情景分明已久远。近年冬日，我常贪恋梅枝间那一盏一盏黄色花蕊的馨香。兰之幽逸、梅之高冷，为文士们代代吟咏。但这些年，家家养兰，人人赏梅，过分的张扬与比德自喻，已在审美品评中大打折扣，虽然豢养的兰大抵还是那朵兰，花园里的梅仍是那株梅。

篱上送来的香，原是金银花之香。名冠金银，它们却从不显贵，很少被歌吟图写，如隐匿于熙攘人流中的寻常脸孔。白日它们匍匐于藤叶，偶尔怯生生地从缝隙里展出身姿。绒毛多与清瘦是它们被忽视的理由。但它们从不跳出来，从不以“幽僻”或“斗狠”博名。

它美好，无刺，却是清热上品。当我们体温骤升，它们会将那缕精魂融入温水，送入我们体内，为我们解毒去火，即便下一刻如敝屣被抛弃。

雨歇收伞。抵达家门前的路口，一滴硕大的夜露，落入我的脖颈，凉而悠远，恰若岁月远走拍岸的那记回声……

墙角红花

小区转弯处的一处墙角生出一朵娇艳的小花。

夕阳下，枝干擎出它的谦卑，出落成一团别样的红。满目绵延的绿，是恰好的映衬，日夜静持，一如无言的体恤与庇护。

是的，它生在车轮飞转的道边，生在城市与季节的屋檐下，生在我合书走出清静语境的恍然一瞥中。

想它，也自足完满地盛开了一次。想它，被机缘爱恋了一次。

预报说，第一次猛烈的台风就要来了。难知它的结局，也并不需要知道。

书上说，地球自生命起始以来，已有一千六百亿个人类活过或正在活。那些躺在书上的名字，是有幸被记录在册的星辰，如同留在阳台上的有主名花，被遮阳避雨，被目光眷顾，被人们转送。它们被做成故事，代代相传。

古　道

一条千年古道，石块绵延，留下先民服务世间的条条痕迹。

眼下，它们被车轮与脚底擦得更亮。

琢石者带血的脚、贩夫走卒的布履草鞋、官家驿站间奔驰的马蹄……杳去无痕，只剩下些许文字以及坚固的肖像，留给我们细细怀想、破译。

一只蝴蝶，穿过林叶与繁密的蝉嘶，翩然飞舞，停落其上，与古道块石融成一种语言组合。

我来过，将离开。短暂的时光和瞬间烙下的轻浅印迹，给予见证。

秋风起，扫枯叶。

露水清洁。

曲径幽然。

雨落苕溪

暴雨后的苕溪水，更浑浊，泥沙俱下，也更有一种奔腾的野性与勃勃生气。

在河边漫步，我常想，那些纯净、清灵之露，挂于河边的高枝，一阵疾风袭来，会很快将它们摇落，炸开一地，散若梅瓣。阳光将它们收留、蒸发，它们升腾、汇聚，凝成云朵。而在寒冬，那些不屈的夜露，紧裹枝头，任恶风肆虐。但最终生脆而晶莹的它们，大都被掼下，发出玉碎般的声音。在太阳的焐烤下，它们和残存枝条上的冰凌一道，飞升空中。

而更多的雨水，就如此时，会选择斜坡低地，流到奔腾的苕溪的浊水中。它们认为，这样融合，才不至于消失。水回到水中，是最好的归宿。它们的成分与露、冰无异，无非形态有别，掺了一些杂质。它们从未想到被人打捞，也不愿像无机玻璃、钻石，落水后自守封存，宁可沉入河底。也许已幻化的那滴，有幸为炙热的太阳所宠爱，上升汇聚成云，化成霓虹。

彼此的选择，因为迥然不同而“对立”。就在这“对立”中，它们发现了各自的存在和意义。

云和水就是这样循环往复，在时间的奔流中，在只有一次的生命的践行里。

鸟　语

某个冬日，晨间醒来，迷糊中倚床。墙外，小竹林里迂回穿梭的鸟声，一串串，一阵阵，清凉又坚定，悦耳入心。

鸟儿彼此说话。鸟儿是对时令说话。鸟儿是对竹林说话。鸟儿是对隐现的晨光说话。

鸟语，是群体生活延续的一部分，是与自然连接的一部分。

鸟语，是告别寒夜的一部分，是唤醒竹林生机的一部分，是霞色欲染的一部分，是黎明全部绽放的最后一部分。

鸟儿窗前多情语，愧我不解卿卿意。我的言语，是另一种声带、口腔、上下颚与气流涌动的结果。

听不懂又何妨，就这样听着，听着，曙光已舔窗……

我们有共同的语言——爱、和谐。在此时空里，谁也不相欠，谁也不被剥夺。直到阳光来拉手，彼此相接，或一阵凄厉的风，把纽带割断，彼此被吹散。

我们是谁？

春　与　爱

那日午休后，过图书馆前的西苕溪，河边，绿柳拂摆，野茭丛生；河中，与高楼对应的洲渚上，白鹭于密枝间欢叫，飞跃芦苇顶梢，左右起舞……这是盛大的节日呵。想必百米外，广场上高耸的春申君，也定双眼湿润。

今晨过小区某楼，惊见一巨幅婚纱照，女影被撕去一半，与垃圾桶为伍……

“稻花香里说丰年，听取蛙声一片”，是乡村夏秋的景象吧？但分明此刻——转身的刹那，我听到溪里有蛙鸣，一阵阵，一串串，与相隔几米的往来船只的汽笛声，交织在一起，但又像是合奏。

没有看到蛙，我也无法听懂蛙的语言。

买莲蓬

秋日的某个星期一，时近中午，友人驱车带我到太湖边散心。一路他感慨，近期心情不太好，死沉沉的生活，看不到让人触动或让人眼睛一亮的物事……

到太湖风情街的公路边，见有位干瘦的老头在卖水产。前一段时间太湖开捕，据说要“禁捕十年”，以后很难吃上“太湖三宝”及其他鱼鲜了……鱼市很热闹。先是见新闻界同人、摄影记者上渔船，跟踪到太湖，看渔民捕捞作业。他们跟踪一天抓拍的现场报道组图，有各类渔网大口张开之状、渔网收拢那银亮而挣扎的太湖白餐、鲚鱼等。很快，朋友圈晒出来一拨白领们开着私家车，成群结队地到太湖西岸的原新塘街或靠近南太湖的“风情街”、渔人码头去采购太湖水鲜的图文。

这老头卖的东西有些不一样，乃新鲜的菱角和莲蓬。其实，这也是太湖渔禁未解、百船齐发前的寻常风景，准确地说，是青卞山脚下的普通农村老人眼下求生计做的一种小买卖。他兀自一人，将摊位摆在了那大堤西侧竖立着写有“小沉渎村”几字的太湖石之路口北端。草帽遮着有些躁烈的秋阳，他静默地站着，不时眯缝着眼，嘴角含笑地迎着来往车辆及少量行人。吃午饭尚早，我与友人逡巡了一遍风情街，出村口，上大堤，展望太湖秋色，因见到了那个老头，便晃荡过去，顺便看看水货。他售卖的秋菱有两种。一种为烧熟了的两角菱，像水牛的角，或银元宝之一种。另一种为生的四角菱，还浑身沾着水。

再有就是莲蓬了。三个一把，竹篮里有近十扎。我们翻了翻，他认为生意来了，主动报价，“很便宜的……就十块钱一把……”朋友又将新鲜的莲蓬放下了，意兴阑珊。老头以为我们嫌贵了，忙讨好：“我的真的很便宜了，自己早上下河捞的。……买一点儿吧，真的诚心想要，可再便宜点儿——”友人伸手比画道：“不是我嫌你贵。是因为我想买茎秆长的。你有吗？我买这种莲蓬，不是为了吃鲜莲子，是想连秆子一起晒干，插花瓶里做装饰用。”老人家迷糊了一阵，脸上才有恍悟的神色，但眼角的眯缝里仍波动着一份诧异：“哦，原来不是为了吃，而是为了看——”“这样吧，你这莲蓬我也买两只，你家河塘里还有吧，你再帮我准备点儿有长茎秆的好不好？”“好好……好的，还有还有。你要多少啊？”“那本周三也就是后天中午我们来。你多准备一点儿也没关系的。好吧？”“好的，好的！”

“你就这么——”车驶离一段后，我发笑，将“信任他”的潜台词压制在了舌头下，口气里有点儿揶揄友人的调调。我们都是读书人不假，但现在，就为了风雅，预定几根做装饰用的莲蓬，是否犯得着隔两日再来？一来一去，油钱算起来都要过百。当然为了心头好，值，我有时也“犯傻”，比如去衣裳街早市花个大几百，只为买一片称心的青花古瓷片。但你就这么随便一说，就能相信对方？我们自然会做到言而有信，但对方呢，也能一言为定吗？农村老人，看相貌也还厚道，但人家毕竟是生意人，哪怕是卖自产的货品。现在“小商小贩”，在某些语境下，有时基本是“假冒伪劣”“坑蒙拐骗”的代名词。“不会的。干吗撒谎、爽约？我们首先要相信对方！”“当然，我选择星期三，是因为我明天让他有个准备，而星期三中午，我正好抽得出时间。再过几天时间也抽得出，但隔得太久，让人家等也不好。我必须‘说到做到’。要说怀疑，他才更有理由怀疑。人家如果按我们的要求拔了，我们却不来履约，他也无奈。毕竟买家失约的可能性更大。再说，我们住城里，难得来一趟，真因故失约了，他也不可能到城里找我们，是不是？呵呵。”友人怼我怼得无懈可击。

转眼到了周三，友人再次驱车前往太湖，只为买那想象中的几捧带茎秆的莲蓬。天下着细雨，太湖展露了另一派迷蒙的景象。朋友一路欣欣然，好像莲蓬已满把在握，好像已见到插在瓷瓶里的风雅之物。

已过了十点半，在那天约定的地点找了一阵，竟没见到人，友人也沉不住气了，在座位上嘀咕：下雨天，老先生“爽约”了？但也只是下秋雨啊？

沿村口向西，踏过一木桥，见着秋日的丝瓜藤匍匐在一农家乐门口东面靠外漾的篱笆上，还有一抔蕉叶，几株向日葵。向日葵，大脸盘子，如蕾丝边的那些金叶已枯萎，现在像一位中年趋老的村人，打量着路人。但主体还是很鲜黄，甚至有些艳丽，像这院里的女主人。那农家乐的停车位有很多，除了正对门的东面操场，房屋的北面也辟有一块大场地，上空用大油布绷着，最西面画有几个车位，靠东面则摆了些可折叠的圆桌。在东北角，店里的男人忙着捆扎湖蟹。噢，深秋了，闻名的太湖毛蟹要出水上市了。我们觉得吃饭尚早，准备进村走走。见此一幕，职业病犯了的我主动跟埋首扎蟹的店员搭讪。那店员也许是店主，一份从容、熟稔写在他的神情与动作中。我开玩笑道：“太湖蟹再涨价等于是‘横行霸道’了。”过去，我们以此讽刺人。但中国哲学讲阴阳辩证，人嘴两张皮，对于螃蟹，我们也可以从讨彩头的“正面说”，送幅有螃蟹的画，请高三学生吃蟹，是祝愿人家高考成功！

我们一边应声“老板娘，等会儿过来”，一边转向西北。进村的入口，有高大葱茏的桑树密布于路两边。庄子里，错落着幢幢新式小洋楼，其中穿插着部分老木楼，有的已倾圮。我们边走边看，侃谈着如今的农村，现在河道、房舍之间，环境整治数年，垃圾确已少见了。新老房子片片耸起，也是新陈代谢在人类社会的投影……步行百十米，左拐右转，看到了大片的晚稻正进入最后的成熟期，我们很是欣喜，然后感慨我们小时候见惯了的水稻，在江南水乡、昔日的鱼米之乡，今已难得见了。村子一路走过来，好是好，也碰到几位妇女、老人，打过招呼，聊了几句，但我俩有一个共同的感受：“生气不足”，人少，想必孩子们此时即使没在学校，集聚在村里的也不多，更别说像我们年少时那样喧闹。盘桓一阵子下来，也只听到一只狗叫，声音十分孤单。它叫出了空旷，叫出了声音的底气不足，也似叫出了时代里某种迷失的呼号。而以往，任何一个村庄，就声音而言，除了大人叫孩子回家做作业、天黑了叫孩子回家吃晚饭的斥骂，小孩子疯玩嬉戏声，打架的大哭小闹、大呼小叫声，还有鹅的鸣叫声、鸡的咕咕声、鸭的嘎嘎声、猪的哼哼声，以及夏蝉在树林中的嘶叫，秋虫在墙角里的哀鸣……

进农家乐吃饭，特意点了四只蟹。用餐时，话题扯到了生活的琐碎，如何找寻乐趣上，以及怎样通过自建起一种心理机制，不时警醒自己从沉闷、庸常、无趣的日子里“拔”出来，以独特的视角、审美的眼光重新观照江南水乡的这一片风景。我说起了沙漠中的骆驼。我们都认可它的坚韧。因它长得高大，沙漠在视觉上又十分广阔，易引人注目，故很多见着这一画面者都会不由生出敬佩、感慨之情。我又激动地说起电视纪录片中的“鲑鱼”。鲑鱼的洄游产卵之举，常常使人惊骇，让人动容。它们在自己悲壮的历程中迎来了下一代生命的延续——这种“安排”，能否给我们以某种启示？

每年七到十月，进入繁殖期的鲑鱼们，会从太平洋游入河道，逆流而上，穿越八百公里水道，不吃不喝，奔向加拿大菲沙河。这一路历时三个月，中间所经历的艰辛，刻在每一条鲑鱼身上。你看，它们正经过房屋密布的流域、四处布满暗流的森林水域，千难万险，九死一生，只有一部分活着到了浅滩。那里，是熊的领地。棕熊非常了解鲑鱼的洄游路线，它们占据制高点，等待着鲑鱼的到来。一路逆流而上，鲑鱼们体力消耗很大。若是遇到河坡，它们必须如“鲤鱼跃龙门”一样才能继续行进。棕熊在河坡之上，张着血盆大口在等候，鲑鱼们偏向“熊山行”。现在，鲑鱼在坡下积聚着力量，奋力跳起，全力往上跃，一次不行，再来一次，再来一次……其间，无数鲑鱼不幸跃进棕熊的大嘴，熊狂咬大嚼，血水自嘴角流出。当劫后余生的鲑鱼跃过“龙门”，游到后面的更浅的河滩，稍做休息，等候多时的老鹰和各种鸟类又早磨好了流涎的口喙在等它们。这些家伙一抓一个准，大快朵颐着免费的午餐。鲑鱼们只待这些天敌酒足饭饱，再组成残余部队，继续前行。接近终点的水，更浅了，鲑鱼的半个身体都裸露在水面上。而经过这一路风雨过后，它们的身体此时已变成红色。嘴也裂开了，皮肤上到处挂满伤痕，不是鸟啄的，就是石头岩壁磨蹭所致。当历尽艰难，终于抵达目的地，雌鱼会用尽最后一丝力气产下约四千颗卵，雄鱼守候一旁，争相为这些卵受精——这是它们来此地的最终目的。任务完成后，鱼儿们全部死去，化成微生物，融入水中，为新生的幼鱼提供养料。

每每看到这悲壮而残忍、死亡又新生的一幕，我只觉着有一曲挽歌，在天际间升起。它于森林的啸声中穿越，于海洋的浪涛里飞旋，万物屏住了呼吸，贝多芬或德彪西这些天才，也只能给它加注部分尾音。

我一直生活在小桥流水、烟雨迷蒙的江南。浙北有幽远深邃的山水，我仍常有难见高山峡谷、沙漠海洋之憾。就像就餐有“隔锅香”之说，没有到过的地域、没有遇见的如鲑鱼洄游产卵的场景，总易让人妄自菲薄，产生一种地域文化不厚重的自卑心理。而事实上，溯河洄游产卵的鱼类相当普遍，如果你细细查问，我们熟知的长江里的鲥鱼、鲟鱼也属此类。此下，我们通过餐厅玻璃眺望的太湖里面生活的鲚鱼、银鱼，以及本地常见的我国四大家鱼（青、草、鲢、鳙）等淡水鱼，也有类似的特性。产卵前，它们常由下游及支流洄游到河流的中上游产卵，只是没有鲑鱼从海洋洄游到大陆河谷那样漫长、残酷、壮烈而已。

在没有大海、高山、峡谷与无垠沙漠的江南，有一种动物，同样有被我们忽视的特性，在某种程度上，同样让人惊讶。如同水乡之水，我们感觉它“至柔”，从另一维度来理解，它又可谓“至刚”。它，就是我们正在品尝的河蟹。它惯常被污名化（在古代科举应试中，进士甲科及第者称“黄甲”，黄甲由此既指螃蟹，又借指科举甲科及第者——此之谓吉言），实则，它身上也有我们少知的繁衍壮举。

那一年深秋，我在太湖西岸的洪桥水产村采访。一养殖大户说，秋冬时节，是收它们的关键时候，这“关键”于人的口腹而言，是它们已膏黄满溢，乃人间至味；于河蟹而言，是它们很快进入繁殖期。养殖户将网笼看管把控得再紧，它们也会千方百计地想法逃脱。“那再逃出笼不也翻入你家这宽阔的河塘里?”我笑说。养殖户的回答出人意料：哪里呀，它们是要逃到长江口，要去产卵。我一惊，就像当年在开封“清明上河园”景区的跑马场听到“马睡觉是站着的，如果躺下那不是睡觉，而是生重病了”的未闻常识一样惊讶。而这是事实，是养蟹者皆知的常识。对，从湖州水乡到长江口的崇明岛，数百里路，与鲑鱼洄游一样，也是螃蟹们悲壮的征程。真所谓“秋风响，蟹爪痒”，太湖边、水乡里，无论哪个池塘，哪怕被严密的塑料网重重封牢，时令如同战令，此时的螃蟹只为产卵、繁衍下一代。它们通通朝着长江口的方向爬去。自然界中天敌的捕捉、人不经意的踩踏，甚至猫狗的咬噬、风雨的阻击及断螯损肢的伤痛……都不能延缓这趟生命的征程。当然，很多逃离养殖塘的河蟹，死在了路途上——我们都有过在路边或田埂上遇见死亡河蟹的经历。我们此前未曾发问，实则问了也没有谁能给出真正的答案。一俟时令，温度、雨水及光照适合，种子会发芽；冬天落下的雪花一律有“标准”的六角瓣……这些现象是因何产生的呢？对于这些疑问，自说自话惯了的人类常常“失语”。河蟹为什么要到入海口的咸水中繁殖，再到淡水中来生长？一种“科学解释”是这样的：由于海口和内陆水体中的钠、钙、铁及其他重金属离子的含量不同，其作用于水生动物的渗透压也就截然不同。而水体渗透压的大小又对某些水生动物的生长和生殖具有决定性的作用。海口水体渗透压高，适合河蟹产卵繁殖，但不适合它们摄食生长；淡水水体渗透压低，适合河蟹摄食生长，却不适合它们产卵繁殖。所以，河蟹、鳗鲡等少数水生动物在水体渗透压的影响下，就体现出明显的生殖洄游特征。但“科学解释”与我们所叩问、想接近的生命哲学不是一个体系。

在太湖边结束一顿午餐后我们带着重新发现周遭世界的平凡及平凡之中蕴含的伟大的“惊奇”眼光，生出感恩生活之心，走出农家乐餐厅，再返回到太湖堤岸，此时已十二时多了，雨不知何时停了。准备驱车返程前，我们不约而同地说：“再去找找，看那卖莲蓬的老头是否来了。”

老头来了，没有爽约！就在小沉渎路口石牌南侧数十米处，他站在几株行道树的树荫下。我们快步向前，嘴里跳荡着欢快的叫唤声。老人也发现了我们，老远招呼：“在这，在这里。东西全准备好了，我放在下面，用塑料袋盖着呢。”果然，摊位上面还是两类菱角，部分短茎莲蓬。他掀开了塑料袋，一小捆一小捆地搬上了摊位。莲蓬根子劲挺，长两臂左右，三根扎成一小捆，在上、中、下三处捆扎，很结实、紧凑，像个火把。莲蓬与茎秆为原生状，只个别的下端有一二折痕。“啊哈，真好。我们原以为下雨，你不会来了。那开饭店的男的说，你天天来，这点儿雨不碍事，你肯定会来。可我们找了好一阵，又等了好一阵，仍不见你人影，差点儿走了。”“来的来的。今天我一早下塘，这莲蓬秆子很高很长，拔取蛮难的。主要是怕折了，你们不是要插花用吗？邻居见了，问我怎么不掐一下，还这么搞？他不知道名堂。所以来迟了。但前天好像也差不多是这个时间啊。”“哦，可能我们来得太早了，急着想要这些东西。”友人有些不好意思，“还好，我们在这里吃了午饭，再来看你就在了。”老人也讪讪而笑：“我之前也在村口那里找过你们。可能你们那时正在里面吃饭。”我开腔了：“谢谢老人家这么守信。如果……我是说假如，我们真没有来，你怎么办呢？”“我相信你们一定会来的！你们一定会来的！”这是老人的回答。我一根筋，“有‘来’的，就会有‘不来’的。”“会来的。做生意要讲信用。我们先要相信买的人。真的像你说的那样，我就只能卖掉了。卖也只能卖短茎莲蓬的价，多花的工夫就算了。”然后是说价钱。我们两人全部买下，共六扎，十八只莲蓬。前天买的三只短茎莲蓬，每扎十元，我们买了两扎。这一次的莲蓬头总数，是原来的三倍，区别在于短颈与长茎秆。友人将一叠纸钞递给老人，“这是上次我花一百元买莲蓬，你找的八十元钱，我放在皮夹里没动过。上次花了二十元，这剩下的买今天的，够不够？不够再加。”老人接过，手指只稍翻了翻，就连连说着“够的够的……呵呵”。我们说着：“老人家辛苦了，谢谢您！”老人说：“不辛苦不辛苦，也谢谢你们！”

回城路上，我说这“谢谢”两字虽再寻常不过，但含义颇丰富，比如谢谢彼此的守约，谢谢彼此的客气。老人家的谢谢或许源于他明白了“城里人也有买莲蓬要买长秆的，不为吃而为看，如此接下来也可备一些长秆莲蓬来售卖”，我们的谢谢是感谢老人家诚实守信。作为写作者，我看到了寻常太湖人家的人文风景、凡人的另一面。友人一路开心，笑道：“死沉沉的生活里，看到让人触动或眼睛一亮的物事，比如老人家虽是‘生意人’也只是为生计而销点儿土产，他的言行全然是与邻家老伯一样的，真是好啊。”“家里的花瓶，将摇曳一片‘莲蓬太湖风情’、秋之莲韵……”

太湖，真是像沙漠、草原、森林乃至海洋一般辽阔呵，虽然它没有太大的浪头翻滚，也不如马里亚纳海沟般深入探底！有人如是赞叹。我坐在副驾驶座位上，边接他的话茬，边在手机里检索着“莲”字，得这样的解释：儒道释里，“莲”都有美好的象征、寓意，它们纯洁、高雅、清净、超然。

买莲蓬，我们似得到了这些。

沾满星光与露水的鸟鸣

一

近两年越来越早醒，醒后我喜欢赖在床上听鸟鸣。一墙之隔的南卧室窗外，那个椭圆形竹园里，很早就有了细微的动静。侧卧，静听，起先是一两只，鸣声如水滴溅落竹丛；交错中越来越多，各个方位传出的叫声，以不同的调子、节奏在空中交会、碰撞、跳跃，催促着小区在清晨醒来。自主净化了一夜的空气，包裹着这些妙音，将它们向四周抛掷。我想，附近几幢楼里的居民，会被这些婉转、细碎、清灵的声音惊醒，退去噩梦的纠缠和前一日的不快，陆续起床，加入升起的旭日照耀的滚滚红尘。

一日复一日，我开始习惯安享这晨鸟之鸣。

身体经过脏器一夜的协同运作、净化、排泄，晨间听得的这些天籁之声，更清晰了。我猜想除了一些“元老级”的老鸟，每天还有不同的鸟加入。我有时试着从这盛大的交响乐里，分辨出有哪些鸟的声音，几番尝试，不免泄气。因为这竹园里似乎没有我熟识的鸟叫声，只有麻雀叽叽喳喳的叫声，我能分辨出来。

如今，我不再细究其中的真相。偶见黑灰的影子在竹枝间跳跃，听到曼妙的歌声就够了。得了鸡蛋，为何要深究那下蛋之鸡？懵懂中，心智清空，物我皆忘，不也很好吗？我已欣赏到了独鸟的歌唱，也受到了众鸟的前呼后应，很圆满了。

我感恩，这热闹的鸟鸣是天赐的礼物，它简直是第一道早餐，皮囊已经排空，新的一天的烦琐还未填入。双休日早晨，很少赖床的我，有时会赖上一段时间，尽情欣赏群鸟的啁啾声。灌耳的歌声中，我通过想象把自己投放到一座动物园的鸟雀馆旁，或海水冲击的崖边屋子里。悬崖所在的岛屿，是一个鸟岛，峭壁上筑满了鸟巢，无数的鸟鸣如大雨降至大地……如是，半醒半昧中，我又意识模糊，南窗外那些鸣叫就成了想象中海鸟的喧响，哗啦啦，哗啦啦，与海浪一起飞溅。

我该用诗歌，来赞美这种鸟鸣。它们是生活间隙、时间褶皱里，我们能采摘的蜜露。直到现在，我仍感觉哪天能睡到自然醒，神志在鸟语中渐渐清晰，是无上的福分。这种自然醒来的生命，才是自足的、饱满的，带有质感和温情，如炊烟在我们的呼吸里升起。而事实上，多少年来，这种生活往往求而不得。有来由和无来由的焦灼、沮丧、忧郁时时缠绕着我们。因为白天留下的纷扰，因为身体的病痛，因为城市夜生活的喧闹，因为楼道邻里的寸利必争……安然入睡已是奢望。鸟儿呢，它们也一直在无尽的驱逐、惊吓和猎杀中，寻一方清静安宁之所在，好让自己栖息、产卵、孵化和喂养儿女。在一季季的仓皇中，你若能听得一些散落城际的鸣叫，那也是零落的、破碎的，有时是惊慌的、喑哑的、冰凉的、无力的。

我是幸运的，因为购置这套未装修的二手房前，发现了这个半个球场大的椭圆形景观区。后来这里陆续移种了东西两片竹林，竹子一派青翠，满眼生机，引来了南来北往的鸟儿。声声慢，乐缤纷，这里便成了一块宝地。竹林与晨鸟婚配，在这块“飞地”上载歌载舞。小区硕大的身体上，缀了一块青玉。

竹林吸引着鸟儿飞来歌唱，鸟鸣与看不见的富氧空气，滋养着我。这种彼此勾连、相依的关系，恰似人类对土地的吸附、亲近，是一种生命存在的本质抵达。此组合，与二十四节气联动同舞，与植物的开花、结果，人事的代谢一起共振。

它也常使我想起那些乡居的日子。童年和少年时，我从未觉得鸟鸣有什么特别，好像天生应该是这样，如清爽的空气、埂上的绿草、山巅的阳光、瓦檐流下的雨水，不用刻意去寻找。目之所及，耳之所闻，村庄、林地、田野，及至小院的篱笆、楝树的枝杈，鸟影与鸟叫，皆触目灌耳。二十多年前，我刚来城里工作，一周忙碌下来，谈不上多疲惫。因城里没有一个亲人，一日三餐几乎都在外面解决，我常常想念母亲做的菜——东畈田头或南港岸地上种的青菜、韭菜、芫荽、萝卜，自家母鸡下的蛋，承包的田头沟渠里的黄鳝、泥鳅……说走就走，我转几次车回到家住上一晚。房前屋后走走，到承包的田边瞅瞅，去附近的塘滩、沟渠看看，我便很轻松释然，心无挂碍，惬意自在。饭与菜，比在城里吃得多得多。尤其是睡觉，第二天早上一觉醒来，躺在床上又会迷迷糊糊地再次睡去，再次醒来。身体懒得动，我能听得到自己的呼吸与心跳。睁开清灵空旷之眼，盯着屋顶上的房梁、瓦片，看那条用银角子嵌钉于木梁上的红绸轻轻摆拂……其时，晨鸟已在后窗外不停地穿梭、跳跃，在我的周围喧腾。它们并非刻意，也不知道这家的大公子回来了。它们因自己的舒适、快乐、沟通之需要而发声，在抬眼就看见楝树、榆树枝杈的瞬间，我的目光游弋于劲挺疏朗的竹林。当我像天外来客降至，木桩一般扎入那自足的乡间生活，审视有些陌生的曾经的家园时，第三只眼洞开，“看见了”另一种自我存在。由是，我对很多物事倏然上了心，重新体察周遭的一切，发觉朴素、简淡，乃是一种自然的高贵、秩序和美，是经过了一个轮回的和谐。那一刻，不仅是鸟声，家里所有简朴的家具，厨门后笨重的铁铲、钉耙，还有那些撒欢的鸡、猫、狗……每一种都生动起来，可爱起来，温馨起来，诗意起来，罩上了一层迷人的光芒。

现在，听着苕溪边小区里交错嘈杂的鸟声，我想着一个整体的概念：鸟群。是的，竹林里，飞抵的鸟群，肯定在不时更新。它们按一定的规律，自主地进出。客观地说，不同的季节，第一声鸟叫的起始时间应是不一样的。二十四节气的变化，日日累积，“微调”而成。人的感受力，特别是粗枝大叶的我，是不能及时感知这细小的变化的。生活在天地之间的鸟，比我们对风霜雨雪的感知更直接和敏锐。比如，遇到雨天，早上醒来你能听见窗外有雨声，这时鸟鸣会少很多，偶尔能听见几声。冬天，鸟儿很少鸣叫。在更早的秋夜，你也能听得到若干鸟鸣，它们一晃而过，如某些闪念，来不及剖析。有时有一阵惊悸的急呼，与那墙角不知何处的秋虫的哀鸣、远处篱边蝈蝈的欢叫，形成一种对照、映衬。我知道，若是我永远不再迁居，我的容颜便会在一朝又一朝、一月又一月、一年又一年的听闻中，慢慢变老。纵使这一代又一代的鸟儿仍不停地鸣叫，一次次鼓动我迟钝的耳朵，温热我苍凉的心，总有一天我会永不再醒来。我的皮肉，化作火葬场冒出的浓烟，骨灰被纳入一只小盒，葬于野外，重新融入黄土，成为植物汲取的营养。但我相信，在那个未来的世界里，肯定仍有鸟鸣。

生活，是门前的苕溪水，从西天目山奔流向东，不舍昼夜。这源于天目山的苕溪，因河流两岸多生苕草，秋后苕花漂浮于水上犹如飞雪而得名。作为源远流长的母亲河，它一直哺育着浙北这片膏腴之地，是一条流着美、装满诗、氤氲着丹青笔墨的河流。千年以来，有太多的文人墨客、丹青高手在此溪两岸踯躅徘徊：张志和留下了千古名句“桃花流水鳜鱼肥”“斜风细雨不须归”；苏东坡感叹“试选苕溪最深处，仍呼我辈不羁人”；胡仔撰《苕溪渔隐丛话》，自号“苕溪渔隐”，流连“苕溪清境”；故里人赵孟𫖯赞呼“自有天地有此溪，泓渟百折净无泥。我居溪上尘不到，只疑家在青玻璃”。还有至今可见的墨宝，如杜牧苕上所写的《张好好诗帖》，米芾的《苕溪帖》，张先的《十咏图》，李结的《西塞渔舍图卷》，范成大的《西塞渔舍图卷跋》，钱选的《浮玉山居图》，赵孟𫖯的《吴兴赋》《游吴兴山水清远图记》……可以说，它倒映着蓝天、白云，养护着两岸的桑树、苕草、芦苇，也让泥沙埋藏着陶片、青铜、竹简，河面漂浮着纸帛墨韵……山水风光与人文胜迹，深厚的历史与璀璨的文化，自然诗意与现世富庶，是如此相契共融。

在鸟鸣集中、繁多的春日，我常常能捕捉到第一声鸟叫。它不是从小竹林发出的，而是来自客厅东窗外的枇杷林，或靠近北面厨房的香泡树丛。过一会儿，才有南面竹林里鸟的呼应。有时因出差或生病住院，一段时日听不到这晨鸟之鸣，我就觉得心里少了些什么，即便旅馆或病房外的鸟声，也清脆交织，甚至更婉转，但入耳不走心。“家”的意念在心中萌生——“早点儿回去啊”，回到溪畔水泥砌筑围护的空间，与家人围桌吃饭闲聊，在书房里习字画画、看书写作。让生活列车驶入正轨，把搁置的雅好闲趣捡起，将停摆或错时的钟表校正。而最笃定的存在与标志，是每天晨醒后，欣然迎接窗外那一声声鸟鸣。那样，身心才披上了霞光，目光所及之处才见有波浪，它们仿佛牵引着你向更深远的源头驶去。

每日上班路上，在溪边的柳树或芦苇旁，我能看到无数条大铁驳忙忙碌碌，拖运一船船黄沙、石子，向东驶入太湖，再驶向上海。但我有时也恍惚：在我没有看到它们的时候，它们又在托运什么呢？可能依然是满仓的建材，也可能是一船船人间的悲伤、苦难，是看不见的星光、雨水、鸟鸣，篷帆、油布掩盖着的见不得太阳的秘密，或者什么也没有。那一刻，我回到了自身，回到了时空中的自己。“天下无心外之物，如此花树在深山中自开自落，于我心亦何相关?”迷茫之夜，我倚靠于床上，听那些船只，渐次发出哼哼声，如乡间劳累了一天的庄稼汉在打鼾。夜半醒来，有时能更清晰地听见它们在昂扬而驶，波浪向两侧展开，发出哗啦哗啦声。而那时，若有鸟声，则像是“天外来客”。很多时候，我觉得这鸟声未必是白天那些鸟儿发出来的。其时，自然造化的，人文历史的，文化艺术的，所有与概念对应的东西，瞬间全部消失，只剩一种生命原有的本真律动——那是“精神之鸟”在轻轻叫唤。泥泞之路或雪地里，我深一脚浅一脚地行进，沾满了星光与夜露，踩踏在人性的灰暗地带上，点戳在柔软而玄妙的灵魂之穴上，或陷入无尽的深渊。然后天亮了，晨光熹微，我的躯体、精神又复原了，有一刻甚至满血复活。

有时，我自作多情，想着好久没在南墙边卧听，灵敏的鸟儿们，肯定会感觉到，它们会焦躁，叫声喑哑。“我见青山多妩媚，料青山见我应如是”，我听鸟叫如此悦心，鸟儿也肯定善解吾意，会为暂失知音而失落。它们对着竹竿竹叶叫，对着晨曦叫，对着雨雾中肉眼不见、感知不到的另一时空叫，传递它们不安的问候，令人哀怜……现在，所有的一切，都该回到常态，回到庸碌、俗常、简朴、淡泊的家居生活中去。我把自己的欲望降到最低，恪守初念，一以贯之。

入夜，闭了南窗，不再张望竹林，搜罗鸟影。案头，书本打开，嗅着茶香，我常常心怀无限的感激。有多少先贤、智者，通过语言文字，向漫漫长夜发出灵魂的呐喊，以人性的光辉，驱走世间的胆怯、孤寂、悲凉，引领着脚步向前，朝着黎明、温暖、清朗出发，像罗盘一样指引着我们向前，甚至像火把一样猛烈地燃烧，以汹涌的光与热，一路护送、陪伴我们向前走，一朝又一朝，一代又一代，前仆后继。

这些集聚在典籍里的鸣叫，画卷与影像里的鸣叫，无私、哲理、精妙、可亲，又历经时光的淘洗，坚硬如宝石，散发穿透迷雾的光亮。只要你有一颗善良之心、赤诚之心，它们就一刻不离地盘桓在你周围，任你随时取用。它们构成我们生长的养料，丰富我们对自然与人世的见解，也淬炼着我们的意志，怀抱对真善美永不变的持守，踏步向前，不舍昼夜。

己亥年，惊蛰夜，春寒料峭。连续数月的雨水，浇灭了四周鸟儿的啁啾。一盏灯下，心湖平静。夜空深处，一声春雷倏然掠过，让我重又低声念起美国诗人沃伦那首诗《世事沧桑话鸣鸟》：

那只是一只鸟在夜晚鸣叫，认不出是什么鸟，

当我从泉边取水回来，走过满是石头的牧场，

我站得那么静，头上的天空和水桶里的天空一样静。

……

多少年过去，有的人已谢世，而我站在远方。夜那么静，我终于肯定我最怀念的不是那些终将消逝的事物，而是鸟鸣时的那种宁静。

二

初夏，双休日的午后醒来，我发现家里人都不在。在西苕溪畔的居所，我立于客厅的东窗前，看到窗外一年一挂果的枇杷，今又结出硕果，已青黄了。接下来的一段时间里，枇杷熟了，感觉有了变化：那些拿着竿子、篮子，搬个凳子提前赶来打果子的大妈们，较往年明显少多了。

江南五月碧苍苍，四时之果枇杷黄。就在前几年，小区公共区域的几棵枇杷树挂果了，附近打牌或闲逛的退休老大妈，便会络绎不绝地前来采摘。小区外围行道上的杨梅树结果子了，处于青春末期的杨梅，颜色青黄，酸涩无比。那些遛着狗的男女，特别是一些中老年妇女，同样欢喜异常，不管不顾地拿着个小篮子或旅游帽，忙不迭地采摘。离小区东门不远的绿化带边，常见到一些老大妈，也有年轻女士，使劲摇着沁香的桂花树。树下面，她们撑开雨伞兜着，伞内已积有一层层银白或黄褐的桂花。夏日里，行道街上的玉兰花，小区里的广玉兰，也常有人偷采。

我没有看到相关规定说，小区里的这些花朵、果实不能采。如此，“法无禁止皆可为”，是自然不过的了。也可能有物业或社区管理者一直在维护、监督，甚至可能有被抓到挨批评的，只是我没有亲眼见过。我能看到、碰到的，最多是正在偷采的老大妈或年轻女士。发现过路的我时，她们稍显局促，手脚却并未停止。

采花自然是因为花美，采摘枇杷自然是为了满足口腹之欲。有人说风雨过后桂花落满地太可惜，不如采回腌渍后做花茶或糕点。因此，采桂花是“节俭”“惜物”的体现。路上碰到采花者，我心绪实在有点儿复杂。我没有打算临时自封城市管理者或小区管理员，对她们的行为予以呵斥或婉言告之“这不好”“不合适”，仅是在目光里多少流露一点儿谴责、揶揄的神色，点到辄止。

退一步说，自己就从未干过“损公肥私”的勾当吗?

扪心自问，真的很少，但不能说从未干过。

搬到施儿港北面这个小区，是春节前，当时还不知道客厅东窗外的几棵树是果树，只觉得绿意葱茏。打开一排窗，远望，空白处能见到阳光，中景处是散落的香樟，最近的枝叶贴近窗玻璃，后来才知道那是枇杷林。

那年初夏时节，有一天我启窗突然发现，枝叶间有青黄的果子，遮遮掩掩的，煞是可爱。细看，竟然是枇杷，惊讶之余，也颇为期待。一段时间后，成串的枇杷变成了黄褐色——成熟了，伸手可采。有时晚饭后，我忍不住，便伸手摘几个。待成群的居民纷纷入住小区，附近几幢楼的退休老大妈们，仿佛一夜间发现了藏宝洞，大白天也来摘。其时，小区社区刚刚建立，对公共区域疏于看管。或许管理者也看到了这一幕，却担心受社区居民“指责”，自己的饭碗端不稳，便睁一只眼闭一只眼。

晚间，还有些大妈招呼自己的男人、儿子或女婿，来“占便宜”。站着够不到没关系，上护栏；上护栏还不行，就架凳子。那时，我就一直站在客厅的窗口，看着他们在忙活。我心中有不快，脸色也难看，这树毕竟紧挨我家窗口，虽不属私产，但也不应被这般糟蹋。我终于还是没有开口。那些已摘尽枇杷的居民，大概也感受到了我们这些紧挨着的住户的不悦，一个个“知趣”地溜开了。

之后几年，这几棵枇杷树还是会结一些果子。不知是小区管理者盯得牢了还是老大妈们觉得采果子无趣、不光彩，加之市面上的水果也很便宜，来采果子的人越来越少。北窗外的几棵香泡树，结了十多个香泡，从夏秋到隆冬，也没有人来摘。它们瓜熟蒂落，掉落到地上，也没见谁捡去。

而我，更愿意相信，这是人心的知耻向善。文明的惯性、良知的内在齿轮，将扭曲的人性顺接到真善美的链条上，日子的轮辐便会优雅地飞转。

听晨鸣能净化自己的心，因此我相信人的自觉、自省。人心是天渊，我相信天然的美，会感化人，唤醒良知，“将此障碍窒塞一齐去尽，则本体已复”。

是的，谁也没有权利或办法，让鸟儿早早醒来，为人类歌唱——为醒来的我们歌唱。它们“不收费”，每日将歌声送至不同的窗口，让醒来的居民们在鸟鸣中迎来新的一天。我们可以认为，这些鸟本来就不是为了我们而鸣叫，鸣叫是它们的“本能”，是它们彼此生存的需要。但客观上，我们人类听闻了，享受了，那鸟鸣化为了心中的美好。我由此相信，居民们安享这鸟鸣，也意识到了一定要保护这些环绕我们的“生命之绿色”的重要性：晨鸟停留的小竹林，几株枇杷树，三五棵香泡树，十多棵小香樟……它们常年带来悦目的绿、清新的氧气、婉转的妙音，香气馥郁，果实累累。春有蝴蝶飞，夏有蜜蜂舞，秋有蝈蝈叫，冬有喜鹊登枝……

三

美好的自然，当然能熏陶人，在无形中滋养人，改造人。同样，面临一种尴尬的窘境时，人也能“自我教育”，疗愈心智，更积极地去看待事物，形成一种正向的认知，并欣赏这种

“转化认知”后的美好。比如，我对紧临居处的那所小学的认识。

这所小学是市里一所著名小学的分校，有五六幢楼。有时路过，正待放学，前面黑压压的，挤满了来接孩子的家长。里面的师生总数应该不下千人，学生均是附近七八个小区的。

起先我没注意，因为自己孩子已上初中，自然也就不再关心小学的事。我一早去上班，下班后小学也已基本放学，但一到双休日，学校就“开锅”了。这两天时间里，小学的广播仍像平时一样，按时播放眼保健操口令，上午、下午共两遍。临近课间或中午，还播放背景音乐。我因身体不适在家休息时，学校正是读书日，课间的喧闹声就十分嘈杂。碰到上体育课，或学校开运动会，你就不要指望休息、静养了。而夏季，因上班的地方离家较近，我在单位食堂吃完午饭后会骑公共自行车回家午休一下，学校的喇叭里，永远是《让我们荡起双桨》或台湾校园歌曲。

但一天又一天，一月又一月，人就是这般奇怪的动物——我竟也慢慢适应了，习惯了，并从这熟悉的喧闹声中听出了亲切的味道，所有这一切化作了一种美。在如此心境下，播放的校园歌曲、眼保健操口令甚至临时通知，虽入耳不入心，但也成了生活的背景音乐。后来，双休日的广播消失了，我反而有一点儿淡淡的遗憾。

“行到水穷处，坐看云起时”，这校园的声音，本来就是美妙之声，是活力和希望之声，是鸟鸣一般充满生机的天籁之音。

当想到这些，你会因此满怀好感，发出温良的微笑。孩子的嬉闹声充溢我们的生活，他们朝气蓬勃，如早上八九点钟的太阳，唤起我们很多美好的回忆。人到中年的我，就想起了曾经在红卫小学、港口中学、观音桥中学，甚至虹溪中学、和平中学上学的时光。那些上课下课、师生游戏的过程，就是阳光洒进生命的过程。那些早操号令、眼保健操口令、课间的背景音乐、好人好事广播，都是我们曾聆听过的。只是当年我们不知学校生活的金贵，甚至以为那是枯燥、苦涩的。而此下，隔着世事、年岁与一种沧桑的心绪，再在居住的楼上，隔空远看校园的田径场、教学楼、隔离带边高耸的白杨树……便是另一种印证，陌生又熟悉。多重的体验、回味，是时间的礼物，也是文化的结晶。

我就读过的小学、初中、高中，今日有的已搬迁，有的已改名，有的已拆迁，反正大都没有了。而我居所边的这所，以当年苏东坡在浙北湖州留下的“尚爱此山看不足”诗句中的“爱山”二字取名，它似乎时时提醒着我仍不能松懈。

时光飞逝，又有一届毕业生走出校园，几个月后，又有一批新生进来。新的喧闹声、歌唱声、嬉笑声，将翻越这道白杨隔离墙，伴随着杨絮、玉兰花、桂花的芳香，冲入我的耳鼻，充溢于我的心际。因为与它们如此亲近，我们似乎也像孩子一样永远年轻。居住在这条古老的母亲河——苕溪边，年年与孩子们相伴，是多么幸运。

是的，一切都归在一个“化”字。窗外的一片片、一阵阵“晨鸟之鸣”，润物细无声般随风潜入，像流动之泉，或蒸腾的水雾、垂挂的露珠，它们成了诗。居民硬摘小区绿化树上的枇杷、香泡或其他花果，久而久之就渐渐悔悟了。他们迟疑、反省、羞愧，不再张牙舞爪地大呼小叫，不再有“不采白不采”的心理……如此，不仅在无形中保护了这几幢居民楼间的绿色果实，大家的情怀里也无形中生出了一片盎然的善念之果。西边的校园，在一次次的沉寂中，将孩子们的欢闹声、琅琅书声，“化”为我们的发现、喜悦、回忆。

“化”后的我们，也是生机勃勃的绿色植物，四季风雨里依然在晨醒后欣赏着动听鸟鸣。

大场房纪事

一

随着一声“啊嘿吭”，从夕阳遮蔽的院墙一侧不远处的低矮角落传来，我和阿根、小连立马警觉，准备从不同的方位逃跑。

这是普通的遭际。放学回家过村口，我们三人按例要在大场房区域玩上一阵。最直接简便的，就是玩上门楼、走墙埂、跳稻场的“自创三连”。谁知游戏还没玩到一支烟的工夫，那该死的“驼鬼”就来了。他是我们本家，属五服之内的族人。他之所以让我们娃崽厌恶至极，一方面是因为他佝偻着背，面部皮肤黝黑，“丑得像个鬼”，另一方面是因为他常欺负我们这些娃崽，且行迹不定。他喉咙里冒出的一声“啊嘿吭”，是他咳嗽的声音，也是他每次现身的标识。等我们听到声响，他大都已出现在我们的眼前。正是贪玩的年纪，真所谓“三天不打，上房揭瓦”，我们常到村里这宽敞的大场房来玩耍，生产队队长“大头佬”、最年长的罗大爷等见着了，总会远远地吆喝，驱赶我们。毕竟是村里存储粮食的重地，马虎不得。驼鬼坏就坏在他来时闷声不响，个子小且驼背，不易被发现，而他抓我们时却特别灵活。逮住我们之后，他会用那被香烟熏得焦黄、如鹰爪的右手，扭我们的耳朵，或者伸进我们的裤裆揪我们的“小弟弟”——这种龌龊的惩戒行为，让我们这些娃崽发怵。我们很憋屈，回家后有时还会遭到父亲呵斥："你们不该在大场房玩耍。"父亲们曾找机会怼过驼鬼，毕竟男孩裤裆里的小弟弟，是传宗接代的命根，捏坏了，没法续香火怎么办？但驼鬼依然如故，由是我们只能选择逃避，见之如遇瘟神。小伙伴们常犯嘀咕：也没听家长说生产队委托他专职管理、巡视和监督大场房区域呀，他多管闲事干吗？记得很惨的一次是他前来逮我们，我在门楼上无处逃逸，立马跳下，不想一个趔趄，人摔倒在地，头磕到条石上，左额头上后来长了个鸡蛋大的红包。

不止头上长红包的疼痛，在大场房游乐时遭受的其他伤害，从童年到少年，也一次次、一寸寸荡漾、晕散开来，融入了身体，在岁月的流逝中，渐次沉入我的心田，烙进了记忆。

去年国庆、今年春节后回乡，我数次在村口漫步，将大场房的记忆撕开了一个大口，将往昔一下擒了出来。然后，在褪去"淳朴善良"之后，我竟无情地发现，让我心心念念、依依不舍的曾经的村庄、村人、村事，在温情的背后，还存有另一面。只不过，在年少成长的岁月里，我当时还未洞开第三只眼。一旦被撕开了口子，如同坚硬的石头从时光里浮出水面，它们竟那般赤裸、狰狞、丑陋。它们逼视我，像一条鞭子在抽打热恋它们所在的村庄的赤子。有一刻，倚靠在老屋二楼床板上的我，迷蒙中倏然惊醒，心怦怦狂跳，背上沁出一层冷汗。是因为我无法面对今日的觉悟，还是因为我发现了当时更多愚昧的乃至凌厉的"恶"？"底牌"翻出，仿佛在告知我一个基本事实：人性大同小异，无论是男人还是女人，无论是生活在城市的人还是生活在乡村的人。古今中外，人性，都不能经受反复诘问！

“大场房”是简称，是东城村徐家生产队大稻场、大公房的合称。

大稻场，就是生长队的公共稻场，上面可以晾晒不同季节从田里收上来的农作物。在浙北这个杭嘉湖平原典型的鱼米之乡，实际上大规模收获基本在夏秋。夏天收获麦子，春天或秋天收获油菜。麦子大多是小麦，有几年也种植了大麦。收割时段集中在五月下旬至六月下旬。夏秋主要收获早、晚稻。早稻收割期在七月下旬，十月上旬是晚稻收割期。成熟的庄稼被收上来，堆放、摊晒在大稻场上。晒干后通过迎风抛扬或用风簸吹，去除秕谷，再一担担、一箩箩地运往紧挨着的大公房。

大稻场与大公房是一体的，像血和着肉。位于村口的“大场房”，向左、前、右延展开去，是数百亩水田，由一条一条田埂隔着，远远看去真像一把打开的大扇面。它们是徐家生产队主要的农田，绿油油的，黄灿灿的，庄稼全部收上来后，就空荡荡的。我如果把大稻场、大公房比喻成身子浑圆的大冬瓜，则其东面那条通往港口集市的路，就是一条长长的藤。村人沿着这条粗壮的藤，走上五六里，可到港口街赶集。女人们买盐、打酱油、扯布，男人们到门市部购化肥和农药。每至秋日售粮时，村人还须经过港口后街的大泥埂，继续向东走三四里，赶往西苕溪码头附近的上洪粮库。这条蜿蜒的泥路，是路，也是生计。它是岁月编织、绞紧的绳，捆扎着农人的命。农人用粗糙的脚，长年累月地修整、踩踏、踢蹬着它，维系着自己紧巴巴、苦中求安乐的日子。

自我懂事起，大稻场和大公房就存在，不知它们是何时修建的。那时几乎每个村子都建有一两个稻场。我后来到观音桥街读初中，先后在虹星桥与和平读高中，平素路过的有些村子的稻场是用沙石、水泥浇灌而成的，我们生产队这里却完完全全是泥地——更穷啊。人说靠山吃山，靠水吃水，我们村无山可靠，水么，就那么几个塘，真像死疙瘩。

无论在当年还是在它们已隐匿于时光深处的今天，我都估算不出大场房区域有多少亩。它被一整圈泥墙封着，只在东面开有两扇大门。门属于整个门楼的一部分。白天，两扇门有时全开，有时只开一扇，村里的庄稼人进进出出。晚上，大公房的门早早用大铁锁锁牢，门楼的这扇门也基本关着，每夜由轮值者上锁。

大稻场的围墙，高过小学生。围墙外的西南角，也是大场房的组成部分，是村里的牛棚。三小间泥坯茅屋，长年都有风呼呼地吹。生产队的两头水牛，由几家人轮着照顾，干草料、黄豆由生产队供给。农闲的间隙，村人要将它们好生伺候，须带它们到水草丰茂处吃草。这活儿好像家家户户都轮到过，我家也轮到过。父亲虽是村小学教师，但属“民办”，一半工分来自教书，另一半工分则要配合村里完成一些农务，在生产队里挣。放牛即是其中的一种。由此，我也体验了与父亲一起放牛的生活。大部分年份，村里有两头成年的母水牛，有几年还有一头小牛犊，是其中一头母牛生的。每次放牛分配两户人家，一家带一头单身母牛，一家带一头母牛和犊子。记得我家那时是带母牛和犊子。来到牛棚，解开牛绳，在通往南港那条较宽的泥路上没走几步，父亲扯了一下绳，母牛停驻了。父亲让我顺着被他呵斥而低下的牛头往上爬，我两只赤脚各踩一只牛角，攀着那常年劳作而被犁绳磨得毛脱皮糙的牛脖子，爬呀爬。快抵达那起伏晃动的牛背时，父亲一手托着我的屁股，一手搂着我的背部旋转了方向，如此我脸部的朝向就与牛头的朝向一致。

父亲又扯了一下绳子，水牛会意，迈开了步伐。宽宽的泥埂大路两边有嫩草，水牛吃得欢，嘴角边的白沫随着咀嚼，混合着草浆流出。父亲牵着的绳子随着牛低头、扬起、移位，也一路松弛着。坐在摇篮般晃动的牛背上，我观看近处的水田，从竹林树木中升腾起炊烟的西村、旧宅、麦塔村，也向南边更远处眺望，隐约中看见那些远山的轮廓。父亲指认说，那是和平的城山，那是小溪口的红山。我喜欢听水牛吃草时咀嚼的声音，咔嚓，咔嚓，干脆有力。被咬断的青草，裸露着一排切口，散发出阵阵浓郁的青草气。青草的味道散布在阡陌之上，混进空气里。一片一片的路边草被吃光，路的尽头，父亲牵着牛绳从南港畔向东畈那片桑地的方向走。小牛犊始终像个陀螺，围在它母亲身边，有时啃几口鲜草，有时又蹦蹦跳跳，无心觅食。母牛偶尔抬头看它几秒，眼神里是关切，没有指责，就像父亲宠我、母亲爱我一样。因为要走上几条田埂，父亲索性也骑上牛背。他是从牛后腿根踩着大腿骨中间的关节一跃而上的。在我正感觉惊奇时，父亲已坐在了我背后。我们紧挨着，坐在“一座移动的山”上。父亲左手拉着牛绳，引领着它前行，右手不时护着我。从未有过坐牛背的经历，我有些害怕，又觉得新奇、兴奋。坐久了，我的屁股就觉着生硬，即便隔着厚厚的牛皮，也觉得不舒服。好在牛走得算快，一会儿工夫就到了，父亲先是一个倒跨下了牛背，然后扶着我直接从水牛那如大鼓的肚子一侧滑下。我顷刻就轻松自如了，像那只活泛的牛犊。我将关注点转向了它，拉一拉它毛茸茸的大耳朵，触摸它那对即将破头而出的小牛角，有磨砂玻璃一样的质感。我壮着胆子，不止一次触摸它沁汗的凉鼻子。牛犊，不凶，不像那些猫狗让人讨厌、生气。母牛硕大的眼睛，看着我与牛犊玩耍。它看了也不生气，反而显得温良、慈爱、仁和。在某一刻，我想象它也把我看成了它的孩子。这种温良、慈爱、仁和的品质，也该是大地的脾性、村庄的脾性、村人的脾性。

体格壮硕的水牛每天食草量很大，生产队在牛棚的东侧，掘了两个水宕子，那是村民铲入牛粪的地方。有时放牛归来，村人会先将牛拉到宕子口，让它拉下足有半箩筐的粪便后才牵进棚里。牛粪既是有机肥，晒干后又是很好的燃料。

大稻场围墙内的西南角，也有一个长方形的小水宕子，里面四季有水，较清澈，还有小鱼小虾游动。今回想其作用，我仍难断定。难不成是夏天发旱，大稻场上起皮，石磙平整前要先泼水的取水之处？还是下雨天大稻场地面雨水汇聚之处？但整个大稻场好像也不倾斜，也不能让雨水顺流至此啊。

生产队里的大公房，作为收储粮食的一部分，与大稻场一起构成有机体的一部分。它直接建在了围墙内，坐北朝南，在大稻场的靠北方向。大公房有东、西两间，西面的那间大于东面那间。奇怪的是，东面那间，我记忆中始终被一堵内墙封牢。它设有一扇门，但永远锁着，难知其中有什么秘藏。我曾偶然瞥见一张写字桌、一个立柜，那间房可能是生产队办公用的，抽屉里当存放有生产队的公章、账本或文件，空地上陈放有稻圈、箩筐、掼桶、耘耥、铁犁、耧、耙、铁锨、锄头、镰刀、镢头、扁担、筛子、拉板、榔头、拍板、石磙、水泵、木锨、风簸、簸箕、杆秤、磅秤、连枷、扫帚等。大公房南北两边墙上，各有一对大木窗，收储粮食的时候，能借助空气的南北对流促进粮食阴干。西面这间较阔大，房梁很高，所有的粮食都堆放在这里，稻谷、麦子、油菜籽，但总没有堆满过。交完公余粮、将剩余的粮食分配给各家各户后，我们这些顽童通过大门缝往里看，里面空荡得陌生，仿佛是村庄的另一种事物。后来大公房东边搭了个斜坡，盖了间小屋，主要是为停放拖拉机之用。空当之处，还斜靠着一部脱粒机，以及风簸、掼桶。大公房后墙与长长的围墙之间，植有一字排开的樟树。西墙往西的空阔地面，秋冬时节，堆放着一个又一个的大草垛。

那时的大稻场、大公房，只是它们的功能本身，是粮食成为粮食的一个中间环节。

整个大场房区的西部是稻田，南部和东部都是塘、河。靠近南部围墙的水塘，我们叫小塘，是暑期我和弟弟，以及阿根、小连等伙伴的水中乐园。往往下塘一扑腾，就是几个小时，游累了就开始摸螺蛳、掏河蚌、抓鱼虾。在田间劳作之后，水牛也常常浸在这塘里“洗澡”。它们不时翻动身子，吃着轮值农户扔在河面上的青草。那头牛犊分明谨慎、胆小，只在母亲身旁靠近塘岸的一侧玩水。它的母亲，舒服时，常常从嘴巴、鼻孔里喷出一串串水珠水沫，吸血的牛虻和苍蝇此下绕着它们嗡嗡叫，对着它们的庞大身体很是无奈。小塘的东面，越过那条通往港口街的宽村路，是我们称谓的“大港”。它是连接我们徐家生产队、东城自然村、麦塔自然村的最大河流，自西部的生产队经东城自然村向东南方向的麦塔村流去，一直抵达西苕溪。河边不同地点和方位的河埠头，是洗衣、淘米、做饭的村妇们的主战场，也是我们这些娃崽跳入河里游泳的始发点。夏日傍晚时分，劳作了一天的男人们，也潜入大港洗澡。晚霞洒在河面上，照亮他们赤裸的脊背，下水、沉潜、浮头，他们成了生活里的鱼了。多年以后，因为疏于疏浚，村集体承包给私人后人家懒得修整，且因涉两个行政村、两个自然村的共同利益，它越来越细、越来越小。这种“看小”的眼光，也许还有主观原因。我直到初二才在观音桥看到汽车，初三才第一次进县城。生产队的大稻场，像我后来看到的飞机场一般空旷，大公房也像机场的候机厅那般阔大。而今日再看大稻场，它也只是巴掌大的一块地方。

去年底、今年春回乡，我特意到让我魂牵梦绕的大场房去看了看。围墙早被拆除，大公房也自然杳无踪影。那些区域被村人分成了几块，种下的水杉树，已密密匝匝，高耸入云，众木成林。西边的一块，原先被一新建房的户主有意无意地“占有”，盖起了两间小房，一间养猪，另一间养羊。后来这家的子女嫁人的嫁人，外出打工的外出打工，两位老人觉得养羊养猪吃力又没得赚，故废弃后屋子也被拆除，做了自家的小菜园。

一九八二年九月入观音桥中学读初二，此后我就一直住校，回家的次数少了。我不知道当年生产队解散后，部分村集体固定资产是如何分到户上的。能不能分？合不合法？如可以分，当时有没有村镇干部认认真真地划分？按什么依据、标准分？都不知道。听闻大公房拆的时候，上至瓦片、房梁，中到砌墙的土坯、木窗，下到石条、石脊，噼里啪啦，不到两个日头皆被村人扒拉去了。长长的围墙，本已倾圮，剩下的相当多的土坯不知被哪些村人一块块拆走，码了自家的猪圈或是茅坑。也许，这些残坯断瓦本已没有多少价值——大稻场里捞不出什么油水。几个河塘、机埠仍属集体，归入拆并后的东城自然村，现在已属厚全村。虹星桥、和平、杭州、雉城、湖城……我在外兜兜转转这些年，感恩老天护佑，父母健在，六个姊妹节日尽量团聚。一大家子春节或中秋聚会，姊妹们多论当下的愁乐，少涉村里的过往，特别是有关大场房的陈芝麻乱谷子的事，更没去问父母。一直生活在农村的父亲脾性散淡，不嗜烟酒，遑论打麻将、“摇单双”（一种浙北的赌博方式），闲时只爱读书报。父亲从二十世纪七十年代中期开始一直在学校教书，先是在村里的小学，小学拆并后到了蒋家村的中心小学，后转到港口村小学，从当初的民办教师转正为公办教师。对村里这些“不太重要”的事，他未必知道多少。母亲在村里务农，也从不爱争，总是退让。故也没见着父母分到哪块地或哪片砖瓦、农具。好像这片杉树中有半厢是弟弟的，我也没去追问。

二

庄稼播种、成长时节，大稻场是闲着的，我家老叔、驼鬼、五保户六奶等家的鸡狗猫，会抓着东面门楼开着的当口，溜进去踱步、觅食。更多的是鸟儿。那时普遍节约，所谓颗粒归仓，大稻场的水稻、麦子、油菜籽收起入库后，铺面被扫净，漏下的颗粒不太多。在晾晒阶段，铺晒的稻谷和麦子在大稻场上简直一望无边，炽热的太阳下明晃晃、金灿灿的。鸟雀们像接到开会通知一般，从各处飞抵，停落在稻谷和麦子上。那时的稻场像只巨大无边的竹匾，被派活的农人隔一段时间就用耙子一趟趟一行行地耙一遍，同时忙着驱赶啄食的鸟雀。鸟雀们像顽皮的孩子，跟村人你退我进、你追我飞地斗智斗勇。

大稻场和大公房主要是成人们生产、收获、议事、分配的场所，也是孩子们戏耍游乐的天地。

有几年生产队也集体种番薯。收上来开始分番薯时，大稻场上的番薯堆成了一座小山。有几个番薯特别大，娃崽们都盯着，暗暗祈愿能分到自己家。在大人们抓阄后，我们这些小孩子，都在打小算盘。在大人依次过磅秤称重时，我就用赤脚碰触、滚动着那些大番薯，挨近估摸着分给我家的那堆。我用脚趾，根据不同的分配情势，在貌似玩耍中实则有方向地推动番薯。我家那不太友好的老叔，对我这个用脚趾推的动作不太理解，用怀疑、奇怪的目光逼视我。直到几只大番薯最终“恰好”轮到我家装袋过秤，我露出了欣喜、释然的神情。叔叔乜了一眼，才发现了我的小心思。他没有出声，可能大人们并不认为大番薯品质才是最好的。小孩子们则觉得越大的肯定越好。

每年临近春节，生产队都要车塘捕鱼，先是把鱼摊在大稻场上，再装满筐抬进大公房里。有一次，我与小六子被招呼着在大公房帮着看守。大人们在河塘那边抓鱼耙鳖，更多的人站在河岸看热闹。公房里的白鲢、鳙鱼不停打挺，我与小六子趁人还没来，各自挑选了几条夹杂其中的漂亮鲤鱼、大鲫鱼，将它们藏在公房里面的谷仓里，并用稻谷将其掩埋好。

孰料当天鱼货集中后，并没有及时在全村分配，因此我与小六子也就不好借分鱼之机将藏的鱼带回自己家里，只得眼睁睁地看着生产队队长给公房上了锁。

第二天分鱼，我因上学没机会参与。放学回来后，我想去取回藏在粮仓里的鱼，但那几天以及随后的几天里，大公房的大门一直锁着。某天，有村人说一些猫从木窗钻入大公房，不时叼出一些鱼来。打开大公房后发现到处是鱼鳞、鱼刺及鱼内脏，腥臭气萦绕大公房好多时日。

农闲时，大场房成为孩子们玩乐的场所。伙伴们站在围墙上比走大圈，能在薄薄而立的围墙上站稳，走上一段且身体不倾斜，那是本事。因为少有一口气走完全程的，多是走钢丝般走一段后身体不稳，跳下围墙，精瘦的崽子们在这种智勇比赛中不服输，一次不行，再次上墙，几次三番。有时玩到兴致处，被生产队队长或哪个娃崽的家长发现，一阵呵斥，大伙儿只能悻悻而归，但一有机会仍上墙挑战。它惊险、刺激，需要胆量，也需要毅力，更得有平衡身体的高超技巧。有时，走墙玩腻了，或失望极了，我们便选择到小屋里，学开拖拉机。坐上停放在那里的拖拉机的驾驶位置，嘴里“突突突”一阵。静坐不过瘾，我们就想尝试着将拖拉机发动起来，但村里的拖拉机手每回从田里开回拖拉机，清洗干净后就顺手将那发动拖拉机的铁摇手带走了。无趣中，我们上大稻场东面的门楼，斗猛比狠：打着赤脚站在门楼上，往下跳。先是往里面跳，下面是大稻场的泥地坪，再后来挑战往外跳，下面是门楼外的奠基石条铺成的平面。因为人很瘦，也灵活，我不知跳过多少次。我仿佛学会了当时风靡的“少林”系列电影中传说的“轻功”一般，每一次都没事。千里马也有失蹄的时候，唯有一次“失蹄”，就是上文所说的驼鬼突然现身驱赶我们的那次。

农忙时节，夜晚的大稻场，堆满了一堆一堆的稻谷，它们被塑料膜覆盖着。有时是长条的堆，多时两三条，每条数十米，横跨大稻场的东西两端。那些夏天，每个生产队的社员都立在自家屋檐下听广播，关心着天气。天气好，出大太阳，村民们便庆幸。这样田里的稻穗就可以避免被雨水淹。脱粒上田，摊放在大稻场上，连着翻晒几个日头，稻谷就能顺利晒干进入大公房。

待大稻场上堆放的稻子、麦子、油菜籽晒干后储存在大公房里，大稻场就现出了久违的空荡；因着充实，大公房也若吃饱后的水牛，陷入宁静。这种空荡、宁静，意味着村人相对轻松了。农闲时，空荡的大稻场与围墙外的村庄，那些房屋、猪圈、羊棚、鸡窝，那些树木、篱笆、石头，形成了一种映衬、对照。大稻场的上空，挂着一轮明月，银白的月光下，静谧无垠。大公房沉沉睡去，也与围墙外的人声、狗吠、鸡鸣形成了一种映衬、对照。时光由此进入澄明之境。

住在前村的部分人，夏秋时爱坐在门前的石条上，在这个村口、大路口边的休憩点，抽烟、喝茶、乘凉。

最忙碌的“双抢”过后，入夜，二伯等住在大稻场附近的大人们，开始在稻场东面门楼前面的石条上唠嗑。单身的二伯父，一直跟奶奶生活在一起。他所住的靠近大港西边的土坯小屋，后面是竹林，从门前小路向西南方向走不过五十米，就到大稻场东面的门楼了。他是门楼下的常客。傍晚时分，他搬个小板凳在此乘凉，带着的那个硕大的搪瓷杯，像只温顺的小猫依偎在脚旁。他时不时地跟过路的人招呼。我们吃完晚饭后有时也前来，在石条上坐着，听他讲老故事。他说徐家生产队几乎都是移民户，包括我们祖上，百年前住河南罗山县。太平天国运动后，苏、浙、皖出现移民潮，我的高祖为避祸，带着五个儿子“下江南”，最小的那个就是我的曾祖父，当时还是躺在箩筐里的婴儿。一路辗转，母子们来到了浙北落户。新中国成立前，三省交界的长兴为军事要地，一直不太平。二伯说：“那时我跟你们现在一般大。你奶奶常一拐一拐地在后面追着，叫我不要四处乱窜，特别是过兵时。”“嗖——，嗖嗖——，你能听到子弹穿过林子的声音。现在想来，真是蛮好玩的。”“日本鬼子在我们村口过兵，村里一个过路人，远远地躲进西湾那齐高的蚕豆林里。等了老半天，那些军靴、马蹄行走的声音没了，他从蚕豆秆间冒出头，想看看日本兵都走了没有。谁想有个日本兵因为小便耽搁了下，没走远，看到了他就打了一枪，把他打死了。相隔很远，隔了多块田埂，怕有一里多路远。太狠了！”他还讲，村里哪个人的远房亲戚，在太湖芦苇荡里当过强盗。新中国成立后，那个身手不一般的家伙被抓到后，在县城的朱家白场被枪毙。生产队队长大头佬，当年跟后村的老侯，都被国民党抓去做壮丁了。老侯被送到了淮海前线，差点儿送死。大头佬呢，路上把辣椒水滴入自己的眼睛，眼睛红肿得看不清东西，历经曲折逃了回来。“二伯，你为何一直不结婚?”我一直好奇，偶然抓住时机问。他的回答是“我自己要求高，看不起人家”。他自认虽是庄稼人，但对自己的婚姻有自己的原则：宁单身，不勉强。年轻时他是远近有名的农活好手，对女方“挑高了脚”，最后却成了村里的五保户。讲到兴致处，一阵夜风吹来，二伯拍了拍蒲扇：“这小风一吹，凉飕飕的，正是农人长肉的时候。”二伯所说的“长肉”，按现在的话当是“贴秋膘”。但当时，家里来了重要客人，才舍得到港口街去割一刀肉。男娃发育了，暑假里身体扯着长，母亲才会杀只仔公鸡让儿子独享。偶尔来乘凉的罗大爷，有时在娃崽们的央求下讲鬼故事，讲穿行在港汊河塘里夺娃崽性命的水猴子，搞得最后有几个孩子夜深了不敢回家，招呼着伙伴结伴而行。好在家都不太远，但以后每次下河游泳，娃崽们都不太敢在水草密集处逗留，因那是罗大爷所说的水猴子爱守候的地方。

那些夜晚，天空格外辽阔，繁星密布，月亮清冷。我想星星、月亮俯瞰这个只有百十户人家的小村，村子前的大稻场和大公房，定像一个微型模具，或许大稻场像只鸭蛋，大公房像个竖起的火柴盒。它们与农人终年相守、相伴，田地里的收成，在这里晒干、存储。一部分收成，经人挑车载沿东南方向的泥路送往上洪粮库，或沿西北方向送往蠡塘粮库。余者，留下做种子，再分给各家各户。因而，大稻场和大公房，彼此配合，在岁月的更迭中，从不寂寞。

阔大的大公房，除了堆稻子、油菜籽，还有我曾经藏在其中的鱼。记起的事，还有生产队有一次评工分。

每年，村里有姑娘嫁出去，也有小伙子讨来新娘子；有壮劳力因为突然生病，躺在床上不能上工，也有读完初中就结束学业去生产队挣工分的“小大人”。那时能读高中的农家子弟很少，我们村只有我的堂姐、我隔壁邻居家的阿伟读了高中，而高中毕业者一般也很少有人能考上大学。考不上大学，女的一般选择嫁人，有门路的男的，想法到当时紧缺教师的中小学去代课。代课久了，则有机会参加考试“转正”。实在没门路的，只能务农。二十世纪九十年代后，一些高中毕业生因为有一定的文化，不甘心务农，选择外出打工或学做生意。二十世纪八十年代，农家孩子不想依靠泥巴沟——从土里找生计，出路只有考上中专或大学，还有就是当兵。当兵如果没有提干，转业回来，找不到门路仍得回村务农。当然，当过兵、在外历练过的人，比如我的堂兄，还有南泉村的火林、广丰村的志民等，因为是二十世纪六十年代末、七十年代初转业的，回来后当时的公社会安排工作，至少是推荐做村干部、乡邮递员、供销社营业员等。

牙子是当兵转业后回村的。他没有提干，因参军时文化水平较低，初中都未毕业，故也没能考上军官学校。听说他在部队里是炊事员，负责烧饭、喂猪、种菜。回来时已没有“安排工作”的政策，家里无门路的他只能跟生产队其他男子一样赤脚下田。

男女到生产队里参加劳动，每天挣多少工分是需要评定的，一般一年一评。男劳力十工分，女的六至八工分。至于额外劳动，生产队记工员会根据规定另加。评归评，每人都可以提，可以提自己该得多少，也允许大家评议，但生产队队长大头佬有绝对的拍板权。

“开会了”“开会了”，开会多在没有停电的夜晚进行。讲究的带张小板凳，有的就带一把稻草，抟成一个小垫子，坐于大公房的地上。有的孩子也跟来了，比如我、阿根、小明、阿平。妇女则带了在纳的鞋底，一边听他人评议或听生产队队长说话，一边借机纳鞋底。评议一阵后，情况渐渐明朗，很多男劳力仍和上年一样，有的会因为各种原因被减去一两分，自然也有原来不足十分的加到了最高的十分——“撑顶了”。牙子这次也坐在了角落里。在外几年，到底是见过一些世面，他穿了一身草绿色的旧军装，谦虚地坐在东北角，面向南，中央坐着的是生产队的几个小组长以及生产队队长。牙子友好地向自己边上的村人含笑点头。轮到他提自己参加生产队劳动一天该记几工分时，他有些不好意思，尽管是本村人，但毕竟“初来乍到”。小组长示意后，他仍客气地回答：“我不自提，组长帮我提一下。”不知是生产队“领导班子”事先已定调了，还是小组长有自己的看法，他说：“你不提我就提了，就三到四分工吧。大家可评议。”然后人群里就没有听到牙子的回话了。我当时也没有注意到他的神色和表情。一阵沉默后，大家又开始自提、评议。流程快要结束时，小斌的新娘子被评到了八分。传闻与生产队队长有暧昧关系的刘嬷嬷，已上了岁数且多干轻活，自提八分。无人应答，也无“反对意见”。就在最后生产队队长要讲话时，估计憋了很久的牙子——一个当兵的汉子，一直对“重归生产队”抱有期望的他，此时抽泣起来，最后竟呜咽不止。过了好一阵子，他终于开口：“我这个男劳力，怎么还不如女的，还只有她们的一半？……”烟头闪烁，咳嗽声在大公房里此起彼伏，也有嘀嘀咕咕声。最后生产队队长发言，先是对牙子“归队”表示欢迎，然后在三和四分之间定为四分。“生产队、农业劳动，跟部队不一样!”“当然，虽是从头开始，牙子你只要好好干，明年会提升的!”这话在理但不太合情。在我看来，生产队班子可能是想给牙子一个“下马威”，打掉他从部队带回的些许优越感，也可能是听闻他只是一个“炊事员”，转业回村的相关介绍信中也无部队的“美言”、高评价，也就不重视他。面对现实，牙子至少在心态上会有失衡、调整的一个过程。我不知道第二年以及后来那些年岁，他的工分是否增加了，有没有拿到壮劳力的最高分。去年国庆，我回村经过他家门口，碰到便停下唠了一阵，我提及当年他评工分的事，他在笑谈中仍有点儿“恨意”。这些年，他在南浔给人家搭凉棚、装太阳能，很快富起来，家里盖起了小洋楼。

我跟牙子还说起小四子在大公房里被吊打的事。这份回忆，不用费力开启，那画面就直接跳在了眼前。小四子是个中年人，我不知他的姓名。脸颊两侧有络腮胡子，头顶的发很少。脸长，皮肤白里透红。他不像是个庄稼人，而像是个吃闲饭的。在那时的农村，不干农活，也不做生意，大概率是偷鸡摸狗了。画面中，他被村里的汉子用粗麻绳反绑着，吊挂在大公房的房梁上，靠近大门口。闻讯而来的村人，过一会儿一个，过一会儿一个，捡起小四子的一只鞋（好像是那时很平常且耐用的草绿色解放鞋），朝着他的脸部、半秃的脑袋，使劲地拍打，简直是抽打了。身材魁梧、紫铜色脸庞的生产队队长大头佬，先开打，再就是后村的老侯、曾被抓过壮丁的龅牙壳子，还有驼鬼，他们边打边骂。一些在田里劳动的庄稼汉也陆续赶来抽打他。在一角偷窥的我只看见小四子一直低着头，被打得嘴角流血。

一个村人前来，恨恨地问他“要不要喝水”，小四子哼哼着说要。很快另一个村人拎来一只小提桶，里面装了从水塘灌进的浑浊的水。没有瓢，也没有碗。“让他自己喝，这个狗东西!”这是大头佬队长的命令。那人便拎着小提桶，将口沿靠近小四子嘴边。仍被反绑吊着双臂的小四子，将头挪近小提桶口沿，一时仍喝不到。那村人将提桶拎得近一些，歪斜着，总算让这家伙喝了一点儿。我更关注的，是我的父亲。记忆中，好像他也被要求前来“点卯”——用小四子自己的解放鞋鞋底抽打他。但我希望不是，毕竟父亲是“教书先生”，虽然只是个民办教师。前几年，我向父亲提及此事，父亲很肯定地说：“我没有参与过!”我相信父亲的话。虽然父亲脾气暴躁，包括我自己在内，多名学生在课堂上挨过他的竹鞭，但从根本上说，他是善良的，对人很是热情。他一手娟秀的钢笔字，从侧面展示了他的另一面。

就在我与牙子唠嗑时，当年的生产队队长大头佬的儿子——“厨师老黑”，见了我们，也抽着烟加入了“钩沉”村史包括吊打小四子的兴致盎然的闲聊中。他说小四子手脚不干净，不只是我们村，附近很多村的粮库、小店都被他偷过。他跟我们后村的一户朱姓人家来往，有时一住几天，曾有村人说他跟户主的女人“有关系”，是男女暧昧关系还是远亲关系就不得而知。那年下雪的冬夜，他偷了我们村的油菜籽。在村人皆窝在家里的夜晚，他从倾圮的大稻场的一角摸进，硬是用随带的家伙将大公房的后墙角掏出一个大洞。进去后，他将库里留着做种的油菜籽，一箩筐一箩筐地偷走，“好几百斤啊”。第二天一早，村人发现了油菜籽被盗。那时也没有监控探头，但村人发现了雪中回力鞋的印记。这种当时时兴的鞋子，大家只见过两双。一双是牙子买给父亲的，他是绝对没有此种劣迹的。而且为洗清嫌疑，牙子爸爸将这双鞋子拿到现场比对过。图案一样，但型号明显小很多。有人就说起了小四子，最近他进村时人家见到过。有人到后村朱姓户主家去探查，发现住了几天的小四子却突然不在了。无奈，大伙儿只能唉声叹气，自认倒霉。这小四子呢，还算憋得牢，第二年大半年都没到后村来，而往年他是常来的。但入秋后的那天，以为太平无事的他再次溜达进村。发现者立马告知生产队队长，生产队立马差人，拉网式包抄至朱姓户主家，抓了小四子。经过一番质问，加之威慑，做贼心虚的小四子很快认了前一年偷油菜籽的账。

三

大稻场的夜晚，更有疯狂的时候。那个寒冷的冬夜，带给我的恐惧至今仍盘桓在记忆深处。它像一条成精的蛇，一旦碰见适时的情形，便游弋而出，吐着恐怖的舌信。

读初一那年的一个寒冬之夜。“呕呕呕”“喔喔喔”……一阵较一阵猛烈的呼喊，把我从睡梦中惊醒。月光洒进木窗，我定神靠床，发现父母已不见了踪影。喊声又像潮水袭来，仔细分辨，声音源自村前，有一大批人在叫喊。我一骨碌爬起来，夜晚的乡村，肯定又出事了，就像几年前那夜，地震预报把整个村子闹得鸡飞狗跳，人心惶惶。而那时贪玩的我，见大人们紧张忙碌的样子，感到从未有过的新鲜、刺激、快慰。这回又可兴奋一夜了。

我这个人精、瘦猴，不顾冬夜户外的寒冷，借助月光循声而去，发现这野兽般的“喔喔”怪叫声，来自村里的大稻场。大稻场被高高的大土坯院墙护着，我一个蹦子往里瞧，看不清里面有多少人，不知他们为何呼叫，只见着一束束火把，发出噼里啪啦的燃烧声，狂野地向夜空喷吐。

“喏，这个不要脸的，就在那个草垛里。”借着无数火把的亮光，已从旁门溜进来的我，看清说话者是西村的章北谨。比狗还瘦的他，讨好又夸张地挥舞着两只张狂的手臂，真像一个汉奸。他嘴里唾沫横飞，正在向生产队队长讲述着什么。我还看清楚了，西村的几个老光棍也在队伍里，表现得亢奋异常，仿佛战前聚集的喽啰，正等着山大王的号令。我在人群里，发现了父母的身影。他们手里没有火把，形神很难受，若不是有生产队队长在压阵，看那样子，他们随时会拂袖而去。我这个“猴子精”可不能让父母瞧见，特别是大人们在商议大事的时候。但我可以缩头缩脑地溜到院墙，窝在十几个草垛的边上偷听。

“这次又干什么了？”这是老队长在发问。

“队长，这个贱女人，已经不止一次光身子逃出来了。唉，丢人哪，这次跑到你们东城来了。”章北谨的声音又尖又细，如他剃头时剪刀发出的声音，像在骂他猪圈里的一头牲畜。听到“光身子”三个字，我耳朵像是被谁一拎，更加好奇。

章北谨和疯女人的事，我们东城村早有耳闻。章北谨，人称章百精，样样精打细算。他的女人姓吴，是外乡嫁过来的。听说老吴很有文化，娘家出了好多读书人。老吴缘何嫁给剃头匠章北谨？一说老吴当年找对象“左又选，右又选，选个瘸子又瞎眼”。高不成低不就，她最后下嫁给了章北谨。还有一说是从她后来得精神病来推断的，她在娘家已患了此病，附近村没人要，才远嫁他乡。章北谨呢，一把剃头刀，包了上百个男人的头，还给一些老婆子剪发。也不知哪个好事的媒婆，把老吴介绍给了章北谨这堆牛屎。除了精明，村里人常说他“下面的功夫不行”，是个假男人。那一年，听说老吴偷野汉子，跟和平矿上一个叫“老阿福”的老光棍搞上了，被章北谨抓住了，挨了一顿打不说，她身上还被用剃头刀划出了道道。很快老吴肚子大了，人也疯了，大冷天还在河里洗澡，羞得全西村人掩面躲过，那塘水再也没人吃了。后来老吴生了个女儿，村里人这回信了：“还真是老阿福的娃。那个身子那个眼，那个嘴巴那个脸，简直一个模子刻出来的。”

“这回又疯了!”西村一个村民向我们的老队长汇报，“肯定是前几天老阿福这个老王八，又来勾引她。”“队长、北谨，你们说句话，我们就把她捆起来!”那些村民等着请战。火把上的火焰，喷吐得更加粗野，肆无忌惮。它们张开大口，迫不及待，欲向那堆发出呼叫的草垛压过去。光身子的老吴就藏在里面。我把整个头探出草垛，我无法相信，这群大人，就是我平日里所见到的父亲、伯伯、姑姑、婶婶。

他们像着了魔，现出我从未见过的怪异的表情。他们扭动着身子，嘴里哄叫着，恰似原始部落的人在舞蹈。他们那样冷酷无情，像狩猎的群落，在猎杀一头受伤的小鹿。

几个壮汉冲进了那最大的草垛，手臂如饥饿的狗冲进稻草里。只一会儿工夫，他们就捞出了一个女人，一个全身雪白的女人，一个头像乱草堆、身上还挂着一些稻草的裸体女人。

她像一道白光，黑夜里的闪电，倏然穿过沉默的草垛、粮仓、树木、泥墙和所有松动的草根。星辰在目睹这一切，我，一个少年，也像天外来客，用第三只眼看着这场同类的猎杀——我的可怜的村民对一个可怜的女人的猎杀!

在哄叫与狂呼中，章北谨哆嗦着拿出了几件衣服，要给他女人穿上，却被那雪白的女人一脚踢到另外的草垛顶上。“哦哦哦”，这回人群发出的又是欢叫声，像是在观看一场马戏团的表演，又像在看难得瞧见的乡村节目。他们已忘了这是在夜晚，这是在丰收的大公房谷仓边，在一座座草垛如坟堆一般耸立的乡村大操场上。

我不知道，这个裸体疯女人，最后是如何被西村人绑回去的，因为随着一声叫喊——“这是谁家的娃”，我伸出的脑袋已被某个贼精的村民发现。我只得抄近路翻过院墙的岔口，在父母发现前逃回家。而我的心，那夜却怦怦乱跳，在黑暗中，我整夜睁着眼睛。一滴宇宙的露，滴在了我的心上，使我重新打量这坟堆一般的村庄，这蝗虫一般的人群，这黑夜里的勾当，还有那贪婪、狂欢、凶狠的看客，那永远也没清醒、没有走出泥淖的婚姻以及残酷的人性。

四

房子、围墙、农具、器械、门楼、水宕……伴随着大稻场和大公房的消失，它们也都消失了。唯独让我记牢的，是曾经滚动在大稻场上、陈放在大公房一角的那只老石磙。它后来的结局与归宿，是一种象征、一个隐喻吗?

它可以说是大稻场区域最固定的客者，风雨不动，并在最后消失。但它不会腐烂，至今收藏着村庄的记忆，躺在河塘深深的淤泥里。

东城村属平原地带，只出产稻米，不出产石头。不知这家伙当初从哪里来，自我记事起，它就躺在生产队的大稻场上。许多个夜晚，星斗满天，我路过空旷的大稻场，远远看到了它的身体，发出一闪一闪的白光——我几乎敢肯定，它是一块类似陨石的天外来物。

石磙要干的农活，就是被两头有活塞的大木架套住，吱呀吱呀去碾大稻场。它干的农活与我们的生活紧密相连：大米来自稻谷，而田里收获的谷穗，必须到大稻场晾晒。晒谷所用的大稻场就需要石磙勤奋地飞转。大稻场上密布着脚印、泥渣、偷长的野草、沙石……在石磙沉重身体的碾压下，大稻场像扇子般铺开。石磙的足迹，细如水流，又似树的年轮。每年，只要石磙一挪窝，一吱呀叫喊，村里老小就开心无比。因为它一开始劳作，就意味着常年的辛劳有了回报，喷香的米饭有了盼头。石磙越来越忙碌，像一头来回拉磨的驴，有时晚上也不得歇息。一批稻谷晒干了，第二批又匆匆上场，还有第三批、第四批。

干好了农活，石磙就沉默着，待在大仓库的一角。那些夜晚，生产队开会了，石磙在墙角静静聆听。队长大头佬坐在它的身上。有时，社员彼此争执，空气中弥漫着一种躁动、狂热的气息。队长不安地在它身上移动着身体，又牢牢地骑在它庞大的躯体上——它确乎是一种力量的重心。它的沉默稳定着民心，把农人生生不息的信念，熔铸进身体。社员们陆续回家了，石磙就成了看守老人，守护着仓库里的每一粒稻谷。第二年春天，它又被拉出仓库，迎接陆续登场的小麦、油菜、蚕豆、黄豆的陆续登场。在它的吱呀声中，一批老人下土了，一批娃崽，连同毛茸茸的小鸡小鸭，又应声破壳而出。

一旦身上被敲下一块，石磙就变成了瘫子一样的废物；如果大稻场不再需要它了，它也就成了碍眼的丑石。谁叫它冥顽不化？

听闻石磙碎在了那个夏天。村里实行了土地承包，时称

“单干”。大公房被拆后，一圈大白地显露出来，像是村头的一块白癣。最后露头的是那啃不动的东西——石磙——全村独一无二的老家伙。那一刻，它若是一块大面包就好了，全村老小每人掰下一块，但它不是，它只是死沉死沉的石头。那时农户门前屋后，巴掌大的场地，都打上了水泥，谁也不愿把这石磙拉到自家门口。它变得大而无用，不伦不类。它老了，变得碍事。躺在曾经的大稻场——如今已是谁家菜园的排水沟边，它甚至比不上一条石级、一块垫脚石、一片瓦。曾有人希望夜里过路的蟊贼，能将它偷走，但那几乎是妄想。抬到虹星桥或和平镇上去卖，谁扛得动？卖给谁？能抵路费吗？这都成了问题。几个月下来，没人理睬，狗就开始把屎拉在一头的凹槽里。它身上留下乱七八糟的鸡爪印，因为雄鸡常踏在上面引吭高歌。

一天，村里一个醉酒的家伙，跨过坍塌的围墙，抄近路过大稻场，黑夜里误把它当作拦路的牲畜，用脚猛踢，不想反被它蹭得血流不止。第二天酒醒后，他带着铁榔头还有愣头青儿子来收拾它。叮叮当当，一阵乱打，老东西的骨肉——那些石片，落下一大堆。遍体鳞伤的老石磙迎来了它最后的归宿——不是回到深山，而是落入水中。它被吆喝来的村民，“一二三”，齐声推到了村前的大港里。看着水面泛出的欢快水花，村民们拍了拍手上的灰，说：“这下好了，再也不用看到它了，让河泥早点儿把它埋了吧。”

但它一直是一个象征，在集体经济时代见证着大稻场上的风风雨雨，见证着丰收的富足、歉收的困顿。它被作为实物，平整地面，像水牛一样劳作。区别是水牛耕田在前，人在后吆喝挥鞭子，滚石磙时则是人像牛一样在前，而且还得使力拉着它。高兴时，劳动中的石磙还吱呀吱呀地叫，轴里传出的声音像是欢快的歌唱，为季节的更迭、人间的忙碌，也为农人的苦与乐。

无论是在静谧的夜里，还是在村人的眼中，它仍是硬邦邦、冷冰冰的存在，缄默不语——在稻场，在公房，在河底，陷入越来越深的时间渊薮处。

五

多年后，我生活在城市，从业于媒体单位，日子像循环的履带。每天上下班，都要经过市民广场、行政中心，我常常想，当年的大稻场，就是我们村的“广场”。它们是农人白日活动的一个重要场所，而大公房就是行政中心那阔大的会议室，是生产队开会议事的一个舞台。当然，后来发生在那里、如今落于我笔下的大人们干的事，使“广场”“议会”的意义更丰富：它们揭露着人性。所有农人的爱欲与利益、责任与道义、愚昧与蛮横、同情与哀怨，孩子们的天真，老人们的安闲与归宿、冀望……白天像阳光，抛洒在紧挨着稻田、水塘，通往集镇与轮船码头的宽阔、敞亮的大稻场上，夜晚像月光，笼罩着村民。它们与粮食相关，一盏大灯照亮大公房，使灵魂在历史中赤裸呈现。

像迎风扬谷，也像驱赶大稻场上此飞彼落、不停争食的鸟雀，或是大头佬队长、最年长的罗大爷、可恶的驼鬼……时光，在赶走一代又一代人。今日，在整个东城村乃至厚全村，我的爷爷辈村人，已全部走了，父辈也多半离世。十多年前，让我们男娃崽发怵乃至厌恶的驼鬼——我的远房伯伯，得了绝症，放弃到城里医院就诊，在他家那间靠西的小屋里死了。六七年前，罗大爷以九十六岁高龄辞世。前年，那个在集体主义时代叱咤东城村、一言九鼎的徐家生产队队长大头佬，也死了。昔年那些生产队的农具，村民的干草瓦泥屋、猪圈羊棚，都已消失。整天坐在老藤椅上晒太阳的“老福寿”，我那双目失明的拄拐杖的外婆，村西南的“五保户”六奶，爱在河塘钓大黄鳝的“王和尚”……也都不在了。“小队”“徐家生产队”“生产队队长”这些关键词，也只偶尔出现在我与父辈、同龄者的对话里，下一代全然不知，也漠不关心“上一代的事”。

同辈者路过，已基本视若无睹，或因终日太过忙碌，而无暇顾及——当然，也许他们当年就没有我这般古灵精怪，敏于察物、感于人情。今日，他们更不可能像执拗蠢笨的我一样，反刍这村庄的前世今生。我想，一个人的逝去，当怀念他的人逝去才是永久的逝去；一座村庄的消失，如东城村，如果不被我从记忆中一点儿一点儿地掏出，在纸上复盘、再现、陈述，那它的曾经、过往，真像是不存在了。

而我，不单在“复现”，还在复现中增出质疑、拷问……我对爷爷辈、父辈当年的所作所为，有看法和不满，乃至鄙夷，也有同情和惋惜。农人与农人间的争斗，生产队队长怼社员，男人打女人，大人们对娃崽的忽视与凶蛮，村人相互合作、相互理解，又时有纠纷、怨怼甚至干架……怀疑、反思、无奈、惋惜，但最后，我总是没法发出最肯定的断语。

年幼时，有些事、有些人让我觉得惊奇、新鲜、好玩，也让我恐惧。我对被吊打的小四子、被捆绑的西村疯女人有天然的可怜之心。但因大人们平日的训诫，于当时的情境下，我认为惩戒、侮辱、欺凌等处理方式，都合情合理，“大人们都是对的”。即便有疑虑和看法，我也不敢说。小孩子不能插嘴大人的事，更不能提出疑问。

我无处可逃。拣尽寒枝何处栖？美国明尼苏达州的诗人罗伯特·勃莱，曾代替我“呼唤”：

…………

我想处身旷野里，在户外，
生活在风中的某个地方。
定居在没有人能找到我的地方，
将背靠在一间草屋的墙上。
观看栲叶枫的叶子
在一汪神秘的池水中移动。
我真正向往的是什么？不是金钱，
不是一张宽大的桌子，一座华丽的房舍。
我想要的只是，坐在这儿，
闲散地，被风所呼唤。

…………

我像你一样，你这黑暗的船，
漂流在寒春喂养的水面。

…………

我感到我的手，我的鞋子，这片墨水——
游弋着，正像所有的身体漂流在
肉体与石头的云层之上。

…………

不再关心我们是直行还是随波漂流。

星空、月光都看着这一切，默默无语。或许它们会牢记，也许它们只是可怜东城村、徐家生产队这土地上蚂蚁般的生命，也包容着他们人性中的恶、软弱、自私、愚昧、不知反悔，曾把一切丑恶推给他人、推给时代的敷衍。也或认为，一切都是对的，至少是正常的，或者说还是相对好的，可能有更多的地方存在更多的悲剧和假丑恶。如此，我的思虑、反刍、拷问、爱恨交织，可能是多余的。

环绕大稻场和大公房的河塘四季波动着、起伏着，通过水渠流动着，泥路向南、向西、向北延伸着。晴天的干路，雨雪天的泥泞路，后来铺上砂石的水泥路，通往村外的世界，朝朝暮暮，日日月月，十年百年……它们存在着，被使用着，裸露着，什么也不说。它们是物质世界的语言，更是精神世界、历史文化中的语言，无从解读，永无答案。

写给姑姑

姑姑，有个叫威廉·福克纳的美国人曾说，“过去其实并没有真正的过去，过去就活在今天。”——此下，我只能借助文字念您，跟您说说话！

二〇二〇年九月二十四日下午六时许，我正在厨房炒菜，桌上手机响起，忙取来一看，显示是根子大表哥打来的。按接听键前，我心里咯噔一下：是不是姑姑——？而结果果然是，姑姑您走了。

因疫情，今年我与堂兄弟们都没法外出拜年，而以往正月，走亲戚中都有一环：不是我们去梅溪乡间的姑姑您家，就是表哥表弟来我们东城村看舅舅。年事越高，老人家的身体越让人担心。父母、伯父伯母及叔叔婶婶，同在一个村，彼此有照应。您的情况，今年知之较少——这也是借口啊，正月里没拜年就不可以打个电话问问？早知今日，至少在您临走前困于病榻的那些时日，我们就该去看望您。

九月二十五日一早，我辗转至湖城东门绿色车站乘开往安吉晓墅的城乡巴士——原来的直通梅溪的班次取消了。车上，巧遇同去奔丧的安堂姐。一路说起家族里的事，也一路唉声叹气地检讨我们的过错。到了晓墅，我们与等候多时的堂妹夫妇一道，由堂妹夫驾车导航去表哥家。导航的终点设置在大表哥发给我的一个叫“拔毛寺”的自然村（原来好像叫卫星，现在不知道叫什么）。途中，我们在一大桥南堍东侧的一家寿品店，买了花圈及火纸。建设中的乡村道路曲曲折折，车窗外的景物似曾相识，此下又分明陌生。最后车子猛一刹，把我拉回现实。面对窗外来参加丧礼的人的淡漠神情，我怔了一会儿，随后便下了车。灵堂设在二表哥秋根家。我们依次跪拜、磕头、作揖，火盆里火纸那阵阵红光热焰直扑面孔。我趋步于新式棺材前，探看已入殓的姑姑。姑姑您整个脸部甚至整个头部，都已被寿衣包裹，被火纸掩盖，无法看到。而到下午，因堂弟必须返程，我也不得已临时改变计划（原来说好送您去火葬场，像九年前护送已故的姑父去火化一样）。临走前，我再在棺材前叩拜，希望姑姑您谅解侄儿，宽恕我明早不能送您老人家“上山”。

我与姑姑您阴阳两隔了。临行前唤一声“姑姑，我走了”，随后我踉跄着走下台阶，鼻翼酸楚，差点儿泪如雨下。我曾在外婆棺材前号啕大哭，在病入膏肓的干爹的榻前无法自持而别身趋向露台涕泗横流。而现在，我已“告别”了“心软”，很少流泪。但我知道，有些悲伤会因此更加持久，甚至伴我一生。

在灵堂这个地方，火光里烟笼雾罩，香辣的气味四散游移，它以赤裸的画面，告诉进出的活人，什么是生，什么叫死。隔在我们与姑姑您之间的，只是一段历程。这段历程，像插在米碗里的香，越燃越短。就像几天前我所读到的一篇文章中所说的：“时间以盘旋的香灰的形状呈现在几案上，那是时光的外壳，繁复、脆弱、不堪一击，而袅袅散去的轻烟似乎才代表了时间的本质，神秘、轻盈、恍惚，不可忽视，难以挽留。”

回湖州的当晚，我在小区里一圈圈，快步循环。路灯的光，隔一段闪耀，又隔一段熄灭，恰似某种暗示、注解、隐喻。姑姑享年八十五岁，我今年虚岁五十三，我们在阳光的世间共存五十三年。略去我年幼还不懂事的那几年，我们共存的时间并不太长。

自我懂事起，我意识到有一个远在安吉梅溪的亲戚，并且每年正月“组团”去拜年，一住十天半月，已在我十岁前后了。

淡淡的桂花香里，我在星夜下漫步，一路上，姑姑您的面孔就在我的镜片前，大起来，活泛起来。娇小的您，红光满面，正活跃在您家那已拆多年、原来连通正屋的老厨房里。您一会儿往灶里添柴，一会儿查看锅上的蒸笼，看里面的葛根熟了没有。表哥表弟带我们去挖的，那是招待我们的零食。有时白天，有时晚饭后，我们跟着表哥表弟，扛着镢头，拎着山乡特有的马灯，去家门口不远处的池塘边采挖。池塘与操场间有个陡坡，野竹林、荆棘丛里有许多藤蔓缠绕，其中就有葛根。表哥表弟熟门熟路，火眼金睛。我们也跟着采挖。挥锄的表哥提醒我们，把马灯“抬高一点儿，再高一点儿”，“调亮一点儿，再亮一点儿”。滋滋燃烧的灯光，把一群少年忙碌的身影，一会儿投到池塘里，随水波荡漾，延长、扭曲、交错，都成了水蛇一样，泛着粼粼之光，一会儿刺破黑夜，穿过野竹林、荆棘丛，刺向那农家篱笆、低矮的瓦檐。“好啊，这里还有一个。”“那里挖出来的真大呀。”“快半篮了，呵呵呵呵。”……我们自由、欢呼、快慰，马灯之光越过头顶，射向天空，与星光辉映，跟宇宙打招呼。在清洗、切割、架蒸葛根的间隙，姑姑您有时在指间夹根烟，挨个问我们这些娘家来的侄子侄女的学习情况、父母的身体及一家人的生活情况。我们有时也在宽敞的厨房东侧围坐，燃起一个火堆，美美地候着那蒸笼里待熟的葛根。松枝一点儿一点儿地添进灶里，噼噼啪啪响，火堆里的火星随跳跃的火焰蹦得很高，一股股好闻的松香弥散开来，与葛根的气息深情拥抱、交融，充溢于整个空间。这是山里才有的独特气息，一年一度的美妙际遇。我们喜欢这种气息，甚至有点儿贪恋。我们生长的水乡平原，没有葛根，也很少见到松树，更无松枝。姑姑您家的厨房，给我们带来的体验，是关于“山乡”“温馨”“血脉至亲”这些词语的内涵，是时光雕刻的“童年”“姑姑”的肖像。它们一直在发酵、散播，企望着再次被召唤、认定，诠释着集体主义时代乡村的发展，对美的感悟与认知。它是启发心智的一个背景，是生命暖意不竭的一个小小源泉。

像电影倒带，因着这秋夜的悲伤，在记忆的荧屏上一一呈现，我撷取与姑姑您有交集的几个画面。这只是一个曾经得到姑姑您疼爱的孩子，用回忆、想象和猜测拼凑起来的一座并不太雄伟壮观的情感建筑。就像我尽力做到的，为每一位离去的亲人写一篇小文——从外婆开始，我的大舅、二舅、上坊头的叔辈大舅，我的干爹、姑父。但写这种文章必须有“情感触发”，并且要回忆他们的生前，得“有内容”。迄今我未能写一篇文章怀念您的母亲、八十多岁离去的小脚奶奶，实在是缺乏对她老人家有感触的“爱”，尽管她一直与我们生活在同一个村上，有二十多年的相处时间。但说实话，奶奶似乎未将我家的兄弟姊妹视为嫡亲的孙子孙女。唯一让她自豪的是她膝下有七个孙子，包括我和弟弟，这只是她向新中国成立初就去世的我爷爷报告的“成绩单”。四十三岁离世的爷爷没有看到更多孙子孙女出生。而几个孙女，重男轻女的奶奶几乎从不提及。父亲说我出生后，奶奶从村东头赶来。得知自己又得了个孙子，小脚的她快活得差点儿从我家老屋门槛上跌下去。也许是因为爷爷早逝，她的五个脾气暴躁的儿子后来分成两派，出手动粗，最后闹分家。面对如此结局，小脚奶奶又能如何呢？她选择站在一直没有成家的二儿子一边、岁数还小的小儿子一边。奶奶跟二伯父一起生活，对孙辈所有的爱，几乎都倾注在了她小儿子、我叔叔的几个孩子身上。二伯父也跟着偏心。记得小时候，二伯父从港口街上赶集回村，当着我们姊妹的面将零食分给叔叔家的孩子——我的堂弟堂妹，而不分一点儿给馋眼的我们尝尝，当然我们后来早已习惯，也不再有什么期待。直到今天想起来，我也觉得奶奶还有二伯对我们并没有什么恨，只是因为几兄弟关系闹僵，他们对我父亲的怨无形中延伸到了我们这些孩子身上。他们自然偏向其他孩子，老小及他家的孩子自然得到更多的关爱。按理，二伯父和三伯父跟父亲干架情有可原，做奶奶的不应该这么偏心，也许也不偏心。即便兄弟间一团和气，母亲爱小儿子，因而也爱小儿子的孩子，也是正常的事。奶奶在我刚上大学时去世，我在停灵的现场也哽咽了，但终究没有像对外婆那样怀有深厚的感情，故过后就更无写一写的冲动。大伯，二〇一八年底去世，我星夜从德清的一个活动现场赶回。在整个丧仪现场，我看到了较多“负面”的东西，情感上实在难以接受。当然这也不是大伯的丧礼上才出现的，听姊妹说“在如今的农村早见怪不怪”。比如：播放的丧乐，竟是低俗的流行歌曲串烧；在“停尸”的中堂里，已入殓的大伯父靠近东墙，堂姐们在不停地烧纸、抽泣，而一些远亲、村人正一边抽着烟，一边忙着打麻将，噼噼啪啪；在最东面的小房间，在丧礼中“唱道”（本地人是请和尚做法事）的“道士”们，一边折白纸做符、幌，一边誊写家族的姓名。见了我，身穿道服的某位说：“你是搞宣传报道的，能否帮我们反映一下，隔壁县竟不允许我们‘唱道’。”……那次返城后，我真想用小说的形式表达我的讽喻甚至愤恨，提纲都列出来了，但终因驾驭此种文体的能力缺乏，也怕得罪亲戚、村民而搁浅。对于大伯父的记忆是，爷爷去世后，他们兄弟分家，大伯一直对我父亲照顾有加；在年少成长的岁月中，我喜欢抓黄鳝，作为生产队队长的大伯常在田埂上“六亲不认”地驱赶、呵斥我，让我不要毁了庄稼（他这样做是对的）。我因此对他少有亲切感，感受不到所谓的“照拂、关爱”，故他故去以后，也因无情感之动力而没有继续写下去。当然，我写这些，实际上也是为了让自己在心理上得到“解脱”。这能从鲁迅写《纪念刘和珍君》及迟子建写《世界上所有的夜晚》的相关表述中找到解答。我写了对已故亲人的怀念、追忆、评价，也像是“交差”，作为文字工作者的一份“应尽义务”，我因此获得了情感上的“救赎”。由此，以后的岁月里我能“向前看”，走新路，而不至于始终被牵挂的悲伤拖着，心神不得安宁。想来哪怕自己将来失忆了，留下的文字还在，证明我不是一个忘本的人，不是逃避责任的后辈。我甚至还为一位大学老师、一位同窗写过纪念文字。

年少时，每年春节要拜年，初一到村里、邻村的各家各户转。一些胆大的、当头儿的牵头，到人家门口吆喝一声“拜年喽”，主人会给每个孩子一两颗糖粒子或外加鸡蛋、水果、小麻饼。孩子们心满意足，第二天一醒来，心中又念及“走亲戚”，而且距离自己村坊越远，走的亲戚越多，越感到自豪、兴奋、满足，开学后在同学面前说起这档子事时越有脸面。到远房亲戚家去，在我们这些孩童心中，才算是真“拜年”。我们是河南移民子弟，我的高祖带领五个儿子下江南，时在本地遭太平天国兵燹之后，距今一百四十余年。到姑姑您是第四代，到我是第五代。记忆中几代人下来，基本不与本地人联姻，只在罗山、光山等地的河南移民间男婚女嫁。如此，亲戚不单少，而且较单一，多在附近村落。我父亲及弟兄们都生活在东城这个村坊里，姑姑您嫁到了与本县相邻的梅溪镇下一个叫卫星的地方。奶奶曾说，本地民间习俗是“女儿应嫁到娘家方向”，奶奶的娘家，就在梅溪镇一个叫九抖的地方。因到姑姑家的距离较一般的村伙伴到亲戚家的距离更远（那时几乎所有到浙北的河南移民都与老家河南的本家亲戚断了联系），故到梅溪姑姑家拜年，成为春节期间爱热闹、寻快活、图新鲜的我们堂兄弟姐妹们雷打不动的重点节目。我们往往结伴同行，因故未去的说不定隔几日去。到港口街码头，乘湖城上来的客轮，一路在红山渡、荆湾等多个码头停靠，终点是我们抵达的梅溪。从梅溪街往西，过电厂、货运码头，再过高桥、转下坡，到卫星一个山坳中的姑姑家一般已是午后。那时无电话，更无手机，姑姑您年年盼娘家人来。故正月初二初三娘家的侄子侄女们一到，您就喜不自胜。“来了来了——”您马上张罗着我们吃饭。二十世纪七八十年代，物资普遍匮乏，但过年总会备一些鸡鸭鱼肉。我们也不客气，大呼小叫中匆匆吃罢午饭，知道姑姑晚上会准备一桌“正餐”，为我们“接风洗尘”。午饭后，我们跟着姑姑您，在您家那两间老房子里转悠。“这里是黑子的，那里是红子的。这张大床，小桂子、安方、兰子还有桂莲，你们可以挤一挤。这边，连毛你跟你小老表睡……”姑姑您一一给我们安排好晚上睡觉的地方。我们堂兄弟姊妹，男的七人，女的十五人，最多的一次近一半去了姑姑家。姑姑您有三儿一女，有时实在打不转（方言，住不下之意），您就会安排我的堂兄跟表哥表弟打地铺。我有几次被安排到了您家东面一屋之隔的小姑子家住，也不是我一人一床。因为个小人瘦，我记得我跟您的婆婆挤在一张长方形的竹榻子上睡过几夜。竹榻子很高，宽度现在想来不到一米，长度倒是近两米。我那时很机灵，斜蹬着一只脚就能反爬上去。因为从没有睡过这么高的床，所以晚上我躺在一侧几乎不动，迷迷糊糊地睡了一夜。同睡一榻的老人家，第二天一早就在大人面前、同去的堂兄妹面前一个劲儿地夸我："他真乖呀，晚上像只小狗，热乎乎的，一动不动。"实则是因为我怕呀，晚上老人家一动，整个竹榻子就吱吱呀呀地响，静夜里听了让人害怕，尤其是在不太熟悉的陌生人家的卧房里。我就在多个黑夜里蜷缩着身体睡去，醒来时山间的月光透过枝丫，洒在了竹榻的西侧。阒静的房屋里只有自己的呼吸声。寸寸空间，分分秒秒，心智洞开，我比白天还清晰地看到了整个世界——灵魂的世界。一年又一年的春节，我们这些孩子，就这么快活地到姑姑您家来拜年，一住十天半月，有时快到正月十五——寒假要结束了，才恋恋不舍而去。临别那餐，姑姑您总想方设法做得丰盛些，让我们"嘴角抹着油回去"。有几年因为大雪停航或错过了航班，我们决定步行去拜年。一路打听一路赶赴，数十公里泥路、山道竟也被克服，我们像战士终于攻克堡垒，与分批先行的堂兄妹"会师"于山脚下屋后毛竹密密匝匝、屋前篱笆藤萝环抱的姑姑家。不知是从哪一年开始，也许是自荣大堂姐出嫁或是星大堂哥娶妻后，我们正月就去得少了，有时一家只派一个代表。我与堂弟升入高校、堂妹读中专后，去得就更少了。而大人们，除非有表姐出嫁、表哥结婚等大事才去。家里养的猪崽在附近的和平、小溪口、虹星桥、蠡塘等地都卖不掉时，父亲也会带着我去梅溪山里的姑姑家，让姑父在附近村里物色买主，连卖带送，以解窘境。记忆中，无论侄儿侄女去了多少，姑姑您都没有一次嫌烦，沉默少语的姑父也没有什么微词。我们浩浩荡荡地进入“拔毛寺”西面数十米外的小村落，村民们见了，总是念叨“徐老聒娘屋里来人喽”。今思之，在当时家庭普遍困顿的岁月，这是多大的厚爱啊！我们喜欢到山里的姑姑家，是因为这里有着迥异于水乡平原地带的山野景致，还有许多我们享受不尽的孩子们能感受到的欢乐。那时，姑父常鼓励表哥表弟带我们到山乡各村去走走玩玩。记得我们去看过人家牛棚里的黄牛，两只角向下弯、快将脖子环抱的水牛；跟着扛猎枪的根子大表哥、秋根二表哥、冬根表弟，上后山去打猎，只是遗憾，跟了几次都空手而归。

其间，玩得最多的，就是我们表兄弟们年年玩都玩得很嗨的游戏——打鳖。我们一般在姑姑家屋前或表哥伙伴家的操场上打鳖。那时均是泥坪。一块砖上码放硬币。数米外正对砖的前方，画出一条三米左右的线。然后参与打鳖者，按约定扔放一分或贰分、伍分的同额镍币于砖边。大家先站在砖后，向前面的横线掷铜板。全部铜板抛掷后，以铜板离横线的远近为排名的依据。铜板抛出线者，只能排最后；不止一人越线时，所有越线者重投，重投后排名第一者排在未越线的最后一名之后，依次类推。

我还跟着两个表哥连同表弟，翻山越岭，到甘家湾我大堂哥的干爸家去玩。山腰上，在表兄弟的指导下，我采到了从未见过的毛楂，形状像我们村后树上结的野糖梨，但它不涩，酸酸甜甜，有助消化。我在甘家湾第一次看到了水泥篮球场。

让我记忆犹新的是我跟两个表哥在梅溪街上闲逛。梅溪街的东端，有一座“吊桥”很有名，架在西苕溪上，听闻有人过桥时摇摇晃晃的。那不是巨型秋千吗？我一直好奇，想去试试，表哥说桥两端一直封牢，不让人过，因为这是一座设计失败的桥，“工程师被抓，送去劳改了”，桥是晃荡的，随时可能垮塌……我终不知这座桥的前世今生。我们进电影院参观过，但从未舍得看一场电影，倒是在东西向延伸的梅溪街东段，看到了打架斗殴的一幕。吵闹声中一个小伙子抱着头往街西奔逃，后面有多个人在追赶呼叫，其中一个人手中还提着一把砍刀。我们停驻在街道南侧的一家店铺前，大表哥悄声提醒我不要出去，他则欣赏一般看着这惨烈的一景。我只看到一个追赶的人冲入一家文具店，将许多墨水瓶翻倒，落下的有些墨水瓶碎了，墨水像黑色的血流出店铺，直淌到街面上。

一九八五年春，高一下学期得重感冒的我，当时在湖州一家医院内科住院。从正月初到当年的五月二十日出院。开学后，父亲基本每周乘梅溪至湖州的客轮来看望无亲无故、无人陪护的我。因为长期禁盐，本来就瘦弱的我更加虚弱，有次从病床上起来，过廊道去上厕所差点儿晕倒，亏得另一个已康复准备出院的女病人扶住了我。有一天中午，护工给病人送中餐的当口，我出病房取饭菜，发现一位身材小巧的妇人正在询问过道上的医护人员。起先因为只见着她的后背，我没太注意。后来她用夹带河南口音的普通话问一个走过的人，并且报出我的姓名，我才惊讶地细看，竟是姑姑您。“姑——我在这里!”我叫出声，却中气不足，恹恹的。姑姑您却倏然回头，看到了我。您那小身子快步趋前，搂住了我。“我可怜的孩子——”姑姑您的声音喑哑了，两只手不住地在我身上抚摸。“让我瞧瞧!”您看着我的脸，眼里带着泪光，我带着少年的扭捏，不自然地转过头。我终究没问，姑姑您是怎么知道我病了，住院了，是怎么找到湖州这家医院的，又是怎么找到我住院的病房的。我只记得姑姑您下午返程前，让我安心，鼓励我。“一个人哪能不生病？你年纪还小，一切才开始。又是男孩子，更要胆子大些，意志坚强些。会好起来的！”姑姑您说，“我还指望着你这个聪明的侄儿，将来考上大学呢！”为赶航班，姑姑您又匆匆而去，我没法也没能力送您到码头，我不知您在这陌生的城市盘桓问路，是否耽搁了上船。而实际上，我不了解并小看了姑姑您。多年后我才知道，因为口才与能力较出众，您还是当地的女干部，有时和姑父一起到县城参加会议。那时姑姑您对人很热情，说起话来特别招人听。有时，我还会见到村民到您家商议事情。

那年出院后，我在家休学一年多，期间没再见过姑姑您。姑姑您时刻关心着我的身体，支使大表哥来我家，告知：山里有户熟识的人家，专门搞草头，想为我搞些来。您说您的婆婆也曾得过此病并很快治好了，村里多个孩子得此病也治好了。如今想来，“偏方治大病”一直被正规医生否认，他们也常常提醒病人“不要相信农村的草头”。但神农尝百草，民间也有好的郎中，有些行医世家只是没有官方的“文凭”“执照”而已。况且当时的农村缺医少药，虽有风险，但草头的确能治很多病，甚至救了很多人的命。父亲应承了。从此，表哥隔一两个月，就给我送些草头方子来。我自己也确信，这方子给自己带来了如肠胃受损等副作用，但对当时湖州医院含糊“确诊”的病，还是有疗效的。多年后，杭州中医院专家据检查结果，认为不可能是那种病，因为根据他们的常规而“科学”的认知，不可能得出那样的结论。

我在湖城工作后，有一年正月，姑姑正好随大表哥来湖城走表哥那方的亲戚。知悉后我请姑姑您和大表哥到我家来。我张罗着，准备晚饭，姑姑您人是来了，但表示就坐一会儿，说说话，很快要坐表哥堂弟的车返回梅溪。“我还要烧饭给他们‘拜年’的人吃，就你姑父怎么成?”家里好像该是姑姑“当家”，她不在，对于一个讲礼数的人，如何“过得去”?我们河南移民仍保留的规矩也好，“中原文化余脉”也罢，姑姑您还是讲究这些的。无论我怎么说，姑姑您就是不应，晚饭不吃，更别说住一夜，让我好好陪您在小城里玩玩了。表哥惊叹于我客厅的一排书架及塞满的书，他一口一句“我们是老土”。我则回道：“表哥你这是见外，硬要把我们分成‘两类人’。我就是一个寒碜酸腐的穷书生，但我们是表兄表弟，还是年少时的玩伴。我真想再一道去挖葛根啊。”姑姑您听见表哥的惊叹声，从容发话：“他么，吃文化这碗饭，就得整天盘书，就像你在田头或上山干活，你就得整天盘着镰刀、铁耙、砍刀、麻绳！差不多啊！”我太喜欢姑姑您做的类比了。

最初到纸媒工作的那几年，即二十世纪九十年代初期，我联系农口线跑新闻，常到县区采写“三农”稿件。记得有一两次去看望姑姑您，匆忙中我没买什么礼物，也无法留下来吃餐饭，只给几包随带的香烟，再从皮夹里摸点儿钱让您和姑父买点儿东西。回程的路上，我心里骂自己“敷衍了事”，但想着侄儿我有这份心，姑姑您是不会怪我的。记得成家后有一年正月，我先带着妻儿专程赴姑姑您家，给您二老拜年，再取道回东城看望父母。

又有一年，大表哥辗转至我家，我让他带回两瓶当时稀罕的葡萄酒，让他转给姑姑您，因为听闻表哥三兄弟已分家，两位老人轮着由儿子赡养。后来正月里，我在东城父母家陪前来做客的大表哥吃饭，问起有没有将酒转给姑姑您，“不要是你偷偷喝了哦”。大表哥说：“我当然转给你姑姑了。她后来说这葡萄酒她喝不来，却也没给我们这些儿子喝啊。有天她偷偷去梅溪街上，在电厂口竟以二十块钱卖给人家了。人家识货啊，马上付钱，屁颠屁颠地走了。”我听后有点儿尴尬，哭笑不得，啧啧惋惜，但话一出口却在揶揄表哥：“别怪姑姑不给你们喝，你们平时给他们几个零用钱花？她这也是给自己挣几个钱花花。”

九年前，也是这个季节，小姑姑您两岁的姑父，去世了。接到电话，我立马请假，第二天一早转几道车前往奔丧。当天下午，我与众亲戚一道送姑父到殡仪馆火化，随灵车护骨灰回村。当晚，堂兄弟们在灵堂轮流给姑父守夜。我因身体原因，第二天还要上班，守一整夜吃不消，跟姑姑您说了实情。姑姑您体谅我，嘱咐大表哥将我安排在他家休息，并特别交代，准备一个单独的房间。第二天我较早起来，与亲人们一起，送姑父“归道山”。

以后的多年，我年龄大了，也很少外出采访跑新闻了。出门的次数少了很多，节假日除了回父母家，正月初二去蠡塘看望孤单的干妈，几乎不再走亲戚了，包括孩子外公外婆在老家台州的亲戚，及我的大姨与表哥表姐。前年清明回家，母亲说，姑姑您正月里到我们这里来玩，在我们家住了几天。姑父去世后，子女们又各自忙碌，姑姑您清闲许多，这是从未有过的。以前姑姑您很想念娘家人，但有一次因造房子跟我的几个伯叔借钱不顺，反遭二伯父言语伤害，自那以后便再也不愿来。现在年纪大了，可能太寂寞了，您又想念娘家了，说“老想听戏，最好村里有戏台子，演越剧或黄梅戏啥的”。这在忙着“新农村改造”的村里，哪会有啊？有戏，是人世间的戏，每一个活生生的人，都在参演，不用排练，一次成型。我终是无法感同身受，一个原来的基层妇女干部，一个老人，在丈夫离世多年、子孙各自忙碌的几年间，有多感伤。

此下，在写这篇不太像样的怀念文章时，我有愧，请九泉之下的姑姑您原谅，我没能护送您到殡仪馆火化，特别是没有送您最后一程：归道山，跟姑父合葬在一起！

侄儿无能，至今没混出个人样，甚至连私家车也没备上。因为需要辗转，返程非常不便，我本想与宝堂弟一起前往奔丧，他值夜班，虽有车，但不会开，且他家车子正在维修，堂弟媳妇在上班，没法同行。我考虑过过夜，第二天送您“上山”，但目睹灵堂的香火，实在难过。我当然不明了“家务事”，我自己也未能全然做好自己的“家务事”，所以我心中有些悲凉：毕竟姑父也不在了，长辈们都不在了。礼仪在当下这种情境下，就无法“周全”了。

姑姑，我先是跟大表哥说，护送您火化，晚间再返程，但因您的一个湖州环渚的侄女婿起初说来，后来一直未来，我没搭上他的回程车。正好堂弟必须提前回湖城接女儿，我就跟他一起，乘表哥小堂弟媳妇的车一道返程了。

几天前回东城过中秋，我跟父母又说起我们礼不周全的事，如在您走之前，我们该去探望，哪怕一次，我们心中也会得到一点儿安慰。因为自前年您来之后，我们对您的情况再也不知。而今年这个庚子年又特别异常，整个春节期间都没法走亲戚，故也没可能通过拜年得知您最后的状况。情形可能是不太好的，毕竟年事已高，且大伯父前年底去世时，我们都不敢告诉您，怕您承受不住。有次大表哥到东城，也没提起您是否病重或其他状况。

说太多也无益，也是给自己找借口，最终也是骗自己，就如在狂风中给一个没大门的茅棚挂一张挡风的草帘子。我在此拷问自己，觉得还是对不住您老人家。

姑姑，愿您一路走好！愿您在天国，与姑父一起，过上琴瑟相鸣、恩爱如初的好日子！

信

秋日周末，我在湖城闲逛，从地摊上的故纸堆里发现了浙北著名中学的老校长之遗物，包括其参加国内各类会议的剪影，他坐在前排C位的多届高三毕业班师生合影，国内多所大学的学子寄来的贺年卡、明信片，简短的信函，有的还是用毛笔竖写的，还有某些乡镇中学老师想转入这所重点中学执教的“探问”信……据闻，这位老校长去世还不到一年。

这些见证着流金岁月、承载着情愫的信，一时成了被人清理出来的废物。也许散出时，已经过初步的梳理，贵重的已被留下。流入古玩地摊，稍值钱的一批明信片、老照片、小名头的书画赠品，也被早起的练摊者买去。剩下的因没什么“大名头”，至多被人瞟几眼。淘宝者偶尔驻足，蹲下细看，最后也只摇摇头。即便有意贱卖，也无人问津，售卖者因此有些懊恼，仿佛一气之下要将其扔进垃圾桶……

丝丝缕缕的晨光，越过这江南古城建筑之顶，跳跃在这蜿蜒的街巷。在寂寥与清凉中漫步，我的思绪被倏然点燃。

在虹溪中学读高一时，我收到平生第一封信，那是一位已跳出农门考上湖州师范的同学写的。同学在信中讲述他的新生活，他们的校园有多么宏大、漂亮，师生如何出类拔萃，他在第一次摸底考试中如何得了全班第一，并安慰我“我是受到你的鼓励才考上的”“你以后的目标是大学，不像我这样没长远目光‘抄近路’”……看着这些内容，最初的惊喜后是讪讪然中夹杂着落寞，我不怀疑同学的真情、纯粹，他能给我写信，是因有一份特别值得珍惜的情谊在。毕竟此前，我从未想到有人会用这种方式跟我沟通。我极少有通信的对象，亲戚大多是本村本乡的。一个姑姑在隔壁安吉县的梅溪山里，有要紧事，大人定会亲自跑一趟。从观音桥中学毕业考上中专的同学有限，考上师范、护校、林校、粮校的多是女同学，她们与我少有交集，如今更不可能有书信往来。故此信抵达后，直到同班那高大个晚饭后回寝室随口说一句“传达室好像有你一封信”时，我怔了良久。大高个那漫不经心的神情、斜睨的眼光中有着某种惊讶与不解：你这么一个瘦弱、老实巴交、成绩也不十分突出的家伙，怎么有“外界的交情”？——那是二十世纪八十年代，对于一个直到初三才因上化学课而借集体春游之机去参观化肥厂得以第一次到县城的家伙来说，外面的世界是多么广阔，可又相隔那么远。十七岁的少年，多么渴望有一簇新鲜、异样的人文之光照进来。记得进入虹溪中学后，班里活跃的女生，包括几个县城来的电厂子弟，每次吃过晚饭后都要“外出走走”。散步只是一方面，一个重要原因是过学校西大门右侧，窥看传达室倚墙的黑板上，是否有粉笔书写的自己的姓名。有，就表明有自己的邮件，立刻开心无比，有时甚至惊呼大叫，那大概是同伴所认为的“情书”。也有借故路过瞟一眼者，看见他人一时舍不得拆而捏在手里“炫耀”，调头就走，神情里包含着羡慕嫉妒恨。无论是家信还是情书，抑或是远方寄来的包裹、发来的电报，只要有且是自己的，你都会有情绪波动。开心、骄傲，整个一天，不，甚至是几天、一周，有信函加注的学习、生活时光总是甜滋滋的。有了第一封，就会有第二封、第三封，乃至更多。而我却没有，我与师范同学只互通了两三封信后便停歇了，主要是没有太多交集，也没有共同话题要说，另外邮资也耗费许多。那时读高中，父亲一个星期只给我两元钱。这里面主要是菜金，那时青菜一盘五分，肉丝一盘要两毛，肉丝我一周至多也只买两次。若是住校，两块钱还要留一些，用于理发，买肥皂、牙膏，偶尔还在虹星桥镇北街那家小新华书店偷偷买本连环画犒劳自己。

回想“写信之情境”，此下，我想起的是有关父亲写信的情景，或者说，我目睹父亲一次次写信。当然，他是在自己家里，为前来央求他的几个村人而写，前后持续多年。

堂屋饭桌上的一盏煤油灯，兀自放着红彤彤的光，时不时发出吱吱声，但很快被父亲与蒋伯伯或秀珍或平凡女人的攀谈声盖过。他们都是村里常来央求我父亲帮写家信者。父亲是村小学教师，也是村里娃崽们的语文、算数等课程的任课老师。作为新中国成立后村里唯一在县城上过高中的人，父亲早被视为村里的“知识分子”。加之他天生对人热心，那些识不了几个汉字的村民，找他代写家信真有点儿“理所当然”的味道。

在二十世纪七八十年代的乡村，物资、文化知识均十分匮乏。尽管处于较为富庶的杭嘉湖平原，我们这个实行集体经济，依赖种植、养殖的小村，居民多是河南移民的后代，夹杂着部分我们习惯称为“蛮子”的当地人，也只能勉强解决温饱。清末太平天国运动后，祖上移居此地讨生计，到我这已是第五代。当年兵荒马乱辗转而来，后来“破四旧”烧家谱，加之城乡户籍制度刚性管理，出个村也须打证明、盖公章，由此造成绝大多数村人失去了与河南信阳故土的联系，还有联系的至多写封报平安的家常信。如果信函“有去无回”，从此便基本两断了。

算起来，使我们几个上学的姊妹因此被迫移至厨房，在菜墩上或灶洞边继续做作业，腾出堂屋桌面让父亲代写信的，基本就是上面那三位。蒋伯伯籍贯宜兴，与我家结了干亲。他有一个疼爱的外甥那时在部队当兵。后村的秀珍，当年改嫁到我们村，带了一个“拖油瓶”——儿子七斤。等到七斤长成小伙子，秀珍第二个男人死后，家里更加窘迫，七斤找到了出路——成功入伍。平凡，在我印象里，一直是个少语寡言的忠厚之人。那些年，我们村前面的河洲村，因苕溪过境，且有航运站头，新兴的运输船常在站头附近停驻，将苕溪上游运来的黄沙、毛竹、木材卸下再转运至别处。平凡跟其他村民结伴在此卸货，卖苦力挣点儿钱贴补家用。有一天我放学回来，听父母说村里有人被抓去劳改了。当说到是平凡时，我以为听错了。事发时有一船上好的杉木料被运到河洲，他们一伙苦力将木材卸到河边时，发现没有“下家”来接头，这就意味着他们没法立马结账，得不到辛苦钱。后来左等右等，不见老板，有人就出主意说将这杉木料扛回去抵工钱。我从其他村人口中听到，平凡扛回家的木料有很多。后来才知道，这批木材是国家的，接货人因中途有事耽误了到河洲货站结账的时间。也不知其他苦力是否真扛了木料回去，也可能没扛多少，等公家人来了说明事情原委后，马上将木材退回，讨得工钱后迅疾开溜。唯有这个老实巴交的平凡，扛回的木料最多，而且人家公家人来了准备兑付卸货费时，他还“不承认”，说自己没背一根回家。如此，性质就变了。有贪念，还执迷不悟，不善变通，又没社会背景，一个农人因此就被送进了监狱。

每次攀谈一阵后，我父亲问明上次来信提到什么、要求什么，这次去信写什么内容，就开始在灯下帮人家写信了。

这几个求信者仿佛商量好了，从不一起来，我也从未见过他们一起来。

在我的印象中，蒋伯伯那个外甥对他这个老娘舅要求最多，大概是知道他有一门做竹器的手艺，在河洲街摆摊赚钱多的缘故。

就这样，初春、酷暑、深秋、寒冬，在那盏八十年代的煤油灯下，我的父亲——一位人近中年、长着络腮胡子、大嗓门的小学教师，在一两页白纸或方格纸背面，用他那爱惜多年的钢笔，按求信人的口吻，给他们远在军营或劳改农场的亲人写信。他几乎每写一段，都念给求信者听，提问对答、叮咛嘱咐都以他们的口气，或直接或委婉地加以表述，直到他们点头表示满意，再继续写下一段。求信者或微笑，或紧锁双眉，脸上表情丰富得如同默剧演员。沉浸中的他们，双眼一直落在正在书写的我父亲身上。父亲的额头、脸颊，乃至整个上半身，都被温暖的灯光笼罩。我偶尔经过时一瞥，也极容易产生错觉：父亲是黑暗中的一个发光体；短暂的静默中，在求信者眼里，他也近乎是光亮、温暖的源头。光亮、温暖，让旁观的他们痴迷、眷恋，他最能安抚他们的情绪，想他们所想、念他们所念、寄他们所寄。无疑，在那些漫长的人生里，在被困苦磐压着的粗放质朴的生活里，这份光亮、温暖给了他们别样的安慰。即便信写完了，黑夜中他们离去、回家，那种情境和圣洁的体验，我想，仍会久久地在他们的大脑、心间盘桓，被他们一次又一次地回味。

根据当年我在厨房做作业时的听闻，此下，我模拟当年的情境、油灯下的场景，替代我父亲给这三人各写一封大致内容的家书。

第一封帮蒋伯伯写——

方军外甥好！……我还在苕溪大河边煨毛篙，编竹椅子、竹筐子……身体还可以，每天晚上喝二两黄酒……你舅母胃痛，天气冷了厉害些，老毛病了，不要紧的……你去年提起说要芝麻、绿豆、黄豆、蚕豆，今年家里全都种了，最近都收上来了。这次写信是问你每种要多少斤。我好下一次寄去。你战友多，人家这个给你那个给你，你多少也还些给人家……你说的手表要票啊，娘舅我手里没分到，我已托河洲供销社的那个老朱帮我搞。票一搞到，我就托上海知青帮我买，钱我有。你娘走得早，娘舅我买块手表送你，是应该的。你说快要转业了，已有老家的人帮你介绍对象了。那是好事啊，也是终身大事。你回信时，夹一张女方的照片，给我和你舅母看看，一起参谋一下。部队那点儿津贴如果不够用，你回信也给我讲一下……

第二封帮秀珍写——

七斤我儿，家里一切都好，我的身体还是老样子，气管炎不打紧的。你二弟，我托人让他到蒋家的那家砖瓦厂去做临时工了。你大弟的病急不来，我们去了一趟湖州，带了一个疗程的药慢慢吃。你妹读初一了，在观音桥那个新学堂，成绩还可以……前一阵子黄梅天，我们房子那东间漏雨，请了你亚叔他们几个人，帮翻修了一下，现在好好的。下回等你转业回来，立志把草房翻成瓦房……你在部队里，要积极上进，争取早点儿入党，入了党就有机会提干，就是转业了也有工作安排……你说连长是我们这一带的人，那最好了。要多向他学习请教，知道吧？老乡会帮老乡的……要什么东西，你写信回来跟我说。……生产队里最近又添了二十多只小猪，我和另一个人帮忙养，辛苦点儿，但有盼头。还没告诉你呢，今年分红，我们家不再“超支”了，还分到了十二块钱，真是好高兴啊。我们的家有奔头了……

第三封帮平凡的女人写——

孩子他爸，我们都好。你爸好，你妈也好，他们常帮我做家务事，怕我累着。你要在那里好好改造啊，晓得啵，好好改造，我们一家都盼着呢。你爸你妈面前我不提，一提他们就流眼泪。我娘屋里今年还没去过，连端午也没去，忙，去了也怕他们伤心。我弟弟倒来过两次，最近一次是开学前来的，孩子姥爷姥娘给买了书包、铅笔盒，让阿三送来，他饭都没吃就回去了。两个娃，我会照顾好的，他们都很争气，开学不到半个月，就各捧了一张奖状回来……就是娃有时在学校里，被人家欺负，说他爸是劳改犯。儿子跟人家打架，脸上被抓出了血痕，我们娘儿俩在灶洞边都哭了。后来我说，娃，你爸他是好人，太老实了，一脚踏空，所以吃了苦头。你爸还是你爸，等改造好了，就会回来跟我们团聚……你们要争气，拿出好成绩。你爸也在争气，争取更快减刑……平凡，你一定要注意身体，一定要好好改造，早点儿回来啊，我一直在等你啊……我们一家早日团圆，再也不分开！……不求别的，只要平平安安……

父亲每次把回信写好，会将求信人带来的上一封来信再读一遍，再将新写的读一遍，并对照来信里的要求、询问、嘱托检查一遍。“都写清楚了吧？”父亲问了一次又一次，直到对方满意为止。印象中有一次，因为蒋伯伯外甥的来信里，有两个关键字写得模糊不清，两个人琢磨了好久仍认不出。父亲当晚索性不写了，“你也回去再好好想想，明晚来”。但第二晚仍是无解，蒋伯伯甚是尴尬，不时摇头、叹息。我父亲有点儿恼怒，信还是写了。写完，我父亲觉得不解气，末了硬是在信纸最后用括号备注一句：“下回来信，一定要把字写清楚！”俨然是在课堂上批评一名字写不端正的学生。蒋伯伯苦笑，但也没让我父亲把这句足以伤他宝贝外甥自尊的话划去。谁知几天后，蒋伯伯来家里串门，我父亲面带愧色：“我想起来了，应该是××两个字，他是让你×××的意思。”蒋伯伯眼睛一亮，拍着大腿说：“是的是的。他曾经提到过，我怎么没想到呢？哎，我老糊涂了！”我父亲主动做了检讨：“我真不该，在最后写那么一句话。”“再寄一封，说上封信里不该写那么一句？这也不好呀——”他有点儿犹豫。“这样也好。年纪轻轻，写信的态度都不认真，以后还能办什么事——”这是蒋伯伯宽慰我父亲的话。这是我父亲帮村人写信的多年间，他自认的唯一一次“失礼”之“误”。但我不这么看，父亲没有失礼，更非无理。

在那物资贫乏的年代，蒋伯伯与外甥靠通信来往，我终未见他外甥方军夹一张照片送舅舅做纪念，也未听见他说多少暖心话问候舅舅舅母，也没见他关心表姐表弟的学习或生活。娘舅提及的他女朋友的照片，他也没寄来。总之，他一味索取，而老娘舅也总是想办法满足。后来他转业回了江苏老家，他结婚时好像他老娘舅也没去。我始终未见他来看望他年事已高的娘舅，他舅妈去世时也未见他来奔丧。至于七斤，不知他后来是否入了党，提干应该没有，不然全村会轰动的。他若干年后转业回村，没待多长时间就去了他生父的老家谋生、成家立业，似乎也没给他的弟弟妹妹多少照顾。草房翻新成瓦房，也是两个小弟自己完成的。也许他自顾不暇吧。倒是平凡，后来的确减了刑，很快回村了。有几年，他萎靡不振，但因为骨子里忠厚老实，村人对他都很同情、客气，从未听闻有人以“劳改”之词来刺激、为难他或他家人。他们一家真的是和和美美。他归来的那些年，妻子也似乎年轻了许多。他们的两个孩子很努力，分别考上了中专与大学。对于我父亲这个曾经的“写手”，亲情的传递者、言语的宽慰者，路上遇见，他们很是尊敬、客气，一直记着他的好。父亲予人帮助，当初未厌烦，事后也从不挂在嘴上。感觉他心里总存着助人、帮人的善念，认为这是“知识分子”的举手之劳。我们姊妹，在他帮人写信的那些晚上，被“赶”到厨间写字做作业，可以说受到了一定的干扰。但我如今将其作为素材来写作，这是一种难得的人生体验、乡村经历，这种“人帮人”的行为无形中教育着我，因此也是有意义的。如果一定要以“得失”来考量，这是一种“得”，而非“失”。

我不知蒋伯伯、秀珍、平凡的女人，是否保留了他们亲人的来信，他们的亲人，是否仍保留着他们当年的那些回信。蒋伯伯、秀珍多年前已离世，而方军、七斤以及平凡的女人，是否有保留书信的习惯，我无从打听，似乎也没这个必要。

好友周兄的父亲“文革”结束后离世了。有一次，我去浙北煤山——他的老家看他，他陆续翻出几本发黄的书，包括《普希金诗集》，是他父亲当年留下的遗物。后来周兄迁居县城，再后来又落户南太湖，一些家什跟着走。今年春日，我与他寻访邱城遗址，又攀缘黄龙洞山腰。一番“探故寻源”后，我们在他家庭院里的橘子树下叙旧，后移坐他二楼的书房。这一次，他给我展示了他英年早逝的父亲留下来的日记、诗稿。“应该振奋起来！让青春的烈火焚毁那沉寂的暮气！让生命的风暴刮去那灰溜溜的情绪！投入战斗！”他念父亲的诗给我听，复述他父亲临终前的遗言。窗外，太湖浩渺无垠，近旁的浪涛一阵又一阵，击打着堤岸，那些散落的芦苇在无言地摇曳。周兄还保存着多封我俩之间的书信，是我大学期间写给他的。我有些好奇这些信里写了些什么，因为进入社会后忙碌的工作和生活，使我几乎忘却了文青时代我与周兄通信时所写的内容。“可以复印给你。”周兄说。“还是不揭开谜底的好。”我回道。认识周兄最早是在一九八六年的春天，那时我休学，在东城老家静养；他在我隔壁乡做税官，业余爱好文学，尤其喜欢写诗，并偕同几位乡里好友办起了铅字编排的刊物《葭菼》。有一次，他来我们东城村，寻找一名还在师专中文科读书、也爱写诗的学生，无果。他记起那个大专生说起邻居——在高中读文科的我，也在读些诗文安抚身心，便转到我所住的老屋，一番言语后，看了我的习作《暮云集》。未想到数月后，他给我寄来第二期的《葭菼》，上面刊登了我的一首诗，他还在编者按中写到了我的“事迹”。那可是自己稚嫩的习作第一次被“刊印”，也可算是处女作。如此的鼓励令我铭记终身、没齿难忘。由此，我与周兄开始了数十载的交往。他还曾前往杭州到我寝室，看望在大学中文系读书的我。

那天回程，邱城门、长田漾、影视城，太湖石塑间的桃花、梨花、郁金香……纷纷向我迎面扑来，旋即又退至身后。卡伦·卡朋特的“yesterday once more”，一直在我耳边回响，久久低回。

一九八八年到杭州上大学后，我才第一次跟父亲，这个给村人写了多年家信的“写手”，有了书信往来。这也应该是父亲第一次给自己的家人写信。他很忙，白天在小学教书。因实行计划生育，乡村孩子大幅减少，学校被精简、合并。到后来，整个村小被冠名乡中心小学分校，教师只剩下他一个人，他不得已将两个年级的学生并为“复合班”。再后来，村小撤了，腾出的教室租给人家做绸机，父亲被安排到了河洲小学，他又在那任教多年。其间，经过多次考试、考察，外加政策倾斜，已逾天命之年的父亲，终于从“民办教师”转为“公办教师”。但家里的田，仍是他的“工作”。下班回家后以及周末，他育种、做秧板、栽秧、治虫、烤田……从无空闲。虽有母亲和姐姐帮忙，他仍是决策者，仍是一个得力的实践者。东畈头、南港边的两块自留地，也被他见缝插针地种上菜了。他还亲自照顾家里的主要经济支柱——猪崽。养的老母猪每年生两批猪崽，精心繁育后带到和平、小溪口、梅溪等集镇售卖。这是我们姊妹当年读书、我后来上大学的生活费的重要来源……这些大小农事、家中里里外外的事、学校与课程的变动情况、我的学习，特别是家人的身体状况等，都贯穿在我与父亲写的总共不到五十封的信函中。我们这些家信，比不上《傅雷家书》那样规范、经典，但也写尽了一对乡村出生、有点儿文化的父子，在那个年代的别样情感。它是个人的、家庭的，私密的、纯粹的，也是那个时代人文内涵的一部分。记于心的，是在我读大学之前从未夸奖过我、在家中一言九鼎、“君王”般存在的父亲，在家信中第一次展露出平和、坦诚甚至有点儿羞涩的一面——他在信的最后，署上让我动容之名“愚父”。

我工作后把这些信从大学带到了长兴县城，调到市里后，前后搬了五次家。每次搬家，我的第一要务，就是把皮箱里的这些宝贝检查一番，再锁好带上。其实，随带的百十封信中，还有一批是我当年在虹溪中学读高一时的前桌——那个长着虎牙、爱穿白色回力牌球鞋的小个子女同学写来的。在病休的一年多时间里，作为班里的团委书记，她一封接一封地给我写信，温馨的话语真是医治我、安慰我的良药。这其中或许有少男少女之间那些朦胧的、掩于言辞中的情愫，如黎明穿越林间的溪流，为一层雾气所笼罩。这是平生第一次，也几乎是最后一次。由是，伤感中我不愿再叙及它。

如今我与儿子的交流，远不像我当年跟他爷爷一般多。文字上，也仅限于偶尔发几条微信。几年前他在外地读书，彼此也没写过书信。这个时代似乎已没有纸质信函存活的土壤。我有淡淡的失落，而许多年轻一代也在告别纸质读物。如果还是像以前那样在纸面书写，我会用心、动情一些，予儿子的教诲借文字表达，入情入理，也会让他更“受用”一些。我不期望他，能像我保留他爷爷的信函那般保留我的信函，但只要情感交流、家庭教育的良性作用达到了，它们的纪念意义就可有可无。毕竟，我们出生、成长的路径是不同的，方式方法也不应受限。但在已趋近“无纸化办公”的时代，有朝一日，我与儿子间的交流，已无纸可存。他将来如果觉得“有必要，也有兴趣”，保护、留存我与他爷爷的那些书信，是我所乐见的。

在江南古玩城，三十出头的本地人小季，为了生计一直收集、摊卖故纸，主要是老照片、老书、信函、宣纸等。我因买了一刀老宣纸而加了他的微信，时常看到他朋友圈里贴出相关信息。前段时间他还贴出一位故去不久的本城“老先生”家的老照片，有老先生父母的，其中一张还是他爷爷清末留学时在日本拍摄的。另外还有些他在不同时期进行田野考察、在文博工作现场拍的照片。我记得不久前在一个文化雅集上还邂逅了老先生在杭州工作的儿子，他儿子长得很像他，也是一副老夫子做派，喜欢吟诵古体诗词。不知道老先生膝下有几个子女，他晚年与子女生活在一起还是单独住。他的这批故纸散出后，他在杭州的儿子知晓吗？本地有一种风俗，家里“老了（去世）”人，这人的床、衣物要烧掉。是否包括他生前所使用的家具、文房用品，还有书信、老照片？我非本地人，不得而知。

“由我得之，由我遣之”，文物收藏“聚散两依依”。物品视艺术、历史、文化、稀有性等价值在市场上行销。至于故纸，则由“故主”的名气而定。一般小人物的无名气，基本进废纸堆、垃圾站。对于自家人来说，先人的东西，有情感纠葛在；而于陌生者而言，一堆他人遗下的物品，我们还可寻求相通的“公”情，即同为人类之共情。这些物品是否蕴藉着更多可供观照、怀想、品评的东西呢？无亲缘相隔，我们也能更客观审慎地评价“人类”的这份文化遗泽。对于后人来说，无论出于何种原因散出东西，此行为我们也应辩证地看待。“没有不肖子的散出，哪有我今日的捡漏？”一边为买到便宜货而沾沾自喜乃至扬扬得意，一边在心中“看轻”散出者，言语上还不时加以取笑，真的是很不厚道，也非一个收藏家应有的德行。意外得到了，而且很便宜，意味着你跟这份“文化遗泽”有缘，同时你更应妥善保管、守护，还需予以“学术性研究”。不然，你对不起“人类文明”的这份遗物。如果你后人对这些物品无感，你又担心这些物品有朝一日会被他“糟蹋”“胡乱处理”而遭他人奚落，那你就尽早为它们谋划归处。老话说“富不过三代”，即便“耕读传家”，任谁也无法保证每一代都不会“掉链子”。只要能保存完好地传下去，无论是自家的还是他家的、私家的还是公家的，都是对“人类”负责的行为。至于市场上的文物该不该买、卖出了什么价钱，则是另外的事。两个范畴，不能混淆。

一九九八年居北京的湖州乡贤、著名翻译家赵萝蕤去世后，她与丈夫陈梦家的书信被她弟弟家里的保姆，当作“垃圾”送到潘家园旧货市场出售，好几麻袋的书信有五百多封，其中包括闻一多、朱自清、胡适等名人的手泽。赵萝蕤弟媳黄哲说，

“当时（搬家）形势非常紧迫。凡是那些破破烂烂、零零碎碎的，特别是一些纸张、纸片，我们就让保姆当废品给卖了。那些书信再值钱，现在也跟我们没关系了”。郑振铎之子郑尔康也无意间向媒体记者透露，他的一位朋友在潘家园发现了他父亲郑振铎以及郭沫若、茅盾等一大批文化名人的书信，是从某家出版社流出的。收藏大家马未都曾说，他的一个朋友，当年搜集了北京各大出版社流出的“故纸”，以集装箱起吊的吨计。我不知当卡车运抵，面对庭院里堆积如山的信函、手札、手稿，他的朋友做何感想。当初，写一封封信的时候，多少倾诉、无数牵挂、几番思念，借助文字在人心之间传递，然后从四面八方，乡间或是深巷，如众水汇聚。现在，它们无言，成了咀嚼后的甘蔗。无数的地名地址、尊称落款，像菜场的鱼被斩头断尾。如不被抢救、珍藏，它们就是废纸了，就是文字的僵尸、一笔笔的情感糊涂账、一缕缕的过眼云烟。若幸运地被挑选、整理、誊录、研读，它们就成了陈年佳酿。它们是过往人类情感的一种见证、表达，是文明的延续。

现在，我保留着父亲的书信，朋友保留着他父亲的日记、诗稿。这些书信非《傅雷家书》《郁达夫日记》那样经典、值钱，但在我们心中，它们同样宝贵。

我不知道，孩子将来是否会将他父亲与爷爷的数十封书信保留下去。我也没问周兄是否担心他的孩子有朝一日将爷爷的日记、诗稿遗弃。我们所寄望的，是孩子们的心中有一份纸墨当珍的人文情怀，珍惜祖辈、父辈与他们间的“私”情，去感知这些书信里的人类“公”情，妥善处理这些书信。

有关伤害或心灵事件

我自小是个乖孩子，读书后是个乖学生。从小学一年级到二十五岁大学毕业，得到老师的夸奖、赞扬无数，期中期末奖状也多不胜数。自小学一年级到初二，不同任课老师的表扬名单中，大多有我。从小学到初中，我担任了两个学期的班长，其余学期我都是班里的学习委员，有时还兼语文课代表。成绩好是主要的，其次是因为我上课不迟到，也几乎没跟哪个同学吵过架。这个年龄段的农家孩子即便在学校常常听老师念叨“团结同学”的校规，在家里听父母唠叨“不要打架”，也很少有不打架的，特别是男孩子。我乖，不打架惹事，可能还有一个原因：我身体相对瘦弱，性格也较文静。我不惹事，别人来惹我了，我也尽量避开、忍让。因成绩一直优异，又甘愿吃亏，故爱惹事的学生，碰到成绩好的我，久而久之，也都谦让于我了。真急眼了谁也不管的家伙，碰到我这样身板的家伙，“打起来也没劲”啊，因为不太“匹配”，反而被健硕者看不起。两个人互相不服气，旗鼓相当，打斗起来才有意思啊。初三年级开始，我成绩没那么好了，老师们重点关注几个有希望考上中专的学生。

我被表扬、夸赞过，也被批评过，也挨过打。如今想来，不能忘记的“负面记录”，我也有过几次。因“成绩好了，翘起尾巴了”，我在大士桥中学读初二时被韦老师、李老师批评；在城山中学读高三的上学期，被胡老师批评。还有一次是在虹星中学读高一时。一次数学课上，我因故用右手肘蹭了同桌费同学一下，他故意有点儿夸张地“哎哟”一声，从外地调来学校不久的慎老师当即挖苦我：“你给我站起来，你给我出去，到走廊上站着……你当你稀奇啊，我可不当你稀奇……”我蒙了，脑子里一片空白，而后从座位上站起，一直呆呆的，没有挪动步子，也没有按她说的自觉地走到教室外去，只觉得血往上涌，脑袋里嗡嗡的，整个身体僵在了那里——我从未遭受过如此羞辱。我自始至终站到了下课，而在此期间，慎老师也没再要求我出去。

我受过两次体罚，一次是在小学四五年级，惩罚我的是我的数学老师——我的父亲。他在课堂提问时认为我没有分清“半径与直径的关系”而恼怒，便用尺余长的竹棒狠狠地敲打我的头。但我认为我自己讲清楚了，“直径是半径的一倍”，再次重复时我还是这样回答。但当时不知是父亲听混淆了，还是他没仔细听，反正他怒了，噼噼啪啪，打得我满头是包。晚上回到家，头上的包都肿起来了，母亲看着，眼里噙着心疼的泪，但在家里一直处于弱势地位的母亲是不敢责问父亲的。我是一贯乖顺、成绩优异的孩子，定是犯了大错，让父亲蒙羞，才招致“一顿鞭打”。我还记得父亲在校园里粗暴地对我。那次学生在课间玩皮球，快上课时，最后一个球不经意地滚到我的身边。在我犹豫是否要将其捡起上交时，父亲正夹着课本匆匆赶往教室上课。他不问青红皂白，大概以为我还在玩球，要耽误上课了，一脚将我连人带球踢倒。由此，我对父亲很反感，到青春期时近乎“冷战对抗”。直到工作多年后，有一次我们姊妹团聚，在融洽的氛围中谈起往事，我们“指责”父亲当年对我们的教育不得法，“斥责”他脾气坏。由此我想到这样一个问题：除非孩子真的发现自己错了，也该受罚，不然他们会记恨很久。如果大人“不讲理”地粗暴对待和冤枉孩子，那孩子会在愤恨中牢记一生。由此，心理学家常说“童年的创伤需要用一生来治愈”。在文学创作中也有类似说法，如“成就一位作家的是他不幸的童年”等。记得年少时，我跟村里的同族上辈、同宗的堂兄们到西面隔壁乡的大姑家喝喜酒。晚上人太多，大人们只得熬夜打牌搓麻将，亲戚将新棉被铺在席上做垫被，打地铺让我们几个小孩子过夜。第二天起来后，被子湿了，不知是被“尿湿”了，还是晚上大人们喝茶不小心溅湿了……反正在新婚的喜气里，这帮岁数比我们大的家伙起哄，并最后认定是我尿床尿湿了被子。我说我没有，我一整晚都没有起夜，短裤也是干的，但他们却不相信（可能是“故意不相信”），更不进行关键性的“物证”查验，只是嬉笑着戏弄我，“我们大家都知道你尿床”。我势单力薄，百口莫辩，他们却吆喝着“快吃早饭，我们要回家了”。我恨死他们了，恨死了他们的污蔑、戏弄，恨死了他们的不负责、冤枉人！那天我没吃早饭，一路隔老远地跟着他们，踏上返程的圳埂、机耕路、田间小路。我是多么的孤独、悲凉，单薄而敏感的身体里，充满了多少对他们的无言怨怼。和我前往的，是同姓的宗亲，但在那一瞬间他们都是我憎恨的“敌人”。即便他们回村里以后再也没提这件事，但委屈和仇恨，却被我吞下，我久久未释怀。长大后我也知道这是一场误会或有意的戏耍，他们并无特别的恶意。但敏感的孩子是不能随意戏弄的，特别是不能被人冤枉。这也警醒着自己，面对孩子，遇事时要耐心听他们是怎么说的。

近些年经过反思，我也有了新的关于“伤害”的定义！

记得有一次学校组织师生看电影，放映地点是在我们初一读了一个学期、离我们后来就读的大士桥中学数里路的厚全村小学的大操场上。应该是入冬了，那年冬天特别寒冷，我记得自己的双手、耳朵已长起了冻疮。晚饭后我们从不同的村里赶到操场看电影。大士桥中学几乎所有任课老师及初二年级四个班的学生都来了，那个教我们英语的仇老师也来了。这让处于青春期的我们这些男孩子很兴奋。随着电影的开映（也许是随后太投入那次“袭击”事件，故也无心看电影，尽管当时电影很少，放电影像是乡村的节目），班里几个调皮捣蛋的家伙，不知是谁出了个坏主意：趁着天黑，用泥块偷袭那位让我们平时看了就窝火的女老师。

仇老师本来应该是一位我们男生十分喜欢的老师。她皮肤很白，面容姣好，微胖，走路节奏不是很快。她看上去应该属于温和的女人，但不知为什么，每次上课都要发脾气。好端端的，说发就发，她把书本使劲往讲台上一拍再扔下来，然后不发一语地看着大家。我们觉得莫名其妙，大气也不敢出，只得左顾右盼，猜测是谁惹恼了她。正处青春期的男生，一般都对任课的女教师有一种朦胧的亲切感，有时甚至有点儿想入非非。我们不知仇老师的籍贯是哪里，她到我们中学任教有几年。大多数时候，我们认为她是对大士街上那个留了几级仍不用心读书的老顽皮——陈同学发脾气。他是居民，即便读不出书，数年后也可以上班就业。也许就是因为那时的“顶职”政策，他才滋生了惰性。我感觉他人还是善良的。有几次，她公开点陈同学的名，或走到陈同学的书桌前，将书本砸在他的桌面上。有时，又好像不是，她把课本或教材往讲台上一扔，就出去了。我们被晾在那里，等于是让我们自习了。下课铃响，她回到教室，也不说下课，只自顾自地拿起讲台上的课本或教材走了。

她的身影从教室门口消失，我们陡然松了口气，气氛又恢复如常，只是大家面面相觑。次数多了，我们也不再猜测她在跟谁发脾气。

按理，再调皮、愚钝，我们对老师总是尊敬的，还天然带着一种害怕，特别是班主任。而对女老师，我们会感觉更亲切。但这个仇老师，老不管我们。特别是英语，农家子弟本身英语基础就很差，很怕这门课，她又那样，不仅不好好引导我们，让我们对英语感兴趣，还几乎每节课都无端对我们发火，让我们全班自习，因此我们对她不敬、埋怨她也就不奇怪了。“有什么了不起的。这样的老师……治治她!”那晚，电影已开映，不知是哪位同学发起，而且撺掇我这个平时成绩佳、人很乖的“好学生”。后来回想起，掷泥块的同学中，那个怂恿我的王同学不见了，他可是发起者啊，当时动员大家一番后就狡猾地“隐身”。反正那晚，我们几个参与者没心思看电影，精力主要放在拾捡泥块、观察放哨、通风报信、偷袭仇老师的行动上，掷泥块也只有两三次。借着月光、电影镜头投放的余光，我们在几米外瞅准“前面穿白衣服的那个”，从不同的方位掷去。我们拿的一律是泥块，而非石块，且挑的是湿润的软泥块，故掷出去后并没有听到“哎哟”声或其他喊声，也许是因为所穿的冬衣较厚。前面放哨的学生会不时返回，告知“击中了”。仇老师前后左右不时查看泥块来自哪个方向，边上的其他师生均陷入了电影的情节里，没有注意到这些。

那天晚上回家后，我在床上辗转反侧，毕竟从未干过这种坏事，想着父亲知道后，定不会饶了我，由此感到后悔、后怕，迷迷糊糊中直到天亮才睡了一会儿。第二天上学路上，不同年级的伙伴们，边走路边说起昨晚的电影内容，有哪些画面异常精彩，我心不在焉，没法参与到对话中，心里担心的是到校后会不会被老师惩罚。忐忑中，上午课上完了，无“敌情”。但中午休息时间有同学叫我，说班主任钟老师让我去他办公室一趟。坏了，“不是不报，时候未到”，现在时间到了。我想自己当时肯定满面通红，心跳加速，走路也不同于平时。我不知自己是如何走到钟老师办公室的。他招呼我坐下，满面笑容，较客气地问了一下我的学习情况。嗫嚅中，我如实相告：物理、化学学起来很吃力。突然话题一转，他问：“昨天晚上厚全村的电影，你去看了吧?”我说看了。“哦，晚上看电影有人向仇老师掷泥巴，你听说过没有?”“没、没有……”“哦，没有。假如有人说你掷的，你会怎么样?”钟老师的声调上来了，笑中带着愠怒，脸色在变。“我没有——”我顿了一下，当说出这三个字的时候，我的心在狂跳。然后突然觉得轻松，我等着钟老师来果断地否定我的回答，反正他可能已掌握情况，我“逃不掉了”。“哦，那你回去，我会继续调查。”这是钟老师的回答，难道是“欲擒故纵”?我转身走出几步，虚汗直冒，手上的冻疮溃烂处生疼，红肿的耳朵发痒，遂又转过身，以十二分的勇气说：“钟老师……我掷了!”“我掷得不多”这后半句还未全然吐出，钟老师就用他常打篮球的手一把揪住我的右耳，然后又拽着我那只因冻疮溃烂而套着白手套的右手，往他的办公桌上拍，“啪啪啪”，一连几次，嘴里呵斥道：“你真不得了了，敢这样对自己的老师……没想到，你这个好学生现在——”我哽咽了，眼泪流了下来，那只长冻疮的手，血开始沁出，染红了半边白手套。

我伤害了仇老师，钟老师作为班主任，理应惩罚我，这没什么好反驳的。

我自始至终没有说出参与此事的其他同学，不愿再“伤害”他人。但这事过去一段时间后，我却始终没有听闻除我之外，还有谁被叫到钟老师那里去，更未听闻谁受到了体罚。是钟老师用计，将我这个善良老实的学生诈出来了吗？他怎么会一开始就让人叫我到他办公室去？是此前已有很多学生陆续问过了，才轮到我，而他们自觉或是被交代不能去问其他同学这件事吗？是前面已有人“告密”，说有我，而钟老师“以功劳代处罚”免去了对告密者的处罚，还是他们也受到了体罚，只是我不知道而已？也许一开始钟老师就决定将此事在小范围内解决。仇老师除了衣服被弄脏外，最多在情绪上受到一点儿影响，但事后她来上课，未提一句看电影被掷泥块之事。可能钟老师及仇老师本人，也觉得这不是什么光彩的事，大事化小，小事化了罢了。我没觉得后来仇老师看我有异样的眼光。有两点让我感到欣慰：可能有告密者在背后“伤害”了我，但我始终未告密而“伤害”其他同学；钟老师惩罚我是应该的，我是主动承认的，应该算是一个诚实而善良的好学生。

这么多老师都来看电影，我们这些男娃为何单挑仇老师（而且是一位女老师），她难道没有反思过？钟老师是否也询问或思虑过原因？

长大后，我常常回忆她在课堂上的情形。后来，我开始以一个“过来人”的视角，猜测她发脾气的原因：可能对同事关系感到烦恼（好像也不像，一位普通的老师，无官职，不会侵犯他人的利益，也没有优秀到招同事嫉妒。当然有些大人间的事，我们学生不知道），我猜想她把脾气发到学生头上，可能是因为家庭生活不幸福、不如意——她受的“伤害”，是情感生活，最有可能是婚姻带给她的。

听说，她的丈夫在地质钻井队，平素天南地北地奔波，反正我们从未听她或其他老师谈起她的家事。这“听说”最初也不知谁说出来的。初二那年，也就是她频繁发脾气的那年，也是我们在厚全村看电影时向她掷泥块的那年，钻井队到了大士那里。的确，我们很快眼见为实。那些高高的井架立在那些油菜田、麦田上，霸气十足。我们利用午休、放学晚归的时间，到那些田里去看过那些钻井设施。但我们从未有机会看钻井人员现场钻井，不然我们也会好奇地打听哪位是仇老师的男人。让我们难过的是，田野里大量的油菜或麦子被钻井人员随意践踏，据说他们是为国家找煤（有人说找石油，也有人说是找特殊的矿产）。那时还是生产队，一切为公，应没有赔偿一说。钻井机从深深的田野里，绞出一筒筒石柱子，一截一截的，长约一尺或更短一些，它们被随意丢弃在田野里。它印证了我们对地底世界的部分认识，老师曾说地下有地幔什么的。地底世界是否真由岩浆构成，是否有空洞，是否有人居住、有凶猛的动物居住？我们对此充满了想象。我们很想捡一筒带回去，但其他伙伴们说“这是国家的东西”。“国家的东西”自然是神圣的、伟大的，而且像法律一般不可触犯，哪怕这些“国家的东西”最后只不过被当成垃圾或废料。那些“国家的人”，怎么处理都是有理由的。

我那时想着，仇老师能嫁给这样钻地洞的人真是让人羡慕。但不知道为什么仇老师总是不开心，是聚少离多吗？那时夫妻分居是很正常的。

被钟老师体罚之事，让我牢记一生，心中很是后悔，也觉得委屈……多少年过去了，你伤害我，我伤害他，他伤害你。我们就在这受“伤害”的过程中，成长、老去。

青春期的孩子叛逆或有极端行为，都是有原因的。老师、家长忽略了青春期的孩子的心理发育特点，忽略了成绩不优秀的孩子，同样渴望甚至更渴望在成长中被引领、关爱的事实。

岁月忽已晚（四题）

远去的村庄

从田埂边窜出的一簇簇狗尾巴草，在晨风中摇曳。深蓝色的牵牛花，一盏一盏，自辣蓼上扶叶而下，喇叭吹着轻快、喜庆的歌曲，与旁边矮松上的金花呼应着。再往西行，从东城出发的水泥路，已变成了泥路，北侧密密匝匝的蚌蚌草，已青黄相交。冷漠的叶刃，让人想起“八大山人”笔下孤鸟闭喙的锋利。白眼向天的高处，此下向我展现的，是漫天飞絮的一片芦苇，虽已干枯，但仍旧坚韧。四季流转中，它们就像恪守诺言的士兵，守护着那狭长的小河。贯穿东城村和西村，昼夜不息地弹奏着乐曲。

植物有荣枯，村庄亦如是。

昨晚，我和父亲在田间游走。高铁墩基下，父亲指了指余晖通红的西面说：“西村没有了。大部分去了厚全朱庄村那里，小部分到了港口街上。搬的搬，拆的拆，埋的埋，平的平。广丰村也只剩下几家了……要是感兴趣，明早你可去看看。”

快到西村村口时，覆盖着泥路的绿荫深处，传来一阵狗叫，当然是冲我来的。但叫声勉强，简直怀疑它是为了证明自己的存在，或是村庄还有人而吠叫。那几声零落的狗叫衬出了秋晨的宁静与寒凉。然后，浮现于我镜片上的，是粼粼波光，它是从不远处的一个硕大的圆形池塘里跳上来的。这池塘是西村的心脏，一直为高树、藤萝、柳条与杂花所环绕，几处河埠头，是紧锁边款的纽扣。但现在，它已改变了我曾经的记忆——那些环绕池塘的飞檐、白墙不见了。

池塘的北边，有一村妇，在预制板搭建的埠头上洗涮。捶打声响起，波纹在河面扩展。它们跃上北岸的稻场，在仅剩的几间农舍间回荡。一个男子，在捶打声中修理一辆双轮车。

我在这捶打声中进一步趋前，走过仅存的这一两户门口，再往西走数十米。路两侧，紧挨着的青黄交错的晚稻田边，散落着许多墙土、断砖、椽木、马赛克。泥路上，有落满石灰、沙石的车辙，还有一些大脚板的印迹，以及一些牙膏壳、鞋子，生活垃圾东一堆、西一摞。脚边，一不小心跳出谁家灶间“小心火烛”残存的“小心”二字，墨色已有包浆，红色的底子仍显得鲜艳……

我在已不见房屋、人、鸡鸭鹅、猪狗羊的村中盘桓。曾经，就在这阡陌、水渠环抱的西村，我在同学家稻场上玩“打鳖”游戏，正月到这里的干姐家做客，“双抢”比赛中西村获胜后星夜赶来看露天电影。在北边的广丰村，我与堂兄穿过李家屋后的竹林叉田鸡，在临河的杨树下逮野龟。快小学毕业的那年冬天，我与伙伴赶到他们车干塘后的泥床里耙藕。我一无所获，好在该村一女同学赠了裹满泥巴、黑乎乎的一截给我……这些画面恍惚又生动、鲜活又虚幻。

我将眺望远处在建高铁的视线以及探寻俞村高屋翘檐的目光收回，也不再逡巡于被稗子、齐身高的杂草包围的晚稻田边，只将复杂之情愫与紊乱的思绪，投放于近前的水塘。往事，此下在秋水里浮现。很快，布谷鸟、斑鸠、喜鹊的叫声，与杂草丛里不知名的秋虫的嘶鸣，将我唤回，我不禁打了个寒噤。扇形的视域内，所存的就是这些了。它们一部分在不知不觉中野蛮生长，一部分飘移于云天之外，一部分陷入历史与文化的语境中无法自拔。是的，我只能将片刻追溯，停驻在这一泓秋水中。这些年，国家一盘棋，实施农业“新三线”——东部经济作物、中部粮仓、西部封山育林。而城市化助推的小城镇建设，数十载计划生育后农村人口锐减，也在无形中“淘汰”一些村落。基建拆迁、高铁用地、工业污染、自然村和行政村拆并，改变着自然村落的排列组合。

在刘亮程非虚构的笔下，我读到新疆那个叫黄沙梁的地方，与风沙如何你退我进……而莺飞草长、湖泊明亮的江南，是中国的后花园。在风调雨顺的水乡，“苏湖熟，天下足”，小农经济的精耕细作，传承千年，温良恭俭让的文化秉持，代代延续。历史的褶皱里，我没有直接见证一个村庄的搬迁、掩埋、荡平、死寂。战争、瘟疫与自然灾害，一次次书写着家园的毁弃、黎民的流转。眼下，就在故里，我见到的“人去楼空”的西村，是没有硝烟的战场的遗存，是一日千里的现代化进程中的一个注解。青山遮不住，毕竟东流去。久居西村、广丰的村民，搬迁至新居，迈向新生活，满心欢喜。乡愁暂时留给了已远离稼穑三十载的蜗居屋檐下的我。

已过秋分，穿着短袖的我，感受到了一丝凉意。因此，我在西村随意拍了几张照片，广丰干脆也不去了，逃也似的离开。那种慌乱让人想起中年后的一路溃败。或许，这也是一种“不愿”吧——不愿在这明媚的秋阳里，再回看、观望，陷入忆旧的泥潭，不愿让思绪沉入不见底的秋塘的旋涡之中。

西村远去了，而我，只是一个过客。脚步匆忙，与我已有一面之缘的那只白毛小狗，识趣地躲开了，带着羞愧的神情，好像吠错了人。

啪啪啪，河边的捶衣声，跟在我身后，一声，一声，又一声。

除夕漫意

晨三时醒，心游万仞，渐至迷糊，终于睡去。复又为鸡鸣唤醒。俄顷，喜鹊窗外脆叫，此伏彼起，参差如利剪开合。麻雀群起而应，至于大作。

早餐备有年糕、薄粥，佐青菜、咸菜。家狗已不再，应是被“狗龟”掳去，进了狗肉馆。花猫在桌下团绕，绿眼视我，喵喵叫着。政策规定，农家不能再散养猪、牛、羊等牲畜，进而累及家禽。我所在的村子没快速“紧跟形势”，但鸡、鸭、猫、狗已所见不多。

乡村仍在奋力除旧。老屋拆拆拆，新楼矗矗起。当年农户建屋，乃生平大事，屋子多或依山或傍水，坐北朝南，堪舆之罗盘，指向四季平安、家业兴旺、子孙绵绵……而今，每个村子快马加鞭，喜迎“新农村”。

餐毕，我在村内盘桓。村口，横穿稻田之商合高铁已贯通，并没有护栏。顾东西深处，如宽带延展。今为立春日，小麦青苗，油菜嫩叶，皆蓬勃葱茏。红灯笼、大福字、前后门联，陆续贴上，喧闹已今不如昔。吾等少时，童子少年此下定大呼小叫，拍洋片、放小炮，噼里啪啦。村庄炊烟缭绕，菜香四溢。如今，“这里的除夕静悄悄”：孩子太少，鸡鸭不成群，槽头难兴旺，而爆竹，在城乡已全部被禁。

我等乃河南人后裔。清太平天国运动后，尹氏女高祖携五子下江南，至余已是第五代，迄今一百四十余载。因多是一族或一村整体移来，抵浙北后又多集聚一村一落，且整个浙北与安徽、江苏交会处，有更多的信阳移民，部分中原文化习俗得以延续至今。以春节为例，移民家中均设“祖宗昭穆神位”或“天地君亲师”中堂，晚上吃团圆饭前须烧纸钱点香祭祖，需守岁，正月初一早餐吃饺子而非本地的汤圆或团子。本地乡民以前并不贴对联，后受我们影响也贴起了。大伯年底走了，我们本家今年均贴黄联，明年春天贴绿联，后年才能贴红联。自然，如今有些礼仪已简化许多。如守岁，原先会坚持连守三夜，今多已废；老人故去后的新年初一，亲戚们必须前来“烧新香”，拿鱼、肉来祭灵位，附带炮、纸、香。而今有些人家，年内烧去“灵牌”，开年“烧新香”也免去了。

除夕日的中餐向来求简，重点是张罗晚上的年夜饭。昨日本地司机说要回家过小年。我们只在腊月二十三过小年。过正月十五，先人们以前说是“过大年”，要野外放灯，现基本只剩“全家争取这天再吃顿团圆饭”。冬至，本地人视其为祭祖的大节日，我们以前不过，如今有些也过。南北文化即如此在江南水乡交融。

做年夜饭，我插不上手，当真做了个闲人。此乃自在的时刻。于浸润了每寸光阴的乡土、村庄，欣见“除旧迎新”的门楣、厨间灶膛旺旺的柴火，及村人的张张笑脸、田野冒出的青葱绿意，升腾烟火喜气生，祈愿此刻花开，刹那永恒。——刹那，便是永恒也。

近午，煦阳穿透灰蒙蒙的空气，清冽中丝丝缕缕地洒来。此乃睿智的时刻、澄明的时刻，也是冻土散去、春意翘首的时刻。

乡村在告别，告别了物资的匮乏与生计的困顿，此下也在告别曾经的生产方式。农耕的锄头、铁耙、秧马被锁进了小屋，小屋被拆后，它们便被卖给了穿行于乡村的刨地皮者，之后又被转卖，最后便陆陆续续进入如今城镇兴起的农耕博物院、农具陈设馆。乡村的衣食住行也在悄然改变。

饭后，无意间在河埠边的老榆树下，看到了诸多倒扣的坛坛罐罐。细查一番，均是陪伴我们生活的腌咸菜、腊肉，制腐乳、辣酱，盛米面、年糕的东西。里面有两个小家伙，很是惹眼：一件酱釉油盏，一件酱釉小罐，均是在老屋居住时所用的。母亲说，这些坛坛罐罐，是这些年陆续弃用的。“现在谁还用这些东西?”弟弟迁新居后，更不要这些过时的东西了。我嘴上喊着可惜，心里却有些高兴：“归我了!”是的，我祈愿时代发展进步，我也愿保留着这份乡愿、乡愁。就像把秧马请进城里做洗脚凳用，此下，我决定立马对这两个罐子进行“抢救”，遂将它们里里外外清洗一番，擦干后小心置于花坛墙沿，浴新春之光。盛菜油的油盏，不知用过多少次，一直立于泥坯老屋厨间的灶前。铁锅烧热，躬身倒油——这躬身，可谓一种伟大的致敬，向着生命、成长，向着家庭与爱——菜籽油从倾斜的盏口流出，优美的弧线较飞流而下之庐山瀑布更加壮美。铁锅里很快哧啦作响，菜蔬的香气旋即萦绕厨间。而每次不知轻重地倒油过量，我们便很是紧张，像犯了大错，怕遭大人斥责。“油多嘛，油饼肯定更香的……”母亲趋前，见着了也只叹息一下。躺在酱釉小罐里的猪油，一片雪白，断面闪着亚光，好像凝聚着巨大的力量。虽静立于竹柜一角，魅力却不可挡。自年底猪油熬制好倾入这瓷罐起，它就如同封藏秘密的伙伴，陪伴着我。冬天、春日上学，带去学校的饭盒，有时光有饭而无菜，母亲舀半勺猪油，加点儿酱油，算是佐菜了。上午第四节课毕，饥肠辘辘的我冲去食堂，从成堆的铝盒里取出我那份猪油饭，在南边宽泥埂的向阳坡处开始享用，那是一天中最美味的一刻。盒盖打开，油亮一片，无菜胜有菜。灵敏的嗅觉中，香味也张大了双臂拥向我！近年，在科学饮食的潮流中，马齿渐增的我亦不能免俗，对肥肉、高油高盐食品拒之门外。曾经的猪油香，仍在鼻前游弋。

遗珠留椟，现在，面对这对超过半个世纪的成长伴侣，我心绪复杂。油盏、酱釉小罐外表土气，但不能简单地以古玩店的青花或粉彩之所谓雅致、文气、高价与之相比。因之惜物、小心使用数十载，油盏只流口有点儿豁牙，其他完好；油罐口沿有一块掉了，其他完好。它们胎骨依然坚致，釉色依然清亮。油盏造型优美，油罐线条简洁流畅，底部露胎。沉入岁月的它们敦厚、温良。若来日把它们带入城里，置于书架上，我想它们与《论语》《诗经》，会在另一层面融为一体。入夜，灯光下，它们与《存在与时间》《存在与虚无》相处和谐，神会一处。

除夕，“神兽夕名，今晚除之”。

除夕日，把该清除的，留给必然流逝的时光；让真正的宝贝，像绿叶与诗行，捎带上我们的行李，与春光一起飞驰……

清洁明净之挽歌

春回东城，整个村里已不见了昔年金灿灿的油菜花、风中拂摆的麦苗。无它，商合高铁过处，巨蹄踏田，村里收回了承包地，集体“打包”租给了二界岭一大户种红梅、香樟苗。其中徐家小组九十二亩，郑家小组近七十亩，租价为七百五十元每亩。而东城自然村的田几年前已出租，先是种苗木，后转为种茶树；西村自然村原来的粮田，南片也已出租，种苗木，其中一小块种稻，田沟边养龙虾，北片种葡萄；广丰、狮子桥、南泉自然村也多种苗木、葡萄等经济作物。

清明节之晨，我就在这般风景与情境里，在三伯父的带领下，会同大堂兄及孩子们，赴南港与东畈两处“坟山”上坟。两处坟山均靠近高铁基座。高铁平台已在加紧铺轨，很快正式通车。不日，高铁便似游龙如猛兽，日夜来回穿过田野上空——我祈愿先人们在巨大的轰鸣中依然安宁。慎终追远，坟前我以大树、根系、藤蔓做比拟，向孩子们讲述了“下江南”一百四十余年来我们家族几代人的演进，及时代与世事之变迁。

午后小憩，翻阅随身带的几册书后，我又在院里盘桓。只个把月，家弟已请工人在新居、旧屋四围建起了围墙，称将在院内辟出两大块地专种蔬菜，“以后就不怕人偷了”，亦企盼养的猫、狗与鸡，不再突然不见。

几天前我与一老友一道去看落成不久的太湖博物馆。旧、新石器时代展区前，石砍具、马化石固然让人感慨本埠之悠久历史、灿烂文明，谦卑中也感慨生命之脆弱。相对而言，铁耙、秧马、米斗等农具，与我更亲近，承载着过往乡间的生产、生活，今时也已隔着透明的玻璃，与我面对面。离开田地、村庄之后，它们像风干的腊肉，成了凝固的记忆。有一刻，我神情恍惚，那种恍若隔世之感，将我推远，使我陷入神秘之深渊。

现在，我在老家旧屋储藏室逡巡，选取已基本赋闲的农具——薅锄、钉耙、铁铲、锯子、弯镰、扁担、柴刀、畚箕、搓箕、谷箩、筛子、秧马、鸡笼、双轮车等，一一拍照，留下剪影。或许它们昨天还刚从田里拔脚，洗净淤泥，或辅助完成了一季稻谷、油菜籽、麦子在稻场的晾晒，或被擦去锯断木柴后留下的木屑，或是吱吱呀呀地在乡间村道上留下条条印痕。如今它们都已散架，被倒立于屋内一角，带着汗渍、丰收的热望与人间的至味，在新时空里静默不语。

春光呵，你涂抹在绿叶上，跳跃于花朵间，在田间村头一直忙碌。眼下你是否也停驻于这亚光拥裹着的器具上，为落尘的包浆轻轻擦拭？

清明，祭拜先人，贪享家族亲情的欢愉，似乎也在缅怀、祭奠着已逝去的农耕文明。

那苍凉的背影，正被另一镜头在看不见的高处，悄然摄取。

人间，万物正吐故纳新，欣欣然，清洁而明净。

时间的回声

晨，欢腾的余音，徐徐隐入老屋西侧岸边的芭蕉倒映的秋塘。

声音总是敲打着耳膜，谷雨般滴落心际。

先后听见远村的雄鸡鸣叫两次。星辰隐去，天地浑茫。

不同的鸟语，萦绕着老屋，清澈、自在、婉转、鲜活，如日子新酿的露水，如霞光在窗玻璃上敲打、闪烁——可惜我不解飞禽那多情语、相思意。

也听到了新养的小狗汪汪叫，胖猫慵懒地叫唤。鸡笼抽门后，能听见那短暂的扑腾欢呼声。一个月圆之夜后，母鸡们扇动双翅，抖动有些肥硕的身体，黎明就在这种慵懒、惬意中到来。清晨，它们鱼贯而出。除了急急避让，它们不在意我的来去匆匆。

吃过早饭后，我翻看最新一期《散文》月刊，寻找着据悉已得茅奖的《应物兄》。其与李健吾所译《包法利夫人》，在语言、结构与叙述方式上存着天渊之别。

伴随周遭依然青翠的树木、疯长的花草，蝉声如织。有一刻，这余威仍在的“秋老虎”，恍惚将我的思绪提拎到曾经那些长夏的浓荫中——我看到了村人“双抢”后的疲惫，田埂上彼此见着多点头而少言语；那赤膊少年，这时节仍倔强地打着赤脚走路，脚心贴着泥地，一阵阵清凉袭来。少年在翻找已快遗忘的暑假作业，伏在木桌一角写写画画，神思难聚，心思估摸着都放在摸螺蛳、挖河蚌、钓鱼虾、叉田鸡、捉黄鳝上。

老屋东面传来一阵鹅叫，循声而去，是二堂兄家的鹅在叫唤。院门口右侧，鹅被棚网圈着。二堂兄见着我来，隔着原是篱笆的草墙打招呼，寒暄几句后点了两支烟，有一搭没一搭地瞎聊了一阵。

“人家养狗我没养，我这门口的大鹅就是看门狗，一见人就哥昂哥昂叫个不停。原来有五只，被人逮去两只，这三只都是母的。蛋没下过，但有它们看门，我放心。”

“几个堂兄弟中，我们俩年少时搭伙最多。你眼力好，捕技高，叉田鸡、乌龟、浮头鱼，哪回不是我跟在你后面拎笆篓？”

“是啊是啊，现在农村孩子没这些体验了。田里地里，村里河里，有些农药太毒了，抓鱼捉黄鳝，前几年用电瓶太狠了。”

吞云吐雾中，彼此欢快回忆，一起在广丰村叉乌龟，于灶洞内烤乌龟肉，叉了大半篓的肥壮田鸡在旧宅硬生生被某生产队队长全部放归之事。“其实，那些田鸡都受了伤，放归几乎都活不成。”“是啊，批评我们不是好学生，说‘青蛙对人类有益’。说不定我们走后，他自己抓回去吃了。”“是啊，我们当时太老实了。没肉吃还不许我们抓点儿野味。”

说起那时农家孩子“太老实”，堂兄又列举了自己当年的几个例子。

他们在隔壁的厚全村读小学，五年级时，对上学路上必经的冒家的菜园子打起了主意——里面种有桃树。那菜园子的竹篱笆扎得非常紧，还插着许多荆棘。他与我们的大堂兄及后村的吴同学，硬是在竹篱笆上扒拉开一个洞，然后像解放军战士炸碉堡一样趴着，一寸一寸地前进，留一两个人在周边放哨。桃子偷了几个，舍不得一下吃掉，他们便带到了学校。上课时，因抽屉太小，书包里的桃子滚落下来，滚到了其他同学脚边。“我们吓坏了，不敢看也不吭声，看见的同学也不敢捡。上课的那个 L 老师看见了，捡了去，下课后挨个问。轮到我和大堂哥时，我们虽吓得要死，但憋着不说。最后，那个吴同学把我们全部卖了。他更老实，一吓唬就全招了。”二堂兄说。那天放学后，L 老师没打骂他们，却把他们全部关进一个黑屋子，啪嗒一上锁走了。也不知过了多少时辰，L 老师开锁放了他们，天已黑。“回家迟了挨骂，我也不敢说这事。你大伯父的脾气，你是知道的。”

那时读书的学校东一个坡西一个坡。二堂兄说他们后来到了港口村，还到虹星桥镇的学堂读过书。

也是这样闷热的天，河里的鱼浮头了。二堂兄跟大堂哥一人带一柄叉田鸡的那种小鱼叉去上学，快到学校时，将它藏在泥埂坡的茅草丛里。“我们不喜欢午睡，偷偷溜到河边。浮头的白鲢、花鲢是公家的，不能叉，野生的鲫鱼不要紧。一个午睡时段，叉了不少。柳条串起，挂在教室外一棵树的叶子底下。也不知哪里的猫溜来了，在树下面不时地叫。我们上课也没心思了，老向那树偷瞄。那个S老师，鬼精鬼精的，下课后去了那树下，硬是将那串鱼拎走了。哪里去了？还不是拿回去做了下酒菜了！”

“说老实嘛，我也不太老实。”二堂兄说，“你还记得吗？那时我们都用铝盒子带饭，到食堂蒸。没菜，有时你大伯母就让我带整条年糕蒸了吃。肉一年吃不了几次，馋啊。吃中饭打冲锋，我就偷偷翻看人家的饭盒。有一次上洪村一个女生的饭盒里有三块肉，我偷偷夹走了一块，随后赶紧盖上。没想到吴同学也看到了，后来知道他把人家剩下的两块全偷走了。你能想象到那个等着美味午餐的女学生，打开饭盒后的惊讶与懊恼吗？后来她向食堂蒸饭的报告，他们又向老师报告。老师们很快一个班一个班地告诫。虽然最终没查出是我们偷的，但从此以后我再也没有翻看人家的饭盒了。”

在特殊的年代、特别的年龄段，堂兄、我及更多乡村孩子“犯下的事”，似乎也不能仅以老实、不老实而一言以蔽之。就像教师，他们将学生偷来的桃子、偷叉的鲫鱼当成战果自己享用，此种行为也不能仅以对或错来评价。

这些当然值得我们警醒，我们也应在某些方面予以宽宥、谅解，毕竟，“没有任何一个灵魂能经得起反复诘问”。但有些，永远是耻，是恶，不能原谅与宽恕。譬如我后来知道当年有一个老师猥亵女学生导致她们离校、辍学，再如当下有些学生为了某种目的“举报”老师。有些已然是犯罪！

侃谈一番后，我与二堂兄返回家中，一路上有说有笑，指间烟雾缭绕。那烟缕渐渐从头顶升起，仿佛思绪在冒烟。

转过塘边，突然兴起，我拾起一片灰黑的瓦片，弯腰，将身体放到尘埃与野草之间。手稍稍上提，一使劲，那瓦片便如秋风一般，从河塘的水面上呼啸而去，越过接喋鱼所吐泡沫、安闲的睡莲及水虫飞舞的弧线，激起一圈圈水波——它们就像岁月的年轮，也像极了子弹击穿物体而留下的靶痕。瓦片仍在飞驰，身后的水圈渐次消失——像伤口全然愈合。它仍继续向前飘飞、跳跃，仿佛奔向一种妄念、命定的虚无、必然的召唤。

我在想象中预见它最终的结局，是一个水的旋涡，硕大的句号。

但此下，我听到的分明是，它越过疾风的呼啸声和水面荡过来的岁月一般深沉而悠远的回声。

生活是水，艺术是云

（代后记）

关于“生活”与“艺术”的关系，可沿用文学创作中的一句话来概括：“艺术源于生活，高于生活。”

艺术如何“源于生活”？“高”又高在什么地方？有一天，我站在一条古老的溪流边漫步，看到曾经清澈平静、今日却浑浊的河水，又猛然斜睨到了云——河畔白絮飞离的秋苇所指，便豁然开朗：原来生活与艺术的关系，就是大地上的水——潭、池、溪、湖泊、江河、大海，与天上的云朵的关系。

大地上的“水”，有小却清澈的潭，有大到能承受航船滚滚驶过的河，有广阔深蓝的天空、人类迄今未知悉全部秘密的大海……有的日夜激荡，历经沧桑仍奔腾不息，生机盎然。有的没有活力，了无生气，谓之“死水”。

但它们在温暖的阳光与清新的空气的呵护下，无时无刻不在悄然“蒸发”（艺术的创作），把鱼儿游弋的旋律、岸上的柳色、藤蔓的倒影与枝头鸟儿的啼鸣融入“水汽”，喷吐、升腾，从波光粼粼的水面，到树巅，再到高空，凝为存于天地间的“云”（艺术品），沐浴着金光。

这种“创作”的过程，如果你赶早，在太阳刚升起时来到河边、湖畔，你就能看到它们在夜与昼、冷与热、梦寐与清醒的流转中，如烟似雾袅袅而上的身影。它们妖娆地盘旋而起，在水、阳光和大地温柔的亲吻和爱抚中，在河面之上诞出精魂。

大地上的湖泊与河流，一般都被“圈”在一定的范围内，或为堤岸的节律所囿，“戴着镣铐”而流。而由生活之水化成的云，则自由自在、奇异瑰丽——是的，在人类的精神世界里——灵魂的深处，艺术是自由的、丰富的，形态是多种多样的。

我们看到过各种各样的云：有像墨汁、煤块的，也有像飞絮、棉花的；有像老人、孩子的，也有像牛羊骡马、鸡鸭猪鹅的；有薄的、厚的，也有透亮的、灰蒙的；有被霞光镶着金黄色蕾丝边的，也有被太阳包裹着的。文学、书画、音乐、舞蹈、戏剧、雕塑、建筑……人间有多少种艺术形式，云就有多少种形态。

艺术之云是自由的、浪漫的。它可以压得很低，你伸手仿佛就能触摸到。它又可以离大地很远，如梵·高的《星空》，克拉姆斯柯依的《幽典》。它可以整日盘桓在水汽最初升腾而起的那片天空，不愿远游，如赤子守候自己的家乡。它们与大地上的河流对望、交流，欣赏着村庄升起的炊烟。它也可以像流浪艺术家、行吟诗人，在天空漫游。借着时节的气流与清风，它以天宇为地，慢慢游走，一会儿到邻近的天空，过几天到了他乡的空中领地。不需“签证”，来去自由。还有可能，在时代的狂风与气流的裹挟下，它们越过国境、大海，巡游到了异国的天空。那时，它们千姿百态，色彩美艳，令那片不同风土的天空下的人们啧啧称奇——这分明注解着人类文明是共享的，艺术是跨国界的。

同样，云不仅高悬在空中，让人仰望、敬畏、欣赏、迷恋，还时时与大地相拥。“青出于蓝”，“血浓于水”，云与大地永远不会分离，也无法分离。

云，不时化作雨，且以一定的频率从高空落下，落在人间大地，滋润田地、庄稼、草木与焦渴的心灵。它们带着日月的精华与宇宙的灵慧，重返大地，并最终汇入江河湖海。

如果“雨”是现实主义艺术，那么当它在高空受到寒冷的锤炼，它就会以另外一些形态——霜、雪、冰雹等，回到大地。薄的霜，像冷静、坚毅的守护者；毫无保留地以一己之力覆盖万物的雪，是高贵、圣洁的仙女；坚硬、凌厉的冰雹，是那无畏的勇士：它们都是美的化身。

水汽升腾到高空成云，云又从高空以不同的形态回到大地，“生活”与“艺术”，就是这种“升腾又复返”的关系。艺术源于生活，滋养心灵，循环往复，生生不息。

有的河流，因为这样那样的原因干涸了，就像某个地方的人，因故迁移，就像某座古老的城池，被黄沙掩埋。那么，那里的水可能很快就蒸发了。但曾经升到高空的水汽，在凝结成云后，没有丢失。它们像艺术成果一样，在高空的时光册页中被记录、保留。哪怕到了异域的天空，它依然会显出多姿的外形，依然能化为雨水，滋润万物，因为世界上的水是相通的，人类的艺术财富也是共享的。